Not The Duke's Darling
by Elizabeth Hoyt

愛の炎を瞳にたたえて

エリザベス・ホイト
緒川久美子[訳]

ライムブックス

NOT THE DUKE'S DARLING
by Elizabeth Hoyt

This edition published by arrangement with
Grand Central Publishing, New York, USA
through Tuttle-Mori Agency, Inc., Tokyo

愛の炎を瞳にたたえて

主要登場人物

フレイヤ・スチュワート・デ・モレイ……………………公爵家の娘
クリストファー（ケスター）・レンショウ…………ハーロウ公爵
レディ・ホランド………………………………………フレイヤの雇い主
アラベラ…………………………………………………ホランド家の長女
レジーナ…………………………………………………ホランド家の次女
メッサリナ・グレイコート……………………………フレイヤとクリストファーの幼なじみ
ルクレティア……………………………………………メッサリナの妹
ソフィー…………………………………………………クリストファーの亡き妻
ラブジョイ男爵…………………………………………ソフィーの兄
レディ・ラブジョイ（ジェーン）……………………ラブジョイ男爵の妻
アロイシウス……………………………………………ラブジョイ夫妻の息子
ルークウッド伯爵………………………………………ラブジョイ邸のハウスパーティーの客
トーマス・プリンプトン………………………………ラブジョイ邸のハウスパーティーの客
スタンホープ子爵………………………………………ラブジョイ邸のハウスパーティーの客
エリオット・ランドルフ………………………………議員

1

始まりはこうでした。昔々、強大な力を持つ王子がいましたが、子どもはたったひとり、それも娘だけでした。美しいけれども甘やかされた高慢なその娘の名前は、ローワンといいました……。

『グレイコートの取り替えっ子』

一七六〇年五月
イングランド、ロンドン

もし一二歳のときに一五年後は何をしていると思うかときかれていたら、フレイヤ・スチュワート・デ・モレイは三つ答えを挙げていただろう。

ひとつ。男たち、とくに神を信じる男たちと比べて、いかに女の知性が勝っているかを証明する論文を執筆している。

ふたつ。ラズベリートライフルを好きなときに好きなだけ食べている。

みっつ。いつでも子犬と遊べるように、猟犬を飼ってどんどん増やしている。

一二歳の頃の彼女は、子犬に目がなかった。

ただしそんなことを夢見ていたのは、グレイコートで悲劇が起こる前の話だ。彼女の家族を引き裂き、一番上の兄、ラヌルフ――ランをもう少しで殺すところだった恐ろしい悲劇の前のこと。

そのあとは、すべてが変わってしまった。

だから一二歳のフレイヤが、二七歳の自分は古代より続く秘密結社〈ワイズ・ウーマン〉の一員として活動していると予見できなかったのも無理はない。

いま彼女はワッピング地区にある古い石段を目指して、ロンドンの通りを急いでいた。ところが最後の十字路で追われていることに気づき、連れのふたりに目をやった。二〇歳になったばかりの子守のメイドのベッツィは、ネズミの毛のような茶色の髪を紅潮し汗ばんだ頰に張りつかせて荒く息をつき、恐怖に目を見開いている。その彼女の腕の中にいるアレクサンダー・バートランドは、第七代ブライトウォーター伯爵だ。

御年一歳半。

幸い、丸く赤い頰とバラのつぼみみたいな口をした小さな伯爵は、ベッツィの腕の中でぐっすり眠っている。

振り返ると見える、いかにもうさんくさい男ふたりは、フレイヤたちを追ってきているとしか思えない。

どうしたら彼らから逃れられるか必死に考えながら、フレイヤはベッツィと肩を並べてテムズ川へのあとわずかな道のりを急いだ。晴れ渡った空の下をカモメが舞い、あたりには川からの強い悪臭が漂っている。

目指す古い石段までは、おそらく四〇〇メートルもないだろう。この時間、外国からロンドン港に運ばれてきた荷を積んで忙しく行き交う馬車や、小粋な衣装に身を包んだ商人や船長、すでに酔っ払っている水夫たちで通りはにぎわっていた。労働者階級の女たちは水夫を避け、路上で客引きをしている女たちはいそいそと彼らにすり寄っている。

フレイヤは足を止めずにうしろを振り返った。

男たちはまだついてきている。

たまたま同じほうに向かっているだけなのか、まだ赤ん坊の伯爵を取り返すためにアレクサンダーの父方のおじ、ジェラルド・バートランドに差し向けられたのか、いまの時点ではどちらとも言えない。だがもし後者なら、いったん赤ん坊を奪われれば、そのあと取り戻すのはほぼ不可能だ。

それからもちろん、彼らが〈ダンケルダー〉だという可能性もある。

そう思いつくと、フレイヤの心臓は激しく打ちはじめた。はるか昔から、〈ダンケルダー〉は〈ワイズ・ウーマン〉を目の敵にして執拗《しつよう》に狩りたてている。迷信深く執念深い狂信者である彼らは、〈ワイズ・ウーマン〉を火あぶりにするべき魔女の集団と信じているのだ。

男たちがバートランドの差し向けた追っ手か〈ダンケルダー〉かのいずれかならば、早く手を打たないと石段までたどり着けなくなるだろう。

「どうしたんですか？　うしろばかり振り返って」ベッツィが息を切らしながらきく。

「追われているのよ」フレイヤは答えながら、角をまわって現れた大きな黒い馬車に目を留めた。通りが混みあっているので、馬車はカタツムリのようにのろのろと近づいてくる。

ベッツィがおびえたようにうめいて、小さな伯爵をしっかりと抱え直した。

馬車の扉には美しい金色の紋章がついているが、フレイヤには誰のものかわからなかった。だが、誰のものでも関係ない。ほんの少しのあいだ隠れさせてもらえればいいのだ。馬車の中にいる貴族が誰であろうと、彼女はなんとしてもつかのまの避難場所を提供してもらうつもりだった。

必要なのは、ほんの一、二分。

フレイヤはベッツィの腕をつかんだ。「走るわよ！」

ベッツィを引っ張って、馬車のうしろにまわり込む。追っ手の男たちの怒鳴り声が響く中、馬車が止まった。

フレイヤはさらにまわり込んで馬車の反対側に行くと、扉を開けてメイドと赤ん坊を中に押し込んだ。それから自分も飛び込み、急いで扉を閉める。

彼女は四つん這いのまま、顔をあげた。

尻もちをつき、隅で身を縮めているベッツィが目に入る。驚いたように彼女を見ている黄色い大型犬におびえているのだ。幸い、イングランド一小さな伯爵はこの騒ぎにも目を覚ましていない。

犬の横にいる紳士が身じろぎをした。「はて、きみたちは？」

紳士は礼儀正しく問いかけたが、〝いったい何をしに入ってきた！〟という意味なのは明らかだ。

ようやく犬から目をそらしたフレイヤの視線が、黒く濃いまつげに囲まれた鮮やかな青い瞳とぶつかる。やわらかい背もたれに体を預け、向かいの座席に足をのせてくつろいでいるのは、ハーロウ公爵クリストファー・レンショウだった。

兄のランが破滅する一因となった男。

息が吸えなくなって下を向くと、あるものに目が引き寄せられた。

ランの印章付きの指輪だ。

フレイヤはさっと顔をあげ、相手が彼女の名前を呼ぶのを待った。ロンドンで五年という長きにわたって素性を隠してきたけれど、とうとうそれが露見してしまう。

ところが、彼の表情はまったく変わらなかった。「すまないが、名前を教えてもらいたい」

彼女が誰か、わかっていないのだ。

ハーロウとジュリアン・グレイコートはランの親友で、あの悲劇の前までフレイヤも毎週のように会っていた。彼とはいつか結婚する、と心に誓っていたほどだったのだ。もちろんそれはこの最低な男のせいでランが死にかける前の話だし、彼女はまだ一二歳だったのだが、それでもいま考えると信じられない。

とにかく、彼にはフレイヤがわからないらしい。

なんという最悪のろくでなしだろう。

フレイヤは曲がってしまったキャップを直して、ハーロウをにらんだ。「あら、レディ・フィリッパではありませんのね」

公爵が眉をひそめる。「ぼくは――」

「レディ・フィリッパの馬車で、いったい何をしているんですか？」怒りに燃えたフレイヤは、意地の悪い喜びを覚えながら詰問した。

馬車ががたんと揺れて動きはじめ、目を覚ましたアレクサンダーが弱々しい泣き声をあげた。

外で男が悪態をつくのが聞こえ、フレイヤは開いている窓から頭が見えないよう慎重に体を低くした。

馬車の扉を激しく叩く音がする。

ハーロウはフレイヤ、ベッツィ、赤ん坊と順番に見たあと、ふたたびフレイヤに視線を戻した。

彼が目を合わせたまま立ちあがったので、フレイヤは身をこわばらせた。

ベッツィと赤ん坊が泣いている。

ハーロウはフレイヤの上に身を乗り出して外をのぞくと、窓を閉めてカーテンを引いた。

座席に腰を戻して右手を犬の頭に置き、顎の筋肉をぴくりと動かす。「きみたちがどんな厄介事に巻き込まれているのかは知らない。なぜあんな悪党たちに追われているのかも」

フレイヤは必死に言い訳を探しながら、口を開こうとした。

けれども公爵が手をあげて止めた。「だが、ぼくにとってはどうでもいいことだ。きみたちをウィンチェスターまで連れていこう。そのあとは勝手にどこへでも行けばいい」

ハーロウは見も知らぬ女たちを助けると言っているのだろうか？　ランを見捨てた血も涙もない男の行動とは、とても思えない。

だがいまのフレイヤには、彼の動機を考えている暇はなかった。

「ありがとうございます。でも、その必要はありませんから」ハーロウに礼を言うなんてむかむかしたが、なんとかこらえてベッツィのほうを向く。「今度馬車が速度を落としたら飛びおりるわ。そうしたら二〇まで数えたあと、あなたもおりてちょうだい」

「赤ん坊がいるんだぞ」公爵が無遠慮に口をはさむ。「動いている馬車から飛びおりて赤ん坊とメイドが怪我でもしたら、きみもいやだろう」

「それなら馬車を止めてください」フレイヤは甘い声を出した。

ふたりは一瞬見つめあった。彼の表情には怒りがにじんでいる。他人に命令されるのに慣れていないのだ。しかもその他人が女なのだから、なおさらだろう。

哀れなハーロウ。

フレイヤはベッツィに顔を寄せ、耳元でささやいた。「いい、忘れないで。ワッピングの古い石段に行って、灰色のフードがついた黒いマントを着た女を探すのよ」

「あなたは行かないんですか？」ベッツィがおびえた声でささやき返す。

フレイヤは背筋を伸ばし、勇気づけるように微笑んだ。「大丈夫。わたしもすぐに行くから」

「でも――」

フレイヤは首を横に振ってメイドを黙らせると、幼い伯爵のぽっちゃりした頰にキスをして、公爵に片目をつぶってみせた。「お会いできて光栄でした、閣下」

フレイヤは馬車から飛びおりた。

ブーツの底が地面についたとたんに体が大きくよろめき、転んで馬車の車輪にひかれるのではないかとひやりとする。

けれども、なんとか体勢を立て直した。

すぐに男たちの叫び声がうしろから聞こえる。

フレイヤは両手でスカートを持ちあげ、走りはじめた。体を低くして全速力で川へと向かう。

すかさず足音も追ってきた。

道を折れて狭い路地に入ったところで、彼女はあわてて足を止めた。路地の出口に追っ手のひとりが立っている。

フレイヤは急いで向きを変えた。

だがそっちにも、もうひとりの追っ手がすぐそこまで迫っている。

右側のアーチ形の入り口に飛び込むと、四方を建物に囲まれた狭い中庭に出た。屋外トイレの耐えがたい悪臭が充満していて、前方に酒場の裏口が見える。

その裏口がちょうど開き、姿を現した男が外に汚水をまいた。

フレイヤは迷わず裏口の階段を駆けあがり、男を押しのけて熱気のこもった厨房に入った。駆け抜けていく彼女をメイドふたりが驚いた表情で見つめ、遅ればせながら裏口の男が声をあげる。

厨房から薄暗い廊下に出ると、まっすぐ先には客たちが集うホール、右側に階段があった。階段をあがってどこかの部屋に隠れるという手もあるけれど、見つかればもう逃げ場はない。追っ手が二階にあがってきた時点で、袋のネズミだ。

そこでフレイヤはホールを突っ切って逃げることにした。幸い、いやらしい声をかけてきた男がひとりいただけで、あとの客は振り向きもしない。酒場を出ると波止場で、テムズ川の水面が陽光を受けてきらきら輝いているのが見えた。もちろんそんな魅力的な光景は見かけだけで、テムズ川にはさっき通り過ぎた屋外トイレのし尿が垂れ流されている。

フレイヤは左に折れ、右側に川を見ながら東へ向かった。走りつづけたので脇腹が痛くなり、早足に速度を落とす。酒場から誰も出てくる様子がないので、もしかしたら追っ手をまけたのかもしれない。

でも、男たちがベッツィと赤ん坊をとらえたという可能性もある。

そうではありませんように。

すぐ先の路地から人が現れた。フレイヤはびくっとしたあとベッツィだと気づき、緊張を解いた。

子守のメイドがおびえた目を向ける。「ああ、よかった。ミスター・バートランドが差し向けた追っ手につかまったらどうなるかと思うと、怖くて」

「そんなことにはならないようにすればいいのよ」フレイヤは断固とした口調で言った。むっちりした指をしゃぶったまま笑いかけてくる小さな伯爵を見て、口元を引きしめる。「あなたたちふたりとも、絶対に彼には渡さないわ」

うしろで怒鳴り声が響いた。

見つかったのだ。

「急いで」フレイヤはメイドを促して走りだした。石段に続いている路地の入り口はすぐそこだ。

ベッツィは小声で祈りながら走っている。

石段まで行き着けるわけがない。追っ手は迫っているのに、まだ距離がある。

「赤ん坊を渡して」フレイヤは言った。

「でも……」ベッツィがおびえた顔を向けながらも、その言葉に従う。

フレイヤは小さな体を受け取り、とたんに泣きだした赤ん坊の濡れた口を首筋に感じながら叫んだ。「石段まで走って！」

ブライトウォーター伯爵の重みから解放されたベッツィは、飛ぶように走りだした。

フレイヤも全力で走った。伯爵は異変を察知したのか顔を真っ赤にして小さな体を震わせ、彼女の耳元で小さな泣き声をあげつづけている。男たちに追いつかれたら赤ん坊を抱えたままでは戦えず、すぐに奪われてしまうだろう。けれど男たちが作った法律を盾に取るおじに赤ん坊を厳重な監視下に置かれたら、もう二度と救い出す機会はない。

石段へ向かう路地の入り口から人影が現れた。小柄で痩せた女は、灰色のフードがついた黒いマントを着ている。

女が拳銃を一丁ずつ握った両手を持ちあげるのを見て、フレイヤは赤ん坊をかばいながら、肩から地面に転がった。

同時に響いた銃声の大きさに、ブライトウォーター伯爵が泣きやんだ。口をぽかんと開けてフレイヤを見あげる大きな茶色の目に、涙が盛りあがる。

フレイヤは赤ん坊にキスをして、うしろをうかがった。

追っ手のひとりは地面に横たわって悪態をついているし、もうひとりは仲間を置いて逃げていく。

フレイヤが視線を戻すと、クロウが近づいてくるところだった。「遅かったですね」彼女はフレイヤを助け起こそうと、手を差し出した。

「ありがとう」フレイヤはその手を取って立ちあがり、クロウとともに石段へと急いだ。

ベッツィはそこにいた。上唇につけぼくろを貼った優雅なドレス姿の女性に腕をまわされ、すすり泣いている。

「アレクサンダー！」女性はフレイヤたちを見て叫んだ。

フレイヤの腕の中で、ブライトウォーター伯爵が身をよじる。「ママ」

彼女は赤ん坊を母親に渡した。

「ああ、わたしの大事な大事な坊や」未亡人になったばかりのブライトウォーター伯爵夫人は、たったひとりのわが子を抱きしめて頬ずりをした。フレイヤに向けた彼女の目は濡れている。「ありがとう。こうしてこの子をまた腕に抱けてどれほどうれしいか、とてもわかってもらえないでしょうね。アレクサンダーには二度と会えないと思っていたのよ」

伯爵未亡人の恐れは危うく現実になるところだった。義弟であるミスター・バートランドは幼い甥が受け継いだ領地と伯爵未亡人の両方を思いどおりにするため、母子を引き離したのだ。

フレイヤはうなずいたが、息を吸って話しだす前にクロウが言った。「すぐに出発したほうがいいでしょう。ほかにも追っ手がいるかもしれませんから」

伯爵未亡人はうなずき、ベッツィを連れて石段をおりはじめた。フレイヤが下を見ると、はしけが待っていた。

「伯爵未亡人たちは船で植民地に向かいます」クロウが小声で説明する。「そこまで行けば、亡き夫の弟の手も及ばないでしょう」

「よかったわ」フレイヤは静かに返した。「できるなら、子どもは愛してくれる母親とともに育ってほしいもの」

クロウはフレイヤを見つめながら首をかしげ、何も応えなかった。「今夜、午前零時に厩《きゅう》舎《しゃ》へ来てください。話したいことがあります」

それだけ言うと、クロウは向きを変えてすばやく石段をおりていった。

フレイヤは息を吸った。この件での彼女の出番は終わった。一行が乗り込んだはしけを、船頭が石段を突いて動かすのを見守る。ベッツィが手を振った。

フレイヤは手を振り返した。ベッツィにも、かわいい伯爵とその母親にも二度と会えないかもしれないけれど、彼らは安全な場所にいると思えば心が慰められる。

大切なのはそれだけだ。


同じ日、ハーロウ公爵クリストファー・レンショウは、ロンドンの街をウエストエンドへと向かう馬車の中から外を見つめていた。

その日の朝もイングランドに戻ってからの毎日とまるで変わらず、退屈きわまりないものだった。ただしそれは毛を逆立てた野良猫のようにつんけんした女がいきなり馬車に飛び込んでくるまでで、それ以来、気がつくと彼女のことを考えている。冷たい水を顔に浴びせられたような彼女の登場には驚かされると同時にすがすがしさを感じ、長いあいだ眠っているも同然の状態だったところをはっと目覚めさせられた。

こんな気分になったのは何カ月ぶり、いや、何年ぶりだろう。

馬車の床の上から、彼女は緑色と金色のまじった美しい目で挑むようにクリストファーをにらみつけていた。文字どおり彼の前に這いつくばっていたのに、不利な体勢をものともせずに。

その大胆不敵さには度肝を抜かれ、強く惹かれた。

二年前に予期せず公爵になってから、人々はクリストファーに対してあからさまに恐れ入り、こびへつらってくる。いまでは、彼を呼吸もすれば血も流すふつうの人間として見てくれる者はほとんどいない。

ましてや、あからさまに反感を示す者などいなかった。

あの野良猫以外は。

彼女はありふれた茶色のドレスに身を包み、よく見かけるフリル付きの白いキャップをかぶっていた。フリルに囲まれた顔もやはり平凡で、髪は隠れていたので色も髪型もわからない。見たところ酒場の主人の妻か魚売りといったふうだったし、口を開くまではしゃべり方もそれ相応だろうと思っていた。だが実際に聞くと、かすかなスコットランド訛《なま》りの中に教養がにじみ出ていた。

それから、あの敵意に満ちた目つき。クリストファーのことを知っていて、憎む理由があると言わんばかりに彼女はにらんできた。

角をまわった馬車が傾き、テスの体が彼の腿にもたれかかる。

クリストファーは無意識に犬の頭に手をのせ、耳の先を指でつまんでこすっていた。「おそらく彼女は頭がどうかしているんだろう」

テスがくんくん鳴き、彼の膝に前足をのせる。

彼は唇の端をあげた。「なんにせよ、彼女と会うことはもうあるまい」

ため息をつき、窓の外に視線を戻す。コベントガーデンを過ぎているので、〈ジャックマンズ〉はすぐそこだ。午前中は海運関係の新しい事業を視察するためにワッピング地区の倉庫で過ごしたが、午後は街の中心に行って、退屈きわまりない仕事関係の会合に出席しなければならない。だがクリストファーは、その合間に一時間ほど休憩したいという欲求にあらがえなかった。静かな場所で、コーヒーを飲みながら新聞を読みたいという欲求に。

いつものようにひとりだけで。

彼はこの国から追放され、何年ものあいだ異なる景色、異なるにおい、異なる人々に囲まれて過ごしてきた。そしてその長かった一三年間、イングランドに戻ったら孤独な生活は終わるのだとずっと思っていた。

故郷に帰るのだから、と。

しかし、偉大な爵位を継ぐためにかなった帰郷は予想とは違った。両親はすでに他界し、友情は跡形もなくなって、いまや彼のものとなった広大な屋敷を歩いても、響くのは孤独な足音だけだ。

この国はもはや自分の故郷ではない。ここで過ごしていれば築けたはずの愛に満ちた人生は、インドで過ごしているあいだに失われた。ふたたび故郷を見いだそうと思っても、もう遅い。

彼の居場所はどこにもないのだ。

五分後、クリストファーはテスと一緒に〈ジャックマンズ〉に入った。入り口にいたお仕着せ姿の従僕が、クリストファーの横を悠然と歩くテスを見て目をしばたたく。けれどもきちんと訓練を受けた使用人らしく、異議を唱えようとはしなかった。

公爵であることには利点もあるのだ。

〈ジャックマンズ〉は洗練されているがされすぎてはおらず、インドをはじめ海外に住んでいた人間が多く通っている。置いてある新聞の品ぞろえがロンドンにある紳士クラブの中でも抜群にいいというのも、クリストファーがここに通っている理由のひとつだった。

彼は暖炉のそばにある椅子に座り、背後にある窓を従僕に開けさせると、すぐに新聞に没頭した。肘の横にはコーヒーポットの置かれた小さなテーブルがあり、テスはその下になかば隠れるように横たわっている。コーヒーと一緒に頼んだマフィンをときどきちぎって落としてやると、テスはそのたびに上手に受け止めた。

クリストファーがインド南東部ヴァンディヴァッシュでの英仏の戦いの記事を眉をひそめながら読んでいると、誰かが向かいの椅子に座る気配がした。

テスがうなり声をあげる。

クリストファーは体をかたくした。〈ジャックマンズ〉には、彼にちょっかいを出そうなどという人間はいないはずだ。

顔をあげると、おびえたようにテスを見つめている間抜けなトーマス・プリンプトンが目に入った。

クリストファーは鼻を鳴らした。イングランドに戻って、ほぼ二年が経つ。プリンプトンとはそれよりも長く四年前から会っていないが、奇跡でも起こったのでないかぎり、この男はいまでも最低の臆病者だろう。いつもびっくりしたように見開いている青い目、丸い顔、半開きの口。奇妙なことに、この男の場合はこれらの特徴が合わさるとハンサムと呼べる容貌になる――少なくとも女たちの目には。

クリストファーは相手を見つめた。

「その……」プリンプトンがおずおずと言葉を発する。「レンショウ、ちょっときみと話がしたいんだが」

「ハーロウだ」クリストファーはゆっくりと訂正した。

「え……なんだって？」

「ぼくは、ハーロウ公爵だと言ったんだ」クリストファーは区切りながらはっきりと発音した。

「ああ、そうだな」プリンプトンがごくりとつばをのみ込む。「悪かったよ……その、閣下。話をさせてもらえるかな？」

「だめだ」クリストファーは新聞に注意を戻した。

だが、がさがさという音に目をあげた。

プリンプトンが紙を手に持っている。「金が必要なんだよ」

クリストファーは返事をしなかった。失礼なふるまいは相手にしないにかぎる。プリンプトンは自分が軽蔑されていることも、その理由も、よく承知しているはずだ。

しかしプリンプトンはなけなしの勇気を振りしぼったらしく、顎をあげて言葉を継いだ。

「二万ポンド。それをきみに払ってもらいたい」

クリストファーはゆっくりと眉をあげた。

プリンプトンがつばをのみ込む。「もし――もし払わないというなら、これを公にするからな」

彼は持っていた紙を突き出した。

クリストファーは明らかに手紙とわかるものを受け取って開いた。乱雑に書き散らしたような筆跡はすぐに誰のものかわかり、どきりとする。ソフィー。

彼の妻だったソフィーは四年前に亡くなっているが、彼女の名誉を守るという誓いに変わりはない。

クリストファーは手紙を丸めると、火の中に投げ込んだ。

燃えあがった紙が一瞬明るく輝いて、たちまち灰になる。その灰もすぐに炉の中で粉々になった。

「その一通だけじゃない。まだあるんだ」プリンプトンが動じずに言った。

クリストファーは相手が続けるのを待った。

プリンプトンはあげた顎をおろしておらず、開き直ったように挑戦的な表情も消していない。明らかにこの男は、自分を正義の騎士か何かだと思っているのだ。インドでの自分は英雄だったと。「手紙はまだたくさんあるし、すべて安全な場所に隠してある。きみには見つけられない場所さ。そ――それにもしぼくの身に何かあったら、公表するように手配してある」

この間抜けはクリストファーに殺されるとでも思っているのだろうか。彼は目の前の男を無言で見つめただけだった一方、テスがまたしても脅すがごとく低くうなった。

プリンプトンはおびえたように目を見開いて犬を見たあと、クリストファーに視線を戻した。「一週間後に、きみの義兄のラブジョイ男爵がハウスパーティーを開く。ぼくは招待されているし、当然きみもそうだろう。そこに金を持ってきてほしい。引き換えに手紙を渡す」

クリストファーは息を吸って、どうするべきかすばやく考えをめぐらせた。社交的な催しなど大嫌いだし、個人の屋敷という閉鎖的な空間で開かれるハウスパーティーは人の目から逃れられず息苦しい。こんな要求は断って、プリンプトンに対して容赦のない手を打つことも可能だ。だが結局は相手の言うとおりに手紙と金を交換するのが、一番簡単で面倒が少ない。

「手紙は全部よこせ」クリストファーは条件をはっきりさせた。

「わかった、ちゃんと全部――」

プリンプトンがまだ話しているのを無視して、クリストファーは立ちあがった。テスを従えて出口に向かう。後悔するようなまねをしてしまう前に立ち去るほうがいい。

かつて彼はソフィーを救えなかった。しかし今度こそ、彼女を守ってみせる。

2

　ローワンの髪は炎のように赤く、肌は空に浮かぶ雲のように白く、目は川岸に生える苔《こけ》のようにしっとりとした緑色でした。彼女にはいつも一緒にいるいとこが三人いて、名前はブルーベル、レッドローズ、マリーゴールドといいました。ローワンは三人のうちマリーゴールドだけを嫌っていましたが、その理由はけっして言いませんでした……。

『グレイコートの取り替えっ子』

　その夜遅く、フレイヤは刺繍《ししゅう》の続きに取りかかろうと、絹の刺繍糸を選んで針に通した。

「何を刺しているの、ミス・スチュワート?」ホランド姉妹の長女、アラベラがフレイヤの腕に寄りかかって尋ねる。ふたりがいまいるのは、ホランド家の居間の長椅子の上だ。

　フレイヤは〈ワイズ・ウーマン〉から情報収集を担うマッハ（ケルト神話の戦いの女神の名）に任命されて五年前にロンドンへ出てきて以来、レディ・ホランドの話し相手《コンパニオン》を務めている。そしてここでは最初から、名前はミドルネームのスチュワートを使っていた。スチュワートはスコットランド系の名前なのでスコットランド訛りをいぶかしく思われることがないし、〈ダンケルダー〉はデ・モレイ家の女たちが代々〈ワイズ・ウーマン〉であると認識しているので、彼女がエア公爵の娘だと誰にも知られてはならないからだ。

「これはコチョウゲンポウよ」フレイヤは小型のハヤブサの下に真紅のステッチを刺しながら答えた。

「その鳥は何をしているの？」

「スズメの胸から心臓をえぐり出しているの」

「まあ、ずいぶん生々しい場面なのね」アラベラの顔がやや白くなる。

「そうでしょう？」フレイヤは笑みを浮かべながら血生ぐさい場面を見おろしたあと、暖炉の上の時計を見た。まだ一〇時。クロウとの約束の時間まで二時間ある。

マッハとしてのフレイヤの仕事は、〈ワイズ・ウーマン〉のためにさまざまな情報や噂を集めることだ。彼女たちのほとんどはスコットランドの極北地方にあるドーノック周辺に住んでいるので、その縄張りの外に暮らすフレイヤやクロウのような者たちが〈ダンケルダー〉との戦いを担っている。〈ワイズ・ウーマン〉が存在しつづけられるように。

イングランドに暮らす女たちが自由に生きられるようにするために。

「お休みの日は何をしていたの、ミス・スチュワート？」レディ・ホランドがさほど興味もなさそうな様子できいた。彼女はフレイヤの左側のアームチェアで、難しい顔をしながら自分の刺繍に取り組んでいる。けれどもどうやらうまくいっていないらしく、糸が絡んでしまっているのが見えた。

「面白いことは何もありませんでしたわ」フレイヤは自分の刺繍枠を置いてレディ・ホランドのものを取り、絡んだ糸を静かにほぐしはじめた。

「あら、ありがとう」レディ・ホランドがほっとした様子で言う。フレイヤの雇い主は洗練されているとは言いがたい豊満な胸をした背の低い女性で、てきぱきと物事を片づける有能さを持ちあわせているが、刺繍には向いていないようだ。「ミスター・トレントワースとの外出はどうだったの、レジーナ？」

「彼は新しく鹿毛の馬を二頭手に入れたんだけど、その馬たちがそれはもうすばらしかったわ」フレイヤの向かいに座っているレジーナが答える。「二頭とも元気いっぱいで、息がぴったりなの。ハイドパークでは彼に手綱をゆるめて思いきり走らせてあげてって頼んだけれど、断られてしまって」

「当然ですよ」レディ・ホランドはそう言いつつも、娘に向けた笑みはあたたかかった。「彼が常識のある若者で、ほっとしたわ」

「それに彼の横顔はとてもすてきだし」レジーナはうっとりしたように言ったあと、姿勢を正した。「お母さま！　ミスター・トレントワースが近々お父さまに会いに行こうと思っているって、今日言っていたわ」

「本当なの？」ウサギの姿をとらえたグレイハウンドのように、レディ・ホランドの頭がさっと持ちあがる。「さっそくお父さまにお伝えしなくては」

レジーナが心配そうな表情になった。「お父さまは彼にどんな態度を取るつもりかしら」

「何ばかなことを言っているの。ミスター・トレントワースは非の打ちどころのない家柄だし、収入だっていいのよ。そうでなければ、お父さまはとっくに彼を追い払っているわ。祝福するに決まっているから、心配しないで待っていなさい」

レジーナが喜びの声をあげ、アラベラに抱きしめられる。けれどもフレイヤは、レディ・ホランドが眉間に小さくしわを刻み、アラベラを見つめていることに気づいた。

「お母さま、アラベラともう寝る支度をしてもいいかしら」レジーナが姉に恋人の話を聞かせたくてうずうずしているのは明らかだ。

レディ・ホランドが手を振って許しを与えると、娘たちは足早に部屋から出ていった。

フレイヤは刺繍枠を雇い主に返したが、レディ・ホランドはそれを見おろしたまま、思い悩んでいる様子で黙りこくっている。

フレイヤは咳《せき》払いをして、言葉を選びながら問いかけた。「本当は賛成されていないのですか？」雇い主が反対する理由はわからなかった。娘に対してミスター・トレントワースを褒めたばかりだし、これまでも彼のことは気に入っている様子だった。それにフレイヤも、レジーナが結婚しなければならないとしたら彼は似合いの相手だと思う。

「そういうわけではないのよ」そう言いながらも、レディ・ホランドの表情は晴れない。

フレイヤは雇い主の顔をうかがった。「では……？」

「アラベラが先に結婚してくれたらと思って」娘たちがどんな順番で結婚しようと気にしない母親も多いが、レディ・ホランドは長女が心配なようだ。

「そうですね」フレイヤは刺繍の上に身をかがめ、ロンドンの社交界に生きる女性たちとワイズ・ウーマンは考え方が違うのだと自分に言い聞かせた。本当は、誰もがワイズ・ウーマンのように考えるべきなのだけれど。

レジーナとアラベラは人並はずれた美人というわけではないけれど、どちらも母親からきれいな金髪とクリームのように白くてなめらかな肌を受け継いでいる。ふたりを比べるとレジーナのほうが美しくて性格も明るく、長い顔と鼻が父親似のアラベラはきまじめなところも父親そっくりだ。さりげないが鋭いユーモアの感覚があり、哲学、文学、歴史について知的に論じあえるものの、いまのところそのような部分はロンドン社交界の男性たちを惹きつける役には立っていない。

これまでフレイヤが見てきたかぎりでは、社交界の男たちは総じて女性に家柄と富と美しさを求める。

要するに、彼らは女性の内面ではなく外面しか見ようとしないのだ。

犬の育種家だって、育てている動物の頭のよさを重視するというのに。はっきり言って、そういう観点から結婚相手を選んできた貴族たちがだらしない笑みを浮かべた間抜けばかりになっていないのが不思議なくらいだ。

「あの子がお相手になりそうな男性と静かに話す機会を持てればね。でも残念ながら今年の社交シーズンは、そろそろ終わりが見えているし」レディ・ホランドが愚痴をこぼす。

「そうですね」フレイヤは少し迷ったすえに提案した。「それなら、田舎のお屋敷でハウスパーティーを開催するのはどうでしょう?」

「アラベラのためにということ?」レディ・ホランドは一瞬考え込み、すぐに首を横に振った。「ホランド卿が大きな催しを好まないのは、あなたも気づいているでしょう? 彼は田舎の屋敷を隠れ家のように思っているし、パーティーを開く気にさせるのは難しいと思うわ」

フレイヤはうなずき、すばやく考えをめぐらせた。「では、そういう催しのどれかに出席するというのは?」

「そうね。明日の朝、招待状を吟味してみましょう」レディ・ホランドはあくびをこらえた。「今夜はもう寝るわ。あなたも階上《うえ》にあがる?」

「いいえ、もう少しここにいます。この部分を終わらせてしまいたいので」フレイヤは持っている刺繍を示した。

レディ・ホランドが頭を振りながら立ちあがる。「どうしたら、そんなに根を詰められるの? わたしなら目が見えなくなってしまうわ」

フレイヤはちらりと微笑んだ。「誰でも暇な時間を費やす趣味が必要ですから」

夜の挨拶を交わしてレディ・ホランドが行ってしまうと、フレイヤは居間にひとりきりになった。

コチョウゲンボウとその獲物の縫い取りをせっせと続けながら、時を待つ。すると、どうしても思いはハーロウ公爵へと流れていった。どうやって彼から指輪を取り戻そう?

馬車の床に這いつくばっているフレイヤを見おろしていたハーロウの姿を思い出して、彼女はぎりぎりと歯噛みした。彼は自らの力を確信していて、尊大きわまりなかった。グレイコートでの出来事でランは変わり果ててしまったというのに、あの男は何もなかったかのようにロンドンの街を馬車で走りまわっている……。

フレイヤは首を横に振った。ランがどう変わってしまったかを考えてもしかたがない。それより高慢な公爵をやり込める方法を探すほうがいい。ハーロウは信じられないような運のよさで、とてつもない財産と爵位を相続した。年老いた公爵が死に、遠い親戚のハーロウがインドから戻ったときは、社交界は騒然となり噂が飛び交ったものだ。しかしそのあと、ロンドンで開かれているさまざまな催しで彼を見かけたことは一度もない。もしかしたら、ハーロウは意図的に社交界と距離を置いているのだろうか？　だとすれば、怪しまれずに彼にまた近づくのは難しい。その場合は使用人を買収して——。

暖炉の上の時計のチャイムが真夜中を告げ、フレイヤは物思いから引き戻された。バスケットに刺繍道具をしまって廊下に出る。

屋敷は静まり返り、物音ひとつしない。

フレイヤは忍び足で、屋敷の奥に向かった。ろうそくは持っていないけれど、ここに五年も住んでいるので不自由はない。

裏庭に続く扉を抜けると、月に照らされて白と黒だけの世界に変わった庭にはバラの香りが満ちていた。厩舎にまっすぐ続いている道を歩きだすと、靴の下で砂利が音をたてる。夜ふけの戸外はさすがに冷え、フレイヤは部屋に戻ってショールを取ってこなかったことを悔やんだ。

油を差してある裏門はきしまず、なめらかに開いた。通り抜けたあと、門が閉まらないように石で押さえる。

いつもきちんとしているミス・スチュワートが真夜中に庭から締め出されたりしたら、何をしていたのかと疑われてしまう。

厩舎に着いてあたりを見まわしたが、誰もいない。しばらくしてフレイヤがもう戻ろうかと思いかけたとき、クロウが影の中から姿を現した。

「レディ・フレイヤ」

フレイヤは身をかたくした。「その名前で呼んではだめよ」

クロウがフードをはずした。たっぷりとした黒髪のあいだでイヤリングが光る。「すみません」

本来ならフレイヤは公爵の娘――そして妹――として社交界の最上層に位置し、ロンドンでも選《え》り抜きの影響力のある人々と交わりながら、マッハとしての務めを果たしているはずだった。けれども、グレイコートでの出来事がすべてを変えた。デ・モレイの名は泥にまみれ、公爵家の富は失われた。父親は衝撃から立ち直れずにほどなく亡くなり、フレイヤと妹のカトリーナとエルスペスはドーノックに住むおばのヒルダと暮らすことになった。

フレイヤがマッハになったのはそのヒルダのためで、彼女は年老いたおばに〈ワイズ・ウーマン〉の教えや生き方を守っていくと誓ったのだった。

フレイヤははっとわれに返った。クロウが鋭い視線で彼女を見つめているが、その黒い目からは何を考えているのか読み取れない。

フレイヤは顔をしかめて問いかけた。「話したいことって、なんなの?」

「ハグ（ヨーロッパの伝承に登場する老婆の姿をした魔女の名）たちが、あなたに戻るようにという指令を出しました」

「なんですって?」フレイヤは衝撃を隠せなかった。ハグというのは〈ワイズ・ウーマン〉から選ばれた三人の女たちで、組織の意思決定を担っている。「いったいどうして? わたしのマッハとしての働きに不満があるのかしら。別の人間と入れ替えたいというの?」

「そういうことではありません」クロウは言いたいけれど言えないというように、唇をきつく結んだ。

「ではなぜ? わたしはいま、ロンドンにいなくてはならないはずよ。魔女に関する新しい法案が議会に提出されるという噂ですもの。そんなときに戻れだなんて、いったいどんな理由があるの?」

「新しいカリアッハ（スコットランド高地の冬の創造女神の名）は、〈ワイズ・ウーマン〉全員がドーノックに集まるべきだと考えているんです」カリアッハというのは三人のハグのひとりが占める地位だ。

フレイヤはクロウをまじまじと見つめた。「嘘でしょう?」

クロウが首を横に振る。「いいえ、嘘ではありません」

「ドーノックに引っ込んで、どうしろというつもりなのかしら。わたしたちの助けを必要としている女性たちを見捨てろと？　男たちが動かしている不公平な社会を正すという神聖な義務から目をそらせと？〈ダンケルダー〉がわたしたち全員を見つけて火あぶりにするまで、おびえたネズミのように隠れていろと？」

クロウは肩をすくめ、ただじっとこちらを見つめている。

フレイヤは唇をゆがめ、さらに言った。「新しい法案が通れば、わたしたちは〈ダンケルダー〉だけでなく、すべての人間に追われることになるのよ。法廷に引き出され、火あぶりにされる時代がまた来る。大魔女狩りが再来したら、〈ワイズ・ウーマン〉は今度こそ終わりよ」

「わかっています。でも、わたしはカリアッハではありませんから」クロウがささやく。

「あとのふたりのハグは、もう高齢だわ」フレイヤは苦々しく言った。三人のハグは同等の権限を持っているものの、ひとりが押しの強い性格だと、残りのふたりが引きずられるというのはじゅうぶんありうる。

クロウはうなずいた。「一番年長のハグは病床についていると聞きました。彼女の先は長くなく、後継者はカリアッハと同じ考えを持っているそうです」

「ネヴァンはどうなるの？」フレイヤはきいた。暗殺の役目を担うネヴァンは、本当の重大事にかぎって使われる。「彼女も呼び戻されるのかしら？」

「そうです」

「あなたは？」

「わたしは自分の務めを終えたあと、あなたやネヴァンと同様、ドーノックに戻ります」

フレイヤはきつく目をつぶった。考えるのだ。これまでも、〈ワイズ・ウーマン〉の中に男が力を握る世界から完全に退いて引きこもろうという動きがあるのは知っていた。ただ、その動きがどれほどの勢いを持つものなのか、いままで気づいていなかった。だが彼女たちが全員スコットランドに戻り、新しい魔女法が制定されたら、〈ワイズ・ウーマン〉は滅びの道をたどることになるだろう。

そしてそうなれば、一〇〇〇年もの長きにわたって伝えられてきた知識や伝統や献身が失われてしまうのだ。ヒルダが受け継ぎ、フレイヤへと伝えてくれたものが。

そんなことを許すわけにはいかない。

フレイヤが目を開けると、クロウが黒い目を彼女の顔に据えたまま辛抱強く待っていた。

「一カ月猶予をちょうだい。四週間後にドーノックへ戻るとハグたちに伝えて。怪しまれないように退くには、それだけの時間が必要だと」

クロウが眉をあげる。「一カ月で何ができるというんです?」

「聞いて。新しい魔女法案の提出において陣頭指揮を執っているのはエリオット・ランドルフ卿なのよ。だから何カ月もかけて、彼の弱みを探してきたわ。そしてその可能性があるものを、ひとつだけ見つけたの」

クロウが問いかけるように首をかしげる。

「彼の妻よ。レディ・ランドルフは去年突然、彼のランカシャーの領地で亡くなり埋葬されている。ロンドンにいる彼女の親族へ知らせが行く前に。そんなに急いで埋葬したのは、妻の遺体を見られたくない理由がランドルフ卿にあったからじゃないかしら。その理由を探り出し、彼が妻の死に関わっていたという証拠を見つけられたら、彼を止められる。新しい魔女法を、議会に提出される前に葬ることができるわ」

だが、クロウは首を横に振った。「社交シーズンはもう終わります。貴族たちはそろそろロンドンを出て、領地に引っ込んでしまうでしょう」

「ええ、そのとおり。ランドルフ卿を含めて貴族はみんなね」

「では、どうやって――」

「レディ・ホランドはラブジョイ男爵夫妻が領地の屋敷で開くハウスパーティーに招待されているの」フレイヤはクロウと目を合わせた。「そしてその領地はランカシャーにあるのよ。つまりランドルフ卿とは隣同士というわけ」

クロウの顔にようやく理解したという表情が浮かぶ。「そのハウスパーティーに出席するつもりなんですね」

フレイヤはにっこりした。「だから一カ月ちょうだい。そうしたらレディ・ランドルフの死の真相を必ず探り出すわ。ランドルフ卿を破滅させられる証拠を、絶対に手に入れてみせる」

二週間後、フレイヤはランカシャーを走る馬車の中にいた。進行方向とは逆向きの席にレディ・ホランドの中年の侍女セルビーとレジーナにはさまれて座り、向かいの席にはアラベラとレディ・ホランドが座っている。道についた轍《わだち》による揺れに、フレイヤは思わず顔をゆがめた。

旅はすでに一週間も続いていて、土埃の立つ道や清潔とは言えない宿、つねにがたがたと揺れている馬車に全員嫌気が差していた。

「もうあとほんの少しのはずよ」レジーナが期待をこめて窓の外を見る。「これ以上進んだら、スコットランドに入っちゃうもの」

「ミス・スチュワートが何通も来ている招待状の中からレディ・ラブジョイのものを受けるように熱心に勧めたのは、それが理由かもしれないわね」アラベラが小声で言い、フレイヤにすばやく小さな笑みを向ける。

「まさか、違うわ」フレイヤはぴしゃりと返した。「そもそも、ラブジョイ邸があるのはスコットランドではないし」

これを聞いて、アラベラとレジーナは懸命に笑いをこらえている。何年も前から、ふたりはスコットランドや少しでもそれに関係したものに出会うと、フレイヤをからかう種にして楽しんでいた。フレイヤは突然、胸が締めつけられるのを感じた。ホランド姉妹とはもう五年も一緒に暮らし、不器用な少女が優雅なレディへと変わっていくさまを見てきた。

二週間後にふたりやレディ・ホランドと別れるときは、きっとつらいだろう。

フレイヤは背筋を伸ばした。それまでの二週間で、レディ・ランドルフの死の真相を突き止めなければならない。〈ワイズ・ウーマン〉に迫っている恐ろしい運命を回避するための、重要な時間だ。

「どうしてレディ・ラブジョイのパーティーに出席することにしたの、お母さま？　今年の夏はバースで過ごすつもりだと思っていたのに」レジーナの声がフレイヤの物思いをさえぎった。

「レディ・ラブジョイのパーティーに出たあとでも、バースで過ごす時間はたっぷりありますよ。レディ・ラブジョイは仲のいいお友だちなの。それに厩舎にはいい馬がたくさんいるし、お屋敷のまわりは自然が豊かでロマンティックだと彼女が保証してくれたから」レディ・ホランドがフレイヤのほうを向いてうなずく。「ミス・スチュワートも賛成してくれたし」

「ミスター・アロイシウス・ラブジョイが友人たちを連れて出席するでしょうしね」レジーナがささやく。

アラベラの顔がまだらに朱に染まった。

フレイヤは笑みを隠した。ラブジョイ男爵の息子は目を引く美しい金髪をしているが、それより何より気持ちのやさしい男性だ。静かで知的なアラベラには、繊細な気遣いのできる男性が合う。レディ・ホランドがラブジョイ家のパーティーを選んだのは、アラベラの相手になりそうな独身男性が何人も出席すると見込んだからに違いない。

「奥さま、着きましたよ」窓の外を見つめていたセルビーがうなずきながら告げ、全員が身を乗り出した。

馬車が止まって、大きな鋼鉄製の門が開けられるのを待った。ふたたび動きだして砂利道を進みはじめる馬車を、門番が帽子に手をかけて見送る。

ラブジョイ邸は称賛に値するほど手入れが行き届いた芝生に囲まれていた。赤い石造りの屋敷自体は、少なくとも数世紀は経っているだろう。この世界における自分の位置にまったく疑問を抱いていないかのような尊大さをたたえた建物に、フレイヤは一瞬、自分の生まれ育った屋敷が恋しくてたまらなくなった。エア城はラブジョイ邸よりさらに大きくて古い。威容を誇る灰色の建物に、はじめて見る者はやはり尊大さと近寄りがたさを覚えるはずだ。

でも、彼女の目にはそんなふうに映らない。生まれ育った懐かしい場所なのだから。

「わたしたちのすぐ前に誰かが到着したみたい」アラベラの声に、フレイヤはわれに返った。見ると扉に見慣れた紋章のついた黒い馬車が止まっていて、御者台にはまだ人が乗っている。

フレイヤの耳の奥で心臓の音が大きく響きはじめたが、なんとか表情は変えずに保った。目の前の馬車の主が彼女の考えている男なら、警戒しなければならない。正体がばれたら任務を果たせなくなってしまう。

なのにフレイヤは、それを恐れるより彼との対決を待ち望む気持ちがわいてくるのを感じた。筋肉が引きしまり、五感が研ぎ澄まされる。これは運命のすばらしい導きだ。彼もこのパーティーに出席するなんて、まったく予想していなかった。とはいえ彼女の見ている前で、馬車からブーツに包まれた脚が、男らしい手首を包むレースが順々に現れる。フレイヤは革と土と一気に熱を増した自分自身のにおいを吸い込んだ。

生きているのだと実感する。

ああ、どうか彼でありますように。

ランの指輪を取り返したい。あの男に思い知らせてやりたい。

「ミスター・ラブジョイかもしれないわ」レジーナが言い、いたずらっぽくアラベラを見つめた。

「違うわよ。あの男性は彼よりずっと肩幅があるし、背だってはるかに高いもの」アラベラが返す。

馬車の横に立った大柄な男性は見るからに威圧的で、そんな彼に吸い寄せられるように人が駆けていっている。

「あの紋章に見覚えはある?」速度を落として止まろうとしている馬車の中で、レジーナがささやいた。

レディ・ホランドが口を結んで考え込む。「ないわ。でも、持ち主が裕福だというのはたしかね。馬車が新しいから」

フレイヤの心臓は、いまにも喉から飛び出しそうに激しく打っている。

従僕が踏み段を用意すると、一同は荷物を持って順におりはじめた。

フレイヤは最後に続いた。

頭をさげて馬車の扉をくぐったとたん、目の前に男性の手が差し出された。ランの指輪をつけた手。長い指の爪はきちんと切りそろえられ、手のひらは大きくて力強い。

フレイヤは息を吸って気持ちを落ち着けると、その手を取って踏み段をおりた。

「きみには、まだ正式に紹介されていなかったな」ハーロウ公爵の声が頭上で響く。

フレイヤが顔をあげると、真っ青な目が見おろしていた。今日の彼はつややかな栗色の髪をうしろにとかしつけて額をあらわにし、青い目がつやのある茶色い服に映えてひときわ輝いている。

彼に見とれてしまったわけではないと心の中で言い訳をしつつ、フレイヤは思わず挑発的な言葉を口にした。「本当にそう思われます？」

ハーロウが目を細めた。こんなふうに彼に挑戦するような物言いをする人間は、いったいどれくらいいるのだろう？「ああ、たしかだと思うが」

「わたしたちの付き添い役《シャペロン》のミス・スチュワートとお知りあいなんですか？」何も知らないレジーナが好奇心をあらわにする。

彼はフレイヤに眉をあげてみせると、レジーナに聞こえないようにささやいた。「さて、どうだったかな、ミス・スチュワート？」

「たしかサンディ伯爵のお屋敷での舞踏会でお会いしましたわ。もたもたしていたらぶつかってしまって、あのときはすみませんでした」フレイヤはとっさに話をでっちあげた。

「ああ、あのときぼくの目の前で転んだ女性がきみだったのか。痛めたところは、もうよくなったのかな?」公爵が魅力たっぷりの笑みを浮かべる。

「ええ、すっかり」

フレイヤは目を伏せて、彼の腹にナイフを突き立て、内臓を引きずり出す場面を想像した。細かく鮮明に。

公爵はうなずいて話を終わらせると、レディ・ホランドに向き直って腕を差し出した。

「ご一緒させていただけますか?」

レディ・ホランドが顔を赤らめる。「まあ――」

そのとき黄色い犬がはずむように駆けてきて、フレイヤのスカートに鼻面を突っ込んだ。レジーナが押し殺した悲鳴をあげる。子どもの頃に噛まれたせいで、犬が苦手なのだ。

レディ・ホランドが鋭い声を発した。「これは誰の犬なの?」

「ぼくの犬です。テス、こっちに来い」ハーロウが指を鳴らした。

テスは主人の命令を無視して、スカートの裾を熱心にかぎまわっている。最後に休憩したときに、人懐っこい猫がじゃれてきたのをフレイヤは思い出した。

「テスはあなたが公爵だとわかっていないようですわね」顔をあげて穏やかに言う。

公爵がため息をついた。「そうなんだ。ちっともわかっていない」

フレイヤは唇をぴくりと動かしてしまったが、なんとか表情を変えずに犬に手を差し出した。

主人が卑劣で不快な男なのは、このテスのせいではない。

犬はフレイヤの手に濡れた鼻先をつけてにおいをかいでいたものの、すぐに顔をあげるとぱかっと口を開けて笑った。尻尾もゆらゆら振っている。くすんだ黄色の毛に包まれたテスは頭がフレイヤのちょうど腰のあたりで、三角形の耳は上向きに立ち、目と鼻は黒かった。およそ貴族が飼っている犬らしくないけれど、そもそもテスみたいな犬を見るのははじめてだ。

「本当におとなしい犬なんだよ。ちょっと触ってみないか？」ハーロウがレジーナに目を向けて促した。

レジーナは両手で胸元を押さえ、あからさまにためらっている。

テスは向きを変え、とことこと飼い主の横に行った。

「そうですね……少しだけ」レジーナがようやく答える。

「じゃあ、こちらへ来て手を出して」彼が過去にしたことを考えると、信じられないほどやさしい声だ。

レジーナが伸ばした手は震えていたが、公爵はその手を取り、身をかがめてテスにふたりの手をかがせた。「いい子だ、テス。やさしくするんだぞ。ミス・ホランドをどう思う？友だちになれそうか？」

フレイヤは息をのんだ。犬に語りかける彼の声の低い響きに、体の内側が震える。とんでもない男だと思い、目をそらそうとしたけれど、フレイヤはそうしたくないと思っている自分に気づいてうろたえた。

テスの頭をそっと撫でながら、レジーナがうれしそうに顔をほころばせた。「耳がとってもやわらかいわ。公爵閣下、ありがとうございます」

彼は重々しくお辞儀をしたが、大きな口の両端はあがっていた。「お安いご用ですよ、ミス・ホランド」

「ハーロウ公爵！　来てくれたのだね」ラブジョイ男爵ダニエル・ラブジョイが玄関前の階段に現れ、声をあげた。四〇代の彼は髪粉を振った灰色の髪をしている。「それにレディ・ホランド。あなたにお会いできるのはいつもうれしいですよ」

それを合図に、一行は屋敷の中へ向かった。すっかり忘れられた格好のフレイヤは最後についていった。

けれども、そのほうが彼女には好都合だ。


二時間後、クリストファーはテスを横に従え、ラブジョイ邸の大階段を下って一階におり立った。一週間も馬車にこもっていたので、熱い湯で入浴し、服を着替えてようやく人心地がついていた。彼の頭は、早くプリンプトンと会って、いやな用事を片づけてしまいたいという思いでいっぱいだった。あんな男がソフィーの手紙を持っていると思うとむかむかする。手紙を取り戻したら、ソフィーとのことをようやく過去のものにできるだろう。

足を進めてさらに広い廊下に出たところで、近くから男たちの話し声が聞こえた。

明るい青に塗られた扉を開けると、中は濃い茶色の壁板が張りめぐらされた部屋だった。数箇所に何脚かずつまとめて椅子が置かれたその部屋は、義兄の書斎であるのは明らかだ。

暖炉のそばに座っていた三人の男たちが、人が入ってきた気配に振り返る。テスが息遣いを荒くして、警戒するように頭をあげた。

クリストファーは犬をなだめようと、無意識のうちにその頭に手を置いた。

「ああ、ハーロウ」ラブジョイ男爵が快活に呼びかける。

彼は妹と二〇近く年が離れていたが、よく似ていた。一五年前にソフィーと結婚したとき、遠目には双子と見まがうほど兄とよく似ていると思ったのをクリストファーは覚えていた。満月のような丸顔と、濁りのない純粋な金髪。ただし、いまのラブジョイは髪粉を振っているので、白に近いほどの金髪が変わっていないのかどうかはよくわからない。

クリストファーが近づいていくと、男爵は彼のかたわらを歩くテスをじっと見つめた。「犬は厩舎にいるほうがくつろげるんじゃないかと思うが」

「いや、そんなことはない。今回はご招待をありがとう」クリストファーは返した。

ラブジョイはかすかに顔を紅潮させたものの、言葉はあくまで丁重だった。「いや、礼だなんてとんでもない。息子のアロイシウス・ラブジョイを紹介させてもらってかまわないかな？」

若者がはずむように立ちあがる。父親から受け継いだ白に近い金髪をひとつに束ねているが、額やこめかみにたくさんの巻き毛がこぼれ落ちていた。この髪は一族に受け継がれているものだとクリストファーは知っているけれど、そうでなければかつらだと思ったに違いない。

「公爵閣下、ようやくお目にかかれて光栄です。一〇歳のときにソフィーおばさまとの結婚式でお会いしていますが、一五年も前のことですから。おじさまとお呼びしてもいいでしょうか？」

からかわれているのかどうかわからず、クリストファーはアロイシウスを見つめた。しかし、ラブジョイ男爵の息子はどう見てもまじめそのものだ。彼はクリストファーより八つ下なだけだが、もっとずっと年下に思える。

いずれにせよ、ソフィーがいないいま、その呼び方がふさわしいとは思えなかった。

「いや、それは遠慮させてほしい」

アロイシウスの眉が驚いたとばかりに跳ねあがったとはいえ、気分を害したようには見えなかった。

そのとき三人目の男が口を開いた。「にべもなく却下されたな。身のほどをわきまえたほうがいいぞ、アル」

「彼はアロイシウスの友人で、リアンダー・アシュリー。ルークウッド伯爵だよ」ラブジョイが紹介した。

三〇過ぎとおぼしきルークウッド伯爵はハンサムで、白いかつらの下の目は皮肉っぽい。彼はやや大げさに、優雅なお辞儀をした。「お会いできてとても光栄です、閣下。失礼ながら、あまり社交界の催しではお見かけしないので。あなたは伝説のような存在になっているんですよ」

「伝説か」クリストファーはそっけなくつぶやいた。単に、舞踏会や夜会を避けているにすぎない。人がひしめきあっている場所に行くと不安のあまり窒息しそうになり、汚染されていない空気を吸いに外へ出なければという焦燥感に駆られるのだ。

そんな場所へ行くくらいなら、毒をのむほうを選ぶ。

クリストファーの口調にルークウッドは一瞬目を細めたものの、すぐに魅力的な笑みを浮かべた。

「みんな、紹介しよう。こちらはハーロウ公爵クリストファー・レンショウ」ラブジョイが彼を紹介し、あわててつけ加えた。「知っていると思うが、わたしの亡くなった妹と結婚していた」クリストファーに視線を移す。「わたしたちはそろそろ広間に移って、ほかのお客たちに加わろうと思っていたところなんだよ」

クリストファーはうなずき、男爵と一緒に歩きはじめた。テスもゆったりとした足取りでついてくる。

「パーティーの招待客は、もう全員到着したのかな?」プリンプトンはいったいどこにいるのだろう?

「それがまだなんだ。ところで、わたしたちの開くささやかなパーティーにきみが来てくれたと知ったら、妻は間違いなく大喜びするよ。きみがインドから戻ったあと、ほとんど会っていないからな」

ラブジョイがぎこちない笑みを見せる。

本当なら、クリストファーはそのことに対して罪悪感を覚えるべきなのだろう。「あれこれとやるべきことが多かったのでね」それは嘘ではなかった。

「もちろんそうだろう」ラブジョイが言う。「さあ、着いた」

濃い真紅に塗られた居間は奥で暖炉の火が勢いよく燃え、熱気がこもっていた。四方の壁が迫ってくるような息苦しさに襲われ、クリストファーは深呼吸をした。テスの頭に手をのせて、気持ちを落ち着ける。

彼は部屋のあちこちに座っている人々を見まわした。そして視線がミス・スチュワートをとらえたとたん、自分は彼女を探していたのだと気づいた。離れた場所からでも、こちらを見つめ返す彼女の目に強い感情が宿っているのがわかる。取り澄ました表情を崩してはいないが。

いったい彼女は何に関わっているのだろう？　ここにいるのは退屈なくらい非の打ちどころのない淑女だが、ほんの二週間前に見たのは、いかつい男ふたりに追われてクリストファーの馬車に飛び込んできた大胆な女性だった。しかも彼女は赤ん坊を連れていた。

不可解な謎はとりあえず置いておくことにして、クリストファーはまわりの状況に気持ちを引き戻した。ラブジョイが部屋にいる人々のあいだをめぐり、見知らぬ者同士を紹介してまわっている。

クリストファーは、レディ・キャロライン・ホランドとその娘たちとはすでに顔を合わせていた。レディ・ホランドとレジーナが並んで座り、向かいあってアラベラとミス・スチュワートがいる。ミス・スチュワートには名字しかない――少なくとも、彼が教えられているのはそれだけだ。

ホランド一行と直角に向かいあう位置には、レディ・ラブジョイとスタンホープ子爵マルコム・スタンホープが並んで座っていた。子爵は三〇前に見えるが、気難しい老人のように堅苦しい。

ラブジョイが全員の紹介を終えると、レディ・ラブジョイがクリストファーに向き直った。

「お茶はいかが？」

クリストファーは勧めに応じてから、両開きの扉に一番近い椅子に座った。閉まっているその扉は、おそらくテラスに続いている。つまり、いざというときの避難経路だ。テスが彼の椅子の下にのっそりと入ってきて横たわった。レディ・ラブジョイは夫と違い、ハウスパーティーの客が犬を連れ込んでもいやがるそぶりを見せていない。それは彼女が夫より心が広いということなのかもしれないが、クリストファーの爵位に免じて、彼が何をしても黙認するつもりだという可能性のほうが高いだろう。

ほとんどの人間がそうなのだ。クリストファーが公爵だと知ったとたん、深々とお辞儀をして急に口ごもりはじめる。まるで彼が黄金を次々と吐き出す神か何かであるように。

凡人には触れられない、孤高の存在であるとでもいうように。

だが、〝ほとんど〟とは全員ということではない。

何事にも例外はある。

そう考えると胸が高鳴り、クリストファーは振り返った。すると目に映ったのは、緑色と金色がまじった美しい目に憎しみをたたえて彼を見つめている、ミス・スチュワートの姿だった。

3

ある日ローワンはいとこたちと一緒に、馬車で森の奥に向かいました。やがて空き地に出て見まわすと、端のほうに洞窟が口を開けています。緑色をした静かで美しい洞窟なのに、馬たちは怖がってあとずさりしました。

「あの中は妖精の国につながっていると言われてるのよ」マリーゴールドが言うと、レッドローズとブルーベルは怖がりましたが、ローワンは違いました。

「まさか！　そんなのくだらない作り話に決まってるわ。中に入って、嘘だと証明しましょうよ」……。


『グレイコートの取り替えっ子』


一八歳の頃の彼は、背丈は大人ほどあっても体重が追いついていない、痩せっぽちの若者だった。中世の王を思わせる繊細で禁欲的な面長の顔に、生き生きと輝いていた青い目。少なくとも、それがフレイヤの記憶に残っているクリストファー・レンショウの姿だ。

彼女は紅茶を飲みながら、ハーロウ公爵を観察した。完全に大人の男へと成長したいまの彼は、大きくたくましい。がっちりと広い肩、ストッキング越しにもふくらはぎの筋肉がわかる脚、高い頬骨と力強い顎が特徴の顔。彼はもはや夢見る詩人ではない。

そう、いまの彼は詩人というより戦士の王といった雰囲気だ。艱難《かんなん》をくぐり抜け、厳しさを身につけた王。迷わずに友をも裏切れる男。

そんな彼がフレイヤを思い出さなくても、不思議はない。

そもそもそれで当然なのだと、彼女はいらだちながら考えた。ハーロウと最後に会ったとき、フレイヤは思春期も迎えていないがりがりの少女で、彼にとっては親友であるラヌルフの妹というだけの存在だったのだ。つまり、ハーロウには彼女に注意を向ける理由などなかった。ジュリアン・グレイコートやランとともにオックスフォード大学の学生だったハーロウに対して、フレイヤはまだ子どもだったのだから。

過去の記憶がよみがえって震えだしそうになった唇に、彼女は力をこめた。神話から抜け出た若い神のように輝いていた三人を、フレイヤは無敵だと思っていた……。

けれどジュリアンとハーロウのせいで、ランは見る影もなくなってしまった。

「頭痛がするの？」隣に座っているアラベラが、声をひそめてきいた。

「いいえ、大丈夫よ」険しい表情になっていたことに気づいて、フレイヤは笑みを作った。

「馬車に揺られどおしだった旅の疲れからは回復した？」

「もう揺れに我慢しなくてよくなって、ほっとしているわ」年下のアラベラがしみじみと言う。

かべた。

「招待客の顔ぶれをどう思う？　楽しく過ごせそう？」

「相手になりそうな男性がいるかってこと？」アラベラは唇をゆがめ、皮肉っぽい笑みを浮かべた。

フレイヤはたじろいだ。「それほどあからさまにきいたつもりはなかったのだけれど」

「こんなことをして意味があるのかしら」

苦々しい口調に、フレイヤはちらりとアラベラを見た。

アラベラが浮かない笑みを返す。「お母さまがわたしにレジーナより先に結婚してほしいと思っていることはわかっているの。でも、ミスター・トレントワースはいまにもレジーナに求婚しそうだというのに……」

彼女は肩をすくめた。

フレイヤは唇を引き結び、黙ってアラベラの手をそっと叩いた。だが、そんなことでアラベラが慰められたとは思えなかった。アラベラのような身分の女性でも、結婚しないことはある。でもほとんどの女性は結婚するし、ホランド卿が娘たちに、ただ結婚するだけでなくすばらしい相手と結ばれてほしいと願っているのはわかっていた。

わたしはワイズ・ウーマンでよかった、とフレイヤは心の中で感謝した。自分が望めば結婚して家族を持つこともできるけれど、義務というわけではない。それどころか、ドーノックでは結婚すると言ったほうが歓迎されないだろう。〈ワイズ・ウーマン〉は自分たちの輪の中にどの男性を受け入れるか、きわめて慎重に判断する。

フレイヤは言った。「今回ここで会う人の中に気に入る男性がいなかったら、お母さまはきっと別の方を見つける時間をくださると思うわ」

「そうね」アラベラは奇妙なほど冷めた目で男性たちを見渡した。「でも、わたしにはすでに夫を見つける時間が三年もあったのよ。お父さまもお母さまも、永遠には待ってくれないでしょう」

「ずいぶん悲観的ね」

アラベラが振り向き、唇をわずかにゆがめて微笑んだ。「ミス・スチュワート、わたしは夫探しを本気で頑張ってみるつもりよ。そういうことは覚悟を決めてやらないと意味がないと思うから」

居心地の悪さを隠そうと、フレイヤは紅茶を口に運んだ。結婚生活ではうまくいかないことも山ほどあるし、いったん誓いを立てれば、娘時代には認められていた自由を二度と取り戻せない。

結婚にはまさに〝覚悟〟が必要だ。

フレイヤは重くなった雰囲気を変えようと咳払いをした。「スタンホープ卿って、とてもハンサムよね」

アラベラが驚愕《きょうがく》した表情を向けてくる。

「本気で言っているの？　彼は苦虫を嚙みつぶしたみたいな顔をしているのに」

フレイヤは笑みをこらえた。「照れ屋なのかもしれないわ」

信じられないというように、アラベラが目を見開いた。

「まあ、そういう可能性だってあるでしょう?」フレイヤは肩をすくめた。「わたしの経験から言うと、不機嫌そうにむっつりしている男性の中には臆病なのを隠しているだけという人もいるのよ」

「臆病ですって!」アラベラが片方の眉をつりあげる。「それならハーロウ公爵をウサギにたとえたって、おかしくないわね。あのおとなしい犬にレジーナをわざわざ引きあわせてくれるなんて、ずいぶん親切だもの。そんなの、まったく予想できなかったわ。見た感じは、好みのお茶じゃなかったというだけで、それをいれた人の頭を食いちぎってしまいそう」

フレイヤは我慢できずにハーロウを盗み見た。

彼とラブジョイ男爵が座っている椅子の下で、テスが重ねた前脚の上に頭をのせ、周囲を警戒するように眺めている。ハーロウはパーティーの主催者が言っていることに、しかめっ面で耳を傾けていた。だがどうも落ち着きがなく、暖炉から閉まっている扉に視線を移し、もぞもぞと体を動かしている。まるで部屋を出ていきたくてしかたがないようだ。

ばかげた考えに、フレイヤは頭を振った。ハーロウはこういう集まりで居心地の悪さを感じるほど繊細ではない。そう、アラベラの言ったことが正しい。

繊細どころか、人をおびえさせる側の人間だ。

「わたしなら、彼だけはやめておくわ」気がつくと、フレイヤは言っていた。

「どうして? 犬を見れば飼い主がどんな人間かわかるって前から思っているけれど、テスはいかにも公爵が大好きでたまらないという感じよ」

アラベラがハーロウの気を引こうとするかもしれないと思うとなぜかいらだちを覚え、フレイヤは彼女を見つめた。

アラベラは眉間にしわを寄せている。

フレイヤは首を横に振った。「犬はとても愛情深い動物よ。餌をやったり、遊んでやったりといったささいなことで、すぐになついてくれる。公爵が特別やさしいとは思わないわ。少なくとも、あなたの相手としてふさわしいほどには」淡いピンクの美しいドレスを着たアラベラは、とても若く見える。

「ときどきずいぶん皮肉っぽくなるのね、ミス・スチュワート。昔、男性に傷つけられたことがあるんじゃないかって、たまに思うわ。あなたを拒絶して心を張り裂けさせた恋人がいたんじゃないかって」

「そんなロマンティックな過去はないわ」フレイヤは淡々と言った。「ところで、ミスター・ラブジョイの息子さんはどう思った？　前にも会っていると思うけれど」

「自分の話になると、いつも話題を変えてしまうのね。考えてみたら、あなたの過去をほとんど知らないわ」

「わざわざ知るほどの過去がないからよ」フレイヤはアラベラと目を合わせ、軽い口調で返した。

アラベラがため息をつき、男性たちのほうにふたたび視線を向ける。「質問に対する答えだけれど、あなたの言うとおり、ミスター・ラブジョイとは去年の冬に舞踏会で踊っているわ。一度ね。ちなみにレジーナは二度踊っているわよ」

フレイヤは最後の部分については無視した。「彼はなかなかよさそうな男性じゃない？」

「お母さまは爵位のある男性を望むのではないかしら」

「もちろん、そうでしょうけれど」フレイヤは目をぐるりとまわしたくなるのを我慢した。当然、花婿となる男性の家柄は、花嫁が彼を好きになれるかどうかということよりも重視される。「でも、ミスター・ラブジョイはいつか男爵になるわ――相当な財産も受け継ぐし。それに最終的には、レディ・ホランドもあなたの幸せを一番に望むはずよ」

「お母さまがわたしの幸せを願ってくれていることはわかっているの。だけど、お父さまは爵位のある男性と結婚してほしいと思っているわ」アラベラは顔をあげ、フレイヤをまっすぐに見つめた。「両親にはわたしを誇りに思ってもらいたい。けれどレジーナみたいに明るい性格じゃないわたしが、爵位のある男性を惹きつけられるものかしら」

「できますとも」フレイヤはアラベラの手を取った。彼女の正直な気持ちを聞いて、胸が締めつけられた。「本気になれば絶対にできるわ。あなたはやさしくて知的な人ですもの。そうしようと思えば機知に富んだ会話もできる。わたしたちはただ、あなたのよさを理解できる男性を見つけさえすればいいのよ」

それでも自信が持てない様子のアラベラを見て、フレイヤは口をきつく結んだ。傷ついている彼女は見たくない。

「アラベラ」レディ・ホランドが呼びかけた。「レディ・ラブジョイはとてもすてきな刺繍の図案をお持ちなのよ。あなたも見せていただきなさい」

レディ・ラブジョイはレディ・ホランドが座っている長椅子に移っていた。

「ええ、お母さま」アラベラは従順に応えて立ちあがると、母親たちのところへ行った。

正直なところ、フレイヤにはアラベラが似合いの相手を見つけられるかどうかわからなかった。爵位を持つ男性は、貴族階級の女性たちの中から結婚相手をよりどりみどりで選べる。心配する必要はない、彼女自身を愛してくれるやさしい男性を時間をかけて見つければいいと励ましてあげたくても、そうは言えないのが現実だ。

それでもアラベラは結婚することを期待されている。結婚して父親のためになる縁故を作り、貴族階級の次の世代を生むよう求められているのだ。彼女に結婚以外の選択肢はない。コンパニオン兼シャペロンとして働いているフレイヤは表面的には貴族社会の最下層にいるけれど、本当はどんな公爵夫人よりも多くの自由を手にしている。

それは彼女がワイズ・ウーマンだからだ。

そしていま彼女には、組織の仲間たちを救うのにたった二週間しか残されていない。ランドルフ卿の行動を止められるような弱みを、二週間でなんとしても見つけなくてはならないのだ。

フレイヤが紅茶を飲みながら部屋を見まわしたとたん、ハーロウ公爵と目が合った。彼は考え込むように鮮やかな青い目を細め、フレイヤを見つめている。

突然、彼女の中でハーロウへの憎しみが一気にふくれあがった。胸が苦しくなり、息が吸えない。ハーロウはフレイヤだけでなくランのことも忘れてしまったのだろうか？　ハーロウは良心の呵責も感じないまま人生を謳歌《おうか》しているのに、次兄のラクランは残ったデ・モレイ家の領地を苦労して切りまわしているのだという事実が、棘《とげ》のように胸に突き刺さった。そして、ランは自分の中に完全に引きこもってしまっている。

アラベラが声をあげて笑っているのが聞こえた。

フレイヤは彼女を見つめた。アラベラは、レディ・ラブジョイが母親と自分に見せてくれている図案帳を笑顔で眺めている。いつもあんなふうに肩の力を抜いて話せればいいのだけれど、アラベラは男性といるとがちがちになってしまう……。

「ミス・スチュワート」低い声が横から響いた。

体の芯まで震わせるような声だ。「公爵閣下」

振り向くと、ハーロウがフレイヤのいる長椅子の横に椅子を持ってきて座っていた。とはいえ近すぎるということはなく、不適切なほど身を寄せていると非難する人間はいないだろう。それでも、彼がフレイヤに話しかけているという事実自体が物議をかもす可能性はある。彼女はコンパニオン兼シャペロンとして雇われており、紳士の注意を引く存在であってはならないのだ。

フレイヤのほうも、人の注意を引きたくないと思っている。

そしてハーロウは明らかにそのことに気づいていて、驚くほど青い目を興味深げに輝かせていた。「好奇心を刺激されてしまってね。ミス・スチュワート、きみは見かけどおりの人間ではないという気がしてならないんだ」

「誰でもそうなのではありませんか？」

彼は肩をすくめた。「かもしれない」

顔が引きつっているのを自覚しながら、フレイヤは微笑んだ。「あなたはどんな恐ろしい秘密を隠していらっしゃるんですか、公爵閣下？」

「秘密を隠していると、なぜわかる？」

「勘でしょうか」フレイヤは首をかしげて彼を見つめ、慎重に答えた。グレイコートという言葉を出せば、いままで身元を隠してきたことがみんなの前で露見する。それでもハーロウに言ってしまいたい衝動に駆られたが、なんとか自分を抑えてあいまいな表現にとどめた。「奥さまを亡くされた三〇歳過ぎのあなたが、爵位を継いで二年経っても再婚される気配がないからです」

「妻がいないと怪しまれるとは気づかなかった」彼がゆったりとした口調で返した。

「公爵というとても高い身分をお持ちの場合だけですわ。若くて魅力的な女性をお探しになるべきではありませんか？　そばに控え、跡継ぎを産んでくれる女性を。公爵として、あなたにはその義務があるはずです」

ハーロウが皮肉っぽく唇をゆがめた。「ホランド姉妹との結婚を取りもとうとしているのか？」

「いいえ」フレイヤは思わずきつい声を出した。力に満ちあふれた――危険な男であるハーロウは、レジーナにもアラベラにも向いていない。彼と結婚する女性は強さだけでなく、負けん気も持ちあわせている必要がある。彼の意志に負けずに抵抗できるように。もちろん、どんな女性にも彼みたいな男と結婚してほしくはないけれど。「若い女性にあなたを勧めたりしません」

「ぼくは腹を立てるべきなのかな？」ハーロウの瞳はあまりにも青く、どうしても目をそらせない。

「そうですね」フレイヤは顎をあげた。「あなたは若い女性の相手としてふさわしくないと、わたしは思っていますから」

ハーロウは微動だにせず、わずかに力の入った顎だけが怒りを示していた。やがて彼は辛辣な声で質問した。「きみにならお似合いなのかな、ミス・スチュワート？」

「わたしはコンパニオンですから、公爵閣下がわたしの相手になることはないとよくご存じのはずです」これではまるで恋の駆け引きをしているようだ。青く美しい目に、大胆なやりとりに、彼を意識してしまう自分の気持ちに負けてはならない。フレイヤは膝の上に伏せていた手を返し、手のひらを上に向けた。「ひとつ質問してよろしいでしょうか。復讐《ふくしゅう》について、どうお考えですか？」

返事がない。

フレイヤは目をあげた。

ハーロウはいつ飛び出すかわからない大砲でも見るように、彼女を見つめている。「奇妙な質問だな」

「そうでしょうか」軽い調子で返した。「すみませんでした。もっと常識的な話題に変えますね。今日はいいお天気だと思われません?」

彼は鼻を鳴らし、まじめな口調で答えた。「復讐は、それをする人間の心を破壊してしまうとぼくは思っている」

なぜか興奮を覚え、フレイヤはぞくぞくした。ハーロウは彼女の挑戦を受けて立ったのだ。

「わたしの意見は違います。ひどいことをされたら、仕返しをするべきではないでしょうか」わずかに身を乗り出して、彼の限界を推し量る。やりすぎたら、彼はどうするだろう? ただ歩み去るだろうか? それとも、ものすごい勢いでやり返してくる? 「あなたなら、どうしますか? 卑劣なやり方で利用され、こっぴどく傷つけられ、大切にしているものをすべて奪われたら?」

「そのあとは気をつけるようにするだろうね。そして、できるかぎり高潔に真摯に生きていく」ハーロウはゆっくりと、だが躊躇《ちゅうちょ》せずに答えた。まるでこの質問について、過去にも考えたことがあるかのように。

彼もまた人生のどこかの時点で卑劣な扱いを受けたことがあるのだという考えが、はじめてフレイヤの頭に浮かんだ。最後にハーロウと会ってから一五年も経っているのだから、そういうことがあっても不思議ではない。それにしても、罪を犯した者が一転して被害者にな

ると は皮肉なものだ。

「あなたは自制心の塊のようなお方ですね」彼女は皮肉をこめて、感心したような声音を作った。「自分を苦しめた人間を、とがめずに見逃すのですか？　そのあと相手が幸せに生きていくことを願って？」

「いや、もちろんぼくはそこまで聖人じゃない」ハーロウはいらだったようにため息をついた。「ただの人間だから、そいつに正当な報いを受けさせたいと思うだろう。だがいつでも正義を通せるわけではないし、より大きなもののために我慢しなければならないこともある。きみだって、それはわかるだろう？」

「復讐したいという気持ちを手放すのは――ああ、復讐ではなく〝正義を通す〟ですね、それは自分の一部を手放すのと同じだと思います」フレイヤの声に思わず熱がこもる。「自分の中にある勇気を奮い起こす代わりに、ただ漫然と日々の生活に埋もれるなんて」

「きみは復讐を勇気ある行動だと言うんだね」彼女の顔を見るのが耐えられないとでもいうように、ハーロウは視線をそらした。「では、復讐を果たしたあとはどうなるんだ、ミス・スチュワート？」

「ようやく心の平安を得られます」

フレイヤに目を向けた彼の表情は皮肉に満ちている。「そもそもきみは、これまで一度でも平安を求めたことがあるのかな？」

彼女は唇の端がゆがむのを抑えられなかった。「正直に言って、ありません」

その返事を聞いてもハーロウは驚かず、ただうなずいた。「そうだと思ったよ。教えてくれないか？　きみが復讐したいと思っている男は誰なんだ？　二週間前に、ワッピング界隈《かいわい》できみを追いかけていた男のどちらかなのか？」

なんてことを言いだすのだろう？　誰に聞かれるかわからないというのに。

フレイヤは自分の間抜けさに嫌気が差して息を止めた。自分は美しい青い目にくらりときてしまうような、底の浅い娘ではない。ここにいるのは敵なのだ。「声を低くしていただけませんか？」

「なぜだ？」ハーロウはゆったりと椅子の背にもたれ、動けなくなったネズミをもてあそぶ雄猫のように、冷徹な興味を浮かべて彼女を見つめた。「何か隠しているのか？」

フレイヤは目を見開いた。「それはおわかりだと思いますけれど」

「何を隠している？」

「どうしてあなたにそれをきく権利があるとお思いになるんですか？」目の前の男性と話すという行為があまりにも魅惑的で、すべてを明かしたい衝動がフレイヤの中に危険なほどふくれあがった。動揺を隠そうと、ティーカップを口へ運ぶ。

「きみが連れと一緒に馬車へ乗り込んできたとき、放り出さなかったからかな」ハーロウが穏やかに答えた。

「そのことで、永遠にあなたに借りを感じなくてはならないというわけですね」ぴしゃりと言った。

彼は身をこわばらせ、目を細めた。「きみの雇い主にきいてもいいんだぞ」

「もちろんそれは可能です」フレイヤはしっかりと笑みを顔に張りつけた。「でもそうしたら、あなたひとりではわたしを扱いかねると認めることになりますわ。そしてわたしは、あなたを臆病者だと思うでしょう」

ハーロウは沈黙し、フレイヤはここが彼の限界なのだと悟った。

その限界を、彼女は踏み越えてしまったのだ。

彼は静かに言葉を発した。「ふつう、きみのような立場の人間は、ぼくを怒らせないように気をつけるものだ」


最後にこれほど怒りを覚えたのはいつだろうと考えながら、クリストファーはミス・スチュワートを見つめた。そもそも、もう長いあいだ彼は強い感情を抱いていない。

ミス・スチュワートは彼の怒りに臆していなかった。それどころか、緑色と金色がまじった瞳を熱に浮かされたような興奮に輝かせている。「失礼ですが、言葉に気を遣った会話がお望みなら、ほかの人としてください」

「もしいまきみを置いて立ち去れば、ただの臆病者だ。だが、ぼくはそんな臆病者ではない」クリストファーは静かに言った。

それを聞いてミス・スチュワートが一瞬見せた笑みは心からのもので、片方の頬にできたえくぼを目にして、彼は息を止めた。これこそ、自分が無意識のうちに恋しく思っていたもの——本物の会話、本物の感情だ。

しかし彼女はうっかり笑みを見せたことを後悔するように、すぐ真顔に戻ってしまった。

「その言葉をとりあえず信じてみるしかないんでしょうね」

ふたたびクリストファーへの侮辱だ。ミス・スチュワートの口からは、彼を辱める言葉が次々にこぼれ落ちる。いったいなぜこれほど突っかかってくるのだろう？　彼女の外見と性格はまったく一致していない。外見はさえなくて印象に残らず、服装もどことい って特徴のない取り澄ましたものだ。とくにミス・スチュワートのかぶっているキャップにはいらいらする。あのキャップは髪のほとんどを覆い隠し、彼女という人間から注意をそらしてしまう。

「きみのそのキャップは本当にひどい」

レディには、こんな口のきき方をするべきではない。紳士はつねにささやかな嘘を織りまぜつつ、女性の心に負担をかけるような事実を口にしないものなのだ。

クリストファーはかつてソフィーと、盗みを働いたメイドの話をしようとしたことがある。すると妻はメイドを叱らなくてはならないと考えただけで、その日一日寝込んでしまい、代わりに彼がメイドを首にする役目を負った。そのあとソフィーは新しく来たメイドの弱視について触れた以外、ことのなりゆきに気づいたそぶりは見せなかった。

誰にとっても、ソフィーには慎重に作りあげた上品な虚構の世界で暮らさせてやるのが無難な選択だった。それは真実を日のもとにさらさないごっこ遊びのような生活で、いつも面倒を見て心配事を肩代わりしてくれる夫に、彼女は子どものように依存していた。

つまりクリストファーとソフィーは、対等な大人同士の関係ではなかったのだ。彼女は真の意味での伴侶だったとは言えない。

だから辛辣に言い返してくるミス・スチュワートは新鮮だった。

彼女が目を見開いたのは、繊細な心が衝撃を受けたからではない。怒り狂っているからだ。そもそもミス・スチュワートがそこらのレディたちのように衝撃を受けることなど、あるのだろうか？「そんなことをおっしゃるなんて失礼ですわ、公爵閣下」

クリストファーは小さく舌打ちをした。「はっきり言って、その選択は失敗だと思うよ。きみだってうんざりしているのではないかな、ダーリン」

ミス・スチュワートの上唇がまくれあがって歯がのぞき、一瞬、殴られるのではないかと彼は考えた。それを期待する気持ちがなぜかわきあがり、息を吸い込む。彼女はかりそめの姿を捨てて、この穏やかな居間で戦士の本性をあらわにするだろうか？

しかしそうはならず、クリストファーはがっかりした。ミス・スチュワートが彼に向けた目に、ほとんど感情の揺らぎは見えない。「あなたが女性の帽子の流行について詳しいとは、とても思えません。少なくとも、きちんとした女性の帽子については」

見事な自制心に、彼は噴き出しそうになった。「ぼくは放蕩者《ほうとうもの》だとほのめかしているのか？」

ミス・スチュワートが唇を結ぶと、視線はそこに吸い寄せられた。彼女は放蕩者には賛成できないという取り澄ました態度を取ろうとしているが、自分の口に裏切られている。がみがみとうるさいのに、その言葉を紡ぐ口は豊かな曲線を描いており、なまめかしく官能的だ。何も塗らなくても自然なピンク色に染まっている唇に微笑みを浮かべたら、くらくらするほど魅力的だろう。そしてもし彼女があの口を、笑みを浮かべるだけでなく別のことにも使ったら……。

どう考えてもあの唇は、おかたい女性のものではない。

その唇が開いた。「何をおっしゃっているのか、わかりません」

「どうした？」クリストファーはやさしくきいた。「まさか怖《お》じ気《け》づいたのか？　きみならそんな弱気な返答より、ましなことを言えるはずだ。ぼくが梅毒にかかっているとほのめかすとか、立ちあがって、ぼくによからぬまねをされたと騒ぐとか」怒りに燃えるミス・スチュワートの目を、彼はうっとりと見つめた。濃い色の長いまつげは見たこともないほど美しい。「そうすれば、少なくともつまらないパーティーが活気づく」

もし彼がこれほど熱心に見つめていなかったら、ふっくらとした色っぽい唇がぴくりと動いたのを見逃していただろう。その動きにクリストファーはぞくぞくした。ミス・スチュワートの笑みをもう一度見たい。頬にえくぼができる、あの心からの笑みを。

「そんなことはしません」彼女が苦々しげに言った。

「残念だ。では、ほかにどうやってぼくに自らの罪と向きあわせるつもりか見当もつかないな」

「あなたは自分で自分の罪と向きあわなくてはならないんじゃないかしら」

「ああ、それならもうしている。嘘ではない」ミス・スチュワートの目を見つめながら、彼は冷めた笑みを浮かべた。

彼女が好奇心に抵抗できない様子で目を細める。「それはどういうことですか？」

「ぼくがわざわざ自分の弱みをきみに教えると思うのか？　敵であるきみに？」クリストファーはやさしく尋ねた。

「わたしは別に……」ミス・スチュワートはそう言いかけて目をしばたたき、顎をあげた。

彼の得点だ。

「いや、きみは明らかにぼくに敵意を抱いている」クリストファーは微笑んだ。「きみはわざわざ手間をかけて、そう印象づけたじゃないか」

「そうでしたか？」

考え込みながら彼女を見つめる。「きみを怒らせるような何を、ぼくはしたんだろう？」

「わかりませんか？」ミス・スチュワートはからかうように返した。

クリストファーは歯を食いしばり、唐突に告げた。「言っておくが、ぼくは女性を食いものにするような男ではない」

「その言葉を額面どおりに信じるべきなのか、確信が持てません。だって、もしあなたが放蕩者なら、それは女性を食いものにしているということですもの」

「男女を問わず、これほど侮辱されたのははじめてだ」クリストファーはゆっくりと言った。

「きみがワッピングで何をしていたかこの場でぶちまけるよう、ぼくをあおっているのか？」

ミス・スチュワートがびくりとして身をこわばらせた。荒々しいまなざしを彼に向ける。

「ワッピングでわたしが何をしていたのか、ご存じないでしょう」

「ああ、知らない。でも、きみがそのことを口外しないでほしいと思っているのはわかる。そうでなければ、きみはぼくをもっと邪険にしていたはずだ。どうだ？ 話してみる気はないか？」

「わたしの秘密を？ 敵であるあなたに？」ミス・スチュワートは眉をあげた。

クリストファーは彼女の機知に富んだ返答を楽しんだ。生き生きとした満足げな目の表情や、彼がテニスボールを打ち返すのを待っているようにわずかに乗り出している様子を堪能する。

思わず唇がほころんだ。「たしかにそれはないな。ばかげている。ぼくたちどちらにとっても」

そろそろ立ちあがって、ミス・スチュワートから離れるべきなのはわかっていた。ほかの客たちと話しに行くべきだと。

それなのに、この一見ぱっとしない女性の何かがクリストファーを引き止めた。

彼に対するあからさまな敵意が新鮮で、興味を覚えているのかもしれない。

ミス・スチュワートのえくぼを見たくてクリストファーがふたたび口を開こうとしたとき、廊下から足音と声が近づいてくるのが聞こえた。

クリストファーは背筋を伸ばして扉に集中した。プリンプトンが到着したのかもしれない。

ところが入ってきたのは女性ふたりで、見た瞬間に誰かわかり、彼の体を衝撃が走った。クリストファーに近いほうの背の高い黒髪の美女が顔をあげ、ミス・スチュワートを何気なく見たあと、彼に視線を移した。

そのとたんに女性は灰色の目を見張り、両手を差し伸べて近づいてきた。「まあ、クリストファーじゃない。本当にお久しぶりね。元気だった？」

幼なじみがいて厄介なのは、彼らが幼かった頃の彼女をそのまま記憶しているということだ。何歳になっても。

メッサリナ・グレイコートは、フレイヤのそばに座っていたクリストファー・レンショウが椅子から立ちあがるのを見守った。「メッシー？」

そのぞっとする愛称はメッサリナが五歳のときに一番上の兄のジュリアンがつけたもので、一一歳だった兄に彼女は逆らえず、不本意ながらそう呼ばれつづけることになった……少なくとも一二歳の夏に姉のオーレリアが亡くなるまでは。あのときを境に、ジュリアンの快活さは跡形もなく消えてしまった。

「ジュリアンでさえ、いまはもうそんな呼び方をしないわ。妹のルクレティアは覚えている？」

クリストファーがルクレティアのほうを向く。「もちろんだよ。とはいえ、顔を見てもまったくわからなかったが」

ルクレティアが膝を曲げてお辞儀をした。「よかった。よちよち歩きの頃と変わっていないと言われたら、そのほうが悲しいですもの」

それを聞いて、クリストファーが笑みを浮かべる。

メッサリナはクリストファーからフレイヤ・デ・モレイに視線を戻した。部屋に入ってきたときふたりが熱心に話し込んでいた様子に、いくつもの疑問が頭に浮かぶ。まず知りたいのは、フレイヤがコンパニオンとして働いている理由をクリストファーに話したかどうかだ。メッサリナはそのことをずっと不思議に思っていた。

彼女はフレイヤから視線をそらすと、クリストファーにうなずきかけた。「あなたがイングランドに戻ったのは知っていたけれど、いままで一度も会う機会がなかったわね。でもジュリアンはお茶に招待するか何かして、あなたに会っているんでしょう？」

黙って肩をすくめたクリストファーの顔からは、笑みがすっかり消えていた。

彼とジュリアンは、もう口もきかない仲なのだろうか？　そうだとしても、ふたりの仲たがいにメッサリナはまったく気づいていなかった。クリストファーは二年前までインドにいたし、ジュリアンはとんでもなく口がかたいから、当然かもしれないけれど。

メッサリナは咳払いをした。「あなたを名前で呼ばせてもらってもかまわないかしら？　子どもの頃の習慣は変えるのが難しいのよ」

かつて親友だったフレイヤを見ると、不安げな視線をメッサリナに向けている。フレイヤはすぐに顔をそむけ、立ちあがって静かに行ってしまった。

胸がずきんと痛み、メッサリナは心の中で毒づいた。いまいましいフレイヤ・デ・モレイ。

「別にかまわないよ」クリストファーが答えたので、メッサリナは彼に注意を戻した。「きみにはぐでんぐでんに酔ったところを見られている。いまさら形式張った呼び方などさせられない」

メッサリナはにっこりした。「一六歳だった頃のあなたは、お酒にのまれないようにするのに苦労していたものね」

クリストファーは懐かしそうな表情を浮かべたが、そういえばあのとき彼が一緒に酒を飲んでいたのはラヌルフ・デ・モレイだった。

「爵位を継いだのは聞いていたわ」メッサリナは話題を変えた。「二年前の社交シーズンは、その話で持ちきりだったのよ」

ラブジョイ男爵の妹と結婚していたクリストファーが妻を失ったことも、メッサリナは知っていた。名前はなんだっただろう？　ベッキーか、モリーか、リジーか――そんなふうな愛称だった。ところで愛称といえば、いま彼を親しみをこめて名前で呼ぶ人間はいるのだろうか？　両親はすでに亡くなっているし、きょうだいもいない。それにメッサリナの知るかぎり、再婚もしていなかった。

「ああ。ぼくもまったく予想していなかったんだが」クリストファーが淡々と返す。「またいとこだった先代公爵が息子と孫に先立たれるという悲劇に見舞われて、ぼくにお鉢がまわってきた。九〇歳で亡くなったんだが、資産の運用でよくない人間を信用しすぎてしまったらしくてね、たっぷり二年はその後始末に追われたよ」

「公爵閣下？」

ラブジョイ男爵の声に、ふたりは振り返った。

屋敷の主人が申し訳なさそうな表情で続ける。「夕食の準備が整ったらしい。きみが先導してくれないか？」

ここにいる中でもっとも身分が高い人間として、そうするのがクリストファーの役目だ。彼はメッサリナに小さく頭をさげると、女主人であるレディ・ラブジョイに歩み寄って腕を差し出した。ふたりのうしろを、ルークウッド伯爵がレディ・ホランドをエスコートしてついていく。残りの人々はそのあとに続いた。

ルクレティアがメッサリナにささやいた。「今夜、レディ・ラブジョイに手助けをお願いするつもりなの？」

メッサリナは首を横に振った。「たぶん明日」

「ふうん。ねえ、彼ってとてもハンサムよね」ルクレティアがうれしそうに言った。

ふたりの関係を誤解しているらしい妹に、メッサリナは目をしばたたいた。「クリストファーのこと？」彼のことは一度もそんなふうに見たことがない。

「いいえ、彼じゃないわ。変ね、わたしには公爵がちっともわからなかった」

「しかたがないわよ。最後に彼と会ったとき、あなたはまだ小さかったもの。いくつだったかしら。七つ？」

「八つ」家族で一番年下の存在として育ってきた人間ならではの細かさで、ルクレティアが訂正した。「とにかく、ハンサムだと言ったのは公爵ではなくて伯爵よ」そう言って、うしろを向いているルークウッド伯爵を頭で示す。「彼にはどこか女性の視線を惹きつけるところがあるわ。でも、そういえば公爵もハンサムね」

「まったく、あなたときたら」メッサリナはささやいた。

「フレイヤはまだお姉さまを無視しているのね」ルクレティアが小声で続けた。

「あら、そう？」メッサリナは興味のないふりをしながら、食堂に足を踏み入れた。

そこでふたりは別れ、それぞれの席を探しに向かった。ルクレティアが自分の席を見つけ、声をあげて姉に伝える。当然ながら姉妹で隣りあって座るわけではなく、ジェーン・ラブジョイは男女がなるべく交互になるように席を決めていた。メッサリナの席はスタンホープ子爵とアロイシウス・ラブジョイのあいだで、正面にルークウッド伯爵。伯爵はルクレティアとアラベラ・ホランドにはさまれていて、末席はレディ・フレイヤ・デ・モレイだ。

メッサリナはおいしいウナギのスープをスプーンですくいながら、フレイヤを見つめた。なんという皮肉な状況だろう。公爵の娘であり、妹であるフレイヤは、ここにいる女性たちの中でもっとも身分が高いのに。

けれどもそのことは、メッサリナとルクレティアとフレイヤしか知らない。

あとはクリストファーだが、彼がフレイヤを認識しているのかどうか、メッサリナはよくわからなくなっていた。彼に視線を向けて考え込む。彼が気づかなかったとしたら、フレイヤは自分の口から素性を伝えただろうか？

クリストファーとデ・モレイ家の人々とのあいだに横たわっている事情を考えると、フレイヤは何も話していないかもしれない。

少なくとも、クリストファーが気づいていない可能性はある。フレイヤはもう、昔のようなぼさぼさ頭の痩せっぽちの少女ではない。平凡な茶色いドレスで豊かになった曲線を覆い、赤い髪をキャップの下に隠した落ち着いた女性の姿をしている。フレイヤはそうやって、彼女と面識のある人々をうまくあざむいてきた。彼らの目に留まらないようにして。

メッサリナは音をたてないように鼻を鳴らした。

昔のフレイヤ・デ・モレイは物静かで落ち着いているとはとても言えなかったし、一五年経ったからといって、彼女が大きく変わったとも思えない。フレイヤがきまじめで退屈な人間を装っているわけはわからないけれど、彼女がそんな人間ではないということはわかる。

でもどうして身分を偽っているのか、直接フレイヤに問いただすことはできない。理由は単純で、彼女とはもう気軽に話をする仲ではないからだ。

メッサリナが成長したフレイヤをロンドン社交界ではじめて見かけたのは四年前だった。弦楽四重奏だったか、ハープシコードの演奏だったかよく覚えていないが、とにかく午後の音楽会で観客は演奏者の両側に分かれて座っていた。そして音楽が始まって何分も経たないうちに、メッサリナは自分がフレイヤ・デ・モレイの目を見つめていることに気づいた。

子ども時代の親友の目を見つめていることに。

なんとも奇妙な体験だった。何年も顔を合わせていなかったのに、すぐにフレイヤだとわかった。あの緑色の目を、顎の形を、なだらかな鼻の線を忘れるはずがない。

けれどもフレイヤは無表情のまま、メッサリナが誰だか気づいたそぶりも見せずに視線を返した。

感情のかけらも見せずに。

ふたりしてフレイヤの家庭教師から隠れたり、料理人にケーキをねだったり、暗いベッドの上でほかの誰にも明かさない秘密を打ち明けあったりしたことなどなかったかのように。姉妹以上に強い愛情で結ばれていたことなど、なかったかのように。

いまいましいフレイヤ。

あの夜、姉を亡くしたのはフレイヤではなくメッサリナだ。まぶしいくらいに輝いていた一六歳の姉、オーレリアを失ったのは。

いまでは遠い昔となったあの夜、メッサリナは母親がすすり泣く声で目が覚めた。ジュリアンは白い顔で押し黙り、ルクレティアは混乱して泣いていて、オーレリアの双子の片割れであるクインタスは白目の血管が切れて目が真っ赤になるまで嘔吐《おうと》しつづけていた。

どう考えても、フレイヤがメッサリナを無視するのはおかしい。もし誰かを無視する権利があるとしたら、それはメッサリナだ。オーレリアを殺したのはフレイヤの兄、ランなのだから。

メッサリナがワイングラスに手を伸ばすと、その動きにルクレティアが目を留めた。妹がこちらに向かって眉をあげる。

メッサリナはうなずき、気持ちを落ち着けようと深呼吸をした。ここへはフレイヤとの関係をよくよく考えるために来たのではない。つらい過去やフレイヤが偽りの名前でコンパニオンとして働いている理由について思い悩むために来たのではないのだ。ここに来たのは男性たちと楽しく笑って過ごすため、それに大切な友人がどうして死ななければならなかったかを探り出すため。

エレノア・ランドルフの死の真相を知るためだ。

ランドルフ卿は哀れなエレノアを、葬儀を執り行うことなく埋葬した。死亡告知すらせずに。メッサリナは何週間も経ってから、ようやくエレノアの死を知った。

やるべきことを思い出したメッサリナは、気持ちを新たにして右を向いた。笑みを浮かべてスタンホープ子爵に話しかける。「ここまでの旅は快適でした？」

子爵は口の中のものをのみ込んでから、きついスコットランド訛りで返した。「正直なところ、快適とは言えませんでしたよ。途中で泊まるように言われていた宿は期待はずれでしたし。最初の宿は騒がしくて猥雑《わいざつ》、二番目の宿は寝具がひどく黴《かび》くさくてね。どちらの宿の主人にも、きっちり抗議しておきました」

「まあ、お気の毒に」メッサリナは唇をゆがめずにはいられなかった。この人は宿の主人に文句をつけるようなまねを、しょっちゅうしているのだろう。本当に残念だ。ローマ風の顔立ちに大きな美しい目をした彼は、気に入らないことを思い出してしかめっ面をしていなければ、とても見目麗しい男性なのに。

「ですから、ここに着いたときは心からほっとしました。ただ、レディ・ラブジョイはもう少しちゃんと働く使用人を雇ったほうがいいですね。ぼくの部屋にかけてある絵の額縁には埃がたまっていましたから。彼女に知らせてあげたほうがいいと思いますか？」

「どうでしょう……」メッサリナはジェーン・ラブジョイにちらりと視線を向けた。丸顔に小さすぎる目と大きすぎる鼻をつけた愛すべきジェーンは外見こそ平凡だが、さまざまな催しを主催する女主人としてロンドンでは人気の女性だ。彼女が開くサロンや舞踏会は、社交界でも選り抜きの人々が集まることで知られている。メッサリナは二〇歳近く年上の彼女とはじめて会ったときから気が合い、友情を築いてきた。「今夜はやめておいたほうがいいかもしれませんわ。レディ・ラブジョイはとてもお忙しいでしょうから」

「ふむ」スタンホープ子爵が眉根を寄せる。「とてもそうは思えませんがね。せいぜいおしゃべりに精を出すくらいしか、やることはないんじゃないですか？」

メッサリナは崩れそうな笑顔を懸命に保った。どう考えてもこの子爵は、ハウスパーティーの企画に関わったことがないのだ。

幸い、ちょうどそのときレジーナ・ホランドが子爵に話しかけたので、メッサリナは返事をせずにすんだ。

彼女は反対隣に座っているアロイシウス・ラブジョイのほうを向こうとして、フレイヤに目が留まった。かつての友人は熱心に何かを見つめている。メッサリナがワイングラスを取りあげながらさりげなく視線の行方を追うと、その先にはクリストファーがいた。

これは興味深い。

そういえばフレイヤは子どもの頃クリストファーに熱をあげていたけれど、まさか一五年も経って、彼と何か始めようというのだろうか?

メッサリナは胸がちくりと痛むのを感じた。フレイヤはあの晩ジュリアンやランと一緒にいたクリストファーを許せて、なぜメッサリナを許せないのだろう?

その昔、ふたりはなんでも打ち明けあっていた。

互いについて、知らないことなどなかった。

子どもだったあの頃は、なんて無邪気だったことか。

4

お姫さまと三人のいとこたちは、馬をおりて洞窟に入りました。中の壁は苔に覆われ、ぽたぽたと水が滴っています。けれども奥行きは浅く、すぐに行き止まりになってしまいました。

「がっかりね」ローワンは言い、みんなは入り口に引き返しました。ところがローワンは並んで歩いていたマリーゴールドを見て、奇妙なことに気づきました。恥ずかしがり屋でいつもうつむいているマリーゴールドが、いまはまっすぐ目を合わせ、にっこり笑っているのです……。

『グレイコートの取り替えっ子』

夜中の一時をまわると、フレイヤは部屋から狭い廊下に出た。コンパニオンである彼女は、ほかの客たちの部屋とは離れた廊下の一番奥に小さな部屋を割り当てられていた。

一本だけ持っているろうそくが、ちらちらする光をピンクに塗られた壁に投げかけている。彼女はほかの客たちの部屋があるほうへ向かって足早に進んだ。

目指しているのはハーロウ公爵の部屋だ。

フレイヤ以外はみんな、夕食後に居間でしばらく過ごしたあと、さっさと床についている。彼女はその晩、ずっとメッサリナを警戒していた。彼女がいつフレイヤの素性をばらすかわからないからだ。どうしてこんな生活をしているのかを、メッサリナに話したことはない。そもそもまったく言葉を交わしていないのだ。ロンドンに出てきて、ある音楽会で再会してからもずっと。けれどもなぜかメッサリナは、フレイヤの秘密を口外していない。ときどき夜中の静かな時間や、ひどく疲れたとき、メッサリナはフレイヤを愛してくれているから秘密を守っているのだと思うことがある。

でも冷徹な日の光が降り注ぐ昼間になると、そんなことはありえないと悟るのだった。オーレリアを殺したのはランだと世界じゅうが信じているのに、どうしてメッサリナがフレイヤを愛せるだろう。

フレイヤはため息をついた。遠い過去の悲しみに気を散らしている場合ではない。

今夜は復讐だけに集中しなければ。

別の廊下に行き当たり、フレイヤはそちらへと進んだ。先ほど宵のうちにメイドに賄賂をつかませ、ハーロウ公爵の部屋の場所をきいておいた。メイドはフレイヤがなぜそんなことを知りたがるのか不思議に思う様子も見せず、驚くほど簡単に教えてくれた。それどころか粉薬を包んだ小さな紙包みを渡して、公爵の部屋に置いてあるブランデーのデカンタに入れてくれと頼んでも、何も言わなかった。

現金を必要としている好奇心を持たない使用人は、フレイヤのような任務を負っている人間には恵みとも言える存在だ。

右の壁にはテーブルの上の鳥の死骸を描いた絵――あまりいい出来ではない――がかけられており、その隣には馬丁と一緒に立つまだら模様の馬の絵がある。彼女はそれを見てうなずいた。公爵の部屋はまだら模様の馬の絵の横にある、とメイドが言っていた。

扉の取っ手に手をかけ、音がしないようにまわす。

少なくとも、人に聞こえる大きさの音はたてなかった。

ところがろうそくの光を反射して腰くらいの高さで光っている目を見て、フレイヤはテスの存在を思い出した。

凍りついたように動きを止めた――あるいは止めかけた――瞬間に、大きな男性の手に腕をつかまれ、寝室に引き入れられた。

閉めた扉に押しつけられて、フレイヤはあえいだ。

ハーロウが彼女の持っていたろうそくを取りあげ、そばにあるテーブルの上に置いた。壁に手をついて寄せてきた顔には、得体の知れない笑みが浮かんでいる。「ミス・スチュワート、今夜きみが来てくれるとわかっていたら、菓子でも用意させておいたのに」

フレイヤはベッドの横のテーブルに置かれているブランデーのデカンタに目をやった。中身が減っている様子はない。

いまいましい。なぜハーロウは彼女が知っているほかの男たちのように、寝酒を飲まないのだろう？　だいたい飲むつもりがないなら、どうしてデカンタ――を用意しろと頼んだの？

彼の気まぐれに腹が立つ。

眠っていなかったハーロウとこれからやりあうのだと思って胸にわきあがったものは断じて興奮ではないと、フレイヤは自分に言い聞かせた。

彼を押しのけようと胸を押す。

だが、びくともしない。

「そこをどいてください」彼女は噛みつくように言った。

「ああ、悪かった」ハーロウがわざとらしく言う。「部屋を間違えたんだね。きみが探しているのはルークウッド卿かな？　それともスタンホープ卿？」

怒りのあまり、フレイヤの小鼻がふくらんだ。「わたしは――」

「やめろ」笑みを消した公爵の顔に、彼女は思わず体が震えた。「どんな嘘をつくつもりなのか知らないが、そんなものは聞きたくない」

しばらくふたりは黙って見つめあった。フレイヤの呼吸が浅く速くなっていく。

テスが床にお座りをして、途方に暮れたように小さく鳴いた。

「なぜぼくの部屋に来たのか、本当のところを話してもらおう」

フレイヤは眉をあげ、意志の力をかき集めて平静な声を出した。「もう気づいていらっしゃるんでしょう？　あなたにひと目ぼれしてしまったからです」

ハーロウの口が醜くゆがみ、彼女は一瞬――ほんの一瞬だけ――殴られるかと思った。けれども彼はすぐに姿勢を正し、静かに尋ねた。「教えてくれないか、ミス・スチュワート。きみはすべての男を嫌っているのか、それともぼくが特別なのか」

「そうね――あなたはとても特別な人だわ」フレイヤのささやきに、抑えようもなく彼への純粋な憎しみがこもる。

ハーロウが眉間に深くしわを刻んだ。ふたりの体はわずかしか離れておらず、彼が息を吸うたびに、コルセットをつけていないフレイヤの胸がシュミーズとショール越しに彼の胸に触れそうになる。彼の鼓動の音まで聞こえそうな近さだ。

事情が違えば、ハーロウとは恋人同士だったかもしれない。

あるいは互いを殺そうとする敵同士か。

「ぼくはきみを知っているのか？　きみの気に障るようなことを何かしたのか？」彼がささやいた。

フレイヤは素性を知られるわけにはいかなかった。

そのためには謝らなければならない。解放してくれるなら、彼女が後悔しているとでもなんとでも信じさせておけばいいのだ。

どう考えても、そうするのが一番いい。

それが大人の判断というものだ。

指輪や過去の記憶や復讐といったものに引きずられているときではない。

フレイヤは手をあげると、ハーロウのかたい頬にそっと――やさしく――手のひらを当てた。ちくちくするひげを感じながら、目を見開いてみせる。「思い出せないのなら、悩むほどのことであるはずがないわ」

ハーロウが目を細めた。けれどもフレイヤはかまわずに背伸びをすると、彼の手をつかんで強く引き寄せた。

彼の顔が迫ったところで唇を押しつける。

ハーロウの唇は裏切りとワインの味がした。少女だった頃の思い出と夜の味も。

愛と喪失の味。

彼に引き起こされた感情がどうしようもないくらいに圧倒的で、フレイヤはもう少しで抱擁に身を任せてしまいそうになった。

口を開いて、ハーロウの下唇に舌を滑らせる。

そして彼がそれに反応して舌を出してきたところを狙って、フレイヤは嚙みついた。

「何をするんだ！」ハーロウがあとずさりした。唇に血の玉が盛りあがったその顔は、混乱と怒りにゆがんでいる。「きみは頭がどうかしている」

犬が彼女の足元に来て、悲しげに鳴いた。

「いいえ、どうかしてなどいません」フレイヤは扉を開けて振り返った。「ああ、それから、ブランデーは飲まないほうがいいと思います」

彼女は扉を閉めると、しゃくりあげるように浅く震える息をしながら、小走りに廊下を引き返した。自分の部屋に入って扉を閉め、つっかい棒代わりに取っ手の下に椅子を押し込む。

それから横向きにベッドに座ると、懸命に動悸《どうき》を静めようとした。

もしかしたら、彼が言ったとおり頭がどうかしているのかもしれない。

五年間、目立たない格好をして上品にふるまい、人の記憶に残らないよう慎重に行動してきた。マッハとして〈ワイズ・ウーマン〉のために働きながら、正体がばれないようすべての言動に細心の注意を払ってきた。組織の人間がこれからも存在しつづけられるようにするという大きな目的に向けて、重要な任務を負っていたからだ。

それなのにたった半日足らずのあいだに、それを投げ捨ててしまった。

フレイヤが握っていた手を開くと、そこにはランの指輪があった。ハーロウに噛みついたとき、指から抜き取ったのだ。

彼女はそれを目の前まで持ちあげて、じっと見つめた。金の指輪にはオニキス製の印章がついていた。封印に使うもので、彫られているのは猛禽《もうきん》。端がやや摩耗していてハヤブサにもタカにも見えるが、フレイヤは知っていた。これはコチョウゲンポウだ。

デ・モレイ家のしるし。

ハヤブサの中でもっとも小さいコチョウゲンポウは、自分より小さな鳥を着陸寸前にすばやく無慈悲にとらえ、獲物をむさぼり食う。

デ・モレイ家の男たちが代々受け継いですり減ったこの指輪は、フレイヤの父親もつけ、息子のラヌルフが一八歳になった日に譲り渡した。

彼女は指輪をのせた手をふたたび握った。ハーロウはすぐに指輪がなくなっていることに気づくだろう。

でも残念ながら、彼は指輪を取り戻せない。

いまのハーロウは公爵かもしれないが、彼女はデ・モレイ家の女。小さいけれど、すばやくて無慈悲なのだ。


まだほとんど明るくなっていない翌日の早朝、フレイヤは屋敷の裏口から外に滑り出た。濡れた草の上に漂う白い霧が、芝生の上を進んでいく彼女のスカートのまわりで渦巻く。昨夜、彼女は怒りと復讐といまいましいキスに気持ちを乱されてしまった。

フレイヤは首にかけた銀のチェーンに通したランの指輪を取り出して、指で触れたあとスカーフの下に戻した。過去の記憶も、後悔も、ハーロウが彼女の中に呼び覚ました感情も、今日は忘れなくてはならない。フレイヤはワイズ・ウーマンであり、果たさなければならない任務がある。

その任務のために、彼女はランドルフ家の領地に向かっていた。レディ・ランドルフはなぜか聖別されていない私有地に埋葬されているらしく、まずはその墓を見てみたいと考えたのだ。

芝生が唐突に終わり、うっそうと茂っている森が見えた。フレイヤは足を止めて、薄暗い森の中へと続く道を見つめた。子どもの頃、子守のメイドから聞いたおとぎばなしに出てくるような、暗くて不気味な荒れ果てた雰囲気の森だ。おとぎばなしの中では、こんな森ではろくなことが起きない。

彼女はうしろを振り返った。

すでに太陽は地平線を離れ、朝露のおりた芝生や高い生垣に囲まれた幾何学模様の庭を明るく照らし出していた。これほど屋敷の近くにある森に人の手がまるで入っていないのは、奇妙な感じがする。

でも屋敷に滞在する客たちが起きてくるまでせいぜい二、三時間しかなく、躊躇している暇はない。

フレイヤは森に足を踏み入れた。

幸い道はとぎれずに続いているものの、人が通った形跡はほとんどなかった。すでに朝なのに、まわりは気味が悪いほど静かだ。鳥のさえずりすら聞こえず、時間が気になるという理由からだけでなく、彼女は足を速めた。

五分ほど進むと森の中に差し込んでいる太陽の光が見えて、ほどなく空き地に出た。端のほうに石造りの小さな建物があり、ランドルフの領地にはまだ入っているはずがないのに、一瞬期待がふくらむ。けれどもすぐに、墓ではないとわかった。中をのぞくかどうかしばらく迷ったすえ、フレイヤはさっさと進むべきだと決めて、空き地を横切りふたたび歩きだした。

一五分ほどして、木々がまばらになってきた。小さな丘の上に出た彼女は、ランドルフの領地と思われる土地を見渡した。すぐさま屋敷が目に入る。ラブジョイ邸の半分ほどの大きさだが、それでもじゅうぶん大きくて立派だ。裏手に厩舎と庭があり、庭は手入れが行き届いていなかった。

レディ・ランドルフがどこに埋葬されているのか考え込みながら、フレイヤは屋敷へと向かった。屋敷の反対側だろうか？　木立の中に消えていく広めの道が見えるけれど、おそらくあれはラブジョイ邸まで続いている道だ。

ふくらはぎがちくちくするのを感じて、彼女はスカートについた棘を取ろうと身をかがめた。

その瞬間、誰かが咳払いをした。

急いで体を起こすと、マスケット銃をかついだ男が近づいてくるのが見えた。

かなり年配の男だ。そうでなければ、恐怖に身がすくんでいただろう。

「ちょっと、あんた」男は苦しそうにぜいぜい息をしている。「ランドルフ家の領地でいったい何をしているんだ？」

「あら、ごめんなさい。入り込んでいたなんて、まったく気づかなかったわ。ラブジョイ邸のハウスパーティーに来ているの」フレイヤは無邪気に笑ってみせ、うしろの木立を示した。

「ああ」老人は立ち止まり、大きな音をたてて痰《たん》を道端に吐き出した。「そいつは悪かった。不審者を見張るのは森番としての役目なもんでね。だが、散歩にはずいぶんと早い時間だ」

「本当にそうよね」フレイヤは大げさに彼の言葉を認めてみせた。「でも、夜明けの散歩は気持ちがいいから。体にもいいし」

「そうさな」何を考えているのかよくわからない声で、男が相づちを打つ。

「この領地にはエリオット・ランドルフ卿が住んでいらっしゃるんでしょう?」

「うむ。だが、いまはいない」

「あら、そうなの? ランドルフ卿に紹介していただいたことはないけれど、奥さまとは一、二度お話ししたことがあるのよ」フレイヤは臆面もなく嘘をついた。レディ・ランドルフは何度かパーティーで見かけたが、話したことはない。「だから本当にお気の毒だったと……」直接的な表現を避けて語尾を濁した。

老人は疑いもせずに餌に食いついた。「まったくさ。あんなにきれいだった奥さまがこんなにぽっくりいっちまうなんて、ひどいこともあるもんだ。けど、奥さまは最後おかしくなってたからな」マスケット銃を地面に立てて寄りかかり、意味ありげにフレイヤを見る。

彼女はあわてて先を促した。「そうなの?」

「そうさ」老人は噂話に興じるのが楽しくてたまらない様子だ。「なんかに取りつかれたみたいに、泣いたりわめいたりしてたって話だ。従僕頭から聞いたんだ、間違いない。旦那さまはうるさいのがお嫌いな方だってのにな。すっかりいかれちまってたらしいよ。厩舎の前の庭に、とんでもない格好で走ってきたって。髪はざんばら、下着姿だったというんだからな。お屋敷のもんがそう言ってたよ」頭を傾けて屋敷を指し示す。「そのあと熱が出て、次の日の夜に死んだんだ」

「驚いたわ」フレイヤはつぶやき、大げさすぎないように祈りながら胸に手を当てた。「なんて恐ろしい話なのかしら。きっとランドルフ卿は、奥さまを治すためにあちこちのお医者さまに相談なさったんでしょうね」

「いやいや」森番が首を横に振る。「そんな時間はなかった。悪寒がして熱が出た次の日には亡くなられたんだから」

「ランドルフ卿がお気の毒だわ。打ちのめされていらっしゃるんじゃないかしら」

「まあ、そうさな」老人は言葉とは裏腹に、そう思ってはいないような顔をしている。「金持ちってのは、おれたちとはいろいろと違うもんだ。旦那さまは埋葬をすませると、すぐに出ていっちまったよ。奥さまはあの庭の奥に埋められている」彼は屋敷の方向に顎をしゃくった。

フレイヤは驚いたふりをした。「レディ・ランドルフはここに葬られているの？」

「ああ、そうだ」老人が身を寄せた。「奥さまの体は、亡くなられたその日の太陽が沈む前にすっかり腐っていたって話だ。一日ではなく何週間も経ったみたいに」彼はうなずき、背中を伸ばした。「奥さまの頭がどうかなっていたのと、なんか関係があるんだろうな」

頭がどうかなると遺体が早く腐るなんて話は聞いたことがないが、フレイヤは反論する気はなかった。「まあ、恐ろしい！」

「あんた、見てみたいかい？」森番が顔を輝かせたのに気づいて、彼はレディ・ランドルフの遺体を見せるつもりなのだというぞっとする考えがフレイヤの頭に浮かんだ。

けれどもすぐに常識が働いた。「ええ。お墓に行って、ご冥福を祈りたいわ」

するとと老人はそれ以上何も言わず、彼女を連れてなだらかな斜面をおり、屋敷へ向かった。ランドルフ邸はラブジョイ邸ほど大きくないものの、どこか威圧的な雰囲気があった。使われている石が暗い赤褐色で、乾いた血を思わせるからかもしれない。あるいは窓が小さく細いせいだろうか。あれでは光があまり入らず、中は暗くて陰気なはずだ。

ふたりは建物の角をまわり、生い茂った雑草が物悲しさを醸し出している砂利敷きの庭を進んだ。邪魔する者は誰もおらず、外から見ても屋敷にはがらんとした雰囲気が漂っている。

「いま、お屋敷に使用人はいるの？」フレイヤは森番に尋ねた。

すると彼は振り返らずに、ただ肩をすくめた。「家政婦長のミセス・スプラトル、彼女の父親で執事のディーコンじいさん、あとはメイドがひとりかふたり。それだけだ」

老人のうしろでフレイヤは眉をあげた。領主屋敷というのは、ふつう何十人もの使用人が働いているものだ。主人が不在のときでさえ。ランドルフ卿はとんでもなくけちな男に違いない。

屋敷の裏側に広がっている庭はかつては幾何学模様に仕上げられていたのだろうが、いまは手入れが足りずに草がところかまわず伸びていた。端のほうに石があるが、前もって聞いていなければ存在に気づかなかっただろう。

ふたりはその前まで行って足を止め、簡素な墓石を見おろした。粗雑な頭蓋骨の浅浮き彫りの下に、墓碑銘が刻まれている。

〝エレノア・ランドルフここに眠る
一七五九年四月二日没
神が彼女に赦《ゆる》しを賜らんことを〟

「赦しって、何に対する赦しなのかしら」フレイヤはささやいた。

「この世で犯した罪かね？　それとも、頭がどうかなっているときに何かしたのかもしれん」森番は頭を振ってつばを吐いたが、幸い墓に向けたわけではなかった。

「どんなことを？」

「さあな」老人から噂話をしたくてたまらないという様子が急に消えた。「だが、奥さまの魂は安らかに眠っちゃいない。夜鷹《よたか》が出てくる夕暮れの頃に、ときどき悲しそうな泣き声が聞こえてくるからな」

垂らした彼の手が小さく動くのが見えて、フレイヤは目を凝らした。指を交差させている。それはこの地域で古くから行われている、邪悪なもの――悪魔や亡霊、そして魔女――を寄せつけないようにするための仕草だった。

クリストファーは自分のあえぐ声で目を覚ました。暗闇の中で、いくつもの熱く汗ばんだ体が押しつけられている。あたりには尿や湿った土のにおい、浅い息遣いとうめき声が充満していた。

そのときテスの冷たい鼻先が耳に押しつけられるのを感じて、彼はわれに返った。湿ったシーツにぐったりと体を戻すと、腕や首筋の汗が冷えていく。クリストファーは手を伸ばして、テスのあたたかい頭を撫でた。

テスにベッドから離れるよう命じるべきだとわかっていたが、そんな気にはなれない。テスは彼がまた悪夢を見ていると察して、心配してくれたのだ。

そうだというように、テスがくんくんと鳴く。

「平気だ」声がしゃがれ、クリストファーは咳払いをした。「大丈夫だよ」

テスがはっはっと息を吐き、彼の頬を鼻先で押した。

明らかにテスは納得していないのだ。おそらく彼の指先が震えているせいだろう。なんてざまだ。もう四年も経っているというのに。いまのクリストファーはイングランドに戻って公爵になり、富も力も手にしている。

それなのに、夜になるとこのありさまとは。

彼は顔をゆがめ、窓に目をやった。閉めたカーテンの隙間が明るくなっているから、もう夜は明けている。とはいえ、まだ早いから寝直したいが、それは無理だろう。

いつものことだ。

クリストファーが上半身を起こすと、テスが飛びおりてベッドが揺れた。床に座ったテスが期待のまなざしを向けてくる。

「わかったよ」彼は立ちあがった。

冷たい水を使ってひげを剃《そ》り、手早く着替えるクリストファーを、テスは熱心に見守っていた。従者のガーディナーは主人が自分で身支度を整えたと知ったら、あとでいやな顔をするだろう。

だが、いまはそんなことはどうでもいい。クリストファーが腿をぱんと叩いて部屋を出ると、テスもうれしそうに並んで歩きだした。

灰を入れるバケツを持って忍び足で歩きまわるメイドを何度か見かけただけで、邸内はまだ静まり返っていた。メイドは炉の灰をかき出し、新しく火をおこすのだ。従僕に導かれて屋敷の横の扉まで行くと、クリストファーはさわやかな朝の戸外へと出た。

ラブジョイ邸は美しく整えられた芝生に囲まれているが、そこを越えて森へと向かう。

歩きながら、彼は昨夜の出来事を思い返した。ミス・スチュワートと彼女とのキスを。生き生きとしたやわらかい唇は積極的だった——噛みついて彼の口から血を流させ、指輪を盗むまでは。なぜあんなにひねくれた女性に、あれほど甘いキスができるのだろう？　彼に惹かれているふりをしていただけだとしても。

クリストファーは自嘲した。ほんの一瞬だったとはいえ、彼女の術中にはまるなんて間抜けきわまりない。ミス・スチュワートは彼に男としての関心がないどころか嫌っているということを、これ以上ないほど明らかにした。彼女はただ指輪が欲しかっただけなのだ。

そう思うと、クリストファーは気が滅入《めい》った。

ミス・スチュワート——下の名前はなんなのだ?——はどのタイミングでかはわからないが、キスをしている途中で指輪を抜き取ったに違いない。彼女に噛まれて頭に血がのぼり、クリストファーは手遅れになるまでそのことに気づかなかった。

そして、まんまと逃げられてしまったのだ。

彼女はコンパニオンのふりをした泥棒なのだろうか? ワッピングで男たちに追われていたのも、彼らから何かを盗んだからなのかもしれない。しかし、クリストファーはすぐにその考えを退けた。少しでも知恵のある泥棒なら、盗んだものを隠そうとするはずだ。だが、ミス・スチュワートにそんなそぶりはなかった。

彼女はこちらをわざと怒らせようとしているように見える。

しかめっ面をしながら、クリストファーは走っていくテスのあとから森に入った。

昨夜はあまりにも腹が立っていたので、あのままミス・スチュワートを追いかけていくところだった。

クリストファーは息を吸い、道に転がっている石を蹴った。ミス・スチュワートの中の何かが、彼を自制心の限界まで駆りたてる。これまで誰にも——どんな女性にも——こんなふうに気持ちを揺り動かされたことはなかった。ミス・スチュワートが向けてくる敵意なのか、ぶつかりあうときの興奮なのか、彼女の行動に対する好奇心なのかよくわからない何かが、ずっとまどろんでいるような状態だったクリストファーを呼び覚ます。鮮烈な彼女の情熱へと、彼の目を釘づけにする。

幸い、昨日の夜は理性が勝った。夜中に騒ぎを起こしてもしかたがないという理性が。それにクリストファーは、彼女の部屋がどこにあるのか知らない。

彼は愚かな自分をあざ笑った。ランの指輪は自分にとって、かけがえのないものだというのに。

テスが走ってきた。舌をだらりと垂らし、うれしそうにはあはあ息を吐いている。うわの空のまま耳を撫でてやると、テスはふたたび走っていった。

指輪はあの晩、グレイコートでジュリアンに渡された。ランが叩きのめされているときに、手から落ちたのだろう。ウィンダミア公爵の手の者たちがランを引きずっていき、公爵が悠然と去ったあと、ジュリアンがそれを拾った。そのときクリストファーは、自分がどれほど大きな間違いを犯したのかを悟って呆然《ぼうぜん》としていた。ランがオーレリアを殺すなんて絶対にありえないとわかっていた――その確信はいまも揺らいでいない――のに、突然の暴力沙汰に体がしびれたように動かず、せっぱ詰まった様子のジュリアンに介入しないほうがいいと言われて従ってしまったのだ。

あのときのジュリアンの目には恐怖が浮かんでいた。

ありえない。絶対に違う。哀れなオーレリアを殺したのは誰か別の人間だ。通りすがりの者か使用人。そうでなければ、あの恐ろしい夜にオーレリアの命を奪ったのは、彼女ともっと近しい関係にある人間ということになる。たとえばジュリアンとか。

あるいはウィンダミア公爵。

クリストファーは頭を振り、あの晩ジュリアンがランの指輪を見つめながら浮かべていた、悲しみと決意が入りまじった表情を思い出した。そのあとジュリアンは腕を振りかぶって指輪を投げようとしたが、クリストファーが止めると指輪を渡してきたのだ。

ランの指輪を。

クリストファーはそれをランに返すつもりだった。しかし父親が決めた結婚に向けて忙しくなり、そのあとは動揺した状態から立ち直れないまま、インドへと送り出されてしまった。

彼の手になじみつつあった指輪とともに。

指輪は罪人の烙印《らくいん》のようなものだ。

ランが叩きのめされたのはすでに遠い過去のことだが、クリストファーにとってはけっして忘れられない、つねに心の中にある出来事でもある。人生最悪のあの晩は、彼を永遠に変えてしまった。

いや、彼だけでなく関係した者全員を。

指輪はそのことをクリストファーが忘れないようにしてくれる。友人として、ひとりの男として、彼がかつてどれほど失敗してしまったかを。そしてこの先二度と同じ失敗を繰り返さないように、彼を戒めてくれるのだ。

あのとげとげしいミス・スチュワートから、指輪を取り戻さなくてはならない。そのためには、彼女の雇い主に事実を知らせるのもひとつの方法だ。部屋を捜索して指輪が見つかれば、ミス・スチュワートは紹介状なしで解雇されるだろう。

だがこの方法は、なぜか男らしくないような気がした。彼女は盗人かもしれないが、少なくとも勇気がある。頭がどうかしているかもしれないが、勇敢だ。ミス・スチュワートの行為はクリストファーだけに向けられた個人的なものなのだから、彼も同じように対応すべきだ。彼自身の手で個人的に。

テスがうれしそうに吠《ほ》えている。犬が重要なものを見つけたときにあげる声とはいえ、道が湾曲しているので姿が見えない。クリストファーは足を速めた。もしかしたらテスは、アナグマを追いつめるといったばかなまねをしているのかもしれない。

道なりに進んだ彼は、テスが見つけたのはアナグマより大きなものであることを発見した。テスは『ガリバー旅行記』に出てくる小人、リリパットの家のようなずんぐりした古い石造りの建物のまわりを、ぐるぐるまわっていた。いったいなんなのだろう？　こんな森の中の空き地に、なぜあんなものがあるのだ？

近づこうとすると、降り積もった落ち葉の下にごつごつとした石の感触があった。落ち葉を足でどけると、壁の残骸らしきものがある。小人の家の横に、以前は何か——家のようなもの——が立っていたのだ。クリストファーはテスと一緒に建物のまわりをまわった。窓はなく、入り口は彼の肩ほどの高さしかない。南京錠《なんきん》がかけられた扉を見つめると、大ざっぱな彫りで縦向きの雨どいのようなものが描かれているのがわかった。

なるほど。この中には井戸があるのだ。人が落ちないようにするため、そして水が汚れないようにするため、建物でそれを覆っているのだろう。

彼は落ち葉をどけて、あらわにした壁の残骸に目をやった。井戸を覆う建物は、それを使っていた家よりも長く残ったというわけだ。

クリストファーは頭を振り、口笛を吹いてテスを呼んだ。崩れた壁のにおいをかいでいたテスがさっと顔をあげたが、目は主人ではなくそのうしろの森へと向けられている。

突然、テスがたどってきた道のほうに駆けだした。

クリストファーは小声で毒づいた。もしテスがウサギのにおいでもかぎつけたのなら、見失ってしまうかもしれない。

「テス！」彼はあとを追って走りだした。「テス！」

テスがわんと吠えるのが聞こえた。道をまわったところで、吠えた理由がわかった。

彼の間抜けな犬はミス・スチュワートの横にいて、うれしそうに舌をだらりと垂らしたまま、耳をかいてくれる彼女の手に身をゆだねていた。

ミス・スチュワートが目をあげて、クリストファーを見る。「おはようございます」

昨夜の出来事などなかったかのように、彼女は落ち着き払っていた。

クリストファーとキスを交わしたことも、彼の唇に嚙みついたこともなかったかのように。

ましてや指輪を盗んだそぶりなど、みじんも見せていない。

「ミス・スチュワート」ウールのドレスとリネンのシュミーズの下で、彼女の心臓もこちらと同じくらい激しく打っているのだろうか？「きみはぼくのものを持っているんじゃないかな？」

「あら、そうですか?」ミス・スチュワートが軽く返したので、クリストファーは大声で笑いだしたいのと、彼女の首を絞めたいのと、ふたつの衝動に襲われた。

「わかっているはずだ」彼はミス・スチュワートに向かって歩きだした。「きみの型破りな行動を雇い主に通報したくはないが、そうしないというわけではない」

その言葉がミス・スチュワートの注意を引いた。彼女は顎をあげ、嫌悪と軽蔑をあらわにしてクリストファーを見つめた。すると、なぜか彼の下腹部が反応した。

ところがミス・スチュワートがまだ何も言わないうちに、テスがクリストファーのうしろに向かってひと声吠えた。

邪魔が入ったことにいらだちながら彼が振り返ると、メッサリナ・グレイコートがいた。

「クリストファー! こんなに朝早く、ほかに散歩をしている人がいるとは思わなかったわ」

彼女がクリストファーのうしろに視線を移し、奇妙な表情を浮かべる。

彼は振り返ったが、ミス・スチュワートはテスの頭に手を置いて無表情に立っているだけだ。

メッサリナに視線を戻すと、その表情はもとに戻っていた。

もしかしたら、クリストファーがミス・スチュワートと密会しているとメッサリナは思ったのだろうか? まさか、そんなことはあるまい。ミス・スチュワートとはこれだけ距離を取っているのだから。

「ええと……ミス・スチュワートだったかしら？」メッサリナが声をかけた。

「そうです」彼女がなぜか力をこめて答える。

いったいなんなのだろう？彼が口笛を吹いてテスを呼ぶと、女性ふたりはびくっとした。

テスが駆け寄ってくる。

クリストファーは犬の耳をかいてやり、メッサリナに言った。「テスがそろそろ朝食を欲しがる頃だ。きみもぼくたちと一緒に戻るかい？」

「ええ、そうするわ」メッサリナは急に表情を明るくした。

駆けていくテスのうしろをふたりは並んで歩きだしたが、クリストファーは悪意に満ちた雲のように静かにうしろをついてくるミス・スチュワートを意識せずにはいられなかった。

なぜなのだろう？　メッサリナは彼がこれまで出会った中でも最高と言えるほど美しい女性に成長した。話していて楽しいし、知的なこともわかっている。彼女はとても魅力的だ。だが木に押しつけて唇を奪いたいと思うのは、うしろで沈黙している口の悪い女性なのだった。

どうしてこんなふうに感じるのかわけがわからず、クリストファーは暗い気分になった。どうしてわざわざ、彼といることが耐えられない女性に惹かれなければならないのだ？

そもそも、ミス・スチュワートが感じの悪い態度を取りつづける理由はなんなのだろう？　ラブジョイ邸に着く頃には太陽はすっかりのぼっていたが、クリストファーはメッサリナに見られてもいいから、ミス・スチュワートといますぐ対決したいという気持ちを抑えるのが精一杯だった。ところが屋敷の角を曲がったとたん、玄関前の道にやや古ぼけた馬車が止まっているのが目に入った。

「あら、誰かしら。ハウスパーティーの招待客にしては、変な時間の到着ね」メッサリナが言った。

馬車の中から、しわの寄った深緑色の服を着た男が出てきた。振り返った男を見て、クリストファーは唇をゆがめた。頭の中に渦巻いていたミス・スチュワートへの思いが一瞬で消し飛ぶ。

トーマス・プリンプトンがようやく到着したのだ。

マリーゴールドは、なぜかすっかり変わってしまいました。恥ずかしがり屋だった彼女が背中をぴんと伸ばし、相手としっかり目を合わせるのです。いつも唇に謎めいた微笑みをたたえて。ローワンは、これはもとのマリーゴールドと同じ人間ではないと思うようになりました。マリーゴールドではなく、何か別のものだと。それなのになぜか、ローワン以外は誰も疑っていませんでした……。

『グレイコートの取り替えっ子』

5

「ささやかな遠足をみなさんに楽しんでいただきたいと思いまして、今日はニューブリッジへの遠出を企画しましたの」一時間後、朝食の席でレディ・ラブジョイが発表した。「美しいノルマン様式の教会がありますし、今日は市が立つんですよ。もちろんロンドンとは規模が違いますけれど、気晴らしになりますから」

フレイヤは新鮮でおいしいバターをパンに塗り広げながら、ニューブリッジでレディ・ランドルフの噂をさらに集めることができるかどうか考えた。

「行きたいわ！」レジーナが熱心に身を乗り出して、ティーカップを倒しそうになる。「田舎の市もけっこう面白いわよね」ルクレティア・グレイコートが言った。「前に、男性にのませる媚薬《びやく》を勧められたことがあるの。顎にとんでもなくたくさんほくろのある、しわくちゃのおばあさんにね。ほくろには毛まで生えていたのよ。あのおばあさんは絶対に、自分のことを魔女だと思い込んでいたわ」

ラブジョイ男爵がこほんと咳払いをして、会話に割って入った。「このあたりでは、悪《あ》しき力を使う魔女たちを見くびらないほうがいい」

フレイヤは気がつくとハーロウを見てしまい、やはり彼女を見ていた彼と目が合った。彼の目は強い光をたたえている。

彼女はすばやく目をそらしたあと、自分が息を止めていたのに気づいた。ワッピングでのことをレディ・ホランドに明かすとハーロウに脅されたときは怒りしか感じなかったが、いまになって恐怖がわきあがり、背中が冷たくなる。自分はまだ使命を果たしていない。

もう少し時間が必要だ。

「本物の魔女ですか？　真夜中に焚火《たきび》のまわりを裸で踊るような？」メッサリナが疑わしげにきいた。

ラブジョイ男爵の息子が喉の奥で笑ったが、どことなく落ち着かない様子だ。

レディ・ホランドは顔をしかめたものの、おそらく〝裸で踊る〟という部分に反応したのだろう。

だが、ラブジョイ男爵はまじめな表情を崩さなかった。「毎年のように、治安判事であるわたしの前に女が引き出されてくる。魔女だと告発されてね」

ルークウッド伯爵が眉をあげた。雪のように白いかつらに、黒い眉がくっきりと目立つ。今日の彼は洗練された仕立ての濃紺の衣装をまとい、とりわけ粋でハンサムに見えた。「でも、議会で魔女狩りは違法だと決まったはずです」

「そのとおり」ラブジョイ男爵が応える。「しかし、田舎の人間は古いやり方から抜け出せないものなんだよ。ロンドンで作られた法律など気にもしていない」

「ロンドンの法律もすぐに変わりますよ」スタンホープ子爵がもったいぶった口調で会話に入ってきた。「新しい法案が秋の議会で提出されるはずですからね。魔女狩りは法にのっとったものであるというだけでなく、奨励されるべきであると定める法案が」

テーブルのまわりにいる人々は、はじめて聞く情報を理解するのにしばらく沈黙した。フレイヤは誰からも見えない膝の上で両手を握りしめた。この議論に不快な思いをしていることが、表情に出ていないよう祈るしかない。

「そしてわれわれはまた、迷信を信じる暗黒時代へと逆戻りするわけだ」ルークウッド伯爵がのんびりとした口調で言った。

皮肉っぽい言葉に対抗するように、スタンホープ子爵がぐっと口を結んだ。

ラブジョイ男爵が不安そうな様子になった。「このあたりでは、魔女狩りは暗黒時代への逆行などではないんだ。ほとんどの人間が魔女を信じているのだから」

議論のなりゆきを面白がるように唇の端をあげながら、ルークウッド伯爵は重々しく尋ねた。「それであなたは、魔女だとして引き立てられてきた女をどう裁くんですか？　よければおききしたい」

「当然わたしは、法にのっとって訴えを退けなくてはならない。だがそうしても、人々が信じているものを変えることはできないんだよ。まず理解してほしいのは、彼らは羊が病気になったり、作物が枯れたり、誰かが流産したりすると、魔女のせいだと考えるということだ。そしてわたしが有罪の判決を出さなくても、魔女とされた女性は多くの場合、家が火事になるといった不測の事態に見舞われる」男爵は肩をすくめた。「彼らは自分たちの手で正義を遂行しているつもりなんだろう」

「でも、その女性たちに罪はないわけですよね」メッサリナが愕然とした表情で反論した。

「悪魔や悪魔に従う者たちの力を侮るべきじゃない」スタンホープ子爵がささやく。「彼らには、その神をも恐れぬ女たちに鉄槌《てっつい》を下す正当な理由があるんだろう」

フレイヤは伏せたまつげの下からスタンホープをにらんだ。とんでもない男だ。こういう人間には前にも会ったことがある。警戒すべきだとわかっているのに、激しい怒りにわれを忘れそうになった。

そのとき扉が開いて、にこやかな顔をした男性が入ってきた。

「ああ、彼は到着したばかりなんだよ」ラブジョイ男爵が声をあげる。「紹介しよう、ミスター・トーマス・プリンプトンだ」

ミスター・プリンプトンは笑みを浮かべてお辞儀をすると、アラベラの隣に座った。アラベラに何か言い、彼女が顔を赤らめる。

フレイヤはまたしても気づくとハーロウを見ていた。けれどもさっきとは違って、彼はこちらを見ていなかった。彼が険しい表情で見つめているのはミスター・プリンプトンだ。

フレイヤは紅茶を口に含んだ。ミスター・プリンプトンはどちらかといえば目立たない印象なのに、いったい何をして公爵を怒らせたのだろう？　ハーロウの注意を奪われたことが、彼女はなぜか腹立たしくてならなかった。

「今日はみんなでニューブリッジに行こうと決まったところなの」会話がとぎれてあたりが気まずく静まり返ったので、レディ・ラブジョイが言葉を発した。「ミスター・プリンプトン、あなたもよかったらいらっしゃらない？　美しいノルマン様式の教会とか、いくつか見どころがあるのよ」

「ご一緒させていただきます」ミスター・プリンプトンが答えた。

そこで三〇分後、一行は全員連れ立って近くの小さな町に向かっていた。

フレイヤはアラベラとルクレティアのうしろを歩いていた。ふたりは出会って一日しか経っていないのに、すでにかなり仲よくなっている。

それよりも少し横にずれた前のほうでは、メッサリナがレディ・ラブジョイと静かに言葉を交わしていた。メッサリナの着ている優雅な散歩用のドレスは、小さな刺繍のバラが一面に散った黄色いアンダースカートに、一見無造作にくしゃくしゃとうしろでまとめられた口ーズピンクのオーバースカートが重ねられている。

美しいドレスだけれど、オリーブ色の肌と黒い髪を持つメッサリナにはもっと鮮やかな色のほうが似合うと、フレイヤはひそかに考えた。でも、やはりメッサリナは美しい。素直にそう思える。

フレイヤの子ども時代の親友は、彼女よりやや長身の驚くほどきれいな女性へと成長した。あの事件がなかったら、いま頃ふたりで腕を組んで、この道を歩いていたかもしれない。

「きみが泥棒だとは思っていなかったよ」ふいにハーロウのうなるような声が耳元で聞こえて、フレイヤは飛びあがりそうになった。

激しく打っている心臓を静めようと、大きく息を吸う。彼から一瞬でも目を離すなんて、愚かだった。「泥棒ではありません」

彼がフレイヤの鼻先でひらひらと手を動かす。彼女は少し間を置いて、それが前までランの指輪をはめていた手だと気づいた。

頬が熱くなるのを感じ、やましく思う理由はないのだと懸命に自分に言い聞かせる。「違います！」

「では、ぼくの指輪を返してもらえるということだな」ハーロウは前を向いていて、その貴族的な横顔は取りつく島もないほど冷たかった。

「あなたの指輪ではありませんから」フレイヤは声をひそめて言い返した。ふたりは一行の一番うしろにいたが、誰の注意も引きたくなかった。

横を歩いているハーロウは怒りに満ちていて、まるで垂れこめた暗雲のようだが、実際、空は晴れ渡っていた。暑すぎず、寒すぎず、心地のいい風が吹いており、青い空の下で野生のバラがまるで生垣のように道の両側に咲き乱れている。

フレイヤは田舎で育った。国境を越えたところに広がるスコットランドの低地で。彼女もメッサリナもうねうねと続く丘を歩いたり、馬で駆けたりするのが好きだったことを思い出す。切ない気持ちに襲われたが、恋しいのはスコットランドなのか、無邪気だった子ども時代なのか、よくわからなかった。

ハーロウが咳払いをした。「金が必要なら、貸してやってもいい」

フレイヤは眉をあげた。「あなたのお金なんていりません」

「そうなのか？　では、なぜ指輪を盗んだ？」彼がちらりとフレイヤを見る。

「売るつもりはありませんから」彼女は言い返した。

「きみには本当にいらいらさせられる、助けが必要だと認めれば、与えてやると言っているのに」ハーロウは表情を変えずに、抑えた声を出した。

「もしあなたの助けが必要だったとしても、絶対に頼んだりしないわ」フレイヤは歯を食いしばりながら言った。

「ダーリン」その深く豊かな声の響きに、彼女のうなじの毛が逆立った。「ぼくの忍耐力を試すのはやめてくれないか――」

そのとき生垣のあいだから犬が現れたかと思うと、主人の足元にまっすぐ走ってきたので、ハーロウは口をつぐんだ。

フレイヤは思わず笑ってしまった。

「テス、座れ」小声で命じつつも、犬の耳をかいてやる彼の手つきはやさしい。犬はうれしそうに体を震わせたあと、フレイヤのスカートを鼻先で押した。

「テス」ハーロウがうなるような声で叱った。

「平気です」彼女はささやいた。飼い主のことは嫌いでも、犬まで嫌うつもりはない。フレイヤはテスの顎の下をかいてやった。

テスが尻尾を振る。

「そいつは汚れているぞ」ハーロウがぶっきらぼうに警告した。

「犬は汚くしているのが好きなものでしょう？」フレイヤはそう言って、今度はテスの耳をかいてやった。

ハーロウが奇妙なものでも見るような目を彼女に向けた。

突然、テスがぴんと耳を立てた。そしてくるりと向きを変えたかと思うと、ふたたび茂みの中に戻っていってしまった。

「あの子はなんていう種類の犬なんでしょう？」フレイヤはハンカチで手の汚れを拭きながら、衝動的に尋ねていた。たしかにあの犬はかなり汚れていた。

「インドの犬だよ」

彼女は眉をあげた。「インドからはるばる連れて帰ってきたのですか？」

ハーロウが肩をすくめる。「あいつはぼくの犬だ。置いてくるなんて、できなかった」

フレイヤは彼を見つめた。海を渡ってイングランドに戻るとき、テスをインドに残してくるのは簡単だったはずだ。ほとんどのイングランド人はそうしている。「特別な種類の犬なんですか？　貴重な純血種とか？」

ハーロウが振り向いてにやりとすると、頬にふたつえくぼができた。

胸を拳で殴られたような衝撃に、フレイヤは目をしばたたいた。彼が微笑むと、破壊的なほど魅力的だ。

幸い、ハーロウは彼女の反応に気づいていないらしい。「テスは野良犬だったんだ。インドにはたくさんいるんだよ。三年前に砦《とりで》の中で生まれ、一緒に生まれた子犬のうち一匹だけ生き残った。母犬がいなくなったときはまだ二カ月でね、自力で生きていくのはとうてい無理だった。それでぼくが引き取り、一年後にはイングランドにも連れてきたというわけだ」

フレイヤは彼を見つめた。「奥さまは反対しませんでしたか？　ふつう女性は大きな犬より小さな愛玩犬を好みます。しかも野良犬だなんて」

ハーロウの顎がぴくりと動く。「ソフィーはテスが生まれる一年前に亡くなった」

「まあ」明らかに、彼はこの話題について話したくないらしい。妻の名前を口にしたとき、彼の声には悲しみがにじんでいた。

ハーロウがどう感じても、こちらには関係ないけれど。

前のほうから、誰かの大きな笑い声が聞こえてきた。見るとミスター・プリンプトンで、彼はアラベラとルクレティアのあいだにいた。

ハーロウが小声で毒づく。

フレイヤは驚いて彼を見た。「ミスター・プリンプトンがお好きじゃないんですね?」

「やつを女性に近づけてはいけない。きみからレディ・ホランドに警告するべきだ」彼は声を抑えようともしない。

フレイヤは眉をひそめた。アラベラは豊富な持参金付きの娘だし、公爵の姪であるルクレティアも当然そうだろう。

つまりふたりとも、財産狙いの男たちの格好の獲物なのだ。

「どうしてそんなことを? 彼について何かご存じなんですか?」フレイヤは心配になってきいた。

ハーロウがうなずく。「彼は以前、ぼくの知っているある女性の心をもてあそんだ」

フレイヤは眉間のしわをさらに深くした。「彼の悪い評判を聞いたことはありませんけれど。あなたのおっしゃることが本当なら、どうして噂になっていないんでしょう」

「別にぼくの言葉を信じる必要はない」ハーロウが彼女に向ける視線には、もう親しさのかけらもなかった。「ぼくの忍耐力は尽きかけている。今日の夜中までに指輪を返してほしい。さもなければ、ぼくたちが出会ったときのことをレディ・ホランドに話す」

彼はそう言うと、大股で歩いていってしまった。

怒りと恐怖を感じながら、フレイヤはそのうしろ姿を見つめた。彼女とはもう歩きたくないと行動で示したハーロウに、かすかに失望を覚える。

ばかね。

敵であるハーロウ公爵から離れられて、ほっとするべきなのに。心を強く持って、ランの指輪を返さずに彼を遠ざける方法を見つけなくてはならない。

メッサリナが振り返った。フレイヤを見て、ためらいがちに微笑む。

フレイヤは目をそらしたが、胸に鋭い痛みが走るのを抑えられなかった。

心を閉ざしているのには、もう疲れた。こうしていても何かの役に立つわけではなく、つらいだけ。いつまでこんなふうにしていなければならないのだろう?

一五年前のグレイコートでの出来事が、永遠に彼らの人生をゆがめていくのだ。

そう考えると、急に両肩にのせられた荷物の重みに押しつぶされそうになった。この荷物をおろしたい。何もかも忘れて。

でも、忘れることなどできない。どうしても。

オーレリアは殺され、ラヌルフは体の一部を失った。

父親は心の痛みに耐えかねて死んでしまった。

それをなかったことにはできない。時間はさかのぼれないのだ。

大きく息を吸って顔をあげると、メッサリナはもう振り返っていなかった。いつの間にか、一行は町に差しかかっている。

道には市で売るものをいっぱいに積んだ荷馬車が何台も走っていた。ガチョウ六羽を追いたてて走らせている少年も見受けられる。

広い道をはずれて細い道へ入ったために一行の隊形が崩れ、気がつくとフレイヤはレディ・ホランドの隣にいた。

そこでフレイヤは雇い主に顔を寄せ、小声で知らせた。「ミスター・プリンプトンには、よからぬ噂があるようです」

レディ・ホランドの眉が跳ねあがる。「まあ、驚いた。そうと知っていたら、レディ・ラブジョイが招待するはずがないのに」

「おそらく、ご存じないのでしょう」

レディ・ホランドは顔をしかめて、ミスター・プリンプトンの背中を見つめた。彼はルクレティアに身を寄せて、何かささやきかけている。「知っておいてくれなくては困るわ。どうしましょう。それじゃあ、結婚相手になりそうな男性はたった四人じゃないの」

フレイヤは口ごもった。「スタンホープ卿はちょっと……」

レディ・ホランドがひらひらと手を振る。「ええ、ええ、わかっていますよ。彼は人間的に相当難があるってことは。でもそうすると、候補者はたった三人。グレイコート姉妹もいることを考えたら、アラベラにはほとんど勝機はないわ。あのふたりには、とうてい太刀打ちできないもの」

「アラベラにはいいところがたくさんありますわ」

「そうね、持参金とか」年長の雇い主はささやいた。「まあ、ミス・スチュワート、そんな目で見ないでちょうだい。もちろんわたしは娘を愛していますよ。でも、現実的な目を持つ母親でもあるの。アラベラは大勢の人がいる中ではよさを発揮できない。とくに明るく活発な人たちの中では」レディ・ホランドが前を行く三人に鋭い視線を向ける。ルクレティアが言ったことに楽しそうに笑っているミスター・プリンプトンの横で、アラベラはあいまいな笑みを浮かべて前を向いていた。「娘には幸せになってほしいのよ。あの子を大事にしてくれる男性と」

フレイヤは小さく咳払いをした。「彼女のためにそんな男性を見つけられなかった場合のことも、お考えになっているんですか？」

「そんなこと、考えるのも怖いわ。アラベラのような身分の女性は、夫を持たなければ不完全な人生しか送れない。少なくとも、ホランド卿はそう言うでしょうね」

「ご両親亡きあとは、レジーナのもとに身を寄せなくてはならなくなるということですね？」

「そのとおり。そしてそういう状況では、往々にしていさかいが起こるものなの」

フレイヤは考え込んだ。もちろん、アラベラには別の選択肢もある。ドーノックで〈ワイズ・ウーマン〉と暮らすよう、フレイヤが誘えばいいのだ。アラベラはそこで彼女たちの暮らし方を学び、銀細工や機織り、養蜂といった伝統的な〈ワイズ・ウーマン〉の職業から自分に合うものを見つけられる。あるいは自分ならではの別の仕事を。社会に貢献するものでありさえすればかまわない。でもその代わりに、アラベラはいまの生活を捨てることになる。遠いスコットランドで暮らし、家族にも友人にも、〈ワイズ・ウーマン〉のことはけっして話せない。

大勢の人々でごった返している町の広場に着くと、レディ・ホランドは顔をあげた。「ああ、ようやく着いたのね」

フレイヤが見まわすと、アラベラとルクレティアは女性が焼きたてのパンを売っている屋台で立ち止まっていた。一方さっきまでふたりと一緒にいたミスター・プリンプトンは、メッサリナとレディ・ラブジョイのところに行って愛敬を振りまいている。油断のならない男だ。フレイヤはしぶしぶながら、警告してくれたハーロウに心の中で感謝した。レディ・ホランドは必ず今夜、娘たちに言って聞かせるだろう。メッサリナとルクレティアにも。

「ひとつ食べない？」フレイヤが横に行くと、アラベラが笑顔で小粒のレーズン入りのパンを示した。

「ありがとう」フレイヤは好奇心に満ちたルクレティアの視線から目をそらした。グレイコートでの事件当時ルクレティアはまだ八歳で、面白いことは絶対に逃すまいと姉たちにつきまとう、いたずら好きの女の子だった。フレイヤとメッサリナは年上の子どもならではの残酷さで小さなルクレティアから身を隠すこともあったが、いじわるばかりしていたわけではない。ルクレティアにヒースの荒野に隠れている鳥の巣をどうやって見つけるかを教えて午後を過ごした記憶も、フレイヤにはあった。

突然、熱い感情が胸にあふれる。感傷だろうか？　それとも郷愁？　後悔？

フレイヤはあわてて向きを変え、市に目を走らせた。

広場の一方の端に〈白鳥亭〉という看板を掲げた宿、中央には古びた噴水、反対の端にはノルマン様式の教会が見える。噴水のまわりには屋台や手押し車がひしめくように並んでいて、客を呼び込む大声があちこちで飛び交っていた。少し見まわしただけで、タマネギやポロネギを売る女、長く連なった作りたてのソーセージを売る男、足で砥石《といし》をとんでもない速さでまわしているナイフ研ぎの男などが目に飛び込んでくる。そして彼らを目当てに数キロ四方から集まったと思われる人々で、小さな町の広場はいっぱいだった。

これだけいれば、誰かがレディ・ランドルフについて情報を持っているに違いない。アラベラとルクレティアのうしろについて屋台のあいだをまわっていたフレイヤは、やがて野菜やベリーや小さな花束を売っている老女に目を留めた。

「いいイチゴがあるよ」フレイヤが立ち止まったのを見て、老女が声をかける。

美しく並べられているベリーを見て、フレイヤはにっこりした。「お友だちのレディ・ランドルフが話していたイチゴ売りの女性って、きっとあなたね。とても褒めていたわ」

歯の抜けた老女の笑みが消えかけて、すぐに持ち直す。「そうだとも。このへんじゃ一番甘いイチゴを売ってるからね」

フレイヤは顔をあげて、老女と目を合わせた。「たしかにレディ・ランドルフもそう言っていたわ。でも、今日はお花にしようかしら」

不安そうに彼女を見つめていた老女が、何か買ってもらえそうだとわかって急に元気になる。「好きなのを取るといいよ。どれでもひとつ半ペニーだから」

「それなら、三ついただくわ」フレイヤは財布を開けて一シリングを取り出した。「お友だちはよくわからない病気で亡くなったらしいの。何か知らない？」

老女はフレイヤの手を一瞬見つめてからすばやく左右に目をやり、一シリングをつかみ取った。「死んだのは病気のせいじゃない」

「じゃあ、魔女の仕業か何か？」フレイヤは水を向けてみた。

意外にも、老女はばかにしたように鼻を鳴らした。「いや、魔女とは関係ない。人間の業のせいさ。さあ、あんたはもう行ったほうがいい。この話をするのは危険なんだ」頭を傾けて隣の屋台を示す。見ると、若い男があからさまにふたりを見つめていた。

フレイヤはうなずいて花束を取り、ひとつを胸の上で結んであるスカーフに差した。そして老女の屋台からぶらぶらと遠ざかりながら、残りふたつの花束を小さな女の子たちに渡した。女の子たちはうれしそうに笑いながら、贈り物を受け取った。

〝人間の業〟レディ・ランドルフは亡くなる前に愛人でも作っていたのだろうか？　もしそうなら、ランドルフ卿には、はるか昔から存在する殺人の理由があったということになる。

フレイヤが次に話を聞く相手を探して広場を見渡すと、アラベラの明るい金髪が目に入った。ルークウッド伯爵の隣で彼を見あげている彼女の表情には、痛々しいほど気持ちがあらわになっている。屋台でペストリーを買って彼女に渡している伯爵のえくぼができた笑顔は、とてつもなく魅力的だ。

彼は危険きわまりない。

フレイヤは唇を嚙んだ。あのふたりがうまくいったら、レディ・ホランドはもちろん大喜びするだろう。

けれど、そうなるのがいいのかどうか確信が持てない。

向きを変えるとハーロウが見えた。人込みをはずれた端のほうでテスの頭に手を置いて立ち、広場を見まわしているが、フレイヤがいるところからでも緊張しているのがわかる。

どうしたのかしら？

彼のほうへ向かおうとしたフレイヤの耳に、売り込みの声が飛び込んできた。

「リボンに縁飾り！　きれいなリボンに縁飾り！」

叫んでいる人間に目を向ける。

灰色と白の毛むくじゃらの大きな猟犬が引く荷馬車のそばに、灰色のフードがついたみすぼらしい黒いマントをまとった女が立っていた。売り物でいっぱいの荷馬車の横にいるその女が顔をあげると、クロウだった。

どうしてここにいるのだろう？　来るなんて知らされていない。

フレイヤは荷馬車に近づいた。

「きれいな青いリボンはどうです？」クロウが黒い目を輝かせ、大声で呼びかける。「空の青に海の青、コマドリの卵の青がありますよ」

フレイヤは荷馬車をのぞき、棒にゆるく結ばれたリボンに触れた。「緑色はあるかしら。きれいな草の色はない？」

クロウがフレイヤの目を見つめる。「もちろんございますとも」

荷馬車の上にかがみ込んで箱の中をかきまわしているクロウに、フレイヤは身を寄せた。クロウが口早にささやいても、表情を変えないように注意する。「ハウスパーティーの参加者の中に〈ダンケルダー〉がいるという情報が入りました」

「誰なの?」フレイヤはリボンを手に取って眺めるふりをしながら、小声できいた。

「わかりません」クロウは答えたあと、声を大きくした。「二本で一ペニーですよ。四本買ってくだされば、一本おまけします」

「〈ダンケルダー〉はわたしの正体を知っているの?」呼吸が速くなるのを感じて、フレイヤは頭を低くした。

クロウが小声で返す。「そうは思いません。でもデ・モレイ家の人間だと知られれば、ワイズ・ウーマンだとばれてしまうでしょう」彼女は黒い目をひょいとあげた。「いいですか、ここは〈ダンケルダー〉の勢力圏内です。やつらがほかにもいるはずですから、気をつけてください」

フレイヤは手に持った色とりどりのリボンをぼんやりと見つめた。

「レディ・マッハ」クロウがささやく。「わたしはここにはいられません。ほかにやらなければならないことがあるんです。ひとりで行動していただかなくては」

フレイヤは心配そうな表情のクロウと目を合わせた。「大丈夫よ」

財布から手探りで硬貨を出し、リボンを受け取る。

「くれぐれもお気をつけて」向きを変えて離れていくフレイヤに、クロウは重ねて警告した。「〈ダンケルダー〉はあなたの正体を知ったら殺そうとするでしょう」

クリストファーはハウスパーティーの客たちが町の広場に散っていくのを見つめた。まわりにひしめく大勢の人間の体を無視しようとしながら、彼も歩きだし、プリンプトンに目を据えて人込みの中をすり抜けていく。レディ・ラブジョイと連れ立ってあちこち見てまわっているプリンプトンは、この世に心配事などないといったふうだ。なんと腹の立つ男だろう。

誰かがクリストファーの肘にぶつかった。

彼が険しい表情で振り向いたので、走ってきてぶつかった少年はあとずさりした。「すみません、旦那さん」

少年がそそくさと離れていく。

クリストファーは目を閉じて深呼吸をした。すると大勢の人々の体のにおいが鼻に入ってきて、脈打つような頭痛が始まった。

しばらくして目を開けると、広場の向こうから彼を見つめているミス・スチュワートと目が合った。まったく間が悪い。

恥ずかしさで首が熱くなるのを感じながら、クリストファーは向きを変えた。こんなふうに弱々しいところを、よりにもよって彼女に見られるとは。

テスがくんくん鳴きながら、脚に体を押しつけてくる。

クリストファーはテスの頭に手をのせて、やわらかい毛の感触で心を静めた。ここはイングランドで、人々がこれ以上激しく押し寄せてくることはない。窒息する危険はないのだ。それにあの小さな泥棒にどう思われようと、これっぽっちも気にする必要はない。だがやはり、この遠出に参加するのはいい考えではなかった。

彼は息を吐きながらプリンプトンの姿を探した。レディ・ラブジョイはメッサリナと腕を組んでいて、プリンプトンはペンナイフを売っている屋台で立ち止まっていた。

クリストファーは人を押しのけ、急いでプリンプトンのところへ向かった。

「持ってきたか?」そばに着くやいなや問いただす。

すると銃声でもしたかのように、プリンプトンがびくんとした。

振り向いて、クリストファーがとんでもなく失礼なまねでもしたみたいに小さくうめく。

「その話はふたりだけのときにしたほうがいいと思わないか?」

「こちらとしては、なるべく早くすませてしまいたい。たとえば屋敷へ戻ったらすぐに」

プリンプトンがごくりとつばをのみ込む。明らかにこの男は、クリストファーがすぐに手紙を渡せと要求するとは思っていなかったのだろう。

「でも……それは無理だ」

「なぜだ? 手紙を持っているんじゃないのか?」クリストファーは表情を険しくした。

プリンプトンがすっと目をそらす。「じつは手紙が届くまであと何日かかかる。郵便でここに送ったのでね」

「いったいどんなゲームをしているつもりだ」クリストファーは嚙みついた。

「ゲームじゃない！」プリンプトンが神経質そうに唇をなめる。「嘘ではないさ。手紙を身近に置いていないほうが安全だと思っただけなんだよ。すぐに届くはずだから、そうしたらきみに知らせる」

戯言《たわごと》としか思えなかったが、考えてみればこの男はもともと頭がよくなかったとクリストファーは思い出した。もしかしたら本当に、わざわざ手間のかかる方法でラブジョイ邸に手紙を持ってくることにしたのかもしれない。

「必ず知らせるんだぞ。さもなければ、こちらのやり方でやらせてもらう」クリストファーは歯を食いしばりながら通告した。

「それは脅しか？　ぼくを脅すつもりなのか？」プリンプトンの顔が白くなる。

クリストファーは体を寄せ、プリンプトンの上着の前から存在しないごみを払った。「そんなふうに思わせたとしたら悪かった」

彼はくるりと向きを変えて歩きだそうとしたが、そのときすぐそばを急ぎ足で遠ざかっていくミス・スチュワートが目に入った。

彼女はいまの会話を聞いていたのだろうか？

朝からいろいろなことがあってもなんとか持ちこたえてきた神経が、この瞬間ぷつりと音をたてて切れた。ミス・スチュワートの好奇心で、ソフィーの名を汚させはしない。

クリストファーは彼女に歩み寄り、皮肉をこめて腕を差し出した。「一緒に散歩しないか？」

ミス・スチュワートが強情そうな顔で口を開く。

彼は歯を見せて、作り笑いを浮かべた。「二度は誘わない」

彼女はさっと口を閉じ、クリストファーの腕に手をかけた。「なんて無作法なんでしょう」

「そうかな？」テスをぴったり横に引き寄せながら、彼はミス・スチュワートを人込みの端まで連れていった。「きみはぼくをつけていたのか？」

「違います！」ミス・スチュワートがあまりに憤慨した顔をするので、クリストファーは信じてもいいかもしれないと思いかけた。ところがすぐに、彼女が考え込むような表情に変わった。「ミスター・プリンプトンと誰にも聞かれたくないようなことを話していたんですか？」

「きみには関係ない」こめかみがずきずきと痛い。早くこの人込みから離れなければ。「なんというか、ぼくは独善的なオールドミスに個人的な会話を盗み聞きされるのが嫌いでね」

クリストファーはすばやくあたりに目を走らせたが、ふたりの様子を気にかけている者は見当たらなかった。そこで立ち並ぶ屋台に大勢の人が群がっている場所から遠ざかり、教会へと向かった。

腹を立てたミス・スチュワートが勢い込んで言う。「人込みの中で個人的な話をするような抜けた人に、不当なまねをしたと非難されるのは気持ちのいいものではありません」

「まったく、きみは魔女みたいに口が悪いな」なんの気なしにそう言うと、彼女が体をかたくした。大きく見開いた緑色と金色のまじった目に、恐怖のような表情が浮かんでいる。

「どうしたんだ?」

「気の毒なミスター・プリンプトンを脅していたように見えましたけれど」

クリストファーは鼻を鳴らし、ノルマン様式の教会の扉を開けた。テスがふたりと一緒に中へ走り込む。「気の毒なのはやつの財布の中身だけだ」

教会の中はひんやりとして薄暗く、太陽の照る外から入ってくると目が慣れるのにしばらくかかった。そこはこぢんまりとした美しい教会だった。Uの字を逆さにしたような入り口のアーチが身廊と内陣のあいだのアーチにも繰り返されていて、どちらもシェブロンと呼ばれるジグザグ模様で装飾されている。

クリストファーはミス・スチュワートを見おろした。すると彼女は窓を見あげるために上を向いていて、キャップの縁から髪の生え際が二センチほどのぞいている。色は濃い金色にもくすんだ茶色にも見えるが、暗くてよくわからず、彼はミス・スチュワートの頭からキャップをはぎ取りたいという衝動に駆られた。

「宗教改革のときに割られてしまったんでしょうか」彼女が考え込みながら言う。

窓はすべて透明なガラスだった。かつてはステンドグラスがはめられていたのだとしても、いまは跡形もない。「そうかもしれない。あるいは清教徒革命のときに、クロムウェルと議会を支持していた円頂党員（国王ではなく議会を支持した人々）たちがやったか」

「男性って、本当にものを壊すのが好きね——たとえ美しいものでも破壊してしまう」

「男が全員そうだというわけではない、当たり前のことだが」クリストファーは彼女の取り澄ました小さな口と悲しそうな目を見つめ、静かに言った。「それにこれは経験から言うんだが、女性の中にも破壊的な行動を好む人間はいる」

ミス・スチュワートが体をこわばらせるのを感じて、彼はうれしくなった。彼女なら相手とするのに不足はなく、怒りを好きなだけぶつけられる。ミス・スチュワートは口が悪いだけではなく、強い意志を持って自分の意見を曲げずに主張する女性だ。彼が何か言ったらすぐに泣き崩れるのではないかと、心配せずにすむ。

彼女がばかにしたような笑い声をあげた。「本当にそう思っているんですか？　男性の破壊的な衝動のせいで戦争が起き、大勢の人たちが死んだり手足を失ったりするというのに」

「きみはトロイのヘレンのような女は勘定に入れていないのか？」ミス・スチュワートと目を合わせたまま、クリストファーは反論した。彼女がどの男にもこんな話をしているはずはない。でなければ、コンパニオンとして働いていられないはずだ。では、なぜ自分にはこんなふうに突っかかってくるのだろう？

「トロイのヘレンは伝説上の人物だけれど、屠《と》殺者《さつしゃ》カンバーランドはそうではないわ」彼女が軽蔑したように言う。

クリストファーは眉をあげた。国王の三男として生まれたカンバーランド公爵は、ほんの一四年前にカロデンの戦いでスコットランド人を情け容赦なく虐殺した。「きみはジャコバイト（名誉革命時に追放された国王の復位を支持した反革命勢力）なんだな」

「いいえ、もちろん違います。彼らは勝つ望みのまったくない戦争に乗り出した理想主義の愚か者たちですもの」ミス・スチュワートはいらだたしげに息を吐いた。「わたしはただ、血も涙もない虐殺には賛成できないだけです」

「それに男というものを憎んでいる」彼はゆっくりと言った。

「ばかなことを言わないでください。どの男性も嫌いというわけではありません」彼女は石の床に靴音を響かせながら狭い身廊を進み、クリストファーから離れた。

彼だけだ。ミス・スチュワートは彼が嫌いなのだ。

なんとしてもその理由を突き止めてやる。突然、胸がかっと熱くなり、頭痛が爆発しそうな勢いでぶり返した。「ぼくはきみにいったい何をしたんだ?」

彼女が振り返り、からかうような視線を向けた。「まだわからないんですか?」

クリストファーは一気に二歩の距離を詰め、ミス・スチュワートの腕をつかんだ。そのまま ぐっと引き寄せ、自分のほうを向かせる。「わからないね。なぜかは知らないがきみの頭がどうかなって、被害者だという妄想を作りあげたのだと思っているよ。きみは出会ったときから突っかかってきた。ぼくはきみを助けたというのに」

「あなたの助けなど必要ありませんでした」

「そうかな? ぼくがきみやメイドや赤ん坊を馬車から放り出しても平気だったのか?」

彼女の唇がゆがむ。「あなたみたいな野蛮な人が上流社会に存在することを許されているなんて、信じられないわ」

汗に濡れた無数の体とすすり泣きと熱気が、クリストファーの脳裏によみがえった。ミス・スチュワートは知っているのだろうか？　かつて彼が人間よりも劣るものへと貶《おとし》められたときのことを。

クリストファーは歯を食いしばった。「ほう、信じられないか」彼はミス・スチュワートの上に身をかがめ、スイカズラの香りを吸い込んだ。故郷の香りを。突然、彼女に対して不当なほど大きな怒りがわきあがる。「ぼくは公爵だ。だが、きみはただの泥棒じゃないか」

「わたしは――」

「指輪を返せ。もう今夜まで待つ気はなくなった。いま返さなければ、ここにいるみんなに言う」

「絶対に返さないわ」彼女が怒りの声をあげる。

クリストファーの中で何かが切れた。スイカズラの香りのせいなのか、彼女のやわらかな唇が嘲るようにゆがんだせいなのか、よくわからない。しかし突然、もう我慢ができなくなってしまった。

ミス・スチュワートの両腕をつかみ、肌の熱が感じられるところまで引き寄せる。「いいから指輪を返せ」

「もしわたしが男なら決闘を申し込むのに。剣で戦い、はらわたをえぐってやるわ」彼女は激しい口調で言った。

「血に飢えた女だな、きみは」彼はゆったりと受け流した。相手にしなければ、ミス・スチュワートはますます腹を立てる。そう思うと下腹部が熱を帯びた。まったく、なんという狂気の沙汰だろう。「きみは剣でぼくに勝てると思っているのか？　剣でなくてもいい。素手でも、別の武器でも、ぼくと戦って勝てると？　きみはまるで子どもだ。プライドだけが高い」

「わたしは子どもじゃない」彼女の目は軽蔑に満ちている。

クリストファーはわざとらしく、視線を彼女の胸に落とした。スカーフとばかげた小さな花束の下で上下している胸を、首を傾けてじっと見つめる。「そうだな、たしかにきみは子どもではない」

一瞬、彼はミス・スチュワートが爆発するのではないかと思った。決闘用の拳銃が暴発するみたいに。

だが、彼女はただ低く辛辣な声で返した。「明日の朝、五時。場所はあなたが決めて」

クリストファーはミス・スチュワートを胸に引き寄せた。彼女の息を唇に感じる。「ぼくと密会の約束をしたいということかな」

その当てこすりを彼女は無視した。まっすぐにこちらを見つめる視線には、激しい怒りがこもっている。「あなたの血が欲しいのよ」

「とんでもないな、きみは」クリストファーは嘲った。

「もしあなたが剣でわたしを負かしたら、指輪を返すわ」ミス・スチュワートの静かな声は震えていたが、それは恐怖からではないと彼にはわかっていた。「でもわたしが勝ったら、二度と返せと言わないで。それからロンドンでの出来事は誰にも明かさないこと」

「きみはぼくが女性に剣を向けると思っているのか?」

「臆病者」

クリストファーはミス・スチュワートを放したが、唐突だったので彼女がよろめいた。彼の中で、彼女を揺さぶってやりたい気持ちと、ベッドの上で心ゆくまで自分のものにしたい気持ちが交錯する。どちらが本当の気持ちなのだろう?

ふたりはそのまましばらく見つめあった。両方とも胸が激しく上下している。

ミス・スチュワートもばかげた挑発も無視するべきだと、クリストファーはわかっていた。背を向けて立ち去るべきだと。だが、彼女の侮辱にはもううんざりだった。彼女には自分の立場をわきまえさせなくてはならない。

それに指輪を取り返す必要がある。

「いいだろう。しかしぼくが勝ったら、つべこべ言わずに指輪を渡すんだ」彼はにやりとした。「ミス・スチュワート、きみの挑戦を受けよう」

6

マリーゴールドが変わってしまった理由を突き止めるために、ローワンは洞窟に戻る決心をしました。けれども戻っていくら眺めても、洞窟にはちっとも変わったところはありませんでした。緑に苔むして、神秘的で、滴る水の音が響いている。そして奥は行き止まり。ところが、がっかりしたローワンが引き返そうとすると、男が立って彼女を見つめていました……。

『グレイコートの取り替えっ子』

その晩遅く、ノックの音を聞いたメッサリナは部屋着に袖を通して扉へ向かった。開けると、チョウが刺繡された趣味の悪い金色のシルクの部屋着をまとったジェーン・ラブジョイが、するりと部屋に入ってきた。

メッサリナが扉を閉めて振り返ると、ジェーンが両手を腰に当てていた。「散歩の途中には話せないような秘密の話って、何？　しかも、どうしてこんな夜中に話をしなければならないのかしら。ダニエルがブランデーを飲みすぎて酔いつぶれてしまったから、よかったけれど。彼はいま、酔っ払いの水夫が何人もいるのかと思うほど盛大ないびきをかいているわ」

メッサリナはひるんだ。「ごめんなさい。あなたが部屋を空けることをラブジョイ卿にどう説明するのか、まったく考えていなかったわ」

ジェーンの突っかかるような態度が消える。「まあ、今日はたまたま問題なかったわけだし、こうまでして話したいことというのを、とにかく聞かせてちょうだい」

「エレノア・ランドルフのことなの。彼女に何があったのか知りたくて」

ジェーンは額にしわを寄せて、暖炉のそばにある椅子に座った。「いったいどうして？ エレノアは去年の春に亡くなったわ」

「ええ、それは知っている」メッサリナは部屋の中を行ったり来たりしはじめた。「わからないのは、彼女がどうやって亡くなったのかよ」

「熱病だと思ったけれど――そうじゃないとしても、何か突発的な病気よ」扉の前まで行ってまた引き返してくるメッサリナを、ジェーンは見つめた。「いま頃になって、なぜ知りたいの？」

「自分でもよくわからないのよ」メッサリナはジェーンをちらりと見て、目をそらした。「エレノアとわたしが友だちだったのは知っているでしょう？ 彼女とは同い年で、一八歳のときに一緒に社交界デビューして以来、ずっと仲よくしてきたわ」

エレノアが必然的にランドルフと結婚するまでの二年間、メッサリナは彼女といろいろなからだ。

男性を品定めしては、くすくす笑いあったものだった。〝必然的〟というのは、伯爵の姪であり知的でやさしくたっぷり持参金のあるエレノアと、三五歳とやや年は取っているものの貴族院の有力議員でありたくましくてハンサムなランドルフは、似合いの組みあわせだった

メッサリナも公爵の姪で、とっくに結婚していてしかるべきだと世間からは思われているのかもしれないが、彼女は……簡単には妥協できない質《たち》だった。

それはいまも変わらず、だから独身なわけだが、彼女のことはどうでもいい。

メッサリナは息を吸って続けた。「エレノアとはずっと手紙のやりとりをしていたの。最後にロンドンで彼女と会ったのは数年前だけれど。手紙には、ロンドンの生活にはもううんざりで、田舎で暮らすのが気に入っていると書いてあったわ」

彼女は言葉を切って、ジェーンの反応をうかがった。

ジェーンが肩をすくめて頭を振る。

メッサリナは顔をしかめた。「わかっているわ！　そんなの、不審に思うようなことじゃないって。でも、エレノアはダンスが大好きだった。舞踏会に行くことも、買い物をすることも。だから突然田舎が気に入ったと言いだすなんて……奇妙に思えて」

「だけど、人は変わるものだから」ジェーンが現実的な意見を述べ、考え込みながら続けた。「わたしが結婚したとき、ラブジョイ卿は本当に堅苦しい人だったわ。実際、いまでもそうなんだけれど、ずいぶんましになったのよ。わたしが彼のちょっとした欠点に目をつぶれる

ようになったというのもあると思うし——そして、それこそが大切なことなの。結婚すれば人は変わる。いい結婚生活では、自分ひとりでいろんな決断を下さなくてもよくなるわ。その代わり、ふたりで考えるのよ。だから、もしランドルフ卿が田舎での生活を好んでいたとしたら、エレノアもそういう生活に喜びを見いだせるようになったのかもしれない。自分が仕切らなくてはならない屋敷もできたわけだし」

「そうかもね」メッサリナはしぶしぶ認めた。「でも、ほかにもあるの」そう言って、ジェーンの隣の椅子に腰をおろす。「こんなふうに考えるわたしがおかしいだけなのかもしれないから、誰にも言わないで」

ジェーンが先を促すようにうなずく。

メッサリナは大きく息を吸った。「エレノアが最後に送ってきた手紙に、ランドルフ卿のもとを去るつもりだと書いてあったのよ」

ジェーンは目をしばたたいた。「それって……」

「ええ、別れるという意味でしょうね。つまり、とんでもない醜聞になっただろうってこと。彼女はわたしのところに置いてもらえないかときいてきて、もちろんいいけれど、ずっといてもらえるかはわからないと答えたの。おじがどう出るかわからなかったから。ルクレティアとわたしはおじと住んではいないけれど、恩義があることに変わりはないわ」メッサリナは悪魔も同然だとわかっている男との関係について、慎重に言葉を選んだ。「もしおじがエレノアを嫌ったり、そうでなくても夫から逃げ出したことを快く思わなかったりしたら、関係する人たち全員にとって、ひどくことを面倒にする可能性があると思ったのよ」

これは最大限オブラートでくるんだ言い方だった。メッサリナのおじは、ただことを面倒にするどころか大惨事に変えられる力を持っている。

幸いジェーンはメッサリナがおじに対して複雑な感情を抱いていることに気づかなかったらしく、ただこう尋ねた。「それに対してエレノアは？」

「もう返事は来なかったわ。二週間後に亡くなってしまったから」

「まあ、残念だったわね」ジェーンがこのうえなくやさしい声で言った。「あなたにはとても衝撃的だったと思うわ。でも、彼女の死が自然なものではなかったかもしれないというあなたの疑いは、ずっと一緒に暮らそうと彼女に言えなかった自分への罪悪感から来ているんじゃないかしら」

突然、メッサリナの目に涙がわきあがった。ひどく決まりが悪いうえ、涙などなんの役にも立たないというのに。もちろん彼女も、エレノアの死に過剰に反応してしまうのは罪悪感からではないかと考えた。ずっといてもらえるかわからないと返した手紙のせいでエレノアは自殺したのかもしれないという、恐ろしい考えすら頭に浮かんだ。

「もちろん、わたしもそう考えたわ」落ち着かなくなって、メッサリナはまた部屋の中を歩きまわりはじめた。「何カ月も考えつづけて、全部わたしの妄想だという結論に達したの。エレノアはふつうに亡くなっただけで、わたしは彼女がいなくなった悲しみのあまり、罪悪感を覚えてしまったんだって」

「じゃあ、どうしてここへ来たの？」ジェーンがきいた。

メッサリナは部屋の一番奥まで行って足を止め、振り返った。「先月、舞踏会でエリオット・ランドルフを見かけたのよ。エレノアの死を知ってから会うのははじめてだったから、彼のところに行ってお悔やみを言ったわ」そのときの彼の人間とは思えないような冷淡な顔を思い出して、息を吸い込む。「彼はわたしを見て微笑んだ。その瞬間にわかったの。疑いの余地なく、はっきりと」

「何がわかったの？」

「ランドルフ卿がエレノアを殺したのよ」メッサリナはあいだの離れたジェーンの目を見つめた。「証拠はないわ。彼は怪しいことは何も言わなかった。だけどあのとき、彼がわたしに向けた目は……人間のものではなかった。彼はご機嫌だったのよ。それだけじゃなく、彼は自分がやったとわたしに悟らせようとしたんだと思う。わたしには何もできないと思っているから。エレノアが死んで、自分は勝ったと思っているから」

「もしあなたの疑いが正しいとしても、いったい何ができるの？　誰かに話しても、突拍子もない考えだと思われるだけよ」ジェーンは眉間に深いしわを寄せた。「亡くなったのは一年前で、エレノアはすでに埋葬されてしまっているわけだし」

「わかっているわ」メッサリナは座っている友人の前に行って膝をつき、彼女の手を取った。「難しいのはわかっている。でも、エレノアに何が起こったのかを知りたい。そしてそのためには、あなたの助けが必要なの。このあたりではわたしはよそ者だけれど、あなたはそうじゃない。人々はわたしには話してくれないことも、あなたには話すかもしれないでしょう。エレノアが夫に殺されたのかどうか確かめるのを手伝ってくれる？」

「ええ」ジェーンは姿勢を正した。「ええ、手伝うわ」

ふたりは場所を井戸小屋のある空き地にした。けれども翌朝、そこへ向かうために薄暗い森の中の道を進みながらも、こんなことは間違いだとクリストファーにはわかっていた。華奢で小柄な女性であるミス・スチュワートが、剣で彼を負かせるはずがない。勝てると思っていることが、彼女の頭がどうかしている証拠だ。

女性はおしなべてそうだが、ミス・スチュワートも感情に支配されている。だから女性は子どもより少しましなだけの教え導くべき存在だと、多くの男性は考えているのだ。

とはいえクリストファー自身は、女性が劣っているとは思っていない。とくにミス・スチュワートは絶対に違う。彼女の知性に関しては疑う余地がないし、ひどく感情的というわけでもない――ことが彼に関するときは別だが。もしクリストファーが単純な男だったら、彼女がときどき爆発させる激しい怒りは、好意を持っていない男に性的に惹かれているしるしだと受け止めただろう。

しかし、彼は単純な男ではない。

人生の半分近くを遠い異国で風俗習慣がまったく違う人々に囲まれて暮らし、とうの昔に物事は表面に見えているありさまとは違うということを学んでいた。

こうなったらなるべくすばやく勝ちをおさめ、指輪を取り戻せるように祈るしかない。ただしそうなったら、ミス・スチュワートはいま以上に彼を憎むだろう。

一番心配なのは、彼女が〝決闘〟の最中に誤って自分自身を傷つけてしまうことだ。そうなる可能性を考えてますます暗い気分になりながら、クリストファーは空き地への最後の曲線をたどった。すると、すでに来て待っているミス・スチュワートが目に入った。テスが彼女に向かって走りだす。まるでずっと会えなかった親友を見つけたかのように。なんとばかな犬なのだろう。

ミス・スチュワートはテスを見おろして微笑んでいる。親愛の情のこもった明るく美しい笑みを見て、彼は嫉妬に駆られた。犬に嫉妬するとは！

テスの耳を撫でながら顔をあげた彼女が、クリストファーを見て笑みを消す。彼はわきあがる失望感を抑えた。

「きみはまだ、言いだしたことをやるつもりなのか？」持ってきた剣から覆いをはずしながら、クリストファーはきいた。

「ええ」ミス・スチュワートが躊躇なく答えた。

思ったとおりの返事だった。ならば彼女の屈辱を長引かせないためになるべく早く決着をつけようと、クリストファーは決意を新たにした。

ミス・スチュワートがこれほど頑固な様子でなかったら、決闘をやめさせ、指輪を取り戻すための別の方法を選ばせようと思っていた。だがいまではクリストファーも、彼女がいったん口にしたことを撤回するはずがないとわかっている。

それなら、さっさとすませてしまうのが一番だ。

クリストファーはミス・スチュワートに武器を選ばせようと二本の剣を腕にのせ、柄を彼女に向けて差し出した。彼女が歩み寄って慎重に調べ、やや短いほうを取る。小柄で力のない使い手、あるいは女性が扱いやすいものだ。

彼女がそれを選んだという事実が、クリストファーの中にかすかな警戒心を呼び起こした。

ミス・スチュワートが剣をひと振りして体の前に構え、彼を見る。「準備はいい？」

彼はうなずいた。「きみが合図をしろ」

「では構えて、始め！」

彼女の剣が鼻を危うくそぎ落としそうになり、クリストファーの警戒心は跳ねあがった。なんということだ。

彼はあわててうしろにさがった。剣を前に出して、次の攻撃を防ぐ。防御にまわりながら、ミス・スチュワートの動きを観察した。

もしかしたら、彼女は頭がどうかしているわけではないのかもしれない。

見るからに剣の扱いに慣れている。

彼を負かせる可能性は、じゅうぶんすぎるほどあると言えるだろう。

ミス・スチュワートの剣が歌うように彼の体をかすめた。彼女はそのまま剣を合わせずに、うしろへさがった。

だがそう思わせてすばやく回転し、クリストファーの腹部を狙ってきた。

彼は体をねじってさがると、剣をあげてぎりぎりのところで攻撃を受け止めた。

ミス・スチュワートの表情は決意に満ちていて、引く様子はまるでない。本気でクリストファーを負かしたいと思っているのだ。

あるいは殺したいと。

いったいなぜなのだろう？

自分にはミス・スチュワートを傷つける気はない。彼女の剣を叩き落とし、体格で勝り、強い筋肉を持っている男にはかなわないと教えたいだけだ。

しかし残念ながら、敏捷《びんしょう》性と卓越した技能が勝負の行方を変えようとしている。

こんな勝負に同意したのが、そもそも間違いだったのだ。

剣をきらめかせながら、彼女が突進してきた。その目は集中し、怒りに燃えている。

彼が肩への一撃をよけると、さらに次の攻撃が待っていた。

剣が左腕の袖を切り裂く。

「くそっ！」

ミス・スチュワートの勝ち誇った笑みを見て、彼は目をしばたたいた。

この笑みには、どこか見覚えがある。

彼女がふたたび突きかかってきたのを、クリストファーは懸命にかわした。

そのまま彼女の背後にまわり込む。

うしろを取られまいとミス・スチュワートが向きを変え、その勢いでキャップが頭からはずれた。

「もうやめるんだ」彼は命じた。

「かなわないから？」ミス・スチュワートがあざ笑いながら、なおも突こうとする。まるで野生の猫のようだ。「あなたみたいな人は自分の手はきれいなまま、代わりの人間に汚い仕事をやらせるんじゃない？」

クリストファーは彼女を見つめた。わけがわからないものの、生き生きとした彼女の姿に欲望が目覚めた。「なんだって？」

ミス・スチュワートの髪は肩に流れ落ち、目は熱に浮かされたような光を帯びている。

「あなたは人に命じて誰かを死ぬほど叩きのめさせる、最低の臆病者よ」

彼女はふたたび笑うと、クリストファーの防御をかいくぐって剣先を喉に突きつけた。彼の喉にちくりと痛みが走る。

ミス・スチュワートは荒く息をつきながら、ほどけた髪を肩に広げて立っていた。くるくると渦巻いている髪は炎のような赤色で、風にあおられ、まるでそれ自体が命を持っているみたいに波打っている。クリストファーはいまはじめて、彼女を見た気がした。

「負けを認めなさい」復讐の怒りに燃えた彼女が要求する。

彼の世界がひっくり返った。「フレイヤ？」

彼女が目を見開く。クリストファーは喉に突きつけられた剣先をどけると、相手の手首を握ってひねった。彼女が悲鳴をあげて剣を落とす。

口が開いた――おそらく彼を罵ろうというのだろう。

だが、クリストファーはもうそんなことは気にならなかった。彼女を引き寄せて腕の中に閉じ込め、唇を奪う。

彼女が口を開き、互いの唇と歯がぶつかった。キスに身を任せたとはとうてい言えない。

フレイヤ。

信じられない。遠い昔、クリストファーは丘の上を駆けまわるほっそりとした少女を知っていた。その少女の髪は燃えるように赤かったが、いま目の前にいる官能的で怒りに満ちた女性の髪も、やはり燃え盛る火の色だ。

混乱し、怒りにとらわれながら、クリストファーは彼女の口に舌を差し入れた。どうしてこんなことになったのだろう？　なぜ彼女がここにいるんだ？

だが彼女の熱い口の中を探り、彼女に髪をつかんで引き寄せられるのを感じると、頭に渦巻いていた疑問はかすんでしまった。

フレイヤ。

彼女の情熱に駆りたてられ、クリストファーはさえないドレスを体からはぎ取りたくてたまらなくなった。その下に隠れている胸がどれほど豊かか確かめたい。官能的なヒップが彼に応えてリズムを刻むさまを見てみたい。

クリストファーは圧倒的な存在感を放つ彼女の髪をつかむと、舌を絡ませて歯をなめた。彼女をむさぼり、記憶の中のフレイヤと目の前の女性を溶けあわせる。

しかしそのとき、彼女の変化を感じた。肩がこわばり、クリストファーの髪をつかんでいた手が離れる。彼は危ういところで唇を離すと、あわてて顔を引いた。唇に嚙みつこうとした彼女の歯が、がちっと音をたてて合わさった。

「なぜここにいる？」クリストファーはしゃがれた声できいた。フレイヤの試みにもかかわらず、こわばった下腹部がゆるむ気配はない。

「どうしてわたしがここにいてはいけないの、ケスター？」彼女が嘲るように言った。

ケスター。もう長いあいだ、彼をそんなふうに呼ぶ人間はいなかった。

最後に呼ばれたのは一五年前だ。

クリストファーを縮めたケスターという愛称は、ランとジュリアンがつけたものだった。だからこの呼び方は、彼にとって友情とぬくもりとスコットランドを意味する。かつてのクリストファーはつねに正しい行いをしなくてはならないという父親からの絶え間ない圧力にさらされていたが、スコットランドは父親から逃れ、心からくつろげる場所だった。

謝ってばかりでなく、自分自身でいられる場所だった。

あそこに戻りたいという思いがふくれあがり、彼は膝からくずおれそうになった。

だが、そんな弱さをここで見せるわけにはいかない。「ぼくの質問の意味はわかっているはずだ。なぜきみはシャペロンとして働いている？　公爵の娘なのに」

「公爵の妹でもあるわ」フレイヤが低い声で返す。「ランのことはすっかり忘れてしまったの？」

クリストファーは息を吸い、彼女を放した。「ランを忘れられるはずがない」

「そうかしら」彼が足元に落とした剣を拾おうと、フレイヤが身をかがめる。

クリストファーは剣の刃を踏んだ。

フレイヤが体を起こし、彼をにらんだ。「ランが片手を失ったと知っていた？　化膿《かのう》して壊疽《えそ》になったから、切断しなくてはならなかったのよ」

「そのことは……イングランドに戻るまで知らなかった」そのぞっとする事実を知ったときのことを思い出して、クリストファーはつばをのみ込んだ。酒場で見知らぬ男が話しているのを聞き、外に飛び出して嘔吐せずにはいられなかった。

「ランは不自由な体になってしまった」苦々しいささやきは、まるで叫んでいるようだった。

「しかも右手だった。描けなくなってしまったのよ。想像できる？　絵が描けないランを？」

クリストファーは気分が悪くなった。長身で鞭《むち》のように細くしなやかだったランは、おかしな顔を描いては笑っていた。どこまでも広がる木々や山々を描くときは真剣な表情だったが。「ああ、なんてことだ。信じられない」

彼女に胸を叩かれても、クリストファーは痛みを感じなかった。心が粉々に砕け散っていた。

「あなたに罰を与えたかった」フレイヤがささやく。「ランにしたことを考えれば、罰せられるべきだもの」

彼は目を閉じた。「フレイヤ」

「ランはどこへも出かけない」彼女は涙を浮かべながら、クリストファーをなじった。「もう何年も。何年もよ。エディンバラのタウンハウスに閉じこもっている兄をなだめたり、すかしたり、いろいろやってみたわ。なんとか外に連れ出そうと。ただしゃべってくれるだけでもよかった。だけど兄は誰とも話そうとしない。ラクランは一年続けたわ。怒鳴ったり、懇願したり――」

声がとぎれたので、クリストファーは目を開けた。

フレイヤは声を押し殺して泣いていた。大きく見開いた緑色と金色のまじった目からぼろぼろと涙を流し、激しい怒りに顔を紅潮させて。

「すまなかった」彼はささやいた。

彼女がクリストファーを引っぱたいた。

頭がのけぞり、顎が燃えるように熱くなった。彼はフレイヤが平手で叩きつづけるのもかまわず、彼女を抱きしめた。

「すまない。本当にすまなかった」ほかにどう言えばいいのか、わからなかった。

それにいまの状況を正せるようなことは何も言えない。

なぜなら、もとどおりにするのは不可能だから。

ランがランでなくなり、手の届かないところへ行ってしまったのはクリストファーの責任だ。

すすり泣き、もがき、息を切らしているフレイヤを、彼はただ抱きしめることしかできなかった。やがて彼女が叩くのをやめ、クリストファーの胸をつかんだままぐったりとなった。しばらくして、彼はフレイヤを抱いたまま冷たく湿った地面に腰をおろした。彼女の髪を撫で、すすり泣きを胸で受け止めながら、悲しみと後悔の言葉をささやきつづける。

とうとうフレイヤが大きく息をつき、静かになった。

日はすっかりのぼり、明るく輝いている。テスがそばに来て、クリストファーの膝に頭をのせて横たわった。そろそろ戻らなければ、ふたりがいないことがばれてしまう。

彼は息を吸い込んだ。「何があったか、ランはきみに話したのか？」

フレイヤは首を横に振った。「ランはジュリアンのおじさまのウィンダミア公爵のところの人たちに運ばれて、家に戻ってきたの。ランはオーレリアと駆け落ちしようとしたけれど、突然狂気に取りつかれて彼女を殺してしまったのだと、その人たちは言っていたわ——」

「ランはなんと言ったんだ？」

彼女が顔をしかめ、赤い唇をぐっと結ぶ。「兄は怪我がひどくて、戻ってすぐに熱があがってしまったのよ」

クリストファーはうなずいた。「では、ぼくの話を聞いてくれ」

フレイヤの体が緊張したのに気づいて彼はふたたび抱きしめる準備をしたが、彼女はそれ以上動かなかった。

クリストファーが話すのを待っているのだ。

テスが井戸小屋のそばまで行って、壁際の地面を掘りはじめる。「ぼくたちは若かった。そのことを忘れないでほしい。ぼくたちはあまりにも若かったんだ」

フレイヤは嘲るような笑みを浮かべたが、何も言わなかった。

「ある日ランがぼくとジュリアンのところへ来て、オーレリアと結婚する必要があると言った」

「〝必要がある〟？」

クリストファーはうなずいた。「理由はわからないが、彼女のおじがふたりの結婚に反対していたんだよ。だからおじがオーレリアに別の結婚相手を見つける前に結婚しなければと、ランは思いつめていた」

フレイヤが眉間にしわを寄せたところを見ると、このことは知らなかったのだろう。「だからランは駆け落ちをすることにしたのね」

「そうだ」クリストファーはそっと彼女の髪を撫でた。彼が最後にフレイヤを見たのは彼女が一一か一二歳のときで、かわいい妹のように思っていた。

だが、いまの彼女はかわいい女の子ではないし、自分も兄らしい気持ちは持てない。

「ジュリアンは反対しなかったの？　オーレリアは彼の妹だし、まだ一六歳だったのよ」

「反対はしなかった」クリストファーは記憶をたどりながら答えた。「いますぐ駆け落ちをするとは強硬に主張するランにいらだっていたが、怒ってはいなかったと思う。ジュリアンはオーレリアが幸せになることを望んでいた。きみはまだ小さかったから、彼女がどんなに……生き生きとしていたか覚えていないだろう。どんなに魅力的だったか。ぼくたちはみんな、彼女を崇拝していた」

「覚えているわ」フレイヤがこわばった声で小さく返した。

クリストファーは彼女を抱く手に力をこめた。「それならオーレリアがいったんランと駆け落ちすると決めたら、その決意を覆せるものは何もなかったときみにもわかるだろう。誰も彼女を止められなかった。彼女は美しくて、甘やかされていて、若かったんだ」

フレイヤが身じろぎをして彼を見あげた。彼女の目は腫れて、赤くなっている。

その姿がクリストファーの心の琴線に触れた。フレイヤは彼の保護などいらないと思っているだろうが、彼女を守ってやりたい。また嚙みつかれるとわかっていても、もう一度唇を重ねたい。

「オーレリアはどうやって死んだの？　殺されたの？」彼女が詰問した。

クリストファーは首を横に振った。汗が背中を伝うのを感じる。さっきフレイヤと剣を交えたからかもしれないが、そうではなく過去の記憶のせいだろう。

恐ろしい過去を思い出すたびに冷たい汗が噴き出す。「じつはぼくも知らないんだ」

フレイヤが唇をゆがめた。「どうして知らないなんていうことがあるの？」

何を言っても言い訳にしか聞こえないだろうとわかっていたので、彼は息を吸った。「何度も言うようだが、ぼくたち三人はまだ一八歳だった。オーレリアは少し年下だったが、一番決意がかたかったのは彼女だよ。みんな、悪ふざけの延長くらいにしか思っていなかった。刺激的な冒険だとしか。そして真夜中にグレイコート邸の厩舎のそばで落ちあい、馬に乗ってスコットランドとの国境を越える計画を立てた。ふたりが結婚できるように。だが……」

彼女が眉をひそめる。「何？　何があったの？」

「オーレリアに……」クリストファーはつばをのみ込んだ。「オーレリアの身に何かが起こって、彼女は殺された」

フレイヤは上半身を起こした。「どうやって殺されたか、あなたは知らないの？」

「ああ、ぼくのせいだ」彼女を見つめながら言う。「ぼくは待ちあわせ場所にランよりもあとに着いた。すると怒鳴り声が聞こえて引き返しかけたんだが、中庭でランが叩きのめされているのが見えて、そっちに行こうとした。だが、ジュリアンが止めたんだ。血の気のない顔で、ただ〝やめておけ〟と。それから彼は、オーレリアは死んだと言った。厩舎に彼女の血まみれの死体があり、殺したのはランだと」

「違うわ」フレイヤが声をあげた。「ランは誰のことも殺したりしない。ましてやオーレリアを殺すはずがない。兄は彼女を崇拝していたのよ」

「ああ、わかっている」クリストファーの胸は、そのときから消えない悲しみで鉛のように重かった。「あのときもそれはわかっていた。でも殺したのはランだとジュリアンに言われ、ウィンダミア公爵の怒号が響く中でぶちのめされている姿を見たら……」

彼女が疲れたように頭を振る。「ランはあなたの親友だったのよ。その彼をどうして裏切れたの？」

「ぼくが弱かったからだ」クリストファーはフレイヤを見つめながら、同情などみじんも期待せずに罪を告白した。「あの晩、ぼくはランを見捨てた。だから彼の指輪をつけているんだ。自分の弱さを忘れないために。自分がどうなっても正しいことをするべきなのだと思い出せるように。誰かを助けるために行動を起こすべき状況になったら、今度こそ逃げ出してはならないと自分を戒めるために」

フレイヤが身を引いたので、彼はそのまま放した。彼女が立ちあがってスカートを振るうのを黙って見つめる。

クリストファーを見る彼女は美しく、取りつく島がなかった。「あなたがどれだけ後悔しても、ランが失った手は返ってこない。兄が絵を描けるようになる日は来ないし、起こってしまったことを彼に忘れさせられはしない。ランは一五年間、引きこもりつづけているのよ。まるであの夜に死んでしまったみたいに」

「フレイヤ」クリストファーはささやき、彼女の非難の重みに耐えかねて顔を伏せた。

彼女が続ける。「あなたを許すことはできないわ」

去っていくフレイヤの静かな足音が、彼の耳にうつろに響いた。

男はすらりと背が高く、スミレのような紫色の目をしていました。豊かな髪は暖炉の灰を思わせる銀色がかった灰色で、房になって逆立っています。彼はキツネのようににやりとしました。「これはこれは、お会いできて光栄だ、ローワン姫」

ローワンは顔をしかめました。「あなたは誰？　わたしが誰か、どうして知ってるの？」

「ぼくはアッシュ」妖精は返しました——もちろん彼は妖精に違いありません。「ぼくはいろんなことを知っているんだよ。たとえばきみの友だちがどこにいるのかを」……。

『グレイコートの取り替えっ子』

7

三日後の夜、フレイヤはラブジョイ邸の舞踏室の壁際に座り、ハーロウがアラベラと踊っているのを見つめていた。その夜はラブジョイ男爵夫妻が楽師たちを雇い、ささやかな舞踏会を催していた。

ハーロウとアラベラはなかなか息が合っていた。公爵は銀色の刺繍糸で縁取りをした白目色の衣装を、アラベラは白いレースがアクセントの美しいスカイブルーの新しいドレスをまとっている。アラベラの金髪がハーロウの暗い色の髪に映え、はっとするほど印象的だ。アラベラは微笑んでいた。やや恥ずかしそうな笑みだが、それがかえって彼女の魅力を際立たせている。そしてハーロウは、そんな彼女をやさしく見つめていた。

ふたりは似合いの美しい組みあわせだ。

フレイヤは顔をしかめて目をそらした。アラベラと踊っているハーロウを見ていると、心に棘が刺さっているようにいらいらする――それはグレイコートで過去に起こった出来事のせいばかりではない。

ハーロウはランが片手を失った事件にどう関わっていたかを告白した。罪悪感に苦しめられていると認めたのだ。

そして謝罪した。

だからといって彼を許せはしないけれど、以前のように悪の化身であるかのように考えることもできない。

フレイヤはため息をついた。どちらにしても、彼をそんなふうに単純化して憎むのは子どもっぽいやり方だった。おそらく、最初にそう考えたときはまだ一二歳だったからだろう。そのあと彼に対する考えを訂正できるような機会は一度もなかった。

けれどもこうやって再会して大人になった目で見てみると、ハーロウは彼女がずっと考えてきたような怪物ではなく、もっと複雑な存在なのだとわかる。

たしかに尊大だが、テスに対してはやさしい。フレイヤをただのコンパニオンだと思っていたときに援助を申し出てくれたし、ホランド姉妹にも親切だ。

ハーロウはいいところも悪いところもあわせ持つ、ひとりの人間なのだ。

そしてその彼によって、フレイヤは自分が肉体と欲望を兼ね備えたひとりの女であると気づかされた。

彼女はいらだちを振り払おうと頭を振り、果たすべき任務へと気持ちを切り替えた。残念ながらここ数日、新しい情報をまったく得られていない。ランドルフ邸の家政婦や使用人から話を聞こうと思ったのだが、扉を叩いてもなぜか誰も出てこなかった。厨房の煙突からは煙が出ていたというのに。

八方ふさがりの状況がもどかしい。

事態が進展しないせいで、ハーロウへの揺れ動く感情を紛らわすこともできない。

別の計画を立てるべきなのはわかっているけれど、この三日間はさまざまな娯楽やあちこちへの遠出などで時間が埋まっていたし、いまもこうして舞踏会に出席している。こんなことでは、次にいつ屋敷を抜け出して調べまわれるか見当もつかなかった。

それに〈ダンケルダー〉のこともある。魔女を狩る者というひそかな顔を持つ男は、いったい誰なのだろう？　そしてその人物は、彼女の素性に気づいているのだろうか？

部屋を見渡したフレイヤの目は、いやおうなくスタンホープ子爵に吸い寄せられた。彼はみんなが楽しそうに踊っているのが気に食わないのか、しかめっ面でダンスフロアの人々を見つめている。子爵にはスコットランドの訛りがあるし、〈ダンケルダー〉の多くはスコットランド出身だ。誰かひとり選ぶとすれば、彼というのが妥当ではないだろうか。スタンホープ子爵が〈ダンケルダー〉なら、フレイヤにとっては幸運かもしれない。彼女に注意を向けている様子はまったくないから、まだ素性に気づいていないのだろう。

曲が終わり、ハーロウがアラベラにお辞儀をするのが見えた。剣を交えた日以来、彼は一度もフレイヤに話しかけてこない。それどころか視線を向けようともしないから、彼女はもうハーロウにとっては死んだも同然の存在なのかもしれない。

それならそれでいい。

彼に対しては、すでに思いどおりにことを運んだのだ。ランの指輪を取り戻し、剣で負かした。もう関わる理由はない。そんなこちらの意思を彼が尊重してくれているのだから、うれしく思っていいはずだ。

「レモンを口に入れたみたいな顔をしているわよ」レジーナが言い、フレイヤの隣の椅子に優雅とは言えない仕草でどすんと座った。ダンスから戻ってきたばかりの彼女は息を切らし、頬を紅潮させていて、扇で顔をあおいでいる。「ミスター・アロイシウス・ラブジョイはダンスが本当に上手だわ。あなたも見ていた？　最後のターンで彼のお父さまが大きくまわりすぎちゃったんだけど、彼はひとつもステップを間違えずに、わたしをうまくリードしながらよけたのよ」彼女は首を傾け、やや熱意の欠ける目をミスター・ラブジョイに向けながら褒めた。「ミスター・ラブジョイみたいな踊り手が、ロンドンにもっとたくさんいればいいのに。去年は何度もつま先を踏まれて大変だったもの」

フレイヤはレジーナにやさしい目を向けた。これまで何度も舞踏会のあと、ダンスの下手な男性たちについて愚痴をこぼす彼女につきあってきたのだ。「ミスター・トレントワースもダンスが上手でよかったわね」

「ええ、本当に」恋人の名前が出るといつもそうなのだが、レジーナの顔に夢見るような表情が浮かんだ。「アラベラも同じくらいダンスの上手な男性を見つけられるといいんだけど。不器用な義理の兄を持って、足を踏まれても一生文句を言えないなんて、ぞっとすると思わない？」

「それこそ苦行というものだわ」フレイヤは重々しい声で同意した。「でもアラベラのお相手に関しては、ダンスのうまさではなく、ほかの部分を見るべきかもしれないわね」

ダンス以外に関する資質など考えたこともなかったというように、レジーナが目をしばたたいた。「そうかしら」あやふやな口調で言う。「でもたしかに、夫が字を読めなかったら決まり悪いものね」

今度はフレイヤが目をしばたたいた。「ええ、それは困ると思うわ。ところで……あなたの求婚者の中に字を読めない人がいたの？」

「あら、いいえ。それはいなかったと思うけれど」レジーナはあっけらかんと言った。「でも、別の問題がある人はいたわ。ジョージー・ラングスロップって人なんだけど、彼の笑い声は馬のいななきみたいだったのよ」彼女は上品に身を震わせた。「毎晩夕食のテーブルでそんな笑い声を聞かなくちゃならないなんて、想像できる?」

「そうね、それはわたしも勘弁してほしいと思うわ」フレイヤはうわの空で返した。

ハーロウがアラベラを、レディ・ホランドとレディ・ラブジョイがいるところに送り届けている。そして彼が去ったのと同時にルークウッド伯爵がそこへ行き、アラベラに優雅なお辞儀をした。伯爵が耳元で何かささやき、アラベラが真っ赤になって、彼が差し出した腕に手をのせた。どうやら彼がアラベラの次のダンスの相手のようだ。

ハーロウは芝生におりられる裏のテラスへの扉のそばに立っている。フレイヤは彼を見つめながら考えをめぐらせた。ここ何日か見ていて気づいたのだが、彼は扉や窓のそばにいることが多い。じつはパーティーから逃げ出したいと思っているのだろうか?

それは奇妙な考えだ。

観察を続けていると、しばらくして彼が部屋の反対側にいる誰かに向かって頭をくいと動かし、合図を送っているのが見えた。

フレイヤはそちらへ顔を向けた。ハーロウの視線の先で、ミスター・プリンプトンが小さくうなずいているのが目に入る。

目を戻すと、ハーロウの姿はすでになかった。彼は何をしているのだろう? 自分に関係がないのはわかっている。ハーロウもミスター・プリンプトンも助けを必要としている女性ではなく、フレイヤが関与すべき範囲の人間ではないのだ。

それなのに知りたくてたまらない。

彼女はさりげなく立ちあがった。「ちょっと失礼するわね」

「どうぞ」レジーナが小声で応える。次のダンスはもうすぐで、彼女はスタンホープ子爵に目を向けて微笑んでいる。彼と踊る約束をしているのは明らかだ。

フレイヤは庭へ出る扉にさりげなく近づいていった。ゆったりとした足取りを心がけ、まっすぐには進まないよう注意する。ミスター・プリンプトンがそこを抜けて外へ出たとき、彼女はまだ何メートルもうしろにいた。

みんなで市に行ったとき、ハーロウがミスター・プリンプトンと激しい口調で話をしていたのをフレイヤは思い出した。あのときのミスター・プリンプトンの警戒していた様子は、ほとんどおびえていると言ってもいいくらいだった。そんなふうになるなんて、ハーロウは何を言ったのだろう？　ミスター・プリンプトンはある女性の心をもてあそんだとハーロウは話していたけれど、それが事実かどうかはわからない。

扉の前まで来ると、フレイヤは周囲を警戒しながら静かに開けて外に出た。

夏の夜の戸外は気持ちがよかった。晴れ渡った夜空の下で、テラスのあちこちに置かれたランタンがやわらかな光を放っている。

けれどもミスター・プリンプトンの姿はテラスに見えず、フレイヤは暗い庭に目を向けた。すると、庭を囲む背の高い生垣のあいだをすばやく抜けていく姿がちらりと見えた。

彼女はスカートをつまんであとを追った。音がしないように、砂利が敷かれた小道ではなく草の上におりる。生垣まで行くと、立ち止まって庭の様子をうかがった。だが、ハーロウもミスター・プリンプトンも見えない。困ったことになった。ふたりに出くわさないように祈りながら、とりあえず入ってみるしかない。

庭に明かりはないけれど、満月に近い月が小道や中央にある噴水を照らし出している。高い生垣に沿って伸びている細い道は光が届かず闇に包まれていたので、フレイヤはそこを右に向かって歩きだした。

しかしほんの数歩進んだところで声が聞こえ、足音をひそめて近づいた。

「――エレノアのメイドに暇を出したのよ」

フレイヤは眉をひそめた。話しているのはハーロウでもミスター・プリンプトンでもなく、メッサリナだ。もしかしたら、自分は誤解していたのだろうか？　ハーロウが庭に出たのは、メッサリナと会うためだったのかもしれない。

そう考えると、なぜか胸がずきんと痛んだ。

だが道の角まで行ってのぞいてみると、メッサリナと一緒にいるのは女性だった。

「でも、そうするのはどう考えても自然よ。もしランドルフ卿が――」

庭の真ん中あたりから男性の声がするのに気づいてふたりが振り返り、メッサリナと女性の顔が見えた。一緒にいるのはレディ・ラブジョイだ。

どうしてふたりはランドルフ卿の話をしているのだろう？

「誰かいるわ」レディ・ラブジョイがささやいた。

「行きましょう」メッサリナが言い、レディ・ラブジョイの腕をつかんだ。

ふたりがこちらに向かってきたので、フレイヤは急いで道からはずれた場所に移動した。バラの香りが漂う中で息をひそめていると、メッサリナとレディ・ラブジョイは足早に通り過ぎていった。

フレイヤは男性の声がした庭の真ん中に向かって歩きだした。近づくにつれて、声がはっきりしてくる。

「ものがないのに一シリングでも先に渡すなんて、間抜けのすることだ。ぼくは間抜けではない」ハーロウだ。声は低く、怒りに満ちている。

その威圧的な響きに、フレイヤは思わずぶるりと震えた。

「だが手紙を渡したら、身を守るものがなくなってしまう。そんな無防備なまねはできないよ」ミスター・プリンプトンが、いまにも泣きだしそうな声で言った。

「それは先に考えておくべきだったな。とにかくこれはきみが始めたことだ。あとでどうなるかを考えておかなかったのは、ぼくの責任ではない」

「考えさせてくれ。時間が欲しいんだ」ミスター・プリンプトンが頼んでいる。

「もう手元にあるんだろう？　今日の午後、きみ宛に小包が届いたのを見た」ハーロウが容赦なくたたみかけている。

「ああ、まあ……そうだ」

「それなら、もったいぶるのはやめるんだな。明日の夜には渡してもらおう」ハーロウの声には明らかな脅しが含まれており、その言葉に従わないかぎり、ミスター・プリンプトンが後悔するはめになるのは確実だった。

「でも——」

屋敷のほうから誰かが叫ぶ声が聞こえた。

「ぼくらを探しているんだ」ミスター・プリンプトンが急いで言った。

「どうかな。だが、きみは戻ったほうがいいだろう」

ミスター・プリンプトンがあわててフレイヤのそばを通り過ぎていくと、そのあと庭は静まり返った。

ハーロウはどこにいるのだろう？　彼も屋敷に戻ったの？

フレイヤは聞いたばかりの会話を思い返した。どうやらハーロウはミスター・プリンプトンに脅されているらしい。少なくとも何かを種にゆすられているようだ。そう分析すると、フレイヤはなんとも言えない気分になった。ハーロウがおとなしくゆすりに応じようとしているのが意外だ。彼は尊大なほどに、自分というものをしっかり持っている。自信があるから、人にどう思われようと気にしないと思っていたのだけれど。

フレイヤは頭を振り、さらにしばらく待った。でも夜の庭はしんとしたまま、動くものはない。明らかに彼は屋敷に戻ったのだ。

足音をたてないように、フレイヤは先ほどはずれた道に戻った。庭から続いている道に。ところが黒っぽい物体がこちらに突進してきた。不意を突かれて悲鳴をあげそうになったが、それはテスだった。犬は彼女のスカートに鼻先を押し当てたあと一歩さがり、ちぎれそうなほど尻尾を振りはじめた。

フレイヤは身をかがめて、テスを撫でた。

そのとき、肩にずっしりと重い手が置かれるのを感じた。耳元で低い声が響く。「こそ泥みたいなまねがこんなにうまいなんて、記憶になかったな」

手の下でフレイヤが身をかたくするのを感じながら、クリストファーは夜気に漂うスイカズラの香りを吸い込んだ。彼女はこの香りを、こちらの頭をどうかさせるためにまとっているのだろうか？

プリンプトンのせいですでに気分が悪くなっているところに、こそこそとクリストファーの行動を探っているフレイヤを見つけて、彼の忍耐力は限界に達していた。

彼女はクリストファーを非難し、彼が罪を認めて謝罪しても許そうとしない。それなのに彼は、フレイヤのことを考えるのをやめられなかった。彼女がつらい過去と切っても切り離せないフレイヤだとわかってから、クリストファーの心は無防備になっていた。彼女の前では心はむき出しだ。部屋に入れば、目で見なくてもフレイヤがどこにいるかわかる。彼女は赤々と燃えている火のように輝いていて、自分のそばに来れば安らげるとでもいうように彼をいざなう。

だが、平安を得られることはけっしてない。彼のものには絶対にならないと、フレイヤは誤解の余地なくはっきりさせたのだから。

クリストファーは彼女を自分のほうに向かせた。月の光を浴びた灰色の濃淡だけのフレイヤの姿は、この世のものではないような不思議な雰囲気をたたえている。

しかし、彼女は現実の女性だ。両手の下に感じる腕はあたたかく、こちらを見つめ返すいらだたしげな目や、両端をさげた口は生き生きとした感情を伝えてくる。

「泥棒のきみに、ぼくは夢中だ」クリストファーはささやき、ずっと彼をとらえて放さなかった誘惑に屈してフレイヤにキスをした。

押しのけられるとばかり思っていたのに、彼女の唇が開いた。ちょっとした気まぐれで、しばらくしたら彼を憎んでいることを思い出すのかもしれない。

でもとりあえずいまは、フレイヤが与えてくれるものを受け取ろう。

開いた唇のあいだに舌を滑り込ませると、くらくらするようなスイカズラの香りが鼻腔《びこう》を満たした。彼女の口はしゃべるときは毒しか吐き出さないのに、キスをするときは蜂蜜とたぐいまれなワインの味がする。

なんて甘いのだろう。

けっして彼のものにはならないというのに。

クリストファーは彼女をさらに引き寄せ、重ねる唇の角度を変えた。フレイヤがつま先立ちになって体を押しつけてきたので、心に喜びがあふれる。

欲望を隠そうとせず一心に応えてくる彼女を見て、クリストファーの中に切ない思いがこみあげた。

ふたりのあいだに横たわる過去がなかったら、どんなにいいか。

あまりにも長いあいだ、彼はひとりで生きてきた。友情も慰めもなく、孤独という砂漠をひとりさまよってきた。

押しつけられたフレイヤの胸がずっしりと重い。彼女の頭から不格好なキャップをはぎ取り、生き生きとした美しい髪を解放して、そこに顔をうずめたい。

彼女は幸せだった頃を思い起こさせる家族にも等しい存在であり、自分にとっては愛そのものだ。

そう、故郷とも言える。

クリストファーはうめき、ささやいた。「フレイヤ」

そのとたんに彼女が体を離し、魔法のような瞬間を終わらせた。

彼は抵抗しなかった。腕を開いてフレイヤを放す。

彼女は別人のように陰鬱で、近寄りがたかった。「そんなふうに呼ばないで」

クリストファーは彼女を見つめ、その表情の裏にある感情を読み取ろうとした。「どうしていけない？」

「わかるでしょう？　ここでは誰も、その名前を知らないのよ」彼女の声は冷たかった。

彼は眉をあげた。いらだちに声が鋭くなる。「メッサリナも？」

フレイヤは眉間にしわを寄せて、目をそらした。「もちろんメッサリナは、わたしが誰だか知っているわ。でも彼女とはあの事件のあと、まったく話していないから」

理解できずに、クリストファーは首をかしげた。「では、なぜ彼女が気づいているとわかる？」

「だって、わかるもの」フレイヤが説明になっていない説明をする。けれども彼が納得していないと見て取ったのだろう、ため息をついて続けた。「わたしを見る目でわかるのよ。彼女はわたしが誰だか認識しているし、ほかの人に素性を知られたくないと思っていることも理解しているわ」

どうやって視線ひとつでそれほどのことを読み取れるのか謎だが、実際女性たちは男には思いも及ばない方法で意思を伝えあっているように見える。

だがいまの説明で、クリストファーは彼女の正体を知ったときからずっと気になっていたことを思い出した。「いったい何を隠しているんだ、フ――」

彼女がうなるような声を出す。

はっと気づいて言い直した。「ミス・スチュワート。なぜきみはメッサリナと話さない？」

痛みをこらえるように、フレイヤが目を閉じた。「理由はわかっているでしょう？　彼女の兄のジュリアンが何をしたのか、あなたは知っているはずですもの」

「何かしたのは彼女の兄であって、彼女ではない」フレイヤの顔が見たいのによく見えず、クリストファーは眉をひそめた。「あのときに起こったことで、メッサリナを責められるはずがない。彼女は子どもだったんだ。きみと同じように。悲劇の責任はジュリアンとぼくとウィンダミア公爵、それにランにある」

フレイヤは目を大きく開いて、悲しげに彼を見た。「そうかもしれないわ。それでも、彼女の家族とわたしの家族のあいだに断絶が生まれてしまったという事実に変わりはない。いまのメッサリナとわたしは、それぞれ違う側に属しているのよ」

「だが、そんな必要はないじゃないか」反論しかけた彼女を、クリストファーは引き寄せた。「いや、聞いてくれ。ぼくのことはいくら責めてもいい。二度と口をきいてくれなくてもかまわない。でも、きみの心の痛みと怒りをメッサリナに向けるのはやめるんだ。きみと同じように、彼女には罪がないんだよ」

「わたしに命令しないで」フレイヤが食ってかかった。追いつめられた野生の猫のように、危険な雰囲気を発散している。

「命令ではない。彼女のためにお願いしているだけだ」クリストファーはささやき、彼女をなだめようと腕に両手を滑らせた。

彼の胸に押しつけられているフレイヤの胸は、荒い息遣いに激しく上下している。彼女が腕を引き抜いたので、クリストファーは両腕を広げた。

彼女が離れていくに任せて見守る。

フレイヤはうしろへさがると、月光に黒く染められた目でじっと彼を見た。

それからくるりと背を向け、足早に屋敷へと引き返していった。

残されたクリストファーは、天を仰いでぼんやりと星を見つめた。

なぜこんなにフレイヤが気になるのだろう？　故国に戻っても異邦人であるかのように一

生ひとりで生きていくのだとあきらめかけていたのに、突然現れた彼女に失ったものを思い出させられたからかもしれない。

家族や、友情や、くつろげる場所を。

クリストファーは頭を振った。たしかにフレイヤからはスコットランドの香りがする。赤い髪を見れば、遠い昔にヒースの丘を駆けていた少女を思い出す。しかし彼女はもう、あの頃の少女ではない。

彼女の中に見ているものは、ただの幻影だ。

今夜も自分は、一カ月前と変わらず孤独なままだ。一年前とも、一〇年前とも変わらない。そして一〇年後も変わっていないだろう。

自分は罪人であり、ひとりで生きていく定めなのだ。

いまも、これからも。

手にテスの鼻先が当たるのを感じて、クリストファーは下を向いた。

頭を傾けて座っているテスが見あげている。その目には、彼に対する精一杯の愛情があふれていた。

クリストファーは笑みを返した。テスの頭を撫でて指を鳴らし、屋敷に向かって歩きだす。けれどもその道すがら、舌に残ったワインと蜂蜜の味を意識せずにはいられなかった。

見たこともないほど醜悪なまがい物の中国製の花瓶がのったテーブルのそばに、フレイヤは立っていた。勢いよく燃えている暖炉の火と踊っている人々の熱気で、舞踏室の中は息苦しい。ダンスフロアでは楽師たちが奏でる音楽に合わせてふたりひと組の男女が一列に並んで体を上下させており、彼女が庭から戻っても誰も気づかなかった。ドレスも髪もきちんと整っていて、その姿に外へ出てきた名残はまったくない。

まるでケスター・レンショウとのキスなどなかったかのようだ。彼の腕に抱かれ、血が勢いよく全身を駆けめぐったなんて、みじんも感じさせない。

けれども本当は、懸命に呼吸を抑えていた。胸の谷間は汗で濡れているし、心臓は激しく打っている。

フレイヤは踊っている人々をぼんやりと見つめた。どうしてさっき彼を押しのけなかったのだろう？　軽蔑しているのに、抱きしめられたら身をゆだねてしまった。

またキスをされても、やっぱりそうしてしまうだろう。

視線を落とすと手が震えていた。いったい自分はどうしてしまったの？

扉が開いて、ハーロウが入ってきた。テスがうしろに続いている。

フレイヤはすばやく目をそらした。

メッサリナはルークウッド伯爵と踊っていて、耳元に口を寄せた彼に何かささやかれて笑っているのが見えた。部屋の向こう側ではアラベラが母親とレディ・ラブジョイと話しながら微笑んでいるが、その視線はメッサリナと伯爵に向いている。レジーナはミスター・ラブジョイと踊り、ルクレティアはラブジョイ男爵と踊るという義務を果たしていた。

突然、フレイヤは疲労感に襲われた。最後に家族と会ってから何年も経っている。スコットランドの丘を歩きまわったのは、彼女を彼女として認識している人たちと一緒にいたのは、はるか昔だ。

別の世界での出来事だと思えるほどに。

音楽が終わり、踊っていた人々が互いにお辞儀をした。ルークウッド伯爵がメッサリナにふたたび何か言い、彼女の楽しそうな笑い声が響き渡った。

庭でメッサリナの声を聞いたとき、彼女はレディ・ラブジョイとエレノアの話をしていた。エレノアはレディ・ランドルフのクリスチャンネームだ。

まさかメッサリナは、レディ・ランドルフの死について何か知っているのだろうか？

フレイヤの唇が思わずゆがんだ。メッサリナとは何年ものあいだ距離を置いてきた。メッサリナは当然、兄であるジュリアンの味方をする、だから彼女とはこの先もずっと敵同士なのだと思っていたからだ。

でも、ハーロウの言葉が正しいとしたらどうだろう？

フレイヤの考え方が間違っていて、彼女もメッサリナも兄たちのしたこととは関係のない第三者なのだとしたら？　家族に起こった悲劇のせいでかつての親友に冷たい態度を取りつづけてきた自分が、急に子どもっぽく思えてくる。

とはいえ、何年も口をきかずにきたあと、どうやってまた話しかければいい？

レディ・ホランドが顔をあげ、フレイヤに合図をした。

フレイヤはうなずき、部屋を横切って雇い主のところに行った。「なんですか？」

「あなた、ちょっと珍しい図案を刺していたでしょう？　それをレディ・ラブジョイに見せてあげたいの。よかったら、いま取ってきてもらえないかしら」

「もちろんです」フレイヤは礼儀正しく笑みを浮かべると、部屋の出口に向かった。正直なところ、息苦しい舞踏室から少しのあいだでも離れられるのがうれしかった。

廊下に出たとたんに涼しくなり、ほっと息をつく。

彼女は足早に階段をのぼって部屋まで行き、刺繍の入ったバッグを取って引き返した。ところが図書室を過ぎてもうすぐ舞踏室というところで、化粧室の扉が開いてメッサリナが出てきた。

フレイヤは足を止めた。

メッサリナが灰色の目を大きく見開いて、こちらを見つめている。

彼女は息を吸い、メッサリナをよけて進もうとした。

「フレイヤ」メッサリナの声が廊下に大きく響く。

考える前にフレイヤは動いていた。メッサリナの口に指を当ててささやく。「しいっ！　その名前でわたしを呼ばないで」

図書室に誰かいたとしたら、聞かれてしまったかもしれない。フレイヤは振り返り、少しでも動くものがないか、声がしないか、視線を走らせて耳を澄ました。

だが、聞こえるのは離れた舞踏室からもれてくるざわめきだけだ。

メッサリナがいらだちを目に浮かべ、フレイヤの手を口の前からどけた。「じゃあ、ミス・スチュワート、そんな名前で素性を隠しているのはばかげているとわたしは思うけれど」

フレイヤはたじろぎ、目を見開いた。いまのいままで、どうすればメッサリナと仲直りできるか考えていたところだ。そこへ転がり込んできた千載一遇の機会なのに、何を言えばいいのかわからない。

一五年もの空白期間のあと、また友だちになってほしいと思うとき、人はなんて言うのだろう?

フレイヤはメッサリナを見た。じっと待っている彼女の顔には、かすかな期待が見え隠れしている。それを見たとたん、思わず言葉が口をついて出た。「ああ、もう! わたし、あなたと話をしなくてはならないの」

「あら、本当に?」メッサリナはうれしそうに言い、フレイヤの答えを待たずに続けた。「よかった。一生その言葉を聞けないのではないかと心配していたのよ」

フレイヤは頰が熱くなるのを感じた。「だけど、ここではだめ」

「じゃあ、舞踏会が終わったあとで」メッサリナがすかさず提案する。

その言葉が終わる前から、フレイヤは首を横に振っていた。「舞踏会のあとはレディ・ホランドの部屋に行くから無理よ。舞踏会のことをいろいろ話したがると思うから」

「だったら明日の夜」メッサリナがたたみかける。

そのとき、舞踏室のほうから話し声が近づいてくるのが聞こえた。

フレイヤはさっと振り返った。誰かが来る。

それ以上考えるのをやめて同意した。「ええ、明日の夜ね」

向きを変えて急いで歩きだそうとしたフレイヤの腕を、メッサリナがつかんだ。「場所は？」

「あなたの部屋。わたしが行くわ」フレイヤはささやき、腕を引き抜いた。

そしてメッサリナに微笑みかけると、今度こそ歩きだした。心臓がとくとくと歌うように打っているのを感じながら。


翌日の午後六時少し前、クリストファーは夜中にならないとプリンプトンと決着をつけられないことにいらだちつつ、ラブジョイ邸の中庭に馬を乗り入れた。

その午後は、ほかの男性客たちと一緒に遠乗りへ出かけていた。いつもなら楽しめたであろう馬での外出も今日は楽しむどころではなかったが、少なくともテスは楽しそうにしていた。しかしいまはそのテスも、一日じゅう駆けまわっていた姿が嘘のように厩舎のまわりを神経質にかぎまわっている。

クリストファーは馬をおりると、馬番の少年に手綱を渡した。いますぐ階段を駆けあがって屋敷に飛び込みたい気持ちを懸命に抑える。今朝プリンプトンは、頭痛を言い訳に馬での外出を断った。前夜に飲みすぎたのだとほのめかして。だが本当は自分を避けただけなのではないかと、クリストファーは疑っていた。

それからさらに三〇分ほども、彼は儀礼的なやりとりに時間を費やさなくてはならなかった。ようやくその場を離れられるようになってテスを呼んだが、厩舎で何かを見つけたらしく——おそらくネズミだろう——主人の声が聞こえないふりをしている。

クリストファーは頭を振り、テスを放っておくことにした。

プリンプトンと決着をつけたら、このいまいましいハウスパーティーをあとにできる。フレイヤや、彼女が象徴するすべてのものに背を向けて。

階段をあがりきったところで足を止め、目をつぶって上を向き、息を吸い込んだ。クリストファーは自分の運命を受け入れていた。家族を持たず孤独に生きていく運命を。一生安らぎとは無縁であるという運命を。

そんな彼のもとにフレイヤが飛び込んできた。凍りついていた感情に火をつけ、彼が閉じこもっていた時の止まった世界を粉々にした。

そしてクリストファーは、自分の感情と向きあわざるをえなくなった。故郷や家族や人とのつながりを取り戻したいという気持ちと。

フレイヤが欲しいという気持ちと。

だが、彼女を求めるなんて愚の骨頂だ。フレイヤを女性として求めるなんて。彼女はそのやわらかな唇からクリストファーへの憎しみを吐き出しながら、緑色と金色のまじった瞳で切なげに彼を見つめる。彼が自分にとって大切な人間であるとでもいうように。フレイヤも彼を求めているとでもいうように。

だから錯覚してしまう。彼女を手に入れ、つかのまの安らぎを得ることができると。

しかし、それは幻想なのだ。

男は絶対に手が届かない女性に恋い焦がれると、頭がどうかなってしまう。だから自分は、この屋敷を立ち去るしかない。

クリストファーはぶるりと身を震わせ、急いで部屋に戻った。

部屋では従者のガーディナーが熱い風呂と着替えを用意して待っていた。

水をはねあげながら思いきり体をこすり、頭を湯に沈める。汗と土埃を洗い落とさせて、クリストファーはほっとした。

湯からあがって体を拭き、従者の手を借りながら新しいシャツと衣装を身につけると、彼は手を振ってガーディナーをさがらせた。

これ以上はもう待てない。いますぐプリンプトンと決着をつけなければ。

あの男はあまりにも自分を待たせすぎた。そう考えるとクリストファーは腹が立ち、角を曲がって広い廊下に出たときには、眉間にしわが寄って険しい表情になっていた。

廊下にいた少年がクリストファーを見て近づいてこようとしたが、彼の表情を見ておびえた様子に変わる。

それでも少年はなんとか勇気を奮い起こして声をかけてきた。「閣下」

クリストファーは足を止めた。「なんだ？」

少年がごくりとつばをのみ込む。「ハーロウ公爵さまですか?」

「そうだ」いらいらして少年を見た。

「これを届けるように頼まれました」少年は折りたたんで蠟《ろう》で封をしただけの紙を差し出した。

クリストファーが受け取ったとたん、少年はそそくさと離れていった。

その様子に眉をあげながら、彼は手紙を開いた。

〝お望みのものが届いた。金を持って七時に井戸小屋に来られたし〟

ひっくり返して裏を見たが、署名はない。しかしもちろん、この手紙の送り主はわかっていた。

いま何時だろうと思ったところで近くにある時計が鳴りだし、クリストファーは悪態をついた。

すでに七時だ。

彼は階段に急いだ。プリンプトンは金を持ってくるように要求しているが、手紙がすべてあると確かめるまで金を渡すつもりはない。

屋敷の横にある扉から外に出ると、クリストファーは芝生の向こうに広がっている森へと歩きだした。

森の中は暗く静まり返っていて、時が止まっているような、あるいは時など意味のない世界に来てしまったような奇妙な感覚にとらわれる。テスを厩舎に置いてきてしまったことを思い出して彼は毒づいたが、一時間や二時間放っておいても大丈夫なはずだと思い直した。厩舎で働いている者は全員、テスが誰の犬か知っている。

うしろで物音がしたので、クリストファーはテスが勢いよく駆け寄ってくるのを期待して振り向いた。

だが、動くものは何もない。

彼はむっつりしながらも、決然と歩きだした。もしプリンプトンが不意打ちで何か仕掛けようと考えているなら、後悔することになるだろう。

一〇分ほど歩くと大きな木に沿って道が湾曲し、そこをまわると井戸小屋が現れた。

小屋の扉は開けっ放しになっている。

「プリンプトン？」クリストファーは眉をひそめ、耳を澄ましたが、返事はない。

あの男はかくれんぼでもしているつもりなのか？

彼は腰をかがめて、小屋に足を踏み入れた。

小屋の中は狭くて暗い。

クリストファーは大きく身震いして、いますぐここから飛び出したいという衝動と闘った。

そしてプリンプトンがいないと見て取ると、外の空き地で待とうと決めた。

そのとき背後で、誰かがつんのめるようにして入ってくる気配がした。

クリストファーは振り向いた。

男性用のネッククロスで目隠しをされた女性がぶつかってくる。彼は反射的に腕を広げて相手を受け止め、ネッククロスをむしり取った。

大きく見開いた目で彼を見あげるフレイヤの姿が一瞬見えた。

けれどもすぐに、扉が音をたてて閉まった。

8

「どういうこと？」ローワンは叫びました。

「妖精の王がマリーゴールド嬢をグレイランドに連れ去ったんだ。そして、代わりに取り替えっ子を置いていった」アッシュは言いました。

「じゃあ、マリーゴールドはどうやったら戻れるの？」

アッシュは笑いました。「自力では無理だよ。人間がはるばるグレイランドまで行って、女を返してくれと妖精の王に頼まなくてはならない。危険で、ほぼ不可能なことだけどね」

「でもあなたなら、わたしをそこに連れていけるんじゃないかしら」ローワンは言いました……。


『グレイコートの取り替えっ子』

井戸小屋が突然闇に包まれると、目隠しをされて混乱していたフレイヤは方向感覚をさらに失って身をかたくした。

大きな声がしたと思ったとたん押しのけられ、そのあと扉を激しく叩く音が響いた。うなり声と扉を叩く音がめちゃくちゃに交錯する。

気がつくと彼女は両手で頭を抱え、身を縮めていた。恐ろしい展開についていけない。

フレイヤが井戸小屋に押し込められたとき、受け止めてくれたのはハーロウだ。目隠しを取られたときに顔が見えたからそれはたしかで、つまりうなり声をあげながら扉を叩いているのはハーロウということになる。いまの彼はまるで気の触れた獣だ。彼女より大きくて力があり、危険きわまりない。

ハーロウが怖くて、少しでも離れようと体が勝手に縮んでしまう。

いったい彼に何があったのだろう？　誰かに怪我をさせられたのかしら？　それとも本当に気が触れてしまったの？　でも一瞬だけ見えた彼の顔は、怒りに駆られてはいても正常だった。

この小屋が暗闇に閉ざされるまでは。

まさか彼は……。

フレイヤは頭を振った。ハーロウがこんな状態になっている理由は重要ではない。とにかくなんとかして止めるのだ。

両手で前を探りながら、大きな音が響いているほうに進む。

指先が広い肩に触れると、扉にぶつかったあとの肩は震えていた。こんなふうに思いきり扉に体当たりしつづけたら、怪我をしてしまう。

るようだ。

「ハーロウ」肩からたどって彼の腕をつかみ、引っ張った。「ハーロウ！」

フレイヤの声が聞こえた様子はない。彼はまるで遠く離れた別の世界に行ってしまってい
あるいは完全に気が触れてしまったか。

彼女は恐怖がこみあげるのを感じたが、それを抑えてハーロウの腕を撫であげ、顔まで手を滑らせた。

するとそこは汗まみれで、フレイヤの心に哀れみが押し寄せた。こんな状態になっている理由はわからないけれど、彼は完全に自分を見失ってしまっている。これほどの苦しみを目の当たりにすれば、誰だって心を動かされずにはいられない。

フレイヤは両手で彼の頬を包んだ。「ハーロウ。ねえ、ハーロウ」

彼を押してみたが、びくともしない。相手はあまりにも大きく、力の差がありすぎる。けれどもフレイヤはあきらめなかった。ハーロウの腕の下をかいくぐり、殴られてしまう危険を無視して、彼と扉とのあいだにもぐり込む。彼が大きな体をびくりと引いたあとけいれんするように震わせたが、それでもフレイヤは引かなかった。彼に腕をまわし、力いっぱい引き寄せて抱きしめる。

扉を殴りつけていた手の動きが止まった。

静かになった小屋の中に、ハーロウの荒い息遣いだけが響く。

彼の体が発している熱を感じながら、フレイヤは抱きしめつづけた。

ハーロウの様子が少し静まり、呼吸が穏やかになっていく。

彼が震える息を吸い込んだ。

「外に……外に出なくては」声はしゃがれている。

灰汁《あく》でも飲んだような声だ。

「ええ、なんとかして外に出なくてはならないわ。でも、扉に体をぶつけても開かないと思うの」フレイヤは彼をなだめるために、必死で穏やかな声を保った。

ハーロウが力強い手で彼女の肩をつかむ。

その手が震えていることにフレイヤは気づいた。

「そうだな、きみの言うとおりだ」彼の声はまだ頼りない。

「少し座らない？」

彼は提案を素直に受け入れ、フレイヤを引きおろしながらずるずるとその場に座った。彼女の存在が――感触が――正気を保ってくれる唯一の細い糸であるかのように、フレイヤにがっちりと腕をまわしたまま、はずそうとしない。ハーロウはその状態のまま少しずつ体をずらして背中を扉にもたせかけ、横座りになった彼女の両脇に膝を立てた。

彼の錯乱は終わったのだろうか？

フレイヤはハーロウの顔を見ようとしたが、暗すぎて表情はわからなかった。「少し気分はよくなった？」

「話しつづけてくれ。ぼくの気をそらしてほしい……」何から気をそらしたいのかは言わない。「なぜあとをつけてきた?」

「好奇心よ。あなたがひとりで屋敷を出ていくのが見えて、どこに行って誰と会うのか知りたくなったの。この空き地まで来て、あなたが井戸小屋の扉を開けるのが見えたと思ったとたん、うしろから誰かにつかまって」そのときの恐怖と不意を突かれた怒りを思い出し、フレイヤはつばをのみ込んだ。「叫び声をあげる前に、口をふさがれて目隠しをされたわ。そしてそのまま小屋の中に入れられて、扉を閉められてしまったのよ」

「きみを襲ったやつの顔は見なかったのか?」ハーロウの声がしっかりしてきた。

「ええ、見えなかったわ」もどかしさに頭を振る。「だけど男だったと思う。わたしより背が高かったし、力も強かったから」

「なぜきみは、ぼくが誰かと会うと思ったんだ?」彼の声はまだどこか落ち着きがなく、フレイヤとの会話に完全に集中しているわけではないようだ。

ハーロウが何に苦しめられているのかはわからないけれど、それを寄せつけまいとするのに神経の大半を使っているらしい。彼のように尊大で有能な男性がこんな状態に陥るなんて意外だ。ハーロウはフレイヤを守るように腕をまわしているものの、その体にはまだときおり震えが走っていた。

彼を刺激しないように、フレイヤはなるべく穏やかな声を出した。「あなたが誰かと会うと確信していたわけではないのよ。でもミスター・プリンプトンはみんなと一緒に乗馬へ行かなかったし、あなたと彼のあいだに何か事情があるのは知っていたから」

ハーロウがようやく笑い声らしきものをあげた。「きみは好奇心が強すぎる。昔からそうだった。休暇で家に戻っていたとき、きみとメッサリナがジュリアンとランとぼくをこっそりつけまわしていたのを思い出すよ」

彼がジュリアンとランの名を気軽に出したことにフレイヤは怒りを覚えたが、顔には出さなかった。いま怒りや悲しみをあらわにすれば、事態を悪化させるだけだ。それに過去の出来事はもう変えられはしないのだと、ハーロウは何度も指摘している。

そこでフレイヤは軽い口調で言った。「あなたたち三人は、いつだってわたしたちふたりより面白いことをしているように見えたから」暗闇の中ではよく見えないとわかっているのに、思わず体をひねって彼の顔を見あげる。「それで、どうして井戸小屋に入ったの?」

「きみが言ったとおり、人と会うためさ」ハーロウは鼻を鳴らした。「ここで会おうというプリンプトンからの手紙を受け取ったんだ。少なくとも、ぼくはその手紙をプリンプトンからのものだと思った。署名はなかったが」

「彼と会わなくてはならなかった理由は?」

ハーロウはため息をつき、手をあげて彼女の顎の下で結んであるキャップのひもを引っ張った。「プリンプトンはぼくを脅迫している。金を取ろうとしているんだ。だがもしぼくがここで死んだら、彼はゆすり取ろうとしていた金を手に入れられなくなる」

「そんなことにはならないわ。わたしたちがいないと誰かが気づいて、探すはずですもの。きっとすぐよ。レディ・ホランドなんて、すでにわたしがいなくて困っているんじゃないかしら」

フレイヤは自信ありげに言ってみせたが、本当はそれほど確信があるわけではなかった。今日はひとりでいろいろ考えたかったので、頭が痛いと言って早めに部屋へさがった。そのあと屋敷を出るところは誰にも見られていない。けれど今夜メッサリナの部屋に行く約束をしているから、現れなければ彼女はおかしいと思うだろう。それとも約束を破られたと考えるだけだろうか？　何しろフレイヤは、メッサリナと話すのを何年も拒んできたのだ。

メッサリナが不審に思わなければ、朝になるまで誰もフレイヤの不在に気づかないことになる。

でも、ハーロウの場合は違う。招待客の中でもっとも身分の高い公爵がいないとなれば、大騒ぎになるはずだ。

その推測が当たっているといいのだけれど。

フレイヤは扉のそばにある小さな四角い窓に目をやった。まだほんの少し明るいから、午後七時をまわったくらいだろう。でもここは森の中で、太陽の光が直接窓に届くわけではないだろうから、もう少し早い時間かもしれない。

どちらにしても、もうすぐ完全に日が暮れてしまう。

とにかくいまはそのことにハーロウが気づかないよう、彼の気をそらしつづけなければ。完全な暗闇になれば彼の状態が悪化するだろうという、いやな予感がした。「ミスター・プリンプトンは何を種にあなたを脅迫しているの？」

「手紙だ」彼女の体の横に当たっているハーロウの胸が大きくふくらんだ。彼はいまふたりがどれほど親密な状態でいるか、わかっていないようだ。あるいは、わかっていても気にしていないのかもしれない。

ハーロウが完全に落ち着いたとわかれば、彼から離れるのだけれど。

フレイヤは自分にそう言い訳をした。

彼が咳払いをする。「プリンプトンはソフィーからの手紙を何通も持っている。ぼくが公にされたくない手紙を」

フレイヤは眉をあげた。いったいどんな手紙なのだろう？　何が書いてあるの？

ハーロウの妻がインドで亡くなったことは知っていた。その死に何か事情があったのだろうか？　まさか彼が妻を傷つけていたとか？

考えてみれば、自分はハーロウの何を知っているというのだろう？

一八歳だった彼は、同い年だったランが叩きのめされているのを放置した。

同じ彼がワッピングで、赤の他人だと思った彼女を助けてくれた。

彼は飼い犬を心からかわいがっている。

彼の剣の腕はからきしだ。少なくともフレイヤと比べたら。

そしてキスをするときの彼の唇は、怒りと切望に満ちている。

彼女は音をたてずにため息をついた。具体的な裏づけがあるわけではないけれど、気持ちのうえでは確信していた。ハーロウは女性を傷つけるような男性ではない。ましてや妻を傷つけるなんて、ありえない。

ミスター・プリンプトンについてはよくわからなかった。ただし、人を脅迫するような人間はたいてい臆病者だ。そして追いつめられると、とんでもないことをしでかす。ハーロウはミスター・プリンプトンの脅迫を受け入れはしたものの、自分の条件を主張して譲らなかった。それでミスター・プリンプトンは自分の手に負えないと判断したのだろうか？

そうだとすれば、死ぬまでここに放置されるのかもしれない。

「どうして彼がそんな手紙を持っているの？」ハーロウだけでなく自分の気持ちもいやな考えからそらそうとして、フレイヤは尋ねた。

彼がいかにも答えたくないというように顔をしかめる。

そして、ふたたび呼吸が速まった。

「ハーロウ？」フレイヤは彼の右手を取り、きつく握った。これほど力にあふれた男性が、どうしてこんなに弱々しくなってしまうのか。たいした理由は見当たらない。もしかして、狭い場所がいけないの？　それとも暗闇が？　「ミスター・プリンプトンはどうやってソフィーの手紙を手に入れたの？」

「ソフィーが彼に送った」ハーロウが大きな音をたてて息を吐き出す。「つまり……プリンプトンは彼女を誘惑したんだ」

あっけに取られて、フレイヤは一瞬言葉を失った。ハーロウのようにたくましくて男らしい男性を裏切る女性がいるなんて、信じられない。しかも相手がミスター・プリンプトンみたいな小ずるい男だとは。

思わず言葉が口をついて出る。「そんな誘いにのるなんて、信じられないわ」

ハーロウが噴き出した。「きみなら彼女に共感するだろうと思っていたんだが。ぼくを憎んでいるからね」

フレイヤは彼を見あげ、薄暗い中で表情を読み取ろうとした。「そんな行為に共感するほどは憎んでいないのかも」

「ありがとう」ハーロウは小声で言い、ため息をついた。「彼女がなぜそんな誘いにのったのかときかれたら、インドのせいとしか言いようがない。そう、いまいましいインドのせいだ。何もかも故国とは違うあの暑い国が、ソフィーは最初から嫌いだった。そんな国に追いやられてしまったことが、いやでいやでたまらなかったんだよ」

「それは……大変だったでしょうね」そうとしか言えなかった。きっと大変どころか、耐えがたい毎日だったに違いない。不満でいっぱいの妻との異国での生活は。

「そういう言い方もできるかもしれないな。ぼくたちは結婚するには若すぎたんだ。ソフィーは……」ハーロウがいったん言葉を切って言い直す。「ぼくたちは合わなかった。イングランドにとどまっていたとしても、うまくいかなかっただろう。だが、インドでは……」

フレイヤは咳払いをした。「あなたもインドが嫌いだったの？」

「いや」彼は即座に答えた。「一方的に嫌う気持ちはなかった。すばらしい風景やおいしい食べ物があり、得がたい経験ができたからね。すばらしい人たちとも出会えたよ。しかし、それでも故国とは違う。ぼくはイングランドを愛している」

「それならどうしてお父さまは、あなたをインドへ行かせたの?」

「醜聞のせいだ」ハーロウは彼女がもっと楽に座れるよう、自分の胸に背中から寄りかからせた。フレイヤを放したがっている様子はなく、脚のあいだにいる彼女のウエストに左腕をゆったりとまわしている。右手は彼女がまだ握っていた。「きみはまだ子どもだったから気づいていなかったかもしれないが、グレイコートでのあの出来事はひどい醜聞になった。エア公爵の跡継ぎであるランがオーレリア・グレイコートと駆け落ちしようとしたと、何日も経たないうちにロンドンじゅうに広まった。きみも知っているとおり、ランが彼女を殺したのだと、みんなは噂した。そしてぼくとジュリアンも関わっていたことは周知の事実だったから、暴力沙汰を起こすような放蕩息子だと悪評が立ったんだよ。そのせいで母は寝込み、父は声がかれるまでぼくを怒鳴りつけた。ふたりとも、一族が社会から排斥されることを恐れたんだ」

「だけど、あなたは公爵――」

「いまはね。だが、当時はそうではなかった。ぼくも父も。爵位は遠い親戚から継いだんだよ。あのときのぼくには、いつか公爵になるという見通しすらなかった」

フレイヤは目をしばたたいた。あの出来事のあとハーロウとジュリアンがどうなったか、一度も考えたことがなかった。

まったく気にしていなかったのだ。

でも、いまは……。

「ジュリアンと彼の家族もそんなふうに追いつめられたのかしら。メッサリナも？」

「もちろんジュリアンもそうだった」ハーロウが肩をすくめたので、その動きにつられて彼女の体も動いた。「だが……ぼくの家族ほどではなかったのではないかな。ウィンダミア公爵がそういうふうに手を打ったのだと思う。どちらにしても、ぼくはあのあとジュリアンに会っていない」

フレイヤは体を起こして振り返った。太陽が完全に沈もうとしているのだろう、わずかに残っていた光が消えつつある。ハーロウの顔は、ほぼ闇に包まれていた。「どうして？」

「あのときの自分たちの行動を恥じていたからだ」彼はフレイヤの腕をそっと引き寄せ、居心地のいい体勢に戻った。「ジュリアンがどんな気持ちでいたのかは知らないが、ぼくがインドにいるあいだ、彼は一度も連絡してこなかった。ぼくたちは叩きのめされているランを見捨てたんだ。あの晩までぼくたちが謳歌していたものは――友情も、若さも、光り輝いていた未来も、すべて消えてしまった」ハーロウのため息は震えていた。

「イングランドに戻ってからは？」

「たしか一度、お茶会への招待状をもらった。だがその頃には、二度と会わないほうがいいとぼくは思うようになっていた。きみも気づいていると思うが、ジュリアンは社交界の催しにあまり顔を出さない。ぼくは招待を受けず、結局そのあとも一度も会う機会がなかった」

「じゃあ、彼とは疎遠になったままなのね？」フレイヤは信じられなかった。変わり果てたランをジュリアンとハーロウがふたりして笑っていると、ずっと思っていたのだ。けれどもそれは、一二歳だった彼女が勝手に頭の中でふくらませていた妄想だった。事件に関わった者全員が、あれからの一五年間で大きく変わっていた。

そして彼女は、そういう状況をよくわかっていなかった。

いや、はっきり言って、まったくわかっていなかったのだ。

「ぼくがインドにいるあいだ、ジュリアンは一度も手紙をよこさなかったし、ぼくからも送らなかった。ぼくにとって、あのときの出来事は恥ずべき汚点だ。彼にとってどうなのかは知らないが」

フレイヤの心に別の疑問がわいた。「よくわからないのだけれど、あなたはインドへ行く前に結婚したの？」

「そうだ」

「誰かに求婚していたなんて、全然知らなかったわ」知っていたら、あの頃の彼女にとっては大きな衝撃だっただろう。「急いで結婚しなくてはならなくて、大変だったでしょうね」

ハーロウが咳《せ》き込むように笑った。「大変も何も、政略結婚だったんだよ。彼女の父親が欲しがっていた土地をぼくの父親が持っていた。それを手に入れるために、彼女の両親はぼくの醜聞に喜んで目をつぶったわけだ。結婚前、ソフィーには二回しか会っていない。それも大勢の人がいる場所だった。父はぼくを結婚させて国外へ追放し、仕事に邁進《まいしん》させることでしか、家族の汚名をそそげないと考えたのだと思う」

〝追放〞という言葉を聞いて、フレイヤは息を吸い込んだ。彼は醜聞から逃れるため、自ら進んでインドへ行ったのだと思っていた。「つまりお父さまは、あなたがイングランドに戻るのを許さなかったの？」

ハーロウが肩をすくめたのを背中越しに感じた。「さあ、わからない。一度も確かめなかったから。たとえ戻れたとしても、イングランドで待っているものはわかっていたからね。醜聞と、ぼくへの愛情はなくなったと宣言したも同然な父親。だからぼくはインドにとどまることを選んだ」

「ソフィーがいやがっているのをわかっていて？」フレイヤはゆっくりときいた。

彼がため息をつく。「彼女が生きていたら、結局はひとりで帰国させていただろう。彼女は家族とあれほど離れたところではやっていけないと、わかったからね。だが最初のうちは金がなかったし、経済的に余裕ができた頃にはプリンプトンが彼女を誘惑していた。それから……」

ハーロウは口をつぐんだ。言葉が出てこなくなったのだ。

フレイヤは暗闇の中でじっと待ったが、いつまでも何も聞こえてこない。

しばらく経って、彼女は声をかけた。「それから？」

「それから、彼女は死んだ」ささやくような声は、聞き逃してしまいそうなほど低い。

「何が原因で亡くなったの？」フレイヤは慎重に尋ねた。

彼の吸った息が震えているのがわかる。「ぼくは東インド会社で働いていて、カルカッタに住んでいた」その都市の名前を聞いて、フレイヤの記憶に何かが引っかかった。「ウィリアム砦に。会社で働いている人間は全員、砦の中で暮らしていた。外は安全ではなかったからだ。だがソフィーは砦での生活を嫌い、自分の部屋に閉じこもって過ごしていた」

ソフィーはとても繊細な女性だったらしい。「まあ」

「一七五六年の夏、東インド会社の活動がベンガルの知事《ナワブ》の不興を買った。原因は……」ハーロウはふたたび肩をすくめた。「砦だよ。あとからわかったんだが、ナワブは砦の関係者に、これ以上拡張するのは許さないとはっきり伝えていたらしい。しかし尊大きわまりないやつらは、ナワブの意向を無視して砦を拡張した」彼は冷ややかな笑い声をあげた。「想像してみてくれ。英語をしゃべれもしない外国人がやってきて、セント・ジェームズ宮殿のすぐ外に巨大な砦を築いたら？　国王が〝いますぐやめろ〟と命じたのに、それを無視してさらに砦を高くしたら？　高潔なイングランド国民であるぼくたちは、そんなまねを許しはしないだろう。だが多額の金を得るために異国に来ていたぼくたちは、どんなことであれ自分たちが正しいと思い込むようになり……。ときどき――」彼は言葉を切った。

「ときどき？」

ハーロウがため息をつく。「ときどき、やつらは意図的にやったのではないかと考えることがある。ナワブの命令を完全に無視して、彼から戦争を始めるように仕組んだのではないかと。結局、戦いは東インド会社が得をして終わったからね。老いたナワブは敗れ、いまやつらは傀儡《かいらい》のナワブを据えて、いいように操っている」

フレイヤはシルクのベストに包まれた彼の胸に手を滑らせた。たしかにひどい話だ。イングランド人がそれほど計算高く行動できると考えると、いやな気持ちになった。「そのとき、何があったの？」

「当然の流れとして、ナワブの軍はぼくたちを包囲した」ハーロウの声は疲れきっているようにしゃがれている。「小さな駐屯地に軍隊を丸ごと差し向けてきたんだ。みな殺しにされなくて幸運だったよ。イングランド軍の指揮官は——軍といってもたかが知れていたが、勝機がまったくないと見て取り、兵士たちに逃げるよう命じた」

「どうしてそんな命令を？」フレイヤはぞっとした。イングランド兵士が守るべき場所を捨てて逃げるなんて、想像もできない。それは家族を見捨てるということだ。砦にはソフィーもいたとハーロウは言っていた。ソフィーだけでなく、ほかの女性もいただろう。きっと子どもたちも。

「なぜなら」彼の言葉がフレイヤの注意を引き戻した。「兵士たちがその場にとどまれば、殺されていくだけだと指揮官にはわかっていたからだ。少なくともその点では、彼は正しかったと思う」

「あなたはどうしたの？」彼女はささやいた。

「投降した。ぼくを含めて残っていた兵士や男たちはみんな、そうしたよ。ほとんどの者はすでに家族を避難させていたから、ほぼ男しかいなかった。しかしほんの少しだが、避難しなかったりできなかったりした者もいたんだ。そしてソフィーもその中にいた。彼女はおびえきっていて、ぼくから離れて避難するのを拒んだ。包囲の前日にようやく馬車に乗せたんだが、御者を買収して砦の門が閉まる直前に戻ってきてしまった。だから……」

「お気の毒に」恐ろしいなりゆきを聞いて、フレイヤはほかに言葉が出てこなかった。「あなたは自分にできるかぎりのことをしたんでしょうね」

「ああ」ハーロウは答えたが、呼吸がふたたび浅く速くなっている。

「砦を明け渡したあと、どうなったの？」

そうきいてから、フレイヤはカルカッタについて読んだぞっとするような事実を思い出した。

ああ、すると彼は……。

「ぼくたちは自分たちの砦の牢に入れられた。全部で七〇人近くの人間が」ハーロウの胸は激しく上下しているが、声からは感情が抜け落ちている。

彼がつばをのみ込むのが聞こえ、フレイヤはこれ以上話さなくていいと言いたかった。もう知っているから、と。

でもすでに質問を口にしてしまったいま、答えをさえぎるのは裏切りのように思えた。知るつらさから、自分だけが逃げ出すということだと。

彼女はそれほど弱くない。

「話して」フレイヤはささやいた。

「砦の兵士たちは、そこを〝黒い穴〟と呼んでいた。罪を犯した人間をひとりかふたり押し込めておくための狭い場所で、ぼくはそれまで中を見たこともなければ、意識したこともなかった。石の壁に土のままの床、扉がひとつと小さな窓がひとつ。そんな部屋だ」ハーロウは息を吸い、ひどく静かな声で続けた。「広さはちょうどこの井戸小屋と同じくらいだった」

フレイヤは息を止めた。この広さに七〇人近くの人間が？　そんなに大勢入れるものなの？　暗闇に閉ざされていて見えないけれど、この小屋の広さなら覚えている。内側はおそらく横が四メートル半に奥行きが五メートル前後。そんなところに……。

想像すらできない。

「ハーロウ」フレイヤはささやいた。彼の胸に頭をつけ、心臓の音が聞こえてほっとする。

「どうやって生き延びたの？」

「わからない」彼はつぶやくように言った。「大勢死んだ。閉じ込められたのは夕方近くだ。立っているしかなくて、やがて夜が来た。暑かった――ひどく――そして水もなかった。窓の近くにいた男が、外の見張りに水をくれと頼んだ。コップがなかったから帽子を差し出して。だが戻ってきた帽子をみんなが取りあって、結局水はすべてこぼれてしまった」

フレイヤはきつく目をつぶった。「そのときの様子を書いた記事を読んだのを思い出したわ」

ハーロウがため息をつく。「ぼくも読んだ。あれは東インド会社の人間が書いたものだ。だから自分たちの行動を正当化するために、カルカッタ側を悪者にしている」

フレイヤはしばらく彼の心臓の音に耳を傾けたあと、勇気を奮い起こして尋ねた。「ソフイーはどうなったの？」

「ぼくは彼女を救えなかった。そのせいで彼女は死んだんだ」

クリストファーは窒息しそうだった。

目を閉じて呼吸に集中しても、暗闇とのしかかる四方の壁に押しつぶされそうになる。

彼は頭を振って、フレイヤに語り聞かせている恐ろしい話へと意識を戻した。「やがて狭くて蒸し暑い牢の中に、恐慌が広がりはじめた。あっという間にみんなをのみ込んで、夜がふけるにつれてますますひどくなった。誰もがまわりの人間を押しのけようと暴れはじめてね。恐怖に泣きだす者や、倒れて踏みつけられる者も出てきた。ソフィーは壁際にいて、なんとか窓のそばに行かせたかったんだが、誰も通してくれなかった」クリストファーは顔をゆがめた。あのときの暑さが、狭い空間で恐怖におののいていた人々の体から漂っていたにおいがよみがえる。

あの穴の中で、彼らはただのものだった。汗をかき、すすり泣き、失禁し、汚物をもらす、ただのもの。神に与えられたはずの魂や心は、あのときの彼らの中にはなかった。

しかしクリストファーは、それをフレイヤに伝えることはできなかった。世の中には、口に出さずにしまっておいたほうがいいこともある。

「彼女を守ろうとしたんだ。自分の体を盾にして。彼女に背中をつけ、みんなの体を押し戻そうとした。ソフィーはうしろで泣いていたよ。おびえきって。だが自力ではだんだん踏ん張りきれなくなって、ぼくは彼女に押しつけられていった」クリストファーは目を開いて、あのとき胸に感じた重みを思い出した。「そして気がつくと彼女はすすり泣くのをやめて、音をたてなくなっていた」

「ああ、ケスター」腕の中の女性が言った。

フレイヤは小さくてやわらかいが、鋼のように強い心を持っている。

クリストファーは彼女のキャップをむしり取り、現れた髪に指を差し入れた。暗闇の中では見えないが、炎のような色が心に浮かぶ。

頭をさげて彼女に頬を重ね、少年時代を思い出すスイカズラの香りを吸い込んだ。目をつぶれば、いま自分はうねりながら続くスコットランドの丘に立っていて、風に髪をなびかせているというふりができるかもしれない。

カルカッタでは、そのふりができなかった。

そして、やはりここでも無理だ。

クリストファーは息を吸って続けた。「夜明けまで、そのまま身動きができなかった。ようやく扉が開くまでは。地獄のようなあの場所に閉じ込められた者のうち、日の出を見ることができたのはたったの二三人だ。ぼくたちは死体に囲まれていた。振り向いたら、ソフィーも死んでいたよ。人々の圧力で窒息して。ぼくの体で窒息して」

「いいえ、違うわ。絶対に違う。彼女を殺したのはあなたじゃない」フレイヤが彼に体を寄せたまま、全力で否定する。

彼女が懸命に弁護しようとしてくれるので、クリストファーは冷えきった心にかすかなぬくもりを感じた。

だが、それでもきかずにいられなかった。「ぼくじゃないなら、誰が殺したんだ？」

「わからない。誰のせいでもないんじゃないかしら。恐慌状態に陥った、ほかの人たちのせいでもないわ。誰もそんな場所には入りたくなかったはずだし、われを忘れたくて忘れた人などいないはずですもの。本当にひどい出来事だと思う。だけどあなたは自分で言ったように、ソフィーを守ろうとしたのよ」

フレイヤの声は確信に満ちている。だが、どうして彼女はそんなふうに言いきれるのだろう？　クリストファーは片手を失うほどの暴行を受けている彼女の兄を見捨てたうえ、何年もこの国に戻らなかった。おそらく彼は、いつの間にか怪物になっていたのだ。女性を殺す怪物に。

クリストファーは首を横に振った。「きみの言うことが理解できない」

「何が理解できないの？」フレイヤが彼の手の指のあいだにするりと指を入れ、絡めあわせる。なぜかわからないが、彼女の小さな手を感じると心が落ち着いた。

「どうしてきみはぼくを信じられるんだ？」彼は尋ねた。「きみはぼくを知らない――いまのぼくは。そして昔知っていたぼくのことは憎んでいるはずだ」

フレイヤは黙ったままクリストファーの手のひらに指をさまよわせ、親指の付け根をなぞり、指のあいだを丁寧に探ったあと、両手で手首を握った。

そしてようやく口を開いた。「何年かぶりに会ったあなたは、いきなり馬車に乗り込んだわたしたちに助けを申し出てくれた。わたしが誰かも、メイドと赤ん坊を連れて何をしているのかも、まったく知らなかったのに。あなたはわたしたちと追っ手の男たちを見て、助けようと決めてくれた。わたしの経験から言うと、そういう人は少ないわ」

フレイヤの指が今度は手の甲をさまようのをクリストファーは感じた。薄い布が肌を撫でるような、触れるか触れないかのかすかな感触。「あのとき、何をしていたんだ？」

彼女がふっと息を吐く。笑ったのだろうか？「伯爵の未亡人がたったひとりのわが子をいやらしい義弟の手から守るのに協力していたのよ」

冗談を言った彼女をとがめようとして開きかけた口を、クリストファーは閉じた。彼女は本当のことを言っているのだ。「フレイヤ？」

「なあに？」

「ぼくがインドにいるあいだ、きみは何をしていたんだ？」

「その話はちょっと長くなるわ」

「ぼくが？」アッシュが紫色の目を丸くしました。「いったいなぜぼくがきみを助けなくちゃならないのかな、お姫さま？　妖精の王はとても大きな力を持っている。その彼を怒らせるなんていうばかなまねをするつもりはないね」

ローワンはつんと顎をあげました。「あなたに金貨の入った財布をあげるわ」

「そんなものを、ぼくにどうしろと？」

「わたしがはめているこの指輪はどうかしら？」

「だめだね」ローワンに近づいた彼の体からは、まったくぬくもりが伝わってきません。アッシュは彼女の目を見つめて微笑みました。「もう一度きこう。ぼくの骨折りに対して、きみは何をくれる？」……。


『グレイコートの取り替えっ子』

9

太陽がとうとう完全に沈んだらしく小屋の中は真っ暗で、フレイヤは目の前の自分の手も見えなかった。「きっとみんな、夕食の席についている頃ね」

「そうだな」ハーロウにはもう取りつかれたような様子はないが、自分の体を包む彼の体がときどき緊張するのをフレイヤは感じた。

「いつもなら、夕食がとれなくてもたいして残念だとは思わないでしょうね。でもこうして絶対に食べられない状況になると、急におなかがぺこぺこな気がしてくるわ」彼女はため息をついた。「それに喉も渇いた」

「少し体を起こしてくれないか」ハーロウが言った。フレイヤがあわてて体を離すと、彼が立ちあがる気配がした。「ぼくたちはいま、井戸小屋にいるんだぞ」

「いまでも飲める水が出るのかしら」暗闇でハーロウが心細くならないように、意識して会話をつなぐ。

「たぶんね」石の床に靴底がこすれる音がしたかと思うと、がたがたと音がした。「ほら、あった」さらに音がする。彼はバケツを引きあげているに違いない。「くそっ。水が涸《か》れている」

フレイヤはがっかりした。「残念だわ」自分たちが喉の渇きで死ぬはめになるのか、それにはどれくらい時間がかかるのか、見当もつかない。

ふたたび靴が床に当たる音がしたので、彼女は呼びかけた。「こっちよ」すると、すぐにハーロウの手が頭に触れた。そのまま彼は肩と肩がぶつかるくらい身を寄せて、隣に座った。

さっきみたいにうしろから抱えてくれないのを残念に思っている自分に、フレイヤは驚いた。

「グレイコートでの出来事のあと、きみがどうしていたのか話してくれないか？」暗闇で聞く彼の声は、なぜかぬくもりを帯びている。

こんなふうに井戸小屋に閉じ込められなくてはならないのなら、ハーロウが一緒でよかったとフレイヤは突然感じた。眉根をきつく寄せ、彼への気持ちがいつ変わったのか考え込む。敵だと思っていたのに、いつの間に心のつながりを感じるようになっていたのだろう？

「フレイヤ」

ハーロウの声が、井戸小屋という現実に彼女を引き戻した。

フレイヤはため息をついた。「とことん痛めつけられていたランは、あのあとひどく具合が悪くなってしまったの。叩きつぶされた右手が化膿して、熱が出たのよ。容体はどんどん悪化したわ」暗闇を見つめ、恐怖におびえていた日々を思い出す。足音をひそめてエア城の中を歩きまわっていた日々を。城には使用人たちがすすり泣く声と、閉じた扉の向こうから聞こえる低い話し声、医師たちが出入りする重々しい足音だけが響いていた。

「本当に悪かった」ハーロウが謝った。

一週間前なら、フレイヤはその謝罪を鼻で笑っていただろう。ありとあらゆるひどい言葉を投げつけ、彼を罵っていたに違いない。

でも、それは一週間前の話だ。「わかっているわ」静かに応えると、ハーロウの肩からほんの少し力が抜けた。彼女は息を吸い込んだ。「どうしようもなくなってランの手を切断した翌日、父が亡くなったの」

彼が息をのむ音がする。「先代の公爵があの事件からそれほどすぐに亡くなっていたとは知らなかった」

フレイヤは震える息を吸ってから続けた。「父は悲嘆のあまり亡くなったのだと思うわ。ランは事件のあと完全には意識が回復していなくて、生き延びられるかどうかはまだわからないと医師は言っていた。母がエルスペスを産んだときに亡くなったのは知っているわよね。だから残った家族の中で一番年上なのはラクランで、一五歳だった彼がすべての責任を担ったの。ランが死んでいたら、ラクランが公爵の称号を継いでいたはずよ」

「だが、ランは死ななかった」ハーロウは片方のつま先を繰り返し床に打ちつけている。カルカッタでの経験を思い起こさせる狭くて暗い場所に閉じ込められるのは、彼にとって拷問に等しいだろう。

「ええ。ランは生き延びたわ。でもベッドから起きあがれるようになるまで、何カ月もかかった。疲れたときは、いまでも足を引きずるの」

「つまり彼は一八歳で公爵になったわけだ」ハーロウがむっつりと言った。「まったく、酷な話だ」

暗闇で姿が見えないにもかかわらず、フレイヤは彼のほうを向いた。倦《う》み疲れたようなハーロウの声からは、自分が公爵となったことへの喜びはまったく伝わってこない。

彼女は咳払いをした。「たしかにランはエア公爵になったけれど、あの事件で評判はめちやくちゃになってしまった。ランは引きこもって、外に出なくなったわ。だからラクランが公爵としての務めを肩代わりして、領地の運営もしているの。いまもずっと」

「きみたち姉妹はどうしていたんだ?」

「わたしたちには面倒を見てくれる人が必要だった。エルスペスはまだ六歳だったんですもの。エルスペスには、あの出来事の前の記憶がほとんどないのよ。カトリーナは一〇歳、わたしは一二歳だったわ。それで父方のおばのヒルダが来てくれた」フレイヤの口に笑みが浮かぶ。「おばにはそのときはじめて会ったんだけど、顔にやけどの痕のある、背の高い痩せた女性でね。そんな人がエア城につかつかと入ってきたのよ。執事も家政婦長も、あっけに取られて憤慨していたと思う。おばは見るからに怖い感じの人だったから、わたしたち姉妹はおびえてもおかしくなかったのだけれど、あのときはとにかく誰かが来てくれたということがありがたくて、おばにしがみついたわ。おばはわたしたちをスコットランド北部の家に連れていってくれた」

「ランとラクランは連れていかなかったのか?」

ハーロウの口調からは、非難をこめて言っているのか、単に理由が知りたいだけなのかはわからなかった。「ええ。ランはまだ体が回復していなかったし、ラクランには領地での義務があったから。おばは父親ときょうだいが公爵だったので、爵位に伴う義務も、きちんと次世代に受け渡すべき理由も理解していたわ。もし顔にやけどの痕がなければ、エア城にとどまって面倒を見てくれたと思う。でも、人にじろじろ見られるのをいやがっていたのよ」

ハーロウがつま先を床に打ちつける音が、暗闇にリズミカルに響きつづける。「きみはそこで育ったのか？　スコットランド北部で？」

「そうよ」フレイヤは上を向いて、女性ばかりが住んでいた家を思い出した。「とても美しいところだった。うねうねと連なっている丘、きれいな小川、冬の夜に勢いよく燃える火。おばはわたしたちにいろいろ教えてくれたし、それ以外のことは大勢いるおばの友人たちが屋敷に滞在して教えてくれたの」

「剣の使い方とか？」

彼女は笑った。「ええ、剣の使い方とか。おばはいい運動だと思っていたわ。いるのは女三人だけだったから、反対する人もなかったしね。人に何か言われたとしても、おばが気にしたとは思えないけれど」

「おばさんはなかなか個性的な女性だったようだな」

ハーロウは笑みを浮かべているのだろうか？　フレイヤは彼の表情が見たかった。「そうかもしれない。おばは何事にもはっきりとした意見を持っていたの。まず、早起きを信奉していたわ。朝食はおかゆ《ポリッジ》、夕食は羊の肉か魚。イングランド風の凝った料理はだめだと言っていた。子どもは毎日運動して、銃の使い方や釣りの仕方を覚えるべきだと考えていたの。わたしたちはラテン語とフランス語とギリシア語を学び、ローマ皇帝の名前をすべて暗記した。毎週哲学の本を読み、日曜日にその内容について議論したのよ」

「すごいな。きみたちは男たちの多くよりもいい教育を受けている――ぼくよりもね」

フレイヤは暗い中で彼に顔を向けた。「でも、あなたはオックスフォードに行っていたじゃない」

「一年だけね」ハーロウの声は暗い。「その意志強固なきみのおばさんに会ってみたかったな。彼女はいまでも……？」

「もう亡くなったわ」フレイヤは咳払いをした。一〇年近く経っているので最初の頃のような激しい悲しみは薄れているけれど、いまでも悲しいことに変わりはない。これからもずっとそうだろう。「わたしが一八歳のときに。おばは過去に火事に遭っていて、そのときにあれほど気にしていた傷を顔に負ったのよ。だけど傷ついたのは顔だけじゃなかった。火と煙のせいで肺もやられていたの。毎年寒くなるとひどい咳をして、ある冬とうとう亡くなってしまった」

「残念だったね」

フレイヤは口をつぐみ、ぶるりと震えた。太陽が沈んだあと、気温がさがっている。ひと晩じゅうここにいなければならないとすると、じきに寒くてたまらなくなるだろう。

彼女の横でハーロウが息を吸い込んだ。「おばさんが亡くなってコンパニオンになったのか？」

「いいえ。ロンドンには二二歳のときに来たのよ」フレイヤは少しでも体温を保てるように、自分の体に両腕をまわした。

「では、なぜ――」

また彼女の体が震えた。今度はかなり激しく。

「くそっ、寒いんだな」ハーロウがごそごそ動く音がしたかと思うと、フレイヤの肩にふわりと上着がかけられた。「ほら。少しはましだろう？」

本当は遠慮すべきなのだろうが、あまりにもあたたかくてそんな気になれなかった。上着は彼女には大きすぎるけれど、そのおかげで袖の中に手をしまえる。「ええ、ありがとう」

「こっちにおいで」暗闇の中、彼のかすれた声がすぐ横で響く。しっかり抱き寄せられると、体から伝わってくる熱が心地よかった。

フレイヤは感謝のうめきをもらした。

ハーロウが身をかがめ、彼女の耳元でゆっくりと尋ねる。「なぜきみが仕事をすることになったのか、よくわからないんだが」

〈ワイズ・ウーマン〉のことを明かすわけにはいかず、フレイヤは事実の一部だけを話すことにした。「父が亡くなったあと、借金があることをラクランが発見したの。パナマをスコットランドの植民地にするダリエン計画に、祖父が多額の投資をしていたのよ。だけど計画は頓挫して、エア家の財産の大半が失われてしまった」

「全然知らなかった」ハーロウがつぶやく。

「人に知られないように、父が気をつけていたんでしょう」フレイヤは淡々と説明した。「ラクランが調べたところでは、父は失った分のお金を取り戻そうと、死ぬまでいろんな投資をしていたらしいわ。でも父が亡くなると、債権者たちはすぐにお金を回収しに来た。あの醜聞があったから、ランが人を殺したと思われていたから、誰も返済を猶予してくれなかったの」

「だからきみは仕事をしなくてはならなくなったのか」ハーロウの息が首のうしろにかかる。

フレイヤは応えなかった。なぜなら、家族の財政状況は関係なかったからだ。ロンドンに来たのはマッハになるためで、デ・モレイ家の財産は大きく減りはしたものの、彼女が働かなければならないほどではなかった。

この五年間、フレイヤは罪悪感のかけらもなく、繰り返し言葉を濁したり、嘘をついたりしてきた。なのに、いまは居心地が悪くてたまらない。ハーロウに本当のことを話せたらと、心から願わずにはいられなかった。

でも、そんなふうに思うのはばかげている。自分がワイズ・ウーマンだと誰かに明かすのは危険な行為なのだ。

それでもハーロウを信用したくてしかたない。何日か前までは、彼を敵だと思っていたというのに。暗くて寒い場所で身を寄せあっているから、こんなふうに感じるのだろうか？

それとも心の深いところで彼を信用できると思ってしまうのは、別の理由から？

「ワッピングで会ったときのことだが」ハーロウの声が、ふたたび彼女の物思いを破った。「なぜきみが赤ん坊を助け出すことになったんだ？」

フレイヤは咳払いをした。「おばがいつも言っていたの、困っている人を見かけたら助けてあげるのがレディの務めだって。あのときの娘はメイドで、赤ん坊はブライトウォーター伯爵よ。父親が死んだあと父親の弟が赤ん坊を閉じ込めて、母親と会わせないようにしていたの。伯爵家の財産を支配するつもりだったんでしょうね。それで伯爵夫人がわたしに助けを求めてきたのよ」

「赤ん坊をこっそり連れ出したのか？」ハーロウは慎重に声を抑えている。

「ええ」

彼が低く笑ったので、フレイヤは虚を突かれた。「きみは本当に情熱的で行動力のある人だ」

「そうかしら」

「そうだと自分でもわかっているはずだよ」

明らかな称賛の声に、フレイヤの胸はあたたかくなった。女性が自らの決断で積極的に行動することを評価してくれる男性に、家族以外でこれまで会ったことがない。

彼女は押しつけられているハーロウの体を意識した。彼を落ち着かせようと思わなくてよくなり、ロンドンでコンパニオンをしている理由をどう説明すればいいか頭を悩ませる必要がなくなったいま、別のことが気になってくる。

フレイヤをあたためてくれている腕の力強さや、広い胸が呼吸で上下する感触、彼女を包み込む男らしい香りが。

ハーロウは魅力的な男性で、一緒にいると自分が女性であることを強く意識してしまう。

「横にならない？」フレイヤはささやいた。

その言葉が聞こえたはずなのに、彼は動かない。

そしていきなり彼女を引き倒すと、並んで横たわった。

フレイヤはハーロウのほうを向いて、彼が伸ばしてくれた腕に頭をのせた。

暗闇の中で向かいあっているうちに、彼の息を唇に感じた。フレイヤは顔を寄せて、彼の口に唇を押し当てた。

前にハーロウと抱きあったときは、まるで戦っているかのようだった。相手の隙を突き、やり込めるための抱擁で、本当のキスとは言えなかった。

でも、これは違う。

キスの経験は多いとは言えないし、その相手の誰ひとりとして、フレイヤに主導権を渡してくれた男性はいなかった。けれどもいまハーロウは、彼女が唇をそっと触れあわせてもじっとしている。

フレイヤは唇を離して、彼の反応を待った。

それでもハーロウは動かない。

今度は開けたままの口を押し当て、舌を出して彼の唇を味わった。自分の手足がかすかに震えているのに気づいて、彼女は驚いた。どうして体が震えるのだろう？　少し触れているだけなのに。ささやかなキスなのに。

フレイヤは彼の首のうしろにまわしていた手の指を丸め、肌に触れる髪や力強い肩の筋肉の盛りあがりを味わった。

ハーロウが唇を開くのがわかり、頭を傾けて口の中に舌を滑り込ませる。もっともっと彼を感じたかった。

彼の舌が舌をかすめ、すぐにからかうように絡みついてくる。

その瞬間、フレイヤはすべてを忘れた。自分が誰なのかも、彼が誰なのかも、ふたりがいまどこにいるのかも。五感で感じるものがすべてになり、体を包んでいく熱に、ただ身を任せる。彼女を縛っていたしがらみがほどけていった。

いままでにない、自分を失う感覚——自分自身を制御できなくなる感覚——に襲われ、フレイヤは彼の唇に未練を残しながら身を引いた。

「わたし……」声が割れ、咳払いをする。「ごめんなさい。最後までやり通せないことを始めるつもりではなかったんだけど」

「いや。謝るのはぼくのほうだ」ハーロウの声もしゃがれていた。

「どうして？　わたしがキスをしたのよ」フレイヤはいらだちともどかしさを感じながら言った。

彼が静かに笑う。「それはそうだ。でも、ぼくは男だからね。こういうことは、いつだって男の責任なんだよ」

自分が何者か、フレイヤは彼に告げたくてたまらなかった。ジュリアス・シーザーよりも前からイングランドに存在している、自分のことは自分で決定を下す女たちのことをハーロウに教えたい。

けれども、代わりにただこう言った。「わたしは大人よ。結果がよくても悪くても、自分の行動の責任は自分で取るわ。わたしがあなたとベッドへ行きたいと望むとしたら、それはわたし自身の決定で、あなたがそう決めるからじゃない」

一瞬、彼は押し黙った。「だが、きみはぼくとそうしたいとは思わないはずだ」

そんなことはない。ハーロウが欲しい。彼の口の中を、肌を、心ゆくまで舌で探りたい。そうしているところを想像して、彼女は体を震わせた。

「あなたとベッドへ行きたいわ」フレイヤはささやき、ハーロウに真実を伝えた。彼女は臆病者ではない。「でも、そうするのが賢明とは思えないの」

「なぜ?」

フレイヤは彼がどんな表情をしているのか知りたかった。「いったん始めたら、どうすればやめられるかわからないから」

「やめなければならないのか?」暗闇にハーロウの声がやさしく響く。

そうすれば彼の声に含まれる誘惑を退けられるとでもいうように、フレイヤは目をつぶった。

「ええ、そう思うわ」この何時間かでハーロウとのあいだに何が起こったにせよ、彼がランを傷つけたという事実は変えられない。ハーロウを許したとしても、その事実は永遠にふたりのあいだに横たわりつづけるだろう。「ごめんなさい」

フレイヤは体を離した。彼を拒否しておきながら、ぬくもりだけ受け取るのはずるい気がしたのだ。

けれどもハーロウは彼女を引き戻した。「ぼくは欲望を抑えられない獣ではない。このままでいてくれ。きみ自身のためじゃないとしても、ぼくのために。こうしてきみを抱いていると心が落ち着くんだ」

それくらいなら、フレイヤも自分に認めることができる。彼女は少しずつ体の力を抜いて、ハーロウのぬくもりに身をゆだねた。

翌朝一一時になる頃には、フレイヤとクリストファーの身に何かが起こったことは明白になった。

昨夜、メッサリナは約束どおりフレイヤが部屋に来るのを待ちつづけた。真夜中をずいぶん過ぎてようやくベッドに入ったときは、フレイヤが約束を守るなんて最初から期待していなかったと思い込もうとした。子ども時代の親友は、メッサリナを冷たい目で見る他人に変わってしまったのだと。

そう思いながらも、彼女はひどく傷ついていた。

ところがいまメッサリナの目の前で、ラブジョイ男爵がルークウッド伯爵と議論している。

「おそらく、彼は突然発《た》つことにしたんだろう」そう言いつつも、男爵は心配そうだ。

「手紙も残さずに？ それに従者を置き去りにして？」伯爵が信じられないというように眉をあげる。

「だが、あの従者は公爵のところで働きはじめたばかりだと言っていた。昨夜ハーロウは、自分のベッドで眠らなかったようだ。従者はそれを見て当然――」ラブジョイ男爵ははっとしたように言葉を切ると、決まり悪そうに部屋を見まわした。

居間には招待客が全員集まっている。レジーナはアラベラの肩に顔を伏せて泣いているし、レディ・ホランドはいらだちと懸念を同時に抱いているようだ。

ラブジョイ男爵が大きく咳払いをした。「とにかく従者の考えでは――」

ルークウッド伯爵がため息をつく。「明らかにその考えは間違っていたようですね。もしハーロウが従者の考えどおりのことをしていたのなら、こんな時間まで現れないはずがない」

「いや、しかし――」

「ですから、われわれは捜索隊を出すべきだと思いますよ」伯爵の声はやわらかいが、有無を言わせぬ鋼のような響きがあった。

「きみの言うとおりだ」ラブジョイ男爵の息子が同意したものの、男たちは優柔不断なやりとりを続けるだけで、なかなか動こうとしない。

「ふたりは駆け落ちをしたのかしら」ルクレティアがつぶやいた。

メッサリナは隣に座っている妹にしかめっ面を向けた。

ルクレティアはみんなが動揺し、ヒステリーを起こしそうになっているあいだに、小さなケーキをたくさんのせた皿を持ってきていた。

「それはどこで手に入れたの？」メッサリナは追及した。

「ルクレティアが無邪気に目を見開いてみせる。「料理人にもらったのよ。おなかがぺこぺこだったんですもの。ほら、朝食を途中で切りあげなければならなかったでしょう？　公爵閣下が自分のコンパニオンを無理やり連れ去ったとレディ・ホランドが騒ぎはじめたとき、まだトーストを一枚しか食べていなかったのよ」

メッサリナは皿の上のものを奪おうとしたが、ルクレティアはだてに二三年間妹をやっていたわけではなく、まばたきひとつせずに姉の手をかわし、体の反対側に皿を移動させた。

メッサリナはむっとした。

「それで？」ルクレティアが促す。

「それで、って何？」男たちの観察に戻っていたメッサリナはうわの空で返した。

またしても不当な扱いを受けたとでもいうように、ルクレティアがため息をつく。「ふたりは駆け落ちしたんだと思う？」

「いいえ」メッサリナは言い、立ちあがった。

「どこに行くの？」ルクレティアが声をあげ、皿を持ったまま姉のあとを追う。

「外よ」

「どうして？」

「もうみんなが家の中は探したから」

「あら、それはそうね」ルクレティアが口をケーキでいっぱいにしたまま言った。

妹がうしろからついてきても、メッサリナの頭はほかのことでいっぱいだった。フレイヤとはもう親友と言える関係ではないかもしれないが、彼女のことはよくわかっている。フレイヤはクリストファーと駆け落ちするなどというばかなまねを絶対にするはずがない。子どもの頃、彼に恋していたとしても。

そうすると考えられることはふたつ。まず、クリストファーが無理やり彼女を連れ去った。でも彼が子どもの頃からとんでもなく性格が変わったというのでないかぎり、これはありそうにない。だとしたら、ふたりの身に何か起きた可能性が高いだろう。

メッサリナは足を速めた。

おそらく、何かよくないことが起こったのだ。

「そんなに速く行かないで」ルクレティアがうしろから呼びかける。

メッサリナは妹を無視して、厩舎の前の庭に足を踏み入れた。その瞬間、厩舎の角のところに動くものがちらりと見えた。黒っぽく不吉な感じの影だ。

メッサリナの足取りが乱れた。

けれども見直したときには、すでにそこには何もなかった。

それに彼がここにいるはずはない。

彼女は馬を借りるつもりで厩舎に来た。外を調べるなら、馬に乗ったほうが楽に早くまわれるからだ。それなのに、涼しく薄暗い厩舎に入っても誰もいなかった。

メッサリナは奥へ向かった。馬房にいる馬たちに小さく声をかけながら進んでも、誰も見当たらない。馬番たちはどこにいるのだろう？

「こんにちは！」ルクレティアの声がうしろで響き、メッサリナは急いで振り返った。見ると、わらを運ぶフォークを持った年寄りの馬番が、突然現れた女ふたりに目をしばたたいている。

「みんなはどこなの？」メッサリナがきいたとたん、老人のうしろからくぐもった鳴き声が聞こえた。「あら、そこにいるのは何？」

「ただの犬なんで」馬番がそわそわした様子で言う。「心配するようなものじゃねえです。お嬢さん方に馬を二頭用意しますかね？」

だがそのときにはすでにルクレティアが馬番のうしろにまわり込み、背の低い小さな扉の掛け金へと手を伸ばしていた。

「ちょっと、お嬢さん！」老人が叫ぶ。

メッサリナが彼の横をすり抜けて駆けつけると、ルクレティアが扉を開けたところだった。中にはクリストファーの犬がいた。口のまわりをスカーフで縛られて、柱につながれている。

「これ、テスじゃない？」まだケーキが口に入っているので、ルクレティアがくぐもった声で言った。

メッサリナは眉をあげた。「どうして名前を知っているの？」

ルクレティアが肩をすくめる。「犬が好きなのよ」

メッサリナはぐるりと目をまわしてみせると、馬番に向き直った。「いったいこれはどういうこと？　公爵閣下の犬を縛っている理由を聞かせてちょうだい」

「そうしろっていう手紙を受け取ったんでさ」老人が慎重に口を開く。「犬の口を縛って、そこに押し込めておけと書いた紙で、ギニー金貨をくるんだやつをね。公爵閣下が変わった命令をよこしても、こっちの責任じゃありませんや」

メッサリナは頭を振りながら、馬番を解放した。

訴えるように鳴きながらこちらに来ようとする犬のそばに行き、慰めの言葉をかける。

「いい子ね、もう大丈夫よ。すぐにこのスカーフを取ってあげますからね」

犬はうれしそうに体をくねらせて、くんくん鳴いた。ふたりに見つけてもらって、明らかに喜んでいる。

きつく結んであるスカーフをほどくのにかなり苦労し、メッサリナはテスを傷つけてしまったのではないかと心配だった。

けれどもようやくスカーフがはずれると犬は彼女の手をなめ、痛い思いをさせたことを許すと知らせた。

メッサリナは続けてテスの首に結ばれたひもに取りかかりながら、いったい誰がこんなことを命じたのかと考えをめぐらせた。馬番が受け取ったという手紙をクリストファーが書いたとは思えない。彼はどこへ行くにもテスを連れているし、食事の席ではこっそり食べ物を分け与えている。彼と犬が愛情で結ばれているのは明らかだ。

ルクレティアは姉がひもと格闘しているのをしばらく見ていたが、やがてふらりとどこかへ行ってしまった。

メッサリナは馬番に目を向けた。「ボウルに水を入れて持ってきて」

馬番がとぼとぼと歩み去る。

彼が水を入れたボウルを床に置くのと同時に、ルクレティアが戻ってきた。大きなナイフを持っている。

「どこからそんなものを持ってきたの？」メッサリナは叫んだ。

ルクレティアがあいまいに肩をすくめる。「そこらへんにあったのよ」

姉妹がやりとりしているあいだに、馬番は姿を消していた。

「いいわ、じゃあ……」鼻先から水を垂らしながらきょとんとした表情を向けているテスを見つめて、メッサリナは言った。「わたしがこの子の頭を押さえていたら、怪我をさせないようにひもを切れる？」

ルクレティアは首をかしげた。「と思うけど」

自由になったとたん、テスは厩舎から飛び出した。

「いやだ、もう！　どこかに行っちゃったわ」メッサリナは声をあげた。

ところがテスはすぐに戻ってくると、ふたりに向かって吠えた。

「ついてきてって言ってるんじゃない？」メッサリナにはそんなこともわからないと思っているかのように、ルクレティアが指摘した。

テスが屋敷を迂回《うかい》して庭を抜け、小さな森に入っていくと、メッサリナはとても不安になった。

「わかったわ」メッサリナは犬に言い、ふたりと一匹は出発した。

テスがまた吠える。そんなことより、もっと重要なことがあると言っているようだ。

ルクレティアはナイフを短剣か何かのように勢いよく振った。「気に入ったから」

うんざりして、メッサリナは妹に視線を向けた。「まだそのナイフを持っているの？」

「ナイフを持ってきてよかったかもね」妹に小声で言う。

「そう思う？」ルクレティアがぱっと明るい表情になった。「もしかしたら、ふたりは追いはぎにつかまっているのかも」

メッサリナはちらりと妹を見た。「追いはぎですって？」

ルクレティアが肩をすくめる。「海賊っていうより、まだ可能性があるでしょう？」

「ばかばかしい」メッサリナは鼻であしらった。

一〇分ほど経つうちに、テスはただ森の中での散歩を楽しんでいるだけなのかもしれないとメッサリナは思いはじめた。だが道が湾曲しているところをまわりきると、石造りの奇妙な小屋が目に飛び込んできた。

テスがその扉に向かって吠える。

「誰かいるの？」中から声がした。

それを聞いて、メッサリナの中で何かがゆるんだ。自分でも気づいていなかったけれど、恐ろしい悲劇を予想して緊張していたのだ。「フレイヤ、あなたなの？」

「そうよ」フレイヤの声は安堵《あんど》のためか、弱々しい。「メッサリナ？」

「ええ、わたし」少しでもフレイヤに近づきたくて、メッサリナは扉に手のひらを押し当てた。「あなたひとり？　クリストファーも行方不明なのよ」

「ぼくもここにいる」クリストファーが声をあげた。「扉を開けられるかい？」

ルクレティアとメッサリナは同時に扉を見つめた。錆《さび》の浮いた大きな南京錠がかけられている。

誰かがふたりを閉じ込めたのだ。

「無理だと思うわ。助けを呼びに行かなくちゃ」メッサリナはのろのろと言った。こんなまねをしたのはいったい誰だろう？

ところがメッサリナがルクレティアのほうを向いたとき、スタンホープ子爵が森の中から現れた。そのうしろにはラブジョイ男爵、アロイシウス・ラブジョイ、ルークウッド伯爵が続いている。

「そんなところで何をしているんだ？」新たに到着した男たちのまわりをまわっているテスをうさんくさそうに見つめながら、スタンホープ子爵が問いかけた。

ルークウッド伯爵がいらだったような視線を彼に向ける。「もちろんぼくたちと同じだろう。公爵とコンパニオンを探しているに決まっている」

「扉を開けてくれ、ルークウッド」クリストファーが小屋の中から怒鳴った。

伯爵の眉があがった。「そしてきみたちふたりが首尾よく見つけたというわけか。すばらしい」

男たちはどうすればいいか話しあいを始め、数分後、アロイシウス・ラブジョイが屋敷に戻って屈強な従僕を連れ、斧《おの》を持って戻ってこようと申し出た。

一行は沈黙のまま落ち着かない雰囲気の中で待っていたが、やがてスタンホープ子爵が口を開いた。「いったい誰がミス・スチュワートと公爵にこんなひどい冗談を仕掛けたのか、見当もつかないな」

「きみはこれがただの悪ふざけだと思っているのか？」ラブジョイ男爵が言う。「もし犬がミス・グレイコートたちをここまで連れてこなかったら、もっと大変なことになっていたかもしれないというのに」

最悪、ふたりが死ぬ可能性もあった。「こんなまねをしたのは誰だと思います？」メッサリナはきいた。

「密猟者か何かでしょうね。下層階級のごろつきですよ」スタンホープ子爵が軽蔑した口調で意見を述べる。

「するとそいつは南京錠を持って密猟に来ていたということになる」ルークウッド伯爵が穏やかに指摘した。南京錠と扉を調べていた彼は、険しい表情で体を起こした。「まずありえないな。このあたりには密猟者がたくさんいるんですか？」

「ああ、それはいる」ラブジョイ男爵が認める。

ルークウッド伯爵は肩をすくめた。「それなら、そうかもしれませんね」だが、やはり納得していない様子だ。

ルクレティアは所在なげに、ナイフをまわりの茂みに叩きつけていた。

スタンホープ子爵がきつく口を結んで、そんな彼女に目をやった。ルクレティアに批判的な感情を抱いていることが、その雰囲気から見て取れる。

メッサリナはラブジョイ男爵に向き直った。「みなさんはどうしてここへ来ようと?」

「井戸小屋があることをアロイシウスが思い出したんだ」

「あなたは覚えていらっしゃらなかったんですか?」

「それがまったく」男爵はそう答えたあと、ルクレティアに目を向けた。彼女はまだ茂みを荒らしつづけている。「妹さんを屋敷に連れて帰ったほうがいいのではないかな」

スタンホープ子爵がうなずいた。「こういうことは若い女性にとってはひどく退屈ですからね」

メッサリナは懸命に笑顔を保ち、頭を傾けた。二七歳の彼女はもはや若くないと、この人はほのめかしているのだろうか? 女性が二五歳を過ぎると行き遅れと見なす人が多いというのは、彼女もわかっている。でも、それを面と向かって言われたことはこれまでなかった。

「いいえ、わたしたちもここにいます」

「きみたちはなぜここへ来ようと思ったのかな?」スタンホープ子爵が疑わしげな表情で問いただす。

「案内されてきたんです」メッサリナはテスを指さした。犬は扉のそばに座り、飼い主が井戸小屋から出てくるのを辛抱強く待っている。

やがて足音と声がして、救助隊が到着したのがわかった。がっしりした男をふたり従えたアロイシウス・ラブジョイが、湾曲した道から姿を現す。

ルークウッド伯爵が声を抑えつつ、友人を歓呼で迎えた。「万歳！」

アロイシウスがにやにやしながらお辞儀をすると、スタンホープ子爵は若者ふたりの大げさなやりとりに軽蔑の目を向けた。

赤毛の従僕は南京錠を壊す一番いい方法を主人と話しあい、階段をあがって扉の前に立った。

斧を勢いよく振りおろすと同時に大きな音が響き、南京錠が壊れる。

するとすぐに扉が開いて、くたびれた格好のフレイヤと、青ざめてはいるが落ち着いた様子のクリストファーが姿を見せた。

クリストファーがフレイヤに先に出るよう促す。

彼女は空き地に出ると、背中を伸ばしてメッサリナのほうを向いた。「あなたたちが見つけてくれて助かったわ」

「わたしたちの手柄じゃないのよ。見つけたのはテスなの」ルクレティアがあっけらかんとした口調で言う。

膝をついてテスの耳をこすっているクリストファーに、みんなの目が集中した。

そのときメッサリナの横で、フレイヤが息をのむ音が聞こえた。

クリストファーがさっと目をあげ、フレイヤの視線を追う。

メッサリナも同じ方向に目を向け、井戸小屋の中を見つめた。すると入り口から見える奥の壁に、しるしのようなものが光を受けて浮かびあがっていた。

「あれはWかな？」ルークウッド伯爵が興味を引かれたようにきく。

「いいえ、違うわ」ルクレティアが首を横に振った。彼女はいつの間にか、フレイヤとは反対のメッサリナの隣に来ていた。「あれはVをふたつ重ねたもので、ヴィルゴ・ヴィルジヌムを表しているのよ」

メッサリナも含めて、全員がルクレティアを振り返った。

ルクレティアがまばたきをする。「聖なる処女マリア。つまり魔女よけのしるしなの」

「魔女だって？」ラブジョイ男爵が声をあげる。

「ばかばかしい」アロイシウス・ラブジョイも同時に叫んでいた。

「たしかにばかばかしいな。だが、これは彫られたばかりのようだ」ルークウッド伯爵は小屋の中に入ってそのしるしをしげしげと眺めると、振り返ってラブジョイ男爵に薄笑いを向けた。井戸小屋の中で、光を受けた彼の顔が奇妙に浮きあがっている。「どうやらこのあたりの誰かには、魔女を恐れる理由があるらしい」

魔女よけのしるし。

屋敷へと戻りながら、フレイヤの頭からはそのことがずっと離れなかった。しるしは偶然あそこに彫られていたのだろうか？　そんなことはありえない。パーティーの招待客の中に〈ダンケルダー〉がいると、クロウから警告を受けた。そして今度は魔女よけのしるし……。

やはり偶然のはずがない。

ふつう魔女よけのしるしはただの幸運のおまじないで、邪悪なものや人間が建物の中に入れないようにするために使われる。だが、井戸小屋につけられていたしるしは警告のように感じられた。フレイヤの素性を知った〈ダンケルダー〉がハーロウのあとを追う彼女をつけ、不意を突いて彼とともに井戸小屋に閉じ込めたのだろうか？

でも閉じ込められたときには、あのしるしはすでにあったのだ。それに〈ダンケルダー〉の仕業だとしたら、どうして彼女だけでなく公爵を巻き込んだのだろう？

わからない。何もかもが意味をなさなかった。

「大丈夫？」メッサリナがきいた。

「ええ」返事がそっけなく響き、フレイヤは咳払いをした。メッサリナの気持ちを傷つけたくない。「昨日の夜は約束していたのに行けなくて、ごめんなさい」

「あなたがどんな状況に陥っていたかを考えると、責めるわけにはいかないわね」メッサリナの口調は淡々としている。

フレイヤは思わず唇をゆがめた。「今夜、改めて会うというのはどう？」

「ええ、そうしましょう」メッサリナが感謝するような表情を向けてくる。

胸にあたたかいものがあふれて、フレイヤは一瞬頭がくらくらした。急いで笑みを返し、言葉を継ぐ。「あなたの部屋でいい？」

メッサリナがうなずき、ふたりは心が通じあったのを感じながら黙って歩きつづけた。数分後、メッサリナがふたたび口を開いた。「ひと晩じゅう外に出られなくて、怖かったでしょう？　どうやって閉じ込められたの？」

フレイヤは肩をすくめ、疲れていたし適当な言い訳を思いつかなかったので、本当のことを言った。「ハーロウをつけていたら突然誰かにつかまって、ネッククロスで目隠しをされたの。そして井戸小屋に放り込まれて、鍵をかけられてしまったのよ」

メッサリナが眉をつりあげた。「クリストファーと逢い引きの約束をしていたの？」

「まさか、違うわ」侮辱されたように感じるべきなのだろうけれど、フレイヤは疲労感が増しただけだった。「あとで彼から聞いたんだけど、井戸小屋で会おうというミスター・プリンプトンからの手紙を受け取っていたそうよ。わたしは彼が屋敷から出ていくのを見て……」そのときは衝動的にあとを追ったのだが、言葉にして説明するのは難しい。そこで、ぎこちなくこうつけ加えた。「なんていうか、つけてみることにしたの」

「ふうん」メッサリナが納得していない様子で相づちを打つ。

突然、フレイヤは込み入った状況をメッサリナに打ち明けたくなった。長いあいだ偽名で生きてきて、彼女は孤独だった。ホランド家の人々は雇い主としてはかなり親切だが、彼らに打ち明け話はできない。長いあいだ、心を開いて話せる相手はいなかった。

昔はメッサリナになんでも話していたのに。

そんな親密な関係を取り戻したくてたまらない。

フレイヤはメッサリナを横目で見て、静かに言った。「探してくれて、ありがとう」

メッサリナが肩をすくめる。「ルクレティアもわたしも、意識してやったことじゃないのよ。ただテスについていっただけ。お礼を言うべき相手はテスだと思うわ」

フレイヤはハーロウの横を歩いている犬に目をやった。テスはあふれんばかりの愛情をたたえた目で主人を見あげている。「どうしてテスは夜のうちにハーロウのところへ来なかったのかしら。屋敷から外に出られなかったとか？」

「いいえ。厩舎で縛られていたのよ。そばで見張っていた馬番はそうするように指示する手紙をクリストファーから受け取ったと主張しているけれど、彼がそんなことを命じるはずないわよね」

「ええ」フレイヤは同意し、ハーロウの背中を見つめた。閉じ込められていたあいだに彼から聞いた恐ろしい話を思い出す。ずっとそばにいるテスは、まるで過去の記憶から彼を守るお守りのようだ。「彼がテスを外に出られないように縛らせたなんて思わないわ。テスに愛情を注いでいるもの」

「本当にそうよね。テスのほうも、彼から離れているのがいやでたまらなかったみたい」

「そうでしょうね」テスが来て格段に肩から力が抜けたハーロウの様子を見て、フレイヤは微笑んだ。

メッサリナが声をひそめた。「誰がやったのか、心当たりはあるの？」

フレイヤはハーロウを脅そうとした可能性のある人物や〈ダンケルダー〉を思い浮かべながら、メッサリナを見た。「少しはあるけれど」

「誰？」

フレイヤは首を横に振った。「今夜、ふたりだけになってから話しましょう」

メッサリナが眉をあげる。「わかったわ」

ようやくラブジョイ邸が見えてきた。レディ・ホランドがレジーナとアラベラと一緒に庭の横で待っているのが、フレイヤの視界に入る。

そばに行ってもレディ・ホランドは何も言わなかったが、抱きしめられてフレイヤは驚いた。「本当に心配しましたよ、ミス・スチュワート」

「ミス・スチュワート！」レジーナが叫び、やはり抱きついてくる。

アラベラは恥ずかしそうに微笑んで、フレイヤの両手を握った。「無事でよかったわ」

レジーナとアラベラにうなずいたフレイヤは、レディ・ホランドが懸念に満ちた表情を消していないことに気づいた。レディ・ホランドはその表情のまま、フレイヤのうしろにいる誰かに重々しくうなずいている。

フレイヤは振り返ったが、その相手が誰なのかはわからなかった。

ホランド家の母娘はフレイヤを促して屋敷に入ると、すぐに部屋まで送っていった。そこでフレイヤはようやく用を足せてほっとし、雇い主があたたかい湯を張った浴槽を用意させておいてくれたことに感謝しながら、服を脱いで入浴した。そのあと懸命に気力を奮い起こしてふたたび身支度を整え、さえないコンパニオンに戻る。

けれども状況が変わったことを思い出して、彼女は暗い表情になった。

こんなふうに目立ってしまったからには、誰の目にも留まらない存在に戻るのは難しい。とはいえ、いまさらどうしようもないし、どちらにせよもう関係ない。あと一週間余りで、ドーノックに戻らなければならないのだから。

残り時間がどれほど少ないかに気づいて、フレイヤの鼓動は速まった。化粧台の上の鏡をのぞいて自分の姿を確かめ、おりていくのをこれ以上遅らせることはできないと心を決める。

フレイヤは大きく息を吸うと、階段をおりて広間に入った。そこには招待客が全員集まっていて、今朝の出来事について話していた。そして彼女を見たとたん、予想どおり全員がおしゃべりをやめて好奇の視線を向けてきた。

レディ・ホランドと話していたハーロウが顔をあげ、真剣な表情でフレイヤと目を合わせる。彼も入浴して着替えたようだった。青い目を引き立てる簡素な黒い服と真っ白なネッククロスというでたちでテスを横に従えた彼は、どこから見ても公爵そのものだ。

なぜかはわからないけれど、ハーロウを見ると彼女の体を震えが駆け抜けた。コンパニオンの野暮ったい服ではなく、本当の身分に合ったドレスを身につけていたらと、この五年間ではじめて考える。

けれども、フレイヤはすぐに自分をいましめた。彼女はワイズ・ウーマンであり、マッハとして負っている使命はシルクのドレスよりも重要なのだ。

フレイヤはしっかりと顔をあげて部屋を横切った。注がれているいくつもの視線を無視して、彼女を見つめつづけるハーロウだけを意識する。

近づいていくと彼は立ちあがり、お辞儀をしてフレイヤの手を取った。

少し触れられたくらいで、手が震えるような醜態をさらすわけにはいかない。

「ミス・スチュワート」ハーロウが呼びかけた。「もしよければ少し、ふたりだけで話したいのだが」

フレイヤは眉をひそめた。ほとんどの時間は話をしていただけとはいえ、たしかに彼とひと晩一緒に過ごした。でも、それだけだ。いまさら何を話そうというのだろう？　しかも、こんなふうに堅苦しく申し出るなんて。

フレイヤはうなずき、ハーロウについて廊下の向かい側にある小さな居間へ行った。

「座ってくれ」彼が椅子を勧める。

彼女は眉をあげたが、言われたとおり腰をおろした。

「なぜぼくが話したいと言ったのか、理由はわかっていると思うが――」ハーロウが口を開いた。彼女を見つめる青い目はどこまでも真剣だ。

昨日から今朝にかけての出来事や、広間でのみんなの視線に神経がすりきれそうになっていたフレイヤは、彼の言葉をさえぎった。「いいえ、わからないわ」

ハーロウは口をつぐんでフレイヤを見つめた。

それから彼女の前まで来ると、床に片膝をついた。「フレイヤ・デ・モレイ、ぼくの妻になってもらえないか」

10

妖精と取引をするのは危険だというのは、よく知られています。でも妖精の王と話をしたいなら、ローワンにはほかの方法がありませんでした。そこで彼女は腰にさげていた銀の短剣を取って、火のような色の自分の髪をひと房切り取りました。「これなら受け取ってもらえるかしら？」

「ああ、もちろんだ」アッシュは言いました。「じゃあ、目をつぶってぼくの手を取り、キスをしてくれないか」

ローワンは言われたとおり、彼の冷たい口に唇を押しつけました……。

『グレイコートの取り替えっ子』

クリストファーは一度結婚したことがあるにもかかわらず、求婚するのははじめてだった。前の結婚は、彼が知らされたときにはもうすべてが決まっていた。彼の父親とソフィーの母親が何もかも手配し、ソフィーの兄でさえ、式のためにロンドンから呼び戻されるまで何も知らされていなかったのだ。

だからこれまでクリストファーは、女性に求婚するときにはどうするのが一番いいか考えたことがなかった。だがもしそんな機会があったとしたら、なんらかの理由からやむをえず行う求婚はおそらく女性が理想とするようなものではないと、彼もわかっていただろう。とくにフレイヤのような女性にとっては。

彼女はこちらに決闘を申し込むような女性なのだ。しかも勝っている。

だからフレイヤがこの求婚をそれほど喜ばないだろうという予感はあったものの、こんなふうに即座に拒絶されるとは、まったくもって想定外だった。

「気でも触れたの？」彼女はみんながいる居間を裸で駆け抜けようと提案されたとでもいうように、目を怒りに燃えあがらせてクリストファーをにらんだ。

彼は困惑して目をしばたたいた。「ぼくは――」

「しないわ。ケスター、あなたとは結婚しない」やや噛みつくような調子ではあるものの、フレイヤは静かに言った。

彼はいらだちを抑えようとした。彼女に関することは、何もかもややこしくなる。

「ぼくたちはひと晩じゅうふたりきりで過ごしたんだよ、フレイヤ」歯を食いしばりながら言う。「実際はほとんど何も起こらなかったとはいえ、噂は止められない。ぼくと結婚しなければ、きみはみんなにあれこれ言われる。そんなのはいやなんだ」

「わたしがみんなにあれこれ言われるのを心配してくれるの？　公爵が一文なしのコンパニオンと結婚したら、そのほうがいろいろ言われると思わない？」彼女はからかうように返した。

「ばかなことを言うのはやめろ。名誉を失った女性が公爵と結婚した事情を憶測されるのと、ぼくがきみを誘惑して捨てたと口さがない噂の的になるのとでは、まったく違う」

「その言葉を聞くと、あなたが心配しているのは自分の評判みたい。でも、心配する必要などないと思うわ。相手が貧しいコンパニオンなら、みんなあまり気にしないもの」

クリストファーの中で、抑えようとしても怒りがふくれあがった。「くそっ、フレイヤ。きみはコンパニオンなどではない。ぼくと結婚すれば、きみは本当の名前と社交界での正当な地位を取り戻せるんだ」

フレイヤが目を見開いたので、彼は一瞬、自分の言葉が届いたのかと思いかけた。けれども彼女が白い歯をむき出すようにしてぶつけてきた言葉は、そんな考えを打ち砕いた。「あなたはわたしが何を望んでいるかわかっていると、勝手に思い込んでいるのね。わたしがいまの自分になんの不満もなく満足していると、ほんの少しでも思ったことはないの？　昔の名前と身分を取り戻したいと望んでなどいないって」

「いや、そうは思わないね。ばかばかしい。きみは公爵の娘だ。自分よりも身分が下の人間に仕えたいなどと、なぜ思う？」

「あなたはわたしをまったく知らないのよ、クリストファー・レンショウ」

「そうかな？」フレイヤの言葉に、なぜかいらだちが即座に怒りに変わった。クリストファーは彼女が座っている椅子の肘掛けに手を置き、のしかかるようにして美しい目を見おろした。「フレイヤ・デ・モレイ、ぼくはきみの家族も、きみが育った場所も知っている。きみを怒らせた男は鋭い舌で容赦なく切り刻まれることも知っているし、棘だらけの外見の下にはやさしい心が隠れていることも知っている。だってきみは、ぼくを落ち着かせるためだけに、ひと晩じゅうこの腕の中にいてくれたんだからね。それからフレイヤ、きみとキスをするとどんな味がするのかも知っているよ」

クリストファーはその言葉をすぐに実行し、すばやく激しいキスをした。

彼女は抵抗しなかったが、情熱的なキスに応える様子もない。

そのことをおかしいと思うべきだった。

クリストファーが体を引くと、彼女はゆったりと座っていた。農民に刑を言い渡そうとしている女王のように、かたくなで冷たい表情を浮かべて。

「ひと晩じゅう抱きしめていたから、わたしのことがわかったというの？」フレイヤがささやいた。「わたしが何を望み、何を恐れ、何を夢見ているか、わかったと？　いいえ、あなたはわたしという人間をまったく知らないわ、ハーロウ。世間が勝手に振りかざす道徳的規準に従って、わたしが結婚を望むと思ったという事実がそのことを証明してる」

彼女は昔の愛称ではなく爵位に伴う名前で呼ぶところまで、あと戻りしてしまった。こんなに何もかも自分とは違っている女性に、なぜ惹かれるのだろう？

なぜならフレイヤは挑んでくるからだ。彼女の怒りが高まると、それとともに情熱も高まるから。彼女がこちらを見つめる目にやさしい感情が浮かぶのを、何度も見ているからだ。

外側は棘だらけだが、内側には知的で心のあたたかい女性が隠れている。クリストファーは息を吸い込んで、気持ちを静めようとした。「ぼくは体面だけのためにきみと結婚したいんじゃない――」

「井戸小屋に閉じ込められなかったら、結婚を申し込んだかしら？」フレイヤが甘ったるい声で、嫌味たっぷりに尋ねる。

「それはないと、よくわかっているだろう！」

彼女は尊大に眉をあげてみせた。「だったら、この議論は終わりね」

クリストファーは深呼吸をして、ふたたび説得に取りかかった。なんとしても彼女を守らなければならないのだ。「フレイヤ、ぼくはきみの評判を台なしにしてしまった」

「あなたが罪悪感を覚えるからというだけの理由で結婚はしないわ。はっきり言って、あなたの罪悪感など、わたしの知ったことではないもの」のしかかるように立っているクリストファーとのあいだに距離を空けようと、彼女が椅子から立ちあがる。

彼は目を閉じた。昨夜はほとんど眠れず、狭い空間と暗闇のせいで緊張したまま何時間も過ごした。

だから疲れきっている。

クリストファーは目を開けて、フレイヤを見つめた。「ぼくはきみのお兄さんもソフィーも救えなかった。だが、きみは救ってみせる」

フレイヤの唇が震えているのが見え、彼女も同じように疲れきり、いらだっているのだとわかった。「結婚しなかったからといって、わたしを救わなかったことにはならないわ。これを聞けば少しは気が楽になると思うけれど、レディ・ホランドだって、あなたがわたしと結婚するなんて期待していないでしょうね」

クリストファーは彼女に近づき、かすかなスイカズラの香りを吸い込みながら必死に説得を重ねた。「ぼくが結婚を申し込んでいるのはレディ・ホランドのためでも、ほかの誰のためでもない。きみがきみという人だから、妻になってほしいんだ」

彼女が首をかしげる。「それなら、わたしはどういう人だというの?」

「レディ・フレイヤ・デ・モレイだ」声を抑えようとしつつも、激しい感情がこもってしまった。忍耐は限界に近づいている。「先代エア公爵の娘であり、現公爵の妹。生まれながらにして高貴な身分を持ち、体面を汚されたらきちんと結婚で救われるべき女性だよ。ぼくはきみにとっての最善を望んでいる」

まるで痛みに耐えるかのように、フレイヤがふっくらとした唇をきつく引き結んだ。「もしあなたが本当にわたしにとっての最善を望んでいるなら、社会的な体面のために結婚を申し込んで、わたしを侮辱するようなまねはしないはずよ」

「そうするのが正しいことだから、結婚を申し込んでいるんだ」話しあいは平行線で、どうすればわかってもらえるのか見当もつかなかった。彼女を納得させられる言葉は、もう考えつかない。「きみに結婚を申し込まなければ、ぼくは名誉を重んじる紳士とは言えなくなってしまう。それがわからないのか?」

フレイヤが目を見開き、一瞬そこに涙が見えたような気がした。

けれども彼女は、クリストファーの視線を避けるようにすぐ顔をそむけた。「そうね」フレイヤは部屋の出口に向かって歩きだした。「たぶんあなたは、自分の名誉よりもわたしの感情を心配すべきなのではないかしら」

その夜、フレイヤは大きく息を吸ってメッサリナの部屋の扉をそっと叩いた。

メッサリナがすぐに扉を開け、彼女を招き入れる。

フレイヤは中に入ると、緊張しながら振り返った。

奇妙なことに、メッサリナも緊張しているようだった。暖炉のそばに置いてある椅子や長椅子へと身ぶりで促す彼女の笑顔は引きつっている。「座らない？」

フレイヤは椅子に腰をおろした。メッサリナはツルが刺繍されたきれいな翡翠《ひすい》色のシルクの部屋着をまとい、髪を一本に編んで垂らしている。昔はよく互いの家に泊まったものだと思い出して、フレイヤは胸に痛みを感じた。ベッドに行くときはふたりとも髪を三つ編みにしたが、メッサリナのつやがあるまっすぐな黒髪は簡単にまとめられるのに、フレイヤの手に負えない巻き毛はそうはいかなかった。

フレイヤは息を吸い、子ども時代の親友に目を向けた。「まずはあなたに謝らないと」

「なんですって？　どうして？」椅子の端に浅く腰かけていたメッサリナが、虚を突かれた様子で目を丸くする。

「この一五年間のあなたに対する態度は間違っていたわ。ごめんなさい」フレイヤは両手を握りあわせた。「あの出来事は、わたしにとってとてつもなく大きな衝撃だったの。ランが死ぬかもしれないと家族みんなが心配しているときに、父が亡くなってしまって……」

「わかっているわ」メッサリナがさえぎる。「本当よ。だから言わなくていいのよ」

「いいえ」フレイヤは静かに言った。「オーレリアが亡くなって残念に思っていると――心からそう思っていると、あなたにちゃんと伝えなくてはならないの。ランが殺したと思ったことは一度もないけれど、それとは関係なく彼女の死を本当に悲しく思っていると。わたしたちのあいだにある嘘や誤解がなくなるように、思っていることを正直に話してしまわなくては」

メッサリナがぎこちなく笑う。「本当に、これまでの心の痛みをすべてなかったことにして、やり直せるのかしら」

フレイヤは笑みを返した。「試してみることはできると思うわ。こんなふうになってしまったのはあなたのせいではないと、いまのわたしにははっきり理解できる。わたしのせいでもなかったように。わたしたちはふたりとも、つらい思いをしたのよ。それぞれ家族を失って。それなのにわたしは、あなたに慰めを求めに行くべきときに背を向けてしまった。あなたはきっとジュリアンとおじさまの味方になるだろうと思って。だから、あなたはもう敵なんだと思って」

メッサリナはため息をついた。「あなたの敵になったことなんてないわ。いまでも兄のジユリアンを愛してはいるけれど」

「そしてわたしもあなたの敵ではないわ。いまでもランを愛しているけれどね」フレイヤは静かに言った。「臆病になってしまってごめんなさい。あなたにきかずに勝手に気持ちを決めつけてごめんなさい」

メッサリナが激しく目をしばたたいた。その瞳は濡れている。「これからはちゃんとわたしと話すと約束するなら、あなたを許せると思うわ」

「ええ、そうする。これからは必ず」フレイヤの声も震えた。そしていつ立ちあがったのかわからないまま、気がつくとメッサリナの腕が首に巻きついていて、ふたりはしっかりと抱きあっていた。おろした髪を風になびかせながらスコットランドの丘を駆けまわっていた頃に戻ったみたいに。メッサリナとまた友だちになれたのだと思うと、信じられないほど心が軽くなり、気分が浮き立った。

フレイヤは涙が頬を流れ落ちるのを感じた。でも、泣くなんておかしい。いつ以来か覚えていないくらい久しぶりに、こんなに幸せなのだから。

しばらくして、メッサリナはようやくフレイヤにまわした腕をほどき、長椅子の上に引きおろして並んで座った。「あなたと話せなくなって、ずっと寂しかったのよ！　どんな生活をしていたの？　ミス・スチュワートなんて名前を使って、コンパニオンになっているのはなぜ？　四年間ききたくてたまらなかったけれど、ようやくきけるわ」

何度もついてきた嘘を繰り返すつもりだったのに、気がつくと別の言葉が飛び出していた。

「わたしはワイズ・ウーマンなの」

こうして口に出してしまうと心から重しが取れたようで、フレイヤは顔がほころんだ。

ただし、もちろんそれだけでは終わらず、続く一時間は詳しい説明に費やした。

「驚いたわ」ようやくフレイヤが語り尽くすと、メッサリナは長椅子にゆったりともたれて言った。話の後半にいつの間にかメッサリナはワインのボトルを出していて、いまも小さくて繊細なグラスに注いだワインを少しずつ口に含んでいる。「もちろん噂は聞いたことがあるわ。国境地帯に住んでいて、〈ワイズ・ウーマン〉の噂を聞いたことがないなんてありえないもの。だけど本当のことだったなんて」彼女は頭を振った。「しかも、それが原因で井戸小屋に閉じ込められたというの？　招待客の中にいる〈ダンケルダー〉の仕業だと？」

「その可能性が高いわ。あれはわたしへの警告だったのよ」フレイヤは言い、ワインをひと口飲んだ。

「誰だと思う？　怪しいと思っている人はいないの？　わたしはルークウッド卿に一票ね。あまりにもハンサムだから」

フレイヤは笑った。こういうことを人と話しあえるのはいいものだ。とくにメッサリナと話しあえるのは。「わたしはスタンホープ卿かなと思うのよ。すごく気難しくて、人に対して批判的でしょう。でも、ラブジョイ卿の可能性も捨てきれないわ。自分から魔女の話を始めたし、この地方の出身だもの」

「あとはクリストファーかしら」メッサリナが無邪気な顔で言った。

　フレイヤは彼女をにらんだ。

「ううん、それはないわね」メッサリナがにやりとする。「あなたたちふたり、どうなっているの？」

「何もないわよ」フレイヤは本当らしく聞こえるように、さりげなく返した。

　メッサリナが信用していないしるしに眉をあげる。

　フレイヤは鼻にしわを寄せた。メッサリナをごまかそうとして、うまくいったためしはない。「彼に結婚を申し込まれたわ」

「まさか！」

「本当よ」フレイヤは肩をすくめ、急に悲しくなったのを悟られないようにワインを口に運んだ。

「そしてあなたは断ったというわけね？」メッサリナは考え込んでいる。

「どうしてそんなことを言うの？」質問には答えず、逆にきき返した。

　メッサリナはフレイヤと目を合わせた。「あなたはラバみたいに頑固だから。それにもし求婚を受けていたら、夕食の席でクリストファーが婚約を発表したはずですもの。でも彼は夕食のあいだじゅう、お皿の上の豆をにらんでいるだけだったわ。気の毒に」

「あなたは彼の味方なのね」フレイヤはぼやいた。

「いいえ」中身がこぼれそうになるほど、メッサリナはワイングラスを大きく振った。「義務感から結婚を申し込めば、あなたはたとえ彼に惹かれていても必ず拒絶する。そんなことは彼だって心得ているべきなのに、ちっともわかっていないから気の毒になっただけ」

フレイヤは頬が熱くなるのを感じた。「わたしがハーロウに惹かれているって、誰が言ったの？」

「わたしよ。誰にも見られていないと思ったときに、あなたが彼に向ける視線を見てね」メッサリナがいたずらっぽい目を向ける。「ここに着いてすぐの頃、あなたの目にはほとんど怒りしかなかった。だけど最近は、まったく別の表情が浮かんでいる」

「意味がわからないわ」フレイヤは言ったが、頬が燃えるように熱くなっていた。本当だろうか？　ハーロウを見つめるたび、隠しているつもりの感情が顔に出てしまっているの？

たしかにメッサリナは、ある一点については当たっている。自分はもう彼を憎んでいない。

では、もしハーロウが彼女を醜聞から救おうなどという崇高な目的とは関係なく求婚していたら、どうしただろう？　答えは考えるまでもない。当然、申し込みは受けなかった。

ただし断るにしても、あんなきつい言い方はしなかったかもしれない。

フレイヤは咳払いをした。「〈ワイズ・ウーマン〉から託されている使命や〈ダンケルダー〉の脅威についての話から、ちょっと脱線しちゃったわね」

「使命？　いったいなんの話？」メッサリナが問いかけるように首をかしげる。

フレイヤは唇を噛んだ。だがすでにメッサリナには、ほかのことはすべて話してしまったのだ。「秋の議会で、魔女狩りを合法として積極的に奨励する法案を提出しようとしている議員たちがいるの」彼女は唇をゆがめた。「この前の朝食のときにスタンホープ卿が話していた法案よ。神を信じない者たちをイングランドから抹殺するための、崇高な法というわけ。そして〈ダンケルダー〉は魔女と〈ワイズ・ウーマン〉を同じものと見なしている。つまり彼らは、わたしたちを魔女だと信じているの――悪魔を崇拝する邪悪な者たちだって。だからわたしたちは、どうしてもその法案を通すわけにはいかないのよ」

メッサリナがわずかに姿勢を正す。「どうやって止めるつもり？」

フレイヤは身を乗り出した。「その法案を推進しているのはエリオット・ランドルフ卿なの。だから彼に言うことを聞かせられるような弱みを見つければ、法案の提出を阻止できるわ」彼女は椅子にもたれた。「わたしはランドルフ卿が妻を殺したと思っているの。だからその証拠を見つけるつもりよ」

メッサリナが目を見開く。「エレノア・ランドルフのこと？」

「そうだけど？」フレイヤは慎重に返した。

メッサリナは飛びあがるように椅子から立つと、化粧台まで行って化粧道具を入れた箱の中をかきまわしはじめた。「あったわ！」振り返り、フレイヤに手紙を差し出す。「これを読んで」

フレイヤは手紙の上にかがみ込むとすばやく目を走らせ、それからもう一度ゆっくりと読み直した。手紙はエレノア・ランドルフからのもので、ランドルフ卿のもとを去りたいと書かれている。

フレイヤはメッサリナを見つめた。「これはいつ受け取った手紙？」

「エレノアが亡くなる、ほんの何週間か前よ」

フレイヤは考え込みながら手紙をたたんだ。「ここに着いてすぐランドルフ卿の屋敷の近くまで行って、森番と話したの。彼によると、エレノアは下着姿で厩舎の前の庭に走ってきたことがあるそうよ。まわりは彼女の頭がどうかしたと思ったらしいけれど……そうではなかったとしたら？」

メッサリナが熱心な表情でうなずく。「ランドルフ卿から逃げようとしていたのかもしれないわね」けれども、すぐにその表情は勢いを失った。「でも、どうやってそれを証明すればいいのかしら」

「屋敷の誰かが知っているはずよ」フレイヤは力強く言ったが、じつはそれほど確信はなかった。だがランドルフ卿が妻を殺したことを必ず明らかにできると信じなければ、何も進まない。「家政婦と話したかったんだけれど、玄関を叩いても誰も出てこなくて」

メッサリナが眉間にしわを寄せる。「わたしたちはエレノアの侍女を見つけようとしたわ。でも、エレノアが亡くなる前に解雇されているの」

フレイヤは目をしばたたいた。「〝わたしたち〟？」

「ジェーンとわたしよ」メッサリナは説明した。「レディ・ラブジョイとは仲がいいの。とても有能な人だから、ここに来て、まず彼女の協力を求めたのよ」

「その侍女が解雇されたあと、どこへ行ったかわかる？　もしかしたらロンドンに戻ったかもしれないわね」

うわ」

メッサリナが首を横に振る。「地元の娘らしいから、それほど遠くへは行っていないと思

「もし彼女が何か知っていて、怖くて誰にもしゃべれないでいるのだとしたら？」フレイヤは唇を噛んで考えをめぐらせたあと、メッサリナに目を向けた。「その侍女を見つけるためには、まずこのあたりの出身で彼女が信用していそうな人を見つけるべきね。レディ・ラブジョイの使用人の中に、そういう人はいないかしら」

「ジェーンにきいてみるわ」メッサリナはフレイヤを見あげた。「じゃあ、わたしたちは一緒にエレノアの死の真相を調べるのね」

フレイヤはうなずいた。「ええ、一緒に」

メッサリナが満面の笑みを浮かべた。「よかった」

翌朝クリストファーは、ぐっすり眠れたという感覚とともに目覚めた。

悪夢を見た記憶もない。

意外だった。井戸小屋でひと晩過ごしたあとでは、暗闇や狭い場所への恐怖と嫌悪が悪化して、穏やかに夜は過ごせないと思っていたのだ。悪夢ばかり見て、よく眠れないだろうと覚悟していた。

それなのに、ここ何年もなかったほどすっきりした気分で目覚めている。

暗闇への恐怖が完全に消えたとは思えないが、とにかく悪化はしなかったことに、クリス

トファーはほっとした。これは井戸小屋でフレイヤが一緒だったからだろうか？　彼女がそばに寄り添い、話をして、気を紛らわせてくれたからなのか？　もしそうなら、彼女に感謝しなければならない。

テスが彼の手に鼻先を押しつけた。

見ると、ベッドの脇に座って辛抱強く待っている。

いや、それほど辛抱強いとは言えない。テスはクリストファーが起きたのを見て立ちあがると、ひと声鋭く吠えた。

「何か欲しかったのか？」人間に話しかけるように声をかける。

テスはくるりとまわり、彼にうなずいた。

「ああ、わかったよ」

クリストファーはベッドから出ると、手早く身支度を整えて階下に向かった。テスはうしろから、とことことついてくる。

彼らは屋敷を出て、やわらかい朝の日差しの中へと踏み出した。今度はテスが先になって、庭へと駆けていく。

クリストファーは、しばらく森へは入りたくなかった。

軽やかに前を行くテスのあとを追う彼の頭は、フレイヤのことでいっぱいだった。彼女に妻になってもらいたい。そしてそれは、高潔にふるまいたいという理由からだけではない。フレイヤと言いあいをしたり、クリストファーをからかうときに彼女の唇がぴくりと動くさまを見つめたり、彼女をうまく笑わせたときに胸を駆け抜ける興奮を感じたりしたいからでもある。

フレイヤは簡単に手なずけられる女性ではないが、彼に生きているということを実感させてくれる。生きたいという気持ちにさせてくれる。

それに彼女にとって、自分はただの男だ。誰かの息子でも、主人でも、夫でもない。金持ちの親戚でも公爵でもない。フレイヤの前では、彼はケスターなのだ。

なんて単純なのだろう。

彼は心からその単純さを求めていた。人間に戻ることを。ふたたび誰かと親しい関係を築くことを。

フ、レ、イ、ヤ、と親密になることを。

そのためには、彼女について知らなければならない。フレイヤがどういう女性なのか、どうすれば彼の妻になると言ってくれるのかを。

だがそれよりも先に、プリンプトンとの問題を解決する必要がある。昨夜は結局、彼に会えなかった。プリンプトンはうまくクリストファーから逃げきった。

しかし、それも終わりだ。

クリストファーは口笛を吹いてテスを呼ぶと、屋敷へと引き返した。

その日の昼前、招待客は全員馬に乗ってピクニック会場へ向かった。

フレイヤが割り当てられた馬は、骨がきしむ音が聞こえそうな年老いた馬だった。何度も促してなんとか走らせても、哀れな馬はすぐにとぼとぼと歩きだしてしまう。ほかの客たちとの距離は開くばかりだった。

だが、彼女はそれで一向にかまわなかった。

今朝ようやくレディ・ホランドにハーロウからの求婚を断ったと伝えたら、レディ・ホランドは言いたいことがありすぎて一度には言えないというように頭を振った。幸い、ちょうどそのときにレディ・ラブジョイがピクニックの計画を発表したので、その隙に乗馬服に着替えに部屋へ戻ったのだ。

フレイヤはため息をついて、前を行くアラベラを見つめた。アラベラと並んで進んでいるミスター・ラブジョイは乗馬がそれほどうまくないが、そのことをあまり深刻に受け止めないようにしている様子が好ましい。

ミスター・ラブジョイをはさんで娘とは反対側にいるレディ・ホランドはやさしい笑みを浮かべてふたりを見守っており、フレイヤも同じ気持ちだった。ミスター・ラブジョイとアラベラはお似合いだ。もちろん爵位のある男性のほうがいいに決まっているけれど、彼は感じがよく、とくにアラベラにはぴったりに思える。妻の意見を無視するような横暴な性格には見えないし、人の話にちゃんと耳を傾ける。それにミスター・ラブジョイは、見せかけではなく心からアラベラを尊重している気がした。

そうしたことを考えると、〝感じがいい〟というのは結婚相手には重要な資質かもしれない。

フレイヤは視線をアラベラたち三人のさらに少し前にいるハーロウへ向けた。感じがいいという観点から見ると、彼は当てはまらない。フレイヤにとって何がいいか自分の考えを頑固に変えないし、彼女を〝救おう〟とかたく心に決めている。彼女自身が救われたいと思っているかどうか、考えようともせずに。

ハーロウみたいな男性とは、もう関わらないようにするべきだ。

ではフレイヤ自身はどうなのかというと、やはり感じがいいとは言えない。そう考えて、彼女は唇をゆがめた。自分はハーロウと言いあうのを楽しんでいる。彼に対しては思っていることをそのまま口にできるし、向こうも容赦なく言い返してくるとわかっているからだ。

それにハーロウとのキスはすばらしい。

だから……たとえ彼と結婚はしたくなくても、もう少しキスをしたり、言いあいをしたりするのは続けてもいいかもしれない。

もしかしたら、キスよりさらに先へ進むことを考えても……。

すっかり物思いにふけっていたので、フレイヤはみんなが道をはずれて広い空き地で止まったのを危うく見逃がすところだった。

そこには先に出発していた使用人たちが、ピクニックの用意を整えていた。色とりどりの敷物とクッションが何箇所かに分けて美しく配置され、従僕たちは食べ物やワインを次々に取り出して並べている。

「まあ、なんてすてきなの！」馬番の手を借りて馬からおりながら、レディ・ホランドが感嘆の声をあげた。

たしかになかなか魅力的な光景だと、フレイヤも認めざるをえなかった。

脇のほうに馬を止め、古い乗馬用のスカートに注意しながらひとりでおりる。馬番に手綱を渡していると、呼びかけてくる声がした。

「ミス・スチュワート、わたしたちと一緒に食べましょうよ」レジーナだ。

見るとレジーナはすでにクッションのひと山を確保して、メッサリナと座っていた。メッサリナがフレイヤを見て、小さくうなずく。

フレイヤは今朝早くメッサリナとレディ・ラブジョイと待ちあわせ、この地域出身の若い従僕、ジェームズと会っていた。レディ・ラブジョイに、フレイヤもメッサリナと同じくレディ・ランドルフとは友だちだったので、エレノアに何があったのか知りたいのだと説明したら、厨房での靴磨きから始めてすでに数年ラブジョイ家で働いているジェームズを信用できる人間として紹介してくれたのだ。フレイヤは赤毛の彼にひと目で好感を抱き、レディ・ランドルフの侍女だった女性と会って質問したいことがあると慎重に説明した。するとジェームズはうなずき、数日時間が欲しいと返した。

この若者は言葉数こそ少ないけれど、頼りになりそうだ。

「このワイン、なかなかおいしいわ」近づいていったフレイヤに、レジーナが言う。「こんなピクニックを計画してくださるなんて、レディ・ラブジョイはすばらしい人よね。そう思ミス・グレイコート?」

「ええ、本当に。でも、わたしのことはメッサリナと呼んでくれないかしら」

ふたりのやりとりを聞きながら、フレイヤは腰をおろした。

「じゃあ、わたしのことはレジーナと呼んでね」レジーナがうれしそうに返す。「わたしたち、いいお友だちになれそう」

「わたしもそう思うわ」メッサリナがちらりとフレイヤに向けた灰色の目には、いたずらっぽい光が浮かんでいる。それは昔、彼女が一緒にとんでもないまねをしようとフレイヤをけしかけるときに浮かべていたのと同じ表情だった。たとえばシュミーズだけで湖で泳ぐというような。しかも一一月に。「あなたとも名前で呼びあいたいわ、ミス・スチュワート。もちろんクリスチャンネームはあるでしょう?」

レジーナがくすくす笑う。「ミス・スチュワートとは一六歳のときから一緒にいるけれど、一度もクリスチャンネームを聞いたことがないのよ」

「もちろん、わたしにもクリスチャンネームはあるわ」フレイヤは心外そうに目を見開いてみせた。そろそろメッサリナは、フレイヤをやり込めるのは無理だと理解すべきだ。

「なんていうの?」メッサリナが唇をぴくりと動かして促す。

「エゼルレッダ」フレイヤは眉ひとつ動かさずに答えた。

レジーナが目を丸くして、口に運びかけていたワイングラスを途中で止めた。「本当に?」

メッサリナが咳き込む。「ずいぶん……珍しい名前ね」

「そうなの」

ふたりが子どもの頃、グレイコート城にいかにも気の短そうな年配の女性の肖像画があった。その女性が何者かは誰も知らなかったが、おそらく一族の誰かと結婚してグレイコート家に加わった女性だったのだろう。メッサリナとフレイヤは彼女のしわだらけの顔が怖くてたまらないと同時にすっかり魅了され、思いつく中で一番愉快な名前であるエゼルレッダと名づけたのだった。

大人になったいまも、フレイヤはそのおかしな名前が気に入っていた。

そして明らかにメッサリナも同じらしく、笑いをこらえるのに苦労している。

フレイヤはにやりとしてみせたかったが、みんなの前でそんなことはできない。

ここでは彼女はコンパニオンで、いまになってメッサリナとは子どもの頃に友だちだったなどと明かすわけにはいかないのだ。

「どうしてお母さまはあなたをにらんでいるのかしら？」レジーナがフレイヤのうしろに視線を向ける。

フレイヤはたじろいだ。「勇気がなくて、ずっと避けていたからよ」

「なぜ？」メッサリナがきく。

「公爵閣下の求婚を断ったから」

「なんですって？」レジーナが大声をあげる。

「まあ、エゼルレッダったら」つぶやくメッサリナの声音から、フレイヤが困っているのを楽しんでいるのが感じられた。

「井戸小屋での出来事のせいで、申し込んでくださっただけよ」フレイヤは言い訳をした。

「まあ、本当に?」メッサリナがハーロウに目を向ける。「だから彼もあなたを見つめているのかしらね」

「えっ? どこにいるの?」レジーナが確かめようと首を伸ばす。

「わたしは失礼するわ。レディ・ホランドと話してきたほうがよさそうだから」フレイヤはなんとか威厳を保ちつつ、レジーナとメッサリナが抗議する前に立ちあがった。

けれども、まだ数歩しか進まないうちに腕をつかまれた。

「ここに座りたまえ、ミス・スチュワート」ハーロウがあたりに響く声で言う。

「何をするの?」フレイヤは声をひそめて非難した。

誰が見ても下心などないとわかるように、彼が魅力的な青い目を大きく見開く。「何って、ぼくはこれからすばらしくおいしそうなローストビーフとチーズをいただくところだよ」

「みんながこっちを見ているじゃない」フレイヤはしかたなく腰をおろした。膝を折ってスカートの下に入れ、大きな紫色のクッションの上に座る。

クッションが積みあげられた敷物のまわりをまわっていたテスが、彼女の隣に来てため息のような声をもらしながら寝そべった。

フレイヤは犬のやわらかな耳をうわの空で撫でた。

「みんながこっちを見ているとしたら、きみが大きな声で文句を言うからだ。まわりを見てごらん。誰もが男女で楽しく過ごしているじゃないか」色とりどりのシルクのクッションの山にもたれているハーロウは、遠い異国の王のようだ。「それにきみはぼくたちのことをほかの客にどう思われようと、ちっとも気にしていないのではないかな」

「〝ぼくたち〟なんて一緒にされる覚えはないわ」フレイヤは言い返したが、声に力はなかった。

彼女の返答が悲しいとでもいうように、ハーロウが頭を振った。「残念ながら、それは間違っている。今朝の朝食の席では、ぼくがきみに結婚を申し込んで即座に断られたことをみんなが知っていた」

「なんて噂好きな人たちなの！」

「ああ、まったくだ」

フレイヤがいらいらしてため息をつき、まわりを見まわすと、スタンホープ子爵が批判するような目でこちらを見つめていた。「スタンホープ卿は誰とも楽しく過ごしていないようだけれど」

「たしかに」ハーロウが同意し、彼女にワインの入ったグラスを渡す。「あの男は修道士か何かじゃないかという気がしてきたよ。だが、いまはきみに別の話がある」彼が目をそらしたくなるほど強い視線を向けてくる。「今朝気がついたんだが、井戸小屋できみにしてもらったことに対して、まだ礼を言っていなかった」

フレイヤは驚いて彼を見た。「そんな必要はないわ」

「いや、必要はある」ハーロウの表情は真剣だ。「あのとき、ぼくは完全にわれを失ってしまいそうになっていた。だがきみがそばにいて、ずっと話しかけていてくれたから、なんとか気持ちを静めることができた。きみこそおびえていただろうに、ぼくからの支えを得られないどころか、逆にぼくを支えなければならなかったんだ。本当に感謝してもしきれない」

フレイヤはハーロウを見つめた。こんなふうに心から感謝してくれる彼に、腹を立てつづけるのは難しい。

なんていまいましい男だろう。

「どういたしまして」そう言ったあと、彼女の口からぽろりと本音が出た。「あのとき、あなたのそばにいられてよかったわ」

「本当にそう思っているのか？」ハーロウの笑みは疑わしげだった。「ぼくはあんなふうに頭がどうかなっていたし、きみは夕食をとりそこねたし、すごく寒かったのに」

「ええ、そうね」彼の言うとおりなので、フレイヤは否定せずに認めた。それでも、あのとき彼と一緒に閉じ込められてよかったという思いは変わらない。井戸小屋の扉を閉められたとたんにハーロウが陥った恐慌状態から判断すると、あのときひとりだったら、彼は朝が来るまでに自分自身を傷つけていた可能性が高いだろう。あるいは怪我をするくらいではすまなかったかもしれない。そう考えると、いやな気分になった。ハーロウには、彼女以外の誰にも傷つけられてほしくない。

それに自分が本当に彼を傷つけたいと思っているのかも、フレイヤはわからなくなっていた。

「きみはすばらしい女性だ」彼が静かに言う。「世界じゅうの誰を選べたとしても、ぼくはあの夜一緒に過ごす相手としてきみを選んだだろう」

頬に血がのぼるのを感じて視線をそらし、フレイヤはワインをすすった。たしかにこれはいいワインだ。

「あの夜のあと、体調を崩さなかったならいいんだが」ハーロウが従僕に向かって指を鳴らし、食べ物をのせた皿を持ってくるように合図する。

「ええ、なんともないわ」急に恥ずかしいような照れくさいような気分に襲われ、フレイヤは彼をちらりと見た。こんなふうに感じるのは自分らしくない。「あなたはどうなの？　もう大丈夫？」

ハーロウが笑みを浮かべると、信じられないほど少年っぽい表情になった。「すっかり回復したよ。心配してくれてありがとう」従僕が食べ物の盛られた皿を二枚運んでくると、彼は一枚をフレイヤに渡した。「ところで、きみと話したかった理由はもうひとつある」

「何かしら」テスが顔をあげて、食べ物のにおいに鼻をひくひくさせる。

「あのあとミスター・プリンプトンを見かけたかい？」

「いいえ。昨日の朝に見たきりよ」真っ赤なイチゴが皿にのっているのを見て、フレイヤは顔をしかめた。

ハーロウがうなずく。「プリンプトンが消えた」

「なんですって？　たしかなの？」

「ゆうべ夕食に現れなかったから今朝彼の部屋に行ってみたんだが、扉を叩いても出てこなかった。それでラブジョイに扉を開けてもらったら、プリンプトンの姿はなく、持ち物もほとんどが消えていた。手紙も含めてね」彼は口をゆがめた。「まあ、そもそも手紙があの部屋にあったとしての話だが。考えられるのは、ぼくたちを井戸小屋に閉じ込めたあと、プリンプトンが恐慌をきたして逃げたということだ」

フレイヤは考え込んだ。〈ダンケルダー〉が誰にせよ、その人物がふたりを井戸小屋に閉じ込めたのだと彼女はいままで確信していた。魔女よけのしるしがその証拠だと。ただし、あの長かった夜のあいだに、ハーロウにはその疑いについてひと言も打ち明けていない。

「どうしてあれがミスター・プリンプトンの仕業だと思うの？」

彼は眉をあげた。「手紙をよこしたくせに、現れずに逃げたからだ。ほかにそんなことをするやつがいると思うか？」

「わからないわ」彼とこの話を続けていいものか確信がないまま、フレイヤは答えた。もしふたりを閉じ込めたのが〈ダンケルダー〉ではなかったとすると、相手はおそらくまだ彼女の素性に気づいていない。とにかく問題は、彼女がミスター・プリンプトン以外の人間を疑っている理由をハーロウに話せないことだ。「手紙には署名がなかったんでしょう？　本当にミスター・プリンプトンが書いたものなのかしら。彼はあなたからお金を取ろうとしているのよ。それなのに、どうしてわざわざわたしたちを井戸小屋に閉じ込めるの？」

ハーロウは考え込みながら彼女を見つめた。「ほかに疑っている人間がいるのか？」

フレイヤは一瞬ためらった。「いいえ」

彼はワインをひと口飲んでフレイヤをじっと見つめ、慎重にグラスを置いた。「このことに関してきみが何か情報を持っているなら、話してほしい」

彼女はひたすらパンを小さくちぎり、そのうちのひとかけらをうわの空でテスに与えた。なぜかはわからないけれど、ハーロウにすべてを話したくてたまらなかった。ずっと素性を隠して生きてきたのに、メッサリナにすべてを打ち明けたことで、たががはずれてしまったのだろうか？　一度外に出してしまった秘密や嘘は、二度と自分の中に押し戻せないのかもしれない。こぼれたワインは瓶の中に戻せないのと同じように。

ハーロウのあたたかい手が、せわしなく動いている彼女の手に重ねられた。「話してくれないか」

フレイヤは顔をあげて、彼の青い目を見た。ハーロウは彼女をじっと見つめ、そのまま視線をそらさない。話してしまいたいという圧倒的な衝動がこみあげた。

彼にすべてを打ち明けたい。

でも、それは無理だ。

「話すことなんて何もないわ」そうささやくと、これまで何千回も嘘をついてきたというのに、その嘘はフレイヤを針のように鋭く突き刺した。

11

ふたたび目を開けると、ローワンはそれまでと違うところに立っていました。ふたりのまわりには森と洞窟があります。でも、世界からはすべての色が奪われてしまっていました。

何もかもが、さまざまな濃さの灰色です。けれどもローワンが振り返ると、アッシュの紫色の目だけは、まだ色を残していました。

彼の唇がふいに動きました。「きみの髪はかがり火みたいだ、お姫さま」それからアッシュは真剣な顔で続けました。「いいかい、ここではけっして食べたり飲んだりしてはいけない。永遠にとどまりたいのでなければね」……。

『グレイコートの取り替えっ子』

クリストファーはフレイヤの感情を閉ざした顔を見つめた。彼女が何かを隠しているのは明らかだ。

だが、それも無理のない話なのではないか？

井戸小屋で一夜——自分の最悪な部分を明かしてしまった夜——をともに過ごしたあと、クリストファーはフレイヤとの距離が縮まり、少なくとも友情と呼べる関係を結べたような気になっていた一方、彼女はそうした感情をまるで抱いていなかった。

自分のフレイヤに対する好意のほうが、彼女のクリストファーに対する好意よりも大きい。その現実に直面し、彼はゆっくりとため息をついた。

フレイヤにとっての彼は、いまだに家族を壊した張本人なのだ。信じてもらえる理由はない。

いまも、これからも。

プリンプトンが姿を消し、脅迫者が去ったとなれば、クリストファーにもハウスパーティーに残る口実はなかった。この件について冷静に考えをめぐらせるなら、ここを離れるべきだろう。

それでも彼はここを離れたくなかったし、フレイヤをあきらめたくもなかった。

彼女のために残りたい。

「説明してもらえるかい？」クリストファーはゆっくりと尋ねた。「ぼくと結婚したくないというのはわかった。だが、きみは本当にこの先もずっとコンパニオンを続けていくつもりなのか？」

「ホランド家での仕事は気に入っているの」フレイヤは質問には答えず、眉根を寄せて言った。「わたしの正体を明かしたりしないわよね？」

「ああ、そうする理由がない」

彼女はうなずき、ふたたびパンを手にすると、食べられないほど小さくちぎっていった。「ありがとう。知られたら、わたしは仕事を失ってしまうかもしれないわ」

「そうかな？」クリストファーは、レディ・ラブジョイと話しているレディ・ホランドのほうをちらりと見た。彼女はいかにも上機嫌といった感じだ。「レディ・ホランドはむしろ、きみを好いているように見えるが」

フレイヤが警戒する顔つきで彼を見あげた。「あの方には言わないで、ケスター」

ケスター。昔の愛称を耳にしたクリストファーはたじろいだ。「話をそらすために、その呼び名を使ったね」フレイヤを見つめながら、ゆっくりと言う。「ぼくと親しいことをほのめかすわりに、自分の感情は抑えるんだな」

フレイヤが目をしばたたく。愛称を口にしたことに気づいていないのだろうか？

「わたし……ハーロウ、わたしの秘密を誰にも明かさないと約束してくれる？」

わざわざ指摘する必要もなかったのかもしれない。クリストファーはケスターと呼ばれるほうがむしろ好きだった。

しかし、いまのフレイヤは彼をにらみつけている。だからクリストファーは彼女に向かって手をあげた。「心配しなくていい。ぼくは誰にも言わない」フレイヤの肩から力が抜ける。彼女は本当に仕事を失うのを恐れているのだろうか？「それが髪を隠す理由なのか？変装のつもりかい？」

フレイヤがキャップに手をやり、急いで引きおろした。「それよりも、わたし自身に注意を引かないためよ。シャペロンは自分が付き添う女性から関心をそらせるわけにいかないもの」

フレイヤがありのままの彼女を見せれば、男はその赤い髪に――そして情熱的な気性に――惹かれるに違いない。クリストファーの知る社交界なら、家族が寄せる期待が低くなったとはいえ、彼女は自分にふさわしい夫をいとも簡単に見つけられるはずだ。

だからこそ、フレイヤが自分の出自を隠しているのが、より奇妙に感じられる。「きみは結婚しようとは思わないのか？」

彼女が驚いた表情を浮かべた。「そうは言っていないわ」

「それでも隠れている」クリストファーは頭を傾け、フレイヤが今日着ている土埃と同じ色の乗馬服を見やった。「よほど鋭い紳士でもないかぎり、きみの正体には気づかないはずだ」

フレイヤが顔をあげ、彼を見つめた。「あなたは簡単に見破ったみたいだけれど」

「ぼくがとてつもなく鋭いんだ」クリストファーはそっけなく返した。「きみは結婚を望んでいるのかい？」

「そうかもしれない。真剣に考えたことがないの」

彼女は眉間にしわを寄せて目を伏せ、まるで自分をひどく責めたてる相手であるかのように、皿にのったチーズをじっと見つめている。フレイヤの表情はクリストファーが思い浮かべる、結婚に思いをはせて幸せな気分になっている女性のそれとはまるで違っていた。

「そうなのか？　ならば単純に、ぼくとは結婚したくないというわけだ」

彼女が驚いたように目をあげる。「わたしは……いいえ、それは違うわ。あなたにはわからないのよ」

「では、わかるようにしてくれ」

フレイヤがイチゴをつまみあげてかじると、新鮮な果汁が唇を赤く染めた。「女の子は育っていくあいだに、将来は結婚すると言われつづけるの。でも、それは単にみんながそう期待しているだけなのよ。思い込みね。ずっと結婚せずにいると、変わった人だと思われてしまうわ」正しい言葉を探すかのように、彼女がクリストファーを見つめる。何かとても大切な話があるかのような顔つきだ。「けれど、その期待がなかったとしたら？　女性が男性と結ばれるか結ばれないかを選べて、それでもなお幸せで自由な人生を送れるとしたら？」

「だが、いまの女性たちだって、そうした選択はできるじゃないか」彼は当惑しながら言った。「すべての女性が一八歳になると同時に結婚を強制されるわけではない。一度も結婚しない女性だってたくさんいるよ」

クリストファーが言い終わらないうちに、彼女が首を横に振った。「かなりの数の女性たちが結婚を強制されているわ――父親やそれ以外の男性の親戚、あるいは自分の置かれた状況にね。そして結婚を機に、自由に選ぶ権利をすべてあきらめているのよ」

「紳士たちも同じ状況にあるんじゃないか？　ぼくだって結局のところ、父親に結婚を無理じいされた」

「そうね。だけどあなたは結婚しても、自分のことを自分で決める権利は持ちつづけていたでしょう」フレイヤは議論に熱くなって皿の存在を忘れ、緑色と金色がまじった瞳を輝かせて身を乗り出した。「女性は夫に従属するよう、法で定められているのよ。夫が妻の財産と人格を支配しているの。妻から子どもを引き離そうと思えばそうできるし、財産を奪おうとすればそれも可能よ」

クリストファーは自らを囲むすべてが急にとげとげしく、現実的になった気がした。ワインをひと口飲み、それから言う。「中にはそういうことをする紳士もいるかもしれない。卑劣な紳士だ。しかしそうした輩《やから》が少数派だというのは、きみだってわかっているだろう？大半の紳士は妻のことを大事に思っている。衣食住にしても、子どもにしても、できるかぎりのものを妻に与えているじゃないか」

「妻を自分よりも劣った存在と見なしてね。子ども扱いしているのよ。相手がどれだけ先進的な考え方の持ち主であっても、女性は結婚したが最後、意思決定を夫にゆだねなくてはならなくなってしまうわ。もう完全な自分自身ではいられないの。夫の一部になるため、半分に引き裂かれてしまう」

「必ずしもそうとはかぎらないはずだ」クリストファーは反論した。「ふたりでひとつのよりよい存在になるためにこそ、支えあうべきではないのか？　それが最良の結婚というものだろう」

フレイヤが椅子の背に身を預けて彼を見つめた。薄い肩掛け《フイシユー》の下の胸があわただしく上下し、緑色と金色のまじった瞳が熱意で輝いている。「理想の世界、理想の結婚においてはそうかもしれないわね。男性と女性が結びついて、それぞれがひとりでいるよりもよい存在になれるのかもしれない。でも、わたしにはここが理想の世界だとは思えないわ。そして、まず間違いなくわたしは理想的な女性ではない。もし結婚したら、わたしは少しずつばらばらになっていって、最後には何も残らなくなってしまうでしょうね」

「ひどく皮肉なものの見方だな」クリストファーは穏やかに言った。「だからきみはひとりで、結婚もせずに生きていくというのか？　恋人も子どもも作らずに？」

「わからないわ」フレイヤが答える。「子どもは欲しいかも」

「それなら、少なくとも紳士がひとりは必要になる」彼は感情のこもらない声で応じた。

フレイヤが嘲るように笑い、イチゴのへたを投げ捨てた。「わかっているわ。わたしはこの世界のことも、紳士たちのことも知っている。ロンドンで五年も暮らしてきたんですもの」

それが紳士について知ることとどう関係があるのか、クリストファーにはよくわからなかった。

「そうなのか？」自分が世慣れた女性であるというフレイヤの確信を耳にして、唇が引きつる。「ならば、きみは……その……数多くのロンドンの紳士たちと親しくしてきたのかい？」

その言葉が何をほのめかしているのかわからないというように、フレイヤが目を細めた。

彼自身にもよくわからなかった。ただし、フレイヤとの会話を心から楽しんでいるのはたしかだ。女性とただ話すということがなくなって、もうずいぶんになる。ソフィーとのあいだには共通点がほとんどなく、長い議論を闘わせることもなかった。

こうして陽光の下に座り、情熱的な女性と話すのは気分がいいものだ。彼女の意見への反論を考え、彼女の口の熱さを思い返しながら。

もし、ふたりきりだったなら……。

だが、現にそうではない。クリストファーは改めて姿勢を正したが、ふたりに注目している者は誰もいなかった。実際のところ、みんなの関心はルークウッド伯爵とスタンホープ子爵の議論に向けられている。

クリストファーはフレイヤに視線を戻した。

彼女はわずかに顔をしかめ、じっとこちらを見つめている。その表情を見て、クリストファーの中に欲望がこみあげた。彼女のとげとげしさは愉快に思えるはずなのに、奇妙な話だ。

「紳士たちと話した経験ならあるわ」フレイヤが答えた。

「ほう?」興味をそそられ――わずかばかりの嫉妬も覚えて――尋ねた。彼女のくすんだ外見の下で燃えている炎に気づいた男が、ほかにもいるのだろうか? 「親密な関係だったのかい?」

「それは……」フレイヤがまたしても目を細める。問われた言葉の意味を考えているのが、はっきりと見て取れた。「〝親密〟という言葉が正しいかどうかわからないわ」

「違うのか?」クリストファーは考え込むように眉根を寄せた。「打ち解けた? 個人的な?

くつろいだ？」

彼女が疑わしげな表情でクリストファーを見つめる。「くつろいだ関係？」

「そうだ」彼は笑みを浮かべて見返した。「たくさんの紳士と頻繁にくつろいだ関係にあったのか？」

「わたしは……」フレイヤが顔をあげる。挑戦的とも、繊細とも取れる表情だ。「いいえ、頻繁にではないわ。でも、その……関係……はあったと思うけれど」彼女は自信なさげに言った。

気の毒に思うべきなのだろう。だが、フレイヤは同情を必要とする弱い女性ではない。彼女は戦士なのだ。だとしたら、手に入れた優勢な立場をむざむざ放棄するのは侮辱に当たる。

「大勢の紳士たちと？」クリストファーはとぼけて尋ねた。パンをちぎって口に入れ、咀《そ》嚼《しゃく》しながら彼女を見つめる。

フレイヤがまたしても眉間にしわを寄せた。形のいい唇の端をさげると、むしろ愛らしい表情になる。「いいえ、そんなに多くはないわ」

「よかった」やさしい声音で言う。「きみが関係を持った数少ない男性のうちのひとりになれて、光栄だよ」

頬のほてりを感じながら、フレイヤはハーロウを見つめた。彼が口にしているのは……口説き文句なのだろうか？

そんなはずはない。

口論をしたあと、剣でつついたあとではありえない話だ。

けっして許さないと告げたあとでは。

そのうえ、求婚を断りもしたあとでは。

とはいえ、あのキスのこともある。ハーロウが口論の相手とキスするのを習慣にしているのでもないかぎり、あれは彼がフレイヤに対して……関心を抱いている証拠なのだろう。

たぶんハーロウがそうした関心を抱くのは、フレイヤが結婚という考えを――そしてキスとそのあとの行為を――すげなく拒絶したいまだけだ。もちろん、彼女は少女だった頃に、男性と男性が求めるものに関して、じゅうぶんすぎるほどの警告を受けている。

フレイヤ自身、レジーナとアラベラにそうした警告を与えてきたけれど、いま彼女は思い直していた。もしハーロウがそれだけに関心があるのだとすれば、怒りに駆られて平手打ちしたりしない相手をいくらでも選べるはずだ。

だとすると、彼の狙いはなんなのだろう?

「あなたは……」正しい問いを見つけようと、彼女は咳払いをはさんだ。「わたしと話がしたいの?」

「そのほかのこともね」ハーロウがにっこりすると、紳士にしては日焼けをしすぎている顔の白い歯がきらりと光った。「ぼくはきみと関係を築くことに関心がある。そう言わなかったかい? その関係には、ただの議論以上のことも含まれている」

「それは何？」気がつけば、言葉に引き寄せられるように彼のほうへ身を寄せていた。

ハーロウが彼女から視線をそらさずに肩をすくめる。「意見の交換だよ。互いの考えと考察の結果について基盤を築き、ぼくたちふたりの精神と魂が平等であって、議論するときには対等な立場だということを知る。きみの言うことにすべて同意するわけではないが、きみと女性や結婚について話しあうのは楽しかった。そういう討論を続けたい」

フレイヤは彼を凝視した。女性と男性が精神的に平等だと考える男性と出会ったのは、これがはじめてだ。それどころか、こんな話はいままで聞いたこともない。ハーロウというのは、なんと変わった人物なのだろう。

それに彼の提案はひどく魅力的なものでもある。おばのヒルダやほかのワイズ・ウーマンたちと暮らしていた頃は、自分の意見を口にするのに慣れていた。そのせいかロンドンで仕事をするうえで一番つらいのは、本心を隠さなくてはならないことだった。

彼女の心に敬意を払ってくれる男性と平等に接する。

その考えはフレイヤに衝撃を与え、体の奥をじんわりとほてらせた。

彼女は慎重に、用心深く言った。「どんな意見を交換するの？」

まるでフレイヤが何かを認めたかのように、彼の目に勝利の喜びが浮かぶ。彼女はそれについて考えようとしたが、熟考するよりも先に、ハーロウが口を開いて話しはじめた。「きみが話しあいたい内容ならなんでもいい。どんなことでもかまわない。歴史？　政治？　哲学？　それとも宗教？」

フレイヤは呆然とした。ハーロウが何気なく足元に放ってきた世界のなんと大きなことか。〝どんなことでもかまわない〟自分が何を提案しているのか、彼は本当にわかっているのだろうか？

けれど、これは虫がよすぎる。あまりにも簡単だ。フレイヤは疑いの目を彼に向けた。「あなたが大切だと信じていることにわたしが反対したら、どうするつもりなの？」

ハーロウが肩をすくめ、リンゴを手にする。「そうなったら、きみが間違っていると思う理由を話し、きみの返答に耳を傾けるよ」

彼はリンゴにかじりつき、音をたてて食べはじめた。

フレイヤはほとんど目もくらむような思いで、ゆっくりとハーロウに微笑みかけた。

唇の端をあげて笑みを作った彼が、リンゴの反対側を向けて言う。「食べてみるかい？」

リンゴとハーロウの指の上に両手を持っていき、彼女はみずみずしい果実をかじった。

顔をあげると、こちらに向けられた彼の青い目がきらきらと輝いていた。

彼女はゆっくりとリンゴを咀嚼し、のみ込んだ。「本は読むの？」

ハーロウが頭を傾け、口元をほころばせる。「もちろん」

「どんな本が好きなの？」

「歴史の本を読むことが多いかな」彼は楽しげに答えた。「インドでは英語の本は貴重でね。持っている者同士でよく交換するんだ。だから、ぼくが持参したのは歴史家のヘロドトスとタキトゥスの本、それにイングランドとスコットランドの歴史書が何冊かだったが、女性も含めたほかの人たちが好む本も読んだ」

「たとえば？」フレイヤはワインをひと口飲んだ。甘い刺激が舌の上ではじける。

「まあ、ふつうの本だよ。『ロビンソン・クルーソー』に『ドン・キホーテ』、シェイクスピアの戯曲が一、二冊、『釣魚大全』――最後のはカルカッタではあまり役に立たなかったな。ほかにも何冊かある」ハーロウが驚くほど濃いまつげの下から、茶目っ気たっぷりに彼女を見つめる。「盛んにまわし読みされていたぼろぼろの『モル・フランダース』と、それよりも評判の悪い『ファニー・ヒル』もあった」

ハーロウがそうした悪名高い作品を読んでいるところをフレイヤは想像した。彼女自身、『モル・フランダース』について聞いたことはあるものの、目にしたことはない。でも、ホランド家の図書室に『ファニー・ヒル』が隠してあるのは知っている。ある雨の日の午後、少女たちが両親と一緒に泊まりがけの旅行へ出かけたときに見つけた。

見つけて、読んで……そしていま、フレイヤは内容を思い出して唇を噛んだ。

顔をあげると、ハーロウが楽しげな目で見つめている。「知っているんだね」

彼女はうなずいた。「両方とも聞いたことがあるわ」

「ほう？」ハーロウが肘をついて身を預けると、ふたりの距離が縮まった。彼が体重をかけた腕は、フレイヤの肘に触れそうになっている。「だが、どちらも読んではいない？」

微笑んだ彼女はイチゴに手を伸ばした。「『ファニー・ヒル』は読んだわ」

ハーロウを見ながらイチゴをかじり、甘い果汁が口を満たすのを感じる。

「そうか」彼女の口元を見つめたまま、ハーロウがリンゴをもうひと口かじった。「その本に挿し絵はあった？」

フレイヤの眉があがる。挿し絵？　あの本のための挿し絵なら、一種類しかありえない。

「いいえ」

「残念だ」ハーロウはリンゴを食べ終え、芯をやぶに投げ捨ててから彼女に視線を戻した。「ぼくが読んだ本にはあった。だが、あの本はいたずらをされていたんだろうな。絵は一枚きりしか残っていなかった」

「そうなの？」体内のほてりを感じながら、フレイヤは先を促した。築いてきた防壁を崩してしまいたいという衝動がこみあげる。ケスターと性愛について語りあっているのだ。

「そうだ」彼女の感じているものを少しばかり察したかのように、ハーロウが声を低くして答えた。「残っていたその一枚には、ファニーがはじめてチャールズと関係を持ったときの光景が描かれていた」

フレイヤは読んだ内容からどんな絵だったのかを想像し……声をあげて笑った。

たいていの男性はその笑いが自分に向けられたものだと感じて、腹を立てるかもしれない。だが、ハーロウは違った。

あたかもフレイヤの笑いに反応したかのように、彼は微笑んだ。「あの情景を描いた絵が面白いと思ったのか？」

「いいえ。厳密に言うと、笑ったのは絵のせいではないわ」彼女は答えた。「ファニーのチャールズについての描写を読んだときに、肉体的な意味でやわすぎて、わたしの趣味には合わないと感じたの。それを思い出したからよ」

「本当に？」ハーロウの声がさらに低くなった。

「ええ」さらに彼のほうへ身を寄せてささやく。「わたしは、ミスター・H――ファニーの二番目の恋人のほうがずっと魅力的だと思ったわ。彼女を裏切ってメイドと関係を持ったのだとしてもね。彼のほうが大きくて男らしいもの」

ハーロウが口を開こうとしたが、そのとき彼の背後で誰かが動くのをフレイヤの目がとらえた。一行は出発する準備を始めていて、従僕たちが荷物をまとめている。

どうやら時間と場所の感覚を両方とも失っていたらしい。

なぜそんなことが可能なのだろう？　任務中はいつだって精神を集中し、目的を意識しているはずなのに。

こんなうかつなまねは、いままでしたことがない。

「不安そうだな」ハーロウが静かに言った。

見ると、その顔には同情が浮かんでいた。

ああ、やはり彼は危険だ――フレイヤ自身にとっても、任務にとっても。

「ピクニックのあいだじゅう、あなたとだけ話しているべきではなかったわ」自分へのいらだちを覚えながらささやいた。

ハーロウが立ちあがる。フレイヤの視界の端に、彼のバックスキンの膝丈ズボン《ブリーチズ》が見えた。

「ぼくがきみと話したかったんだ。ほかの人がどう思うかなど、どうでもよかった」社交界に身を置く紳士らしい、まったく疑いのない傲慢さでハーロウが言う。

彼は公爵なのだ。

「そうでしょうね。でも……」フレイヤはささやいた。「わたしとしては、自分に関心が向くことは避けたいの」

少しのあいだ沈黙が続いた。彼に対して失礼な言い方をしてしまっただろうか？

視線をあげると、穏やかな青い目がフレイヤを見つめていた。ハーロウの口の端がぴくりと動く。「わかるよ。きみは名前も過去も隠しているからね」

さらに言葉を続けたがっているかのように、彼が眉根を寄せて顔をしかめる。フレイヤはもっとハーロウの話を聞きたかった。心底から、この危険な会話を続けたいと望んでいる。

彼女はごくりとつばをのみ込んだ。今日はもう、じゅうぶんすぎるほどのことをハーロウに明かしてしまった。

「これで失礼するわ」フレイヤはささやいた。

そして、その場から逃げ去った。


「さっぱり理解できないわ」その日の晩、夕食のあとでレディ・ホランドが信じられないという顔つきで言った。「公爵を拒絶するなんて」

フレイヤはため息をついた。雇い主がこの意見を口にしたのは、これが最初ではない。最後でもないという予感がした。

ふたりはレディ・ホランドの部屋で座っている。レディ・ホランドの侍女のセルビーが、就寝前の女主人の髪にブラシをかけていた。レディ・ホランドは化粧台の前に座っていて、その前には持参してきた旅行用の化粧道具が広げられている。

鏡に映ったフレイヤと視線を合わせ、その目に反抗的な輝きを見て取ったレディ・ホランドが続けた。「わたしは真剣よ、ミス・スチュワート。あなたがどうして彼の申し出に逆らうのか、理解できないの。彼はハーロウ公爵なんですもの。もし彼がわたしの娘のどちらかに求婚してきたら、それはもう喜ぶところだわ」

フレイヤは少しばかり疲れをにじませて微笑んだ。「持参金だけが目的で、彼がお嬢さまのどちらかと結婚することになったとしてもですか？」

レディ・ホランドが顔をしかめる。「でも、彼は持参金目当てであなたと結婚するわけじゃないでしょう。わたしが間違えていないのなら、あなたには持参金なんてないはずですもの。あなたが拒絶する理由がわからないわ」

フレイヤはため息をついて窓へと歩み寄り、真っ黒なガラスしか見えないのを承知で外に目をやった。

なぜ公爵と結婚したくないのかを説明するのは、いまこの瞬間もハーロウを求めているフレイヤにとってはいっそう難しい。今日の午後、彼の前から不名誉な逃走をしたあと、彼女はハーロウと話しあいたい内容をざっと考えてみた。彼がダンテをどう思っているのかを知りたいし、朝食にニシンを食べるのをどう感じるのかも、ホイッグ党とトーリー党のどちらを支持しているのかも知りたい。テスの繁殖を考えているのか、考えているのなら子犬をフレイヤに譲ってくれるつもりがあるのかも。本当のところ、ハーロウと話すだけでこれからの一生を過ごしていけそうな気がする。

もちろん話と同じくらい、彼とのキスは楽しむだろうけれど。キスがほかの付属物よりも重要ということはないが、考慮すべき要素であるのは間違いないだろう。

わずかなあいだ、フレイヤは二日前の夜に重ねた彼の唇がいかに巧みだったのかを考慮した。

それからすぐに、思考を意識のもとへと引き戻す。

もともと相手がどんな男性だろうと、結婚などする気はなかったのだ。結婚すれば、夫にあまりにも大きな信頼を置くことになる――心だけではなく、独立までも、その手にゆだねることになるだろう。

だめだ。言葉と感情に頼って自らの将来を決めるには、フレイヤはあまりにも疑り深く、そして冷笑的すぎた。

たとえハーロウには、彼女の感情を大きく揺さぶることができるのだとしても。

フレイヤは振り返り、レディ・ホランドに視線を戻した。「奥さまのおっしゃることはもっともです。わたしには持参金などありません。公爵閣下の申し出をお断りしたのは、まったく愚かなことのように見えるかもしれませんね。あの方は大金持ちですし、爵位も権力もある。それとは正反対に、世界の目から見たわたしは貧しい無名の女にすぎません。ライオンに寄り添うネズミといったところでしょう」息を大きく吸って主張を組み立て、レディ・ホランドを見つめる。「けれどわたしにとっては、自分はただの無名の女ではありません。わたしはわたしであって、重要な存在です。この目に映る自分自身は、雄ライオンの隣に並ぶ雌ライオンですわ。だからこそわたしには、どんな理由にせよ、紳士を受け入れるか拒むかを選ぶ自由がある。その理由の中には、相手が単に社交界での体面のために求婚したというのも含まれます」

ずいぶんと長く感じられる時間のあいだ、レディ・ホランドはフレイヤを見つめていた。続けて彼女はため息とともに肩を落とし、セルビーに声をかけた。「なんてことかしら。ブランデーを持ってきてちょうだい」

フレイヤは笑いを押し殺した。何もレディ・ホランドを議論で負かしたかったわけではない。むしろ雇い主であるこの女性が好きだし、それは彼女が化粧道具の中にブランデーのボトルを入れて旅行をするからではなかった。

そのとき、誰かが扉を叩く音がした。

レディ・ホランドがうなずいて言う。「ブランデーの前に、誰が来たのか見てきて。感受性の強いメイドを驚かせてしまうかもしれないわ」

けれどもセルビーが扉を開けたとき、そこにいたのはメッサリナとルクレティアで、そのうしろにはレディ・ラブジョイも立っていた。

レディ・ホランドが片方の眉をあげて言う。「どうかしたのかしら？」

メッサリナが決然とした表情で部屋に足を踏み入れた。ルクレティアとレディ・ラブジョイがそのあとに続き、セルビーが寝室の扉を閉める。メッサリナがレディ・ホランドに顔を向けた。「公爵を受け入れるよう、フレイヤに無理じいしたのですか？」

「フレイヤ？」

メッサリナが目をしばたたく。「その……ミス・スチュワートのことです」

レディ・ホランドが片方の眉をあげ、問いかける視線をフレイヤに送った。「あなたのクリスチャンネームはエゼルレッダだと思ったけど？」

「フレイヤというのは愛称です」

「そのもとがエゼルレッダなの？」尋ねるレディ・ホランドの眉は、いまや両方ともあがっている。

「はい」フレイヤは堂々と言った。

「そう」レディ・ホランドがメッサリナに視線を戻す。「あなたとあなたの妹さんは、わたしが……フレイヤを脅して公爵との結婚を承諾させようとするのを止めるためにやってきた。それで合っているかしら？」

メッサリナがつんと顎をあげる。「そうです」

「だったら、そんなに気張らなくていいわ」レディ・ホランドが疲れもあらわな表情で言った。「わたしは失敗したから」レディ・ラブジョイに顔を向けて続ける。「あなたは？　どのような用向きで？」

レディ・ラブジョイが眉をあげた。「だって、ここはわ、わ、わたしの家ですもの。好奇心よ」

「この状況なら、そう考えるのもわかるわ」レディ・ホランドがまたしてもため息をつく。

「ブランデーが飲みたい人はいるかしら？」

五分後、部屋にいる全員が少しずつブランデーを注いだグラスを手にしていた。そこにはセルビーも含まれている。レディ・ホランドが、あなたも加わりなさいと言ったからだ。

沈黙を破ったのはレディ・ラブジョイだった。フレイヤに顔を向けて言う。「公爵が好きではないの、ミス・スチュワート？」

「いいえ、好きですわ」フレイヤは暖炉のかたわらにある長椅子に座り、いつもどおりに姿勢を正して……わずかに体の力を抜いていた。「本当に。本当に好きです。でも、それは問題ではないんです」

「そうだといいんだけれど」メッサリナがグラスをにらみつけながらささやく。

「そうよ」フレイヤは答えた。「物事の原則が問題なのだと思うの」

その言葉にみんなが沈黙する。聞こえたのは、ルクレティアのふうんとうなる声くらいのものだった。

レディ・ラブジョイがブランデーグラスをおろし、口を開く。「言いたいことはわかるわ。本当にね。これが賢くて若い女性で、社交界に入りたてなら話は別よ」彼女の視線が、うっとりした表情でグラスを見つめているルクレティアに移った。「若者は醜聞の引き起こす苦しみから守られるべきだと思うわ。でも、一定の年齢になったら――」続けて、視線がメッサリナへと移っていく。「ひとりの個人として考えるべきなのではないかしら？」

「そうですわ」レディ・ラブジョイがこんなにも自由な考え方をする女性だったとは。仰天しつつ、フレイヤは応えた。「ひとりの人間として考えるべきです」

「ひとりの女性としてね」メッサリナがうなずいて言う。

「自由」ルクレティアがささやいた。

「そのとおりよ」フレイヤの向かいにある長椅子に身を預けたレディ・ラブジョイは背もたれの上で腕を伸ばし、かかとを体の前で交差させている。「その点を主張したいのであれば、男性と同じように考えたほうがいいわ。男性が成年に達して独立し、自分自身の決定を下せるようになるのと同じく、女性もそうあるべきでしょうね」

「賛成」レディ・ホランドがからかうようにグラスを掲げて言った。「でも、それはこの問題の核心ではないでしょう？　現にフレイヤは自分自身の判断を下せるのよ。爵位と財産を持っていて、彼女自身が好意を認めるほどのとびきりハンサムな――」

「賛成」ルクレティアがささやく。

「――紳士が相手の結婚だって拒絶できるわ。けれど本当にそうしたら、どれだけ立派な理由があろうとも、社交界の人間の多くは彼女を責めるでしょうね」

「クリストファーにしても、選択の余地はないんじゃないかしら」ルクレティアが言う。

その場の全員の視線が彼女に集まった。

肩をすくめ、ルクレティアが続ける。「だって、ないでしょう——彼が名誉を重んじる人だったら」

「そうね」レディ・ラブジョイがいかにも賢明そうに応じた。「でも彼は求婚したわけだから、名誉ある行動をするという義務を果たしたとほとんどの人が考えるはずよ。これから先の結婚に支障はないわ。反対に、フレイヤはもう結婚はできないかもしれない」

「わたしは結婚を望まないと思います」盛りあがる議論で熱くなったフレイヤは言い返した。

「結婚を望まないの？」ルクレティアが関心もあらわに尋ねる。

いまや、みんなの視線はフレイヤに集中していた。

「わからないわ」彼女はゆっくりと言い、集っている女性たちを順番に見まわした。「わたしにもわからない」

12

ローワンはアッシュのうしろについて、灰色の森の中を進んでいきました。歌っている鳥もいなければ、風も吹いていません。まるで生きていないかのように、世界のすべてが止まってしまっています。

太陽も灰色なのか確かめようと、ローワンは空を見あげてみました。ところが、灰色の空には雲がひとつもないのに、太陽を見つけることができません。

そのとき頭上の木々から一滴の水が落ちてきて、彼女の唇に当たりました。

ぼんやりとしたまま、ローワンはそのしずくをなめました……。

『グレイコートの取り替えっ子』

真夜中を少し過ぎた頃、クリストファーはテスの低いうなり声で目を覚ました。

頭をあげて暗闇に耳を澄ませると、扉の外の廊下から足音が聞こえてきた。彼の部屋は廊下の角にあり、その角を曲がった先にある部屋はひとつしかない。

プリンプトンの部屋だ。

もちろん、あの男は戻ってくるほど愚かではないだろう。

だが、彼の荷物が少し置き去りになっているのも事実だった。金に困っている人間にとっては、一着の服、一足のブーツも危険を冒すに値するものなのかもしれない。

クリストファーはシャツとブリーチズ、ストッキングを身につけて靴を履き、静かに部屋の扉を開けた。ここからなら首を伸ばせば、角を曲がった先が見えるはずだ。

プリンプトンの部屋の扉の下から光がもれている。

怒りで肩をこわばらせ、クリストファーは音もなく廊下に出た。テスがそのうしろに続く。彼に接触し、許しがたい要求をしてきたのはプリンプトンだ。このハウスパーティーで会おうと言ってきたのも、クリストファーとフレイヤを暗くて窮屈なあの恐ろしい井戸小屋に閉じ込めたのもプリンプトンだった。

そしてそのあと、あの男は逃げた。

プリンプトンは神経質な乙女のようにふるまい、クリストファーに乙女を追う好色男の役割を演じさせたのだ。

しかし現実にクリストファーが追った女性はというと、逃げたりはしなかった。ただ自らの信念をしっかりと持ち、彼をきっぱりと拒絶しただけだ。

とはいえ、ふたりのうちではどんな基準に照らしたところで、フレイヤのほうが勇敢なのだから、それもしかたない話なのかもしれない。

クリストファーはプリンプトンの部屋の前にたどり着き、扉を叩いた。

中でごそごそという音がして、沈黙がそのあとに続く。

「プリンプトン」彼は扉に口を近づけ、声を荒らげた。「中に入れろ。さもないと、このいまいましい扉を蹴破るぞ」

扉の向こう側から物音が聞こえてきて、扉がわずかに開いた。

プリンプトンの端整な顔が隙間からのぞく。とはいえ、汗で光ったその顔はいつもほどハンサムには見えなかった。「ハーロウ、金と引き換えでないのなら手紙は渡せないぞ。いいか――」

クリストファーは手のひらを扉に当て、そのまま押し開いた。

その行動をまったく予想していなかったのだろう、プリンプトンがよろけながら部屋の中へとあとずさりする。

部屋に入ったクリストファーは足で蹴って扉を閉めた。「おまえはぼくとミス・スチュワートをいまいましい井戸小屋に閉じ込めた」

プリンプトンが大きく目を見開く。「ぼくはそんなこと――」

「ミス・スチュワートになんの恨みがある?」

「あれは事故だ」

「彼女に目隠しをして、扉に錠をかけただろう」クリストファーはプリンプトンに迫っていった。怒りで視界に赤い霧がかかっているように見える。「下手をすれば死んでいたかもしれないんだぞ」

「待て、待ってくれ」プリンプトンがあとずさりして、背中を壁にぶつける。

「手紙はどこだ？」

「おまえの情けない言い訳はもうたくさんだ。手紙はあるのかないのか、どちらだ？」

「ぼくは――」

「も……もちろんある」プリンプトンがしどろもどろに答える。

「全部そろっているんだな？」

プリンプトンの顔が苦しげにゆがんだ。「ぼ、ぼくは――」

クリストファーはうなり声をあげた。

「そろっているとも！」プリンプトンがハンカチで眉のあたりをぬぐった。「まったく、これだからきみを井戸小屋に閉じ込めようと思ったんだ。きみは乱暴なんだよ。ぼくが昨日逃げたのも、きみに殺されると思ったからだ。戻ってきた理由はひとつだけ、このまま近くの宿にいたら金が尽きてしまうからさ。ぼくの望みはきみが持っている金だけだ。そんな獣じみた態度を取ることもないだろう」

「おまえはソフィーを誘惑した」クリストファーは糾弾した。「そして彼女が亡くなったいまになって、彼女の思い出と名誉を利用してぼくを脅迫している。ここに獣がいるとすれば、それはおまえだ」

「そんな不公平な話があるか！」プリンプトンが叫ぶ。「ぼくは少しばかりの金を必要としているだけだ。こっちは借金まみれなんだぞ。融資の拡大を拒否して返済を要求してくる商人どもが押しかけてくる。きみならぼくに払う金くらい、余裕で出せるはずだろうに。公爵家の金庫からその分の金が減ったことに気づくかどうかだって、怪しいものだ」彼はむしろ腹を立てている口調で返した。

「一万ポンドの大金に気づかないだと？」クリストファーは叫んだ。「ぼくがミダス（ギリシア神話の登場人物。触れるものすべてを黄金に変える）でもないかぎり、そんなことはありえない」

「きみはぼくに借りがある」プリンプトンが話の方向を変えて言い返した。「きみはかわいそうなソフィーを完全に見放していたじゃないか。彼女はぼくの肩で泣いていたぞ。孤独でみじめだったからな。ぼくはカルカッタでの彼女の友人――たったひとりの友人だった。彼女はぼくを愛していたんだ」

言葉にできないほどの怒りがこみあげてきて、クリストファーは目を閉じた。

ふたたび目を開けたとき、プリンプトンは独善的なゆがんだ表情でこちらを見つめていた。

「ぼくはおまえに借りなどない」クリストファーは息を吸い、ゆっくりと言った。「ああ、ソフィーは間違いなくおまえを愛していると思い込んでいた。おまえは――」目の前の男を指さす。「いい男だ。安っぽい流行の服で着飾って、うわべの魅力にあふれている。だから彼女はおまえを愛したのだろう。そして軍隊がやってきたとき、おまえは臆病者の本性そのままに逃げ出し、彼女を運命にゆだねて置き去りにした」

プリンプトンは激高している。彼のあけすけな返答がそれを示していた。「あの獄舎できみに殺されるのが彼女の運命だったんだ」

うわべの礼節をかなぐり捨て、クリストファーは拳で相手の顔面を殴りつけた。

「従僕のジェームズが、先週解雇された洗い場のメイドを見つけたわ」メッサリナがフレイヤの耳にささやいた。ほかの女性たちはまだ、結婚と社交界での女性の地位について議論している。フレイヤは少し離れた暖炉のそばの椅子に移ってきたところだった。

ほんの数センチしか離れていないメッサリナの顔を見る。「こんなに早く？」しかもフレイヤは、ランドルフ家から暇を出されたほかの使用人たちを探すよう、はっきりとジェームズに頼んだ覚えもなかった。かの従僕は、自分で考えるというすばらしい能力を発揮してみせたわけだ。

メッサリナがうなずく。「その娘はおじの小屋に身を隠していたみたい。わたしたちが話を聞けるよう、ここへ連れてきてもいいとジェームズは言っているわ」

「いつ？」ハウスパーティーの期間はあと一週間しかない。パーティーが終わったらみんなはロンドンへ戻り、フレイヤはハグの命によってドーノックに撤退しなくてはならなくなる。ランドルフに関する新しい情報――正しい情報――を手に入れないかぎり、フレイヤは帰還の延期を申し出ることもできない。

メッサリナが肩をすくめた。「ジェームズにはその洗い場のメイドをすぐに連れてくるよう頼んだわ。でも彼女がひどくおびえているみたいで、説得には時間がかかるかも」

フレイヤがその情報について考えていると、悲鳴が聞こえてきた。

まばたきをしてブランデーのグラスを――二杯目のグラスだ――見つめる。続けて彼女は顔をあげ、ほかの人たちも同じように悲鳴を耳にしたのだと気づいた。

「なんてこと」レディ・ラブジョイが大声で言う。「いまのはいったい何かしら？」

レディ・ホランドがセルビーの手を借りて部屋着を身につけようと四苦八苦し、ほかの女性たちが次々と立ちあがるあいだに、レディ・ラブジョイも腰をあげた。

「誰の悲鳴か確かめるべきね」メッサリナが顔をしかめて言った。

「そうね」ルクレティアが賛成した。彼女はもう扉のそばまで行っている。

女性たちは廊下に出て、ラブジョイ男爵とルークウッド伯爵が邸内のほとんどの紳士たちの部屋がある区画に向かって走っているのを見つけた。

ラブジョイ男爵が彼女たちを見て足を止める。「きっと大丈夫だ、レディのみなさん。わたしと伯爵が様子を見に行くから、きみたちは部屋に戻りたまえ。ジェーン、その……紅茶の用意をさせるんだ」

レディ・ラブジョイは当然のように夫を無視し、ほかの女性たちもそれにならった。一行は廊下をどんどん進み、悲鳴と怒鳴り声が聞こえて争いの現場が明らかになると、さらに足を速めた。

ミスター・プリンプトンの部屋だ。

「あれはミスター・プリンプトンの声？　いつ戻ってきたのかしら？」レディ・ラブジョイが言った。

レディ・ラブジョイがその部屋の扉を開ける。フレイヤはつま先立ちになり、ほかの招待客たちの頭の上から部屋をのぞき込もうとした。

「なんてこと」レディ・ラブジョイが大声で言う。「これはいったいどういうことなの？」

一瞬、フレイヤの目が部屋の真ん中に立つハーロウの姿をとらえた。彼は恐ろしい表情でミスター・プリンプトンを殴りつけている。テスが争いからじゅうぶんに離れたところから、ふたりに向かって吠えかかっていた。「まあ！」

フレイヤは前の人々を押しのけ、入り口をふさいでいるラブジョイ男爵の脇をすり抜けていった。

さえぎるものがなくなったフレイヤが見たのは好ましくない光景だった。ぐったりしたミスター・プリンプトンの体が、首巻き《クラヴァット》をつかむハーロウの左の拳からぶらさがっている。

テスが唐突に吠えるのをやめた。

「手紙はどこだ？」ハーロウの怒声が響く。

「そ、そこだ」ミスター・プリンプトンが腫れた唇の隙間から声をもらした。

ミスター・プリンプトンの手がひらひらと揺れ、もはや壊れたと言ってもいい小型の机を指し示す。

フレイヤは部屋を横切り、その箱形の机に近づいて開けてみた。中には何も書かれていない紙とペン、蓋をしたインク壺《つぼ》が入っていて、小さな引き出しには束にまとめた手紙が押し込まれている。

手紙を握ったまま、彼女は振り返った。「手紙はあったわ。彼を放して」

ハーロウが勢いよくフレイヤのほうに振り返り、クラヴァットをつかむ手を開いた。ひざまずくミスター・プリンプトンには目もくれない。脅迫者は目尻と唇を切り、血を流していた。

「これは何事だ？」ラブジョイ男爵が詰問する。

「ミス・スチュワートとぼくを井戸小屋に閉じ込めたのはプリンプトンだ。本人が白状した」ハーロウはうずくまる男に顔を向け、目を細めてにらみつけた。「気が触れたに違いない」

「そういうことなら、当然の報いを受けているとしか思えないわね」レディ・ホランドがミスター・プリンプトンに非難の視線を向けて言った。

ハーロウが姿勢を正してまっすぐに立つ。栗色の髪は肩にかかり、頬は紅潮していた。顔には残忍な表情を浮かべている。

まったく、彼は息をのむほど見事な男性だ。

ミスター・プリンプトンが顔をあげ、口をあんぐりと開けた。

「気が触れているんだ」ハーロウが強調する。「もちろん、正気なら殺人未遂で告発する」

顔面を蒼白《そうはく》にしたミスター・プリンプトンの口が閉じた。

「この状況をかんがみて――」ラブジョイ男爵が冷徹な声でミスター・プリンプトンに告げる。「荷物をまとめて、わたしの家から出ていってもらおうか。従僕を何人か手伝わせよう」ハーロウに向き直り、彼は続けた。「それに同意していただけるかな、閣下？」

ハーロウがうなずく。「けっこうだ。ありがとう」

ラブジョイ男爵は扉の付近に集まった客たちに言った。「では、この問題はこれまでだ。今夜はお開きにしよう」

レディ・ラブジョイが差し出された夫の腕を取って声をかける。「上出来ですわ、あなた」

男爵の顔が、なんとも愛らしいピンク色に染まった。

集まった人々がしぶしぶ部屋をあとにして廊下を歩いていく。

フレイヤは、手紙の束を手にしたままその場に残った。

ハーロウが彼女の手を取り、部屋から連れ出した。テスがそのうしろに続く。「一緒に来てくれ」

クリストファーの拳がずきずきと痛んだ。やり場のない怒りも、まだ残ったままだ。

だがフレイヤの指のあたたかくてたしかな感触が手のひらに伝わってきて、どういうわけか彼の心に落ち着きをもたらしていた。一瞬、美しい瞳を輝かせて率直に真実を語り、クリストファーのほうに身を乗り出して議論し、髪からスイカズラの香りを漂わせる彼女がずっと隣にいたらどうなるのだろう、という疑問が頭をかすめていった。

フレイヤがいて、彼を笑顔にしてくれたら？

彼女とずっと一緒にいれば、このぬくもりと穏やかさを感じたままでいられるのだろうか？　心が暗闇に侵されたとき、フレイヤがぽっかりと開いた穴を埋めてくれるのか？

クリストファーは首を横に振った。彼女はそれを望んでいない。その意思は当の本人によって、これ以上ないほどはっきりと示されている。

フレイヤは彼を求めていない。

それでも、いまこの場所で、彼女はクリストファーのうしろを歩いていた。

彼は廊下の角を曲がり、自分の部屋へと入っていった。忠実にうしろからついてきたテスが暖炉近くのいつもの場所へ行き、大きく息をついて寝そべる。

クリストファーが扉を閉めた瞬間、フレイヤが彼の手を逃れた。そのまま暖炉まで歩いて振り返り、彼のほうへと向き直る。「ミスター・プリンプトンを殴る必要があったの?」

彼はため息をつき、手をフレイヤの髪に走らせた。愚か者のプリンプトンをぶちのめしたのはたしかに気分がよかったが、必要なことだっただろうか?

彼女を見つめて答える。「ああ。ぼくが殴るまで、あの男は手紙を渡そうとしなかった」

フレイヤが眉根を寄せた。「けれど、なぜこの手紙がそんなに重要なものなの? だって――」彼女は手をさっとあげ、クリストファーの反論をさえぎった。「ソフィーとミスター・プリンプトンが深い関係にあった証拠になるというのは知っているわ。でも彼女はもう亡くなっているのよ、クリストファー」頭を振って続ける。「ささいな醜聞を避けることに価値があるの? あなたの男性としての誇りを守るのがそんなに大事?」

クリストファーは声をあげて笑った。「ぼくの誇りは関係ない。それは間違いないよ」

「では、なんなの?」フレイヤは強い調子で尋ね、激しい感情の浮かぶ瞳の上で眉をひそめた。「彼女をそれほど愛していたということ？」

彼は目を閉じて息を吸った。この話の流れはずっと避けてきたのだが、もし真実を知る権利がある者がいるとすれば、それはフレイヤだろう。

彼女を見つめて言う。「手紙を開いてくれないか」

「でも……」フレイヤは握った手紙から彼へと視線を移し、ためらってからきいた。「本当にいいの？」

「かまわない。じゅうぶんな説明をするには、それしかないと思う」

彼女はうなずき、窓の前に置かれたソファのひとつに腰をおろして、ソフィーの手紙を束ねているひもを慎重にほどいた。

クリストファーが洗面台の上のデカンタからブランデーをグラスに注ぐあいだに、彼女は一番上の手紙を開いて読み進めた。

彼はフレイヤを見ながら、液体をぐいと飲み込んだ。

読むうちに彼女の眉間にしわが寄っていき、何か言いたげに唇が開いていく。

しかし、フレイヤは何も言わずに次の手紙を読みはじめた。

さらにその次を。

ようやくフレイヤが顔をあげたとき、クリストファーは彼女の隣に座り、ブランデーを飲み干したところだった。

「この手紙……」フレイヤが両手に持った手紙に視線を戻した。「ソフィーは何歳だったの？」

クリストファーは微笑んだ。疲労と悲しみが一気にこみあげてくる。「ぼくよりもひとつ年上だ」

「でも……」フレイヤが頭を振った。「彼女の書いた文章は子どものものみたいだわ。手紙の内容も子どもっぽい。ひょっとして彼女は……」

「そうだ」彼女が言葉にしなかった問いにクリストファーは答えた。いざ口にしてしまうと、なんだか楽になった気がする。「ソフィーは子どものような人だった。ぼくも結婚するまで、知らなかったんだ。前に言ったとおり、ぼくは彼女と二度しか会っていなかったしね。そのときは一緒にいても、彼女はほとんど口をきいてくれなかった。人見知りなのかと思ったよ」昔を思い出しながら頭を振る。「笑顔のすてきな女性だった」

「だけど、わかったときは……」

フレイヤのおびえた表情を見て、クリストファーは悲しげな笑みを浮かべた。「はじめはわからなかった。兆候はあったが、ぼくは醜聞に巻き込まれていて、人生がどうなってしまうのか不安でおびえていた。自分のことしか考えていなかったんだ」

「どうしてわかったの？」彼女が小声で尋ねる。

「結婚した日の夜、ふたりきりになったとき、ソフィーが泣きわめいてぼくから逃げたんだ。彼女はぼくと同じベッドで眠るのを拒否した」そのときの衝撃と戸惑いを思い出し、彼は口をゆがめた。「父は、紳士階級のレディたちは夫婦の寝室での営みについて何も知らないと言っていた。だが、もちろんそういう問題ではなかったんだ。ソフィーは無知なだけではなく……知性に問題があった。真実を知ったとき、ぼくは彼女とベッドをともにはできないのだと気づいた。そもそも根本的なところで間違っていたんだ」

　クリストファーは立ちあがり、ブランデーをもう一杯注ぎに行った。

「残念だわ、ケスター」フレイヤは手紙を置き、彼に近づいてきた。手のひらをクリストファーの頰に当てる。「あなたを子どもの感性を持つ女性と結婚させるなんて、お父さまもひどく不公平なことをなさったものね。そんな結婚をさせるべきではなかったのよ」

「ぼくにふさわしい結婚はこれしかないと、父は自分に言い聞かせていたのかもしれない。父は特別ぼくに愛情を注いでいたわけではなかったが、ぼくが醜聞に巻き込まれて父の名を汚したとき、完全に手を引くことにしたんだ」クリストファーは哀れな笑みを浮かべた。「醜聞に蓋をしてぼくを追い払うのが結婚の目的で、父はそれに成功した。その結婚が幸せなものになるかどうかは、考えてもいなかったのではないかな」

　フレイヤが唇を噛む。「ミスター・プリンプトンはそこにどう関わってくるの？」

「あのろくでなしめ」彼は上唇がわななくのを感じた。プリンプトンへの憎しみを抑えるのは難しい。「やつは少しずつソフィーの心に入り込んでいったんだ。花や安物の装身具なんかを贈ってね。そしてソフィーがやつを愛していると思い込んだ頃合いを見計らって、金の無心を始めた」

「そんな」フレイヤの目が大きく見開かれる。「あの人は彼女を誘惑したの？」

クリストファーは顔をしかめた。「ベッドをともにしたことはなかったはずだ——ありがたいことに。だが、やつは自分と相思相愛だとソフィーに信じ込ませた。彼女はまず宝石を全部やつに渡し、それから自分の金もすべて与えてしまったんだ。懐中時計や手塗りの絵が描かれた鳥の本、宝石で飾ったかぎ煙草入れといったぼくの持ち物がなくなっているのに気づいてはじめて、彼女に尋ねた。妻は泣きながら、そうしたものを渡さないとプリンプトンが飢えてしまうと訴えたよ。ぼくは使用人に命じて、やつを出入り禁止にした。金の出元を失ったやつは当然姿を消し——彼女は深く傷ついた」哀れなソフィーが病気になるまで泣きつづけたとき、どれだけみじめに感じたことか。クリストファーはフレイヤを見つめた。

「ぼくは妻が唯一、喜びを感じていたものを追い払ったんだ」

「そうしなければ、彼はあなたとソフィーのすべてをかすめ取っていたかもしれないわ」フレイヤが深刻な顔で言う。

クリストファーは頭を振った。「プリンプトンは、ソフィーがやつに宛てて書いた手紙を手に入れようと万全を期して画策していた。おそらくインドにいた頃から、ぼくを脅迫するつもりだったんだろう。だが、やつは待った。ソフィーが亡くなり、ぼくが公爵になってイングランドに戻ってはじめて、要求を突きつけてきたんだ。金をよこさなければソフィーの名誉を汚すと言ってね」指でフレイヤの頬をそっとなぞる。「わかってくれ。ソフィーの思い出に対してそんなことはさせられない。ぼくはいい夫ではなかったし、結局は妻を救うこともできなかった。しかし、これは――これだけは彼女のためにできることなんだ」

「あなたが悪い夫だったとは思わない」フレイヤが言った。「あなたは、望んでいなかった結婚を守るために最善を尽くしたと思うわ」

そして彼女はつま先立ちになり、クリストファーにキスをした。

13

やがて、ふたりは大きな空き地にたどり着きました。そこではぎざぎざの柱のような水晶が高くそびえ、妖精や人間、そのほかの生き物たちが踊っています。

その中にマリーゴールドがいることに、ローワンは気づきました。

少女に近づこうとしたローワンでしたが、アッシュが彼女の腕に手を置いて言いました。「待ってくれ、愛しのきみ」

彼は空き地の中央を顎で示しました。

そこには水晶の玉座があって、指の骨で作られた王冠を頭にのせた男の妖精が座っていました。冷たく、銀色で、じっとしたまま動かない妖精は、ローワンの心が痛くなるほどの美しさでした……。

『グレイコートの取り替えっ子』

フレイヤは唇をハーロウに押しつけ、自分と彼の舌に残るブランデーを味わった。彼は悲しそうで、ひどく疲れているようにも見える。彼女はただ、ハーロウにいくらかの慰めを与えてあげたかった。

けれども彼がフレイヤのキャップを取り、指を髪に走らせて肩へと落とすあいだ、彼女は唇を開いていることしかできなかった。

心臓が激しく打ち、胸がハーロウのかたい胸に押しつけられて、興奮が喉までこみあげてくる。

たぶん彼女自身、心の奥底で、ふたたびハーロウに触れたらこうなることはわかっていたのだろう。ためらいと不安を感じているにもかかわらず。

フレイヤは高尚な思想とはまったく関係のないところで本能的にハーロウに惹かれ、彼を求めていた。

彼の体のぬくもり、顔に当たるひげのちくちくする感触、両手の力強さを求めている。

唇を離して、彼女は言った。「続けて」

ハーロウの瞳が暗くなっていく。頰骨のあたりは赤く染まり、唇はキスのせいで濡れていた。

フレイヤは彼のシャツに手をかけ、脱がせはじめた。

ハーロウは彫刻のように凍りついている。彼女は服の下が見たくてたまらなかった。

目を合わせたまま、最初のボタンをはずす。シャツの布地がすれるかすかな音が、静まり返った部屋でやけに大きく聞こえた。

彼は止めようともせずにフレイヤを見つめている。

息を荒くして、彼女はふたつ目のボタンをはずした。どういうわけか、長い距離を飛んでいる感じがする。まるで国境を越え、見知らぬ新しい国に入ったかのようだ。

ぜひとも探検したい国に。

次のボタンをはずし、そのまた次をはずす。フレイヤの指の動きはだんだんと速くなっていった。

ハーロウはくぐもったうなり声をあげたが、それでも動こうとはせず、彼女のしたいようにさせている。

彼をもてあそび、体を探求してもいいという暗黙の了解に、フレイヤはいまだかつてないほどの興奮を覚えた。シャツのボタンをひとつずつ丁寧にはずしていく。シャツが開き、たくましい首や鎖骨のくぼみがあらわになった。

なんてすばらしい体。自分の体とはどう違うのか、すべて発見したい。違いを調べて明らかにし、味わいたい。

彼女は息を吐き出した。ハーロウに聞こえてしまうのではないかと不安になるほど、心臓が激しく打っていた。誰もいない図書室の窓際の椅子で縮こまり、ファニー・ヒルの恋人の肉体的な描写を読んだときのことを思い出す。

想像の中の男性の裸身は未知のものだった。

そして、いま……。

目の前に、望みどおりにできる体がある。

フレイヤは親密な笑みを浮かべ、彼のシャツの裾をブリーチズから引っ張り出した。

ハーロウが両腕をあげ、彼女ができるかぎり上まであげたシャツを途中から自分で脱いでいく。

そして、上半身をあらわにした彼がフレイヤの前に立った。

彼女はハーロウを凝視した。

息を吸い、それから吐き、じっと見つめる。

ハーロウは美しい。男性に対して使うべき言葉ではないかもしれないけれど、彼に関してはその表現がふさわしい。

美しい体だ。

肩の筋肉の起伏から赤茶色の小さな胸の突起、へその下まで続く平らな腹筋。

フレイヤは彼と目を合わせ、微笑みかけた。ハーロウが驚いたように目を見開く。

ハーロウの妻は彼を拒絶した。ほかに女性がいたのだとしても、そうした根源的な一撃は触れると痛むあざのように、肌の下にひそみつづけるものだ。

その傷に塗り薬を与えることはフレイヤにもできる。

彼女はハーロウの左胸の突起の上あたりに触れた。

このなめらかなオリーブ色の肌の下に心臓があるはずだ。

さらに広い胸板に指を走らせ、感触を確かめていく。

とても異質な感触。

同時に、とてもすばらしくもある。

フレイヤは慎重に身を乗り出し、舌の先で彼の喉元に触れた。ハーロウはあたたかく、男性とかすかな塩の味がした。

口を閉じてそこにキスをし、指でブリーチズの前をはずしはじめる。

フレイヤの唇の下で、広い胸が上下した。自分の手がとてつもなく危険なものに触れているように感じられる。彼女よりもずっと強い生き物が、そうするのを許しているみたいな感覚だ。

ブリーチズの前が開き、フレイヤは下着をおろしていった。あらわになったものは、思っていたよりもずっと太くて大きい。それの呼び名はいくつもあるが、彼女は『ファニー・ヒル』に出てきた〝破城槌《はじょうつい》〟という、恐ろしく、嫌悪感をもたらす言葉をよく覚えていた。

ただし、目の前のものに対しては嫌悪感を覚えない。血管が浮き出ているそれはいかにもたくましく、どういうわけか荘厳なものに見えた。触れてみたいけれど、ハーロウが足首までおろされた服から足を抜き、靴を脱ぎ捨てるあいだはどうにもできない。

彼がストッキング――体に残された最後の一枚――を脱ごうと身をかがめると、フレイヤは腕を伸ばして止めた。

「わたしにやらせて」

ハーロウは何も言わなかったが、唇は開いていて、ろうそくの炎で光っている。

フレイヤは彼の足元にひざまずいた。

奇妙な感じだった。懇願するような姿勢を取り、使用人の役割を演じてストッキングをゆっくりとおろしていく。

ただし服を着ているのは彼女のほうで、ハーロウはほぼ裸で無防備な格好をしている。

優位にあるのはフレイヤだ。

ストッキングを脱がせ終わり、彼が全裸になって視線を妨げるものがなくなると、フレイヤは膝をつく姿勢を取り、男性の欲望の証を両手で包み込んだ。

ハーロウが歯のあいだから息をもらす。

こわばりの先端に、フレイヤは唇を触れさせた。最初に『ファニー・ヒル』でこの行為について読んだときは衝撃を受け、信じられない思いをしたものだ。でも考えれば考えるほど——なぜかそれについて考えるのをやめられなくて——その行為は興味をそそるものに思えてきたのだった。

ようやく男性の象徴を口で味わうと、彼女の両脚がぶるぶると震えた。

それはなめらかな皮膚の下に、ただの血液ではなく溶岩が流れているかのように熱い。

ハーロウが頭上で声をあげたが、彼女はそちらには見向きもしなかった。

意識は下で起こっていることに向いている。

先端ににじむしずくをなめ、フレイヤは鼻にしわを寄せた。変わった味がする。

これまで口にしたどんなものとも違う味。

彼女は唇を開き、またしてもそこにキスをした。今度は頭上からうなり声が聞こえてくる。ようやくフレイヤは顔をあげた。

ハーロウが両脚に力をこめ、顔を赤くして立っている。興奮しているのはたしかだが、自分から動こうとはしていない。

彼女が主導するのを許しているのだ。

フレイヤは微笑み、彼と目を合わせたまま、欲望の証の先端を口に含んだ。体の中心が熱くなり、腿のあいだが潤っているのが感じられる。彼のための行為がこれほどの興奮を自分にもたらすなんて、ひどく奇妙に思えた。

「フレイヤ」ハーロウが絞り出すように言う。その声はとても低く、しわがれていた。「ダーリン、手を動かしてくれ」

命じられるまま、最初はおそるおそる、じきに大胆に手でまさぐった。彼のほてりと脈拍がありありと感じられ、唐突に、もうじゅうぶんだという気がした。

フレイヤは立ちあがり、ハーロウのベッドに歩み寄った。その上に身を投げて仰向けに横たわり、じっと立ったままの彼を見つめる。スカートを握りしめ、それを下腹部があらわになるまでゆっくりと持ちあげる。

自らの意思で、彼女は両脚を広げた。「ハーロウ」

彼はすばやく部屋を横切り、フレイヤに覆いかぶさってきた。野性的な表情を浮かべて、歯をむいている。まるで倒したガゼルを見おろすライオンのような視線。

ただし、彼女はガゼルではない。

恐れ知らずで勇敢な雌ライオンだ。

フレイヤは彼の肩をつかんで引き寄せた。「お願い、早く」

ハーロウが腰の位置をずらし、彼女の脚をさらに大きく開かせた。こわばりの先端が入り口を探り当てる。

彼女はハーロウを見つめ、いまこのときの彼を記憶しようとした。期待と喜びで興奮が高まっているのが感じられる。

次の瞬間、ハーロウが彼女を貫いた。

燃えるような痛みが走ったが、フレイヤは何も言わなかった。彼が腰を引き、ふたたび突き入れた。

フレイヤの体を広げていく。

満たしていく。

しるしを刻んでいく。

彼女が雌ライオンなのだとしたら、ハーロウは間違いなく雄ライオンだろう。彼女とぴったりのつがいで、強く、守る意思もかたい。彼は何度も繰り返してフレイヤを突きあげ、自らが完全におさまるまで、少しずつ深く入り込んでいった。

破られ、突かれているのだから、敗北感に打ちのめされて当然だろう。

だが、これはフレイヤの勝利だった。彼女はハーロウの下で背中を弓なりにし、動いてほしいと懇願した。

この営みを完全にするために。

ハーロウが抜き差しを繰り返し、フレイヤも彼の動きをまねようと試みたが、しばらくは互いにぶつかりあうだけの気まずい時間が続いた。

けれどもじきに息が合うようになり、ふたり一緒に動きを速めていく。

フレイヤは首をそらし、快感にあえいだ。

不思議な感覚だ。

この男性が与えてくれている歓びと苦しみで、胸がいっぱいになる。

彼女はたしかに雌ライオンかもしれないが、無傷でこの戦いを終えることはできないのもわかっていた。

フレイヤの両脚が震え、手のひらがハーロウの肩をまさぐる。汗にまみれながら、ふたりは頂上を、共通の終点を目指して奮闘を続けた。

これまで経験のない境地へと彼にいざなわれて、フレイヤはあえぎ声をあげた。この交歓を生きて終えられるかどうかもわからない。

「あと少しだ、ダーリン」ハーロウがせっぱ詰まった声でささやいた。「もう少し」

あと少し？　そこに待っているのは、自分が望んだことなのだろうか？

そしてフレイヤはそこに――信じられないほどの絶頂に到達して悲鳴をあげた。ハーロウがキスで口をふさいだが、彼女自身はそうされたことすら気づかなかった。

フレイヤは落ちていった。輝き、破裂して、あふれんばかりの快感に満たされながら。心は思いでいっぱいだった。

この男性への思いで。

ハーロウへの思いで。

フレイヤは目を大きく開き、彼も一緒に落ちていくのを見つめていた。

翌朝、クリストファーはスイカズラの香りで目を覚ました。

彼の鼻は広がった赤い髪に埋もれていた。

ゆっくりと身を起こし、フレイヤをのぞき込んで表情を確かめる。

彼女は横向きに眠っていて、片方の手を顎の下に入れていた。ふっくらした唇はわずかに開き、目は閉じられている。寝ている彼女は愛らしく、若く見えた。キスで目覚めさせてくれる王子を待つ、素直な乙女のようだ。

クリストファーは声をあげずに鼻で笑った。フレイヤは素直な乙女ではないし、もちろん彼も王子ではない。

それでも身をかがめて彼女の頬に軽いキスをしたときの感触はやわらかく、どこか敬虔《けいけん》な気持ちになった。

フレイヤが何かをつぶやき、鼻にしわを寄せる。

彼は笑みを浮かべ、もう一度キスをした。眉に沿ってキスを落とし、鼻の頭へと唇を走らせる。

彼女がまばたきをした次の瞬間、クリストファーは緑色と金色がまじった瞳をのぞき込んでいた。

自分の中で何かが変わっていた。一番の望みは、毎朝こうしてフレイヤの眠そうな声を耳にし、彼女の瞳の輝きを目にすることだ。

「おはよう」フレイヤがかすれた声で言う。

「おはよう、お嬢さま」クリストファーは返した。

「いま何時かしら？」

彼はベッドのかたわらにある時計を見た。「じきに七時だよ」残念そうに続ける。「あと三〇分したら、ぼくの従者がここにやってくる。信頼できる男だが……」

フレイヤがすでに動きだしてベッドからおりてしまったので、クリストファーの言葉は尻すぼみになった。服を着たまま眠ってしまったため、彼女の身支度といえばスカートを揺って整えることと、靴を履くくらいのものだ。

まだここにいてほしい。ふたり一緒の時間を永遠に続けたい。

だが彼がいくらそう考えたとしても、もう終わったことだ。

フレイヤが足早に扉へと向かう。そのまま何も言わずに去ってしまうのかとクリストファーは思ったが、彼女は振り返った。その目には奇妙なもろさが宿っている。「わたし……あの……昨日はありがとう」

そう言うと、彼女は扉を開けて出ていった。

クリストファーがベッドに戻って横になると、テスがやってきて一緒に寝そべった。テスの耳を撫でながら考える。フレイヤの最後の言葉は礼儀にかなった挨拶だったが、当人は顔を赤らめていた。彼女は防御のかたい女性で、心を棘のあるツルで作った壁で囲っているようなものだ。勇敢にもそのツルに立ち向かおうとする男は、格闘しているあいだに血だらけになってしまうだろう。

求婚するなら、この世のほとんどの女性のほうがフレイヤよりもずっと簡単だ。

しかしクリストファーが望んでいるのは、この世のほとんどの女性ではなかった。欲しいのは彼女だけ、フレイヤだけだ。もし彼女を説得できなければ、人生で伴侶を得る機会はもう二度とめぐってこないという気もする。

愛を得る機会は。

考えられる相手はフレイヤしかおらず、彼女が無理なら誰もいない。

もうしばらくテスと横になったあと、クリストファーは起きあがって、ゆったりとしたローブを身につけた。ベッドの横のテーブルに置いたまま忘れていたソフィーの手紙を見て、足が止まる。

フレイヤが最初は同情によって、次に誘惑によって、彼の関心を手紙から彼女自身へと引き寄せてしまったのだ。フレイヤに触れられたが最後、何をもってしても——世界の終わりでさえも——クリストファーの意識をそこから引き離すのは不可能だろう。

だが官能を追求している最中に、彼はフレイヤに経験がないことに気づいていた。あるいはほとんど経験がないといったところだろうが、両者の違いにはたいして意味はない。

そして、一度愛を交わしたいまの心境は？　もう二度としないという選択肢はなくなってしまった。そう思っただけで、本当に胸が痛くなるほどだ。どうにかしてフレイヤから自由を取りあげることなく彼女と結婚できるよう、説得しなくてはならない。

しかし、それよりも先に解決すべき問題がほかにある。

クリストファーは暖炉に残る燃えかすをかきまわし、その上から火があがるまで石炭を足していった。続けてテーブルにあったソフィーの手紙を手に取り、一通ずつ火にくべて、すべてが灰になるのを見守った。こんなときは何かを――正義を貫いた満足感や、義務を果たした安堵感などを――覚えるべきなのかもしれない。

ところが、手紙を処分しても満足などできなかった。

ソフィーは死んだままなのだ。


「こんな心躍るハウスパーティーに参加したのは、はじめてよ」同じ日の朝、しばらく時間が経ったあとでそう口にしたのは、スコーンにバターを塗っていたルクレティアだった。彼女はスコーンを口に入れて咀嚼しながら、ご機嫌で朝食のテーブルを見まわしている。

今朝こんなにも陽気なのはルクレティアだけだ、とメッサリナはむっつりしながら思った。たぶんゆうべブランデーを飲みすぎたせいだろうけれど、頭が痛い。レディ・ホランドは少しばかり顔色が悪くてひどく静かだし、当然ながらミスター・プリンプトンは屋敷から追放されてしまったので、テーブルにはついていない。そのほかの客たちも一様に口数が少なかった。

例外はひとり——あるいはふたり——だけ。アラベラ・ホランドはルークウッド伯爵の隣に座っていて、何気ない朝の会話をしているあいだ、あからさまな喜びで顔を輝かせていた。メッサリナは眉をひそめたくなるのをこらえた。感情をあらわにしすぎるのはよくない。紅茶を飲みながら、自分の不安が的外れだといいけれどと思った。

「ミスター・プリンプトンはロンドンへ戻る方法を見つけられたかしら?」ルクレティアがなおも上機嫌で言った。「ゆうべの公爵閣下との一件のあとは本当にひどい状態だったわ。どうして閣下はあんなにもあの方を嫌っているのかしらね?」

「余計なことはきかないほうがいいわよ」メッサリナは声を落として返した。

スタンホープ子爵が大げさに咳払いをしてみせる。「部下の話だと、ミスター・プリンプトンは今朝、荷馬車に乗って近くの町を出たところを目撃されたらしい」

この降ってわいた醜聞に、そのテーブルは注目の的となった。

「つまり彼は去ったと?」ミスター・アロイシウス・ラブジョイが眉をあげてきいた。

「そうらしいね」スタンホープ子爵が答える。「ぼくとしては、そもそもなぜミスター・プリンプトンが公爵とミス・スチュワートを井戸小屋に閉じ込めたのかを知りたいところだが。彼は公爵について、ぼくたちの知らない何かを知っていたのかな?」

「あるいは、あの男が悪事をたくらむミミズ男だったのかもしれませんわよ」ジェーン・ラブジョイが甘い声音で言う。

子爵が頬を赤らめるのと同時にフレイヤが朝食の部屋に姿を現し、みんなの注目を一身に集めた。

「おはよう」ルクレティアが明るい声で挨拶をし、同時にレジーナ・ホランドも言った。

「あら、ミス・スチュワート。いらしたのね」

いきなり声をかけられ、フレイヤは目をしばたたいた。

「おはようございます」彼女は応え、メッサリナの隣の空いた椅子に腰をおろした。

みんなは気を遣い、フレイヤのほうを見ないようにしている――ただしルクレティアだけは別で、ふたつ目のスコーンをかじりながら、興味津々な顔でフレイヤを見つめていた。

「お茶はいかが？」自分の前にポットがあるので、メッサリナはしかたなく尋ねた。

「ええ、お願いするわ」フレイヤが目を見開いて、問いかけるような表情を作る。

メッサリナはフレイヤだけに聞こえるよう小声で言った。「今朝、従僕のジェームズが洗い場のメイドを連れてきて、わたしたちに会わせてくれるそうよ。ジェーンからきいたわ」

フレイヤは礼儀正しくも好奇心旺盛な表情で尋ねた。「いつなの？」

「彼が戻りしだい――たぶん朝食のすぐあとね」

小さくうなずいたフレイヤが紅茶に関心を向けると、テーブルの会話の内容はより無害なものに移っていった。

　数分後、従僕が部屋に入ってきて、身をかがめてジェーンの耳にささやきかけた。

　ジェーンがうなずいてメッサリナを見る。「ロンドンからわたしの仕立屋が送ってきた新しい着せ替え人形をご覧になる？」

「ええ、もちろん」メッサリナは立ちあがった。

　彼女はジェーンと連れ立って朝食の部屋を出る前に、フレイヤに視線を送った。

　ふたりが廊下を進んで小さな居間に入ると、室内ではジェームズが痩せた娘の隣に立っていた。従僕はふつうの労働者の服を着ており、中折れ帽を深くかぶって顔を隠している。彼の隣に立つ洗い場のメイドは小柄で骨が浮き出ており、節々は赤くなっていた。年齢は一四、五歳といったところだろう。

　ふたりの背後の扉が開き、フレイヤが滑るように入ってきた。「何か聞きそびれたかしら？」

「いいえ」メッサリナは首を横に振った。「まだ始めていないわ」

　フレイヤがジェーンを見あげる。「お許しをいただければ始めたいのですが、奥さま？」

　ジェーンがうなずいた。「どうぞ」

　フレイヤが肩をいからせ、従僕に向き直った。「あなたがジェームズね？」

「はい」

「こちらの娘さんは？」

　落ち着き払って堂々としたフレイヤの声に、ジェームズは姿勢を正した。「彼女はルーシー・カートライトです。以前、ランドルフ邸で洗い場のメイドをしていました」

灰色のショールを肩にかけたルーシーは、いまにも部屋から逃げ出したがっているように見える。

「さあ、ルーシー」ジェームズが父親のような厳しい口調で言う。「こちらのレディたちが、きみに尋ねたいことがあるそうだ。きみは正直に答えればいい」

三人の女性がルーシーを囲むようにして座ると、彼女はおびえたようにうなずいた。

フレイヤが微笑みかける。「ランドルフ卿のところで長いあいだ働いていたの、ルーシー？」

娘が片方の肩をあげて答えた。「一年ほどです」

「それならレディ・ランドルフを知っているわね？」

「ええ」

「レディ・ランドルフとランドルフ卿の関係はどんなふうだった？」

ルーシーが目を見開いてジェームズを見る。「関係ですか？　貴族さまと奥方さまです」

「そうね」フレイヤが辛抱強く応じる。「じゃあ、ランドルフ卿のレディ・ランドルフに対する態度はどうだった？　愛情深い夫だったのかしら？」

ルーシーが眉根を寄せ、それから開き直ったような表情を見せた。「旦那さまはよく怒鳴る方でした。そういうことがお聞きになりたいのですか？」

「ええ、そうよ」フレイヤが答える。「ランドルフ卿はよくレディ・ランドルフを怒鳴っていたの？」

「いつもですよ。それにおっしゃることもひどかったです。奥方さまはとても悲しがっておられました。侍女から、レディ・ランドルフが泣いておられたと厨房で聞いたことがあります」

フレイヤはわずかに眉をあげ、さりげない口調で続けた。「旦那さまが奥方さまに暴力を振るったことは？」

ルーシーが目を見開く。「いいえ、まさか。ランドルフ卿は暴力を振るうような方ではありません」

メッサリナは失望し、肩を落とした。

だがそのとき、ルーシーがさらに続けた。「奥方さまがお逃げになろうとしたときも、暴力を振るったりはしませんでしたよ」

メッサリナはジェーンと視線を交わした。これこそ本物の情報だ。

フレイヤが咳払いをする。「その件について、もう少し話してくれる、ルーシー？」

「ええと……」ルーシーが顔をしかめた。「すみません、そのとき、わたしはお屋敷にいなかったんです。夜中でしたから。でも馬番のボブに、奥方さまが厩舎でシュミーズとマントというお姿で見つかったと聞きました。馬番頭のヘイスティングスは見て見ぬふりをしたみたいですけど、旦那さまもその場にいらしたとか。奥方さまの腕をつかんで、雨の中をお屋敷まで引っ張っていかれたそうですよ。ボブが言うには、離れたところまで悲鳴が聞こえたとか。それはもうひどい声だったたって」

「そのあとは？」フレイヤがきいた。

ルーシーが肩をすくめる。「何もないです。そのあと奥方さまの姿を見ていませんから」

「なんてこと」メッサリナはつぶやいた。ルーシーのことを聞いたときは、これでようやくエレノアの最期の日々について何かわかるのではないかと思ったのに。

「医師を呼んだときはどうなったの？」フレイヤが質問を続けた。

「お医者さまは呼んでません」ルーシーが困惑したように答える。「地下室にお入れになったんです」

一瞬、メッサリナはその言葉が意味するところがわからなかった。

それから彼女は座ったままで姿勢を正した。「レディ・ランドルフは地下室に閉じ込められたの？」

「はい」

「そこで病気になったということ？」フレイヤが穏やかにきく。「地下室で？」

「病気、ですか？」ルーシーが返した。

「彼女が亡くなる原因になった病気よ」

ルーシーの眉間のしわが消える。「いやだ、何をおっしゃるんですか。レディ・ランドルフは亡くなっていませんよ」

メッサリナの隣で、ジェーンが悲鳴をのみ込んだ。

メッサリナ自身も、かろうじて平静を保っている状態だった。

フレイヤはわずかに身を乗り出している。「レディ・ランドルフが生きていて、ランドルフ邸の地下室に閉じ込められているというのね？」

貴族とはこれほどものわかりが悪いものなのかと問うように、ルーシーがジェームズに視線を送った。「そうですけど？」

「なんてこと」ジェーンがついに感情を抑えきれずにつぶやいた。

メッサリナがルーシーに地下室の場所を尋ねようとしたとき、部屋の扉が開いてルクレティアが入ってきた。

メッサリナは振り返った。「どうしたの？」

ルクレティアは使用人たちを見て、それからメッサリナのほうを向いた。「ランドルフ卿が自邸にお戻りになったわ」

14

アッシュがローワンを妖精の王のもとへと連れていき、一緒にひざまずくよう促しました。

「陛下」アッシュがそう言って、お辞儀をします。

妖精の王はゆっくりと振り返ってきました。「なぜ、かぎりある者をわが王宮へ連れてきた、きょうだいよ?」

「この女性には陛下にお願いしたいことがあるのです」

妖精の王が銀色の瞳でローワンをじっと見つめます。

「言ってみるがいい、かぎりある者よ」

怖くて体がぶるぶる震えていましたが、ローワンは思いきって顎をあげました。「マリーゴールドを返していただきたいのです」

踊り子たちが、いっせいに踊るのをやめました……。

その日の午後、フレイヤはレディ・ランドルフを救い出す計画を考えようと、ラブジョイ邸の裏にある小さな庭園を歩いていた。彼女を救出できれば、妻に対するランドルフ卿のひどい仕打ちを、魔女法に対抗する手段として利用できるかもしれない。

ランドルフ邸を見張るように命じたジェームズの話から察するに、レディ・ランドルフを助け出すに当たっての問題は、地下室への入り口がひとつしかなく、つねに番人がいるということだ。ランドルフ卿はすでに妻の死を宣言して葬儀をすませ、墓まで作っている。救出の動きによって自分にわずかでも危険が及びそうな場合、犯罪を隠蔽するためにレディ・ランドルフを殺す可能性は大いにあるだろう。

レディ・ランドルフになんらかの力を持った男性の親戚がいれば、彼女の味方をしようとランドルフ卿を訪ねているのだろうけれど、そうした親戚はいない。

フレイヤは薄いピンク色のバラを指でなぞり、渦を巻く花の中心を見つめた。レディ・ランドルフの運命は、完全に夫の手の中にある。ランドルフ卿には彼女を閉じ込めることも、殺して犯罪を隠蔽することもできるし、そのための資金として彼女の持参金を使うことだって可能だ。

そうしたすべてが恐ろしく、間違ったことであり、このうえなく腹立たしい。

ランドルフ卿の思惑をくじくには、レディ・ランドルフ本人を社交界に見せて、彼女が存命で完全に正気を保っているのを証明するよりほかに手立てがなかった。

そのためにはまず、レディ・ランドルフを自由の身にしなくてはならない。

フレイヤはため息をついた。夫が妻のレディ・ランドルフを利用した恐ろしいやり口を知った女性は、男性と向きあうことにためらいを覚えるはずだ。それなのにフレイヤ自身はゆうべ、自由気ままにハーロウと一夜をともにしてしまった。

彼女は身をかがめ、頭をくらくらさせるバラの香りを吸い込んだ。この体をハーロウと分かち合ったことに罪の意識を感じるべきなのだろうか？

恋人を見つけたことに？

かつて家庭教師や司祭に教わってきたすべてに照らして考えてみれば、まず間違いなくそうだろう。たとえ生涯結婚しないとしても、レディは純潔を保ちつづけるべきなのだ。

けれど、フレイヤの受け継いだ遺産は〈ワイズ・ウーマン〉とともにある。母も祖母も曾祖母も、さらに時間を越えてさかのぼる先祖も〈ワイズ・ウーマン〉の一員だった。結婚によって一族に加わった女性たちもデ・モレイ家の女たちから生き方を教わり、娘たちも一定の年齢になると教えを授かってきた。

〈ワイズ・ウーマン〉は性と結婚を少しばかり違った視点から見ている。彼女たちのほとんどは結婚して子どもがいるけれど、中には独身のまま恋人を作ってドーノックで暮らしている者たちもいる。夫を持たずに子どもを産んだ者や、男性をまったく必要としない者、同じ女性を恋人にしている者など、事情はさまざまだ。

女性としての道はひとつきりではないという考え方のほうが、ひとつしかないという考え方よりもすぐれていると〈ワイズ・ウーマン〉では考えられている。生きるためにドーノックへ戻るという決断をすれば、快く迎えられるだろう。子を宿していたなら、とりわけ歓迎されるに違いない。

〈ワイズ・ウーマン〉では、すべての子どもたちは贈り物だと考えられているからだ。

小石を踏む足音がして、フレイヤは振り返った。

ハーロウがこちらに向かって、確信に満ちた足取りで歩いてくる。陽光が彼の髪を輝くブロンズのように見せていた。黒い服を身につけた今日のハーロウは威厳に満ち、息をのむほどハンサムに見える。彼のうしろにはテスがいて、ところどころで足を止めては道端の花のにおいをかいでいた。

「こんにちは」フレイヤは言った。

まっすぐ歩み寄ってきたハーロウが大きな手を彼女の後頭部にあてがい、抱き寄せてキスをする。

いきなりのキスにフレイヤは驚いた。唇を重ねたまま口を開き、貪欲《どんよく》にハーロウを味わおうとする。

彼がフレイヤを放した。すっかり満足しているようだ。「乗馬に出る準備はできているかい？」

フレイヤがうなずくと、テスが撫でてもらおうと近づいてきた。昼食が終わってすぐ、乗馬に誘う手紙がハーロウから届いたのだ。すでに乗馬服を着ていたこともあり、彼女はこの申し出を受け入れた。

ハーロウの腕を取り、ふたりで厩舎へと歩いていく。

これは奇妙な状況だった。この五年間、フレイヤは給金をもらって、コンパニオン兼シャペロンの仕事をしてきた。彼女の地位は使用人よりも上というだけで、時間とともにホランド家の面々が乗馬をしたり、踊ったり、紳士たちと会ったりしているあいだ、うしろに控えて座っているのに慣れていった。

それがいま、エスコートを受けているのだろうか？

まつげの下から上目遣いでハーロウをちらりと見る。かつて、彼は子どもの頃のフレイヤの夢の男性だったのだ。一瞬、頭がくらくらした。記憶にあるハーロウは若く、背が高くてひょろりとしており、ハンサムではあるけれど未熟だった。

いま目の前にいる彼は、背が高いのは記憶のとおりだが、がっしりしていて完全に成熟しており、青い目には冷笑的な影が差している。ふたつのハーロウの像が揺らめきながら、ひとつになっていった。どちらも同じ人物、フレイヤがずっと知っていた人物だ。

一五年の差があるだけの。

フレイヤは彼の腕にかけた手に力をこめ、服の下にある筋肉の感触を確かめた。このハーロウは現実の存在で、たしかにここにいる。

一五年前のあの夜、彼女の人生は一変した。最初デ・モレイ家はそのことに気づかなかったが、全員が地位も、友人も、この世界での居場所も失ってしまい、フレイヤにとってはそれからずっと物事は変わっていなかった。

ところがいま、彼女の人生はまたしても奇妙な感じに一変してしまった。自分と同じ貴族の男性が隣で一緒に歩いているのだ。

これはその昔、フレイヤの人生において期待されていたことだった。

この状況をどう感じればいいのかわからない。長いあいだひとりで生きてきた。自分が本来いるべき世界に戻るには、もう遅すぎるのかもしれない。

ふたりは鞍《くら》をのせた二頭の馬が待つ厩舎の庭に到着した。フレイヤは自分が乗る馬がピクニックのときよりもいい馬であることに、いやでも気づいた。横乗り用の鞍に腰を落ち着けると、その去勢馬が頭をぶるぶると振った。

彼女はハーロウを見てうなずいた。すると彼は馬の頭をまわしてフレイヤの隣につけ、庭の外へと進んでいった。

ハーロウが選んだのは、あの小さな森とは反対方向の、ピクニックへ向かうときに横断した道だ。テスがふたりの先を走り、ときおり足を止めては道のかたわらのやぶに生えている植物をのぞき込んでいる。

深い青色の空が広がり、地平線のあたりにとぎれとぎれの雲が白く描かれていた。美しい一日だ。

数分が過ぎたあと、フレイヤはきいた。「ミスター・プリンプトンがこの土地から出ていったことは聞いているわよね？」

ハーロウの唇がゆがむ。「ああ、やれやれだよ」

「ふつうの反応とは違う気がするけれど」

彼は鼻で笑っただけで、何も言わなかった。

それからしばらく、ふたりは黙ったまま馬を進めた。

フレイヤはレディ・ランドルフに関する難問について考えつづけていた。ハーロウの意見が聞けたら、どれだけいいだろう。

そう思った瞬間にたじろいだ。いつもなら、誰にも助言を求めたりはしない。クロウかメッサリナと一緒に動くことはあるかもしれないけれど、判断は自分で下すし、次の行動についても意見を闘わせる相手といえば自分自身だけだ。

突然、それがひどく孤独なことに感じられた。

そんなフレイヤの考えを読み取ったかのように、ハーロウがこちらをちらりと見た。「大丈夫かい？」

息をついて答える。「ええ」

「よかった」彼は深刻な顔つきで言った。「ぼくの立派な連れを演じるためだけに、きみが田舎をぶらつくのを我慢しているのだとしたらたまらないからね」

フレイヤは唇を噛み、笑いをこらえた。

「こっちだ」ハーロウは広い道をはずれて小道に入り、馬を操って丘をのぼらせた。

鞍に座る姿勢をわずかに前かがみにして、フレイヤもそのあとに続く。

ふたりの横にあるやぶからテスが飛び出してきた。口の横から舌を垂らし、犬らしい喜びをあらわにして馬を追い越していく。

フレイヤの乗る馬が驚いて飛びのき、小刻みに脚を動かして横に移動した。彼女は身を傾け、鞍の遠い位置にある柄につかまった。心臓が激しく打っている。

「大丈夫か？」ハーロウが鋭い目を向けてきた。

息を吸ってうなずいてみせる。「平気よ」

ふたりは丘のてっぺんにたどり着いた。ハーロウは馬を止めて鞍からおり、手綱をやぶにかけると、そのままフレイヤの隣にやってきた。彼の腕の中に滑りおりたフレイヤの胸に、ぬくもりが伝わってくる。彼女は息をのんでハーロウを見あげた。

ゆうべ、この男性に体を許したのだ。自分の中に入ってくる彼の動きや、手のひらの下で滑る広い肩、脚のあいだのたくましい腰を感じた。

下腹部には、まだ痛みも残っている。ひどい痛みではなく、ときおりゆうべの記憶をよみがえらせる程度のものだけれど。

ハーロウがあとずさりして、フレイヤの馬もやぶにつないだ。それから彼女の手を取り、体の向きを変えさせる。

フレイヤは息をのんだ。ふたりの下で、緑色のうねる丘の斜面に田舎の光景が広がっていた。生垣と壁で境界が作られた野原や、くねくねと続く道、野原の草を食《は》む茶色い牛たちの姿が見えた。遠くのほうには針の先ほど小さい教会の尖塔《せんとう》があり、それよりも近いところを走る道では、ふたりの男性が長い馬鍬《まぐわ》を肩にかついで歩いている。

まるで世界のすべてが見えているかのようだ。

「この光景は永遠に続くのね、そうでしょう?」フレイヤは言った。

ハーロウの視線が感じられる。「たぶんね。ここは活気があって成長途上のイングランドだ。ぼくの公爵領があの丘の向こうにある」彼は右のほうを指さした。「まだ訪れたことはないが」

フレイヤは彼をちらりと見た。「領地と屋敷はたくさんあるの?」

「ああ、ばからしいほどに」ハーロウが口をゆがませる。「父はぼくをソフィーと結婚させようと計画して、そのために数エーカーの土地を手放さなくてはならなかったのを嘆いていた。考えてみれば、それもむしろ皮肉な話だ」

「でも、お父さまはあなたが公爵位を継ぐとは思っていなかったのでしょう」フレイヤは指摘した。「あなたの血筋は継承の流れからはずされていたと言ったのはあなたよ」

「ああ、そのとおりだ」ハーロウが丘のうねる斜面を見つめたまま言う。

彼女はためらい、それから尋ねた。「あなたのお父さまはいつ亡くなったの? わたしは覚えていないわ」

ハーロウが頭を振った。「きみが知っているべきことでもない。父は四年前に他界した。ぼくがインドにいるあいだに、ひとりで死んでいったんだ。母は、ぼくがイングランドを発った一年後に熱病で亡くなった。父は再婚しなかったし、ぼくの知るかぎり、ほかの女性に近づきもしなかったよ」

「お母さまを深く愛していらしたのね」フレイヤは静かに言った。

「それは違う」彼が落ち着き払って断言する。「父は自分以外の誰も愛してはいなかったと思うよ」

フレイヤはつばをのみ込んだ。「残念だわ、ケスター」

「ありがとう」ハーロウは小さく頭を振った。「だが、いまとなってはどうでもいい。父はもう、ぼくの人生に踏み込んでくることはないんだ」

そうだろうか？　人間というのは、たとえ何年前に亡くしていようとも、両親の影響を受けるものではないの？　フレイヤにしてみれば、両親の影響は——いいものであれ悪いものであれ——永遠な気がした。それこそ逃れられないものだ。いまの彼女は母と父の愛、そしておばのヒルダの厳格な愛情によって作られた。

ハーロウの場合、愛情の欠如に影響されているのでは？

けれども彼女はその疑問を口にせず、代わりにきいた。「あなたのお母さまは？　お母さまとは親密だったの？」

彼が唇を震わせる。「そうだと思う。インドで暮らしはじめた最初の一年のあいだに、手紙を四通くれた。父からの手紙は、母が亡くなったことを知らせる一通きりだったが」

フレイヤは腕を伸ばし、彼の手に触れた。

ハーロウが下の丘に目をやったまま、指を彼女に絡ませる。「ぼくは自分の結婚についてはは何を言う権利もなかった。ほかに選ぶ余地がなかったから、ソフィーを妻として迎えたんだ。当時はまだ一八歳で、なんの力もなかったからね。だが、いまは成人して公爵になった。ぼくを恐れる女性や、ぼくの言動すべてに従う女性は願いさげだ」彼はフレイヤに向き直り、もう片方の手を握った。「ぼくはパートナーになってくれるレディを選びたい。自分自身の意思をちゃんと理解している女性を。きみのような女性だよ、フレイヤ。夜にはぼくを癒してくれる女性だ」

フレイヤは彼の手をぎゅっと握ったが、なおも慎重に言った。「自分があなたの望む女性なのかどうか、わたしにはわからないわ」

ハーロウが息を吸い、口論に備えるかのように眉根を寄せた。「なぜそう思う?」

青空と同じ色の張りつめたような瞳から、彼女は目をそらした。「わたしはあなたが昔知っていた女の子ではない……」息をついて続ける。「あの夜の以前とは別人なの」

彼の表情にいらだちのきざしが浮かぶ。「ぼくは子どもの頃のきみを、本当の意味では知らない。きみは友人の妹だったんだ。大人になる手前の男は、そんな幼い少女に関心を払ったりしないよ」

「でも、いまのわたしなら知っているというの?」フレイヤは頭を傾けた。「わたしと再会したのはほんの数日前よ。この一五年、わたしがどんな人生を送ってきたか、あなたは知らない。いまのわたしの人生だって、ほとんど知らないでしょう。あなたが気に入らないことだってあるかもしれないのに」

「たとえば?」ハーロウが挑むように返す。

っている？」

フレイヤは彼の目を見据えた。いまが話すべきときだ。「〈ワイズ・ウーマン〉のことを知

「〈ワイズ・ウーマン〉？」クリストファーは好奇心とともにフレイヤを見た。なんと奇妙な質問だろう？　その名がこの議論とどう関係しているのかはわからないが、彼はフレイヤと彼女の意見を尊重していた。少し考えてから続ける。「まだ小さかった頃、乳母が魔女について話していて、そのときに〝ワイズ・ウーマンたち〟と呼んでいたのは覚えている気がする」

フレイヤが鼻で笑った。レディらしからぬ仕草だ。「〈ワイズ・ウーマン〉は魔女とは無関係よ。そんなふうに考えるのは、とても迷信深いか、狂信的な人たちだけだわ。〈ワイズ・ウーマン〉というのはね、ローマ人たちがこの国に入ってくる前に誕生した党派みたいなものなの。記録が記される前、わたしたちが文字を持たなかった時代の話よ」

クリストファーは彼女を見つめた。「なぜきみがそんな党派を知っているんだ？」

「わたしが〈ワイズ・ウーマン〉の一員だから」フレイヤは何か重要なことを明かすかのように言った。ずいぶんともったいぶった言い方だ。

「つまりどういう意味なんだ？」ゆっくりときいた。

ため息をつき、フレイヤが下に広がる大地に目をやる。「たくさんのことを意味しているわ。ワイズ・ウーマンになると、ほかのワイズ・ウーマンたちと、ふつうの女性たちを助け

るという誓いを立てるの。　会の歴史を学び、望めばそのほかのより深遠な事柄を学ぶこともできる」彼女はクリストファーと目を合わせた。「特定のハーブの使い方や育て方、出産の秘密や女性の体の仕組みなどをね。わたしたちは大きな図書室を持っていて、女性の先祖たちがすべての知識とわたしたちの歴史を駆使して書いた本がそろっているの。何世紀も前には、何千人ものワイズ・ウーマンがいたのよ。ワイズ・ウーマンは村に住んでも町に住んでもよかったし、ほかのワイズ・ウーマンと会う以外は、とりたててふつうの女性たちと違うことをする必要もなかったの。でも、あるとき魔女狩りが始まった」

「きみの党派の女性たちは、実際に魔女として狩られたのか？」クリストファーは眉をひそめた。気に入らない話だ。迷信を信じる人々は、とても危険な存在になりうる。

「ええ」フレイヤが厳しい声音で言った。「一四〇〇年代、〈ワイズ・ウーマン〉は魔女として狩られたわ。数千人が拷問を受けて火あぶりの刑に処された。わたしたちはスコットランドに撤退したけれど、前の世紀になって、魔女狩りがそこまで広がってきたの」彼女は怒りに燃える目でクリストファーを見つめた。「そして最悪の魔女狩り一派が台頭してきた――それが〈ダンケルダー〉よ。彼らは狂信的で無慈悲な連中なの。〈ワイズ・ウーマン〉について知っていて、組織的にわたしたちを狩りに来ているわ」

クリストファーはフレイヤの両腕をつかんで抱き寄せた。彼女の話に保護本能を刺激されたからだ。彼女はなぜ破滅を追い求めるようなまねをするのだろう？

「おばのヒルダの話をしたのを覚えている？」フレイヤが静かにきいた。

なかばもう聞きたくないと願いつつ、彼はうなずいてみせた。

「〈ダンケルダー〉の攻撃を受けて負った顔のやけどと肺の損傷は、おばにゆるやかな死をもたらしたわ。若い頃に〈ダンケルダー〉がやってきて、おばが友人たちと一緒に住んでいた小屋を焼いたの。おばはほかの女性たちを助けようとしたそうよ。結局は救うこともできず、その過程で顔と肺を焼かれてしまった」

「フレイヤ」クリストファーはどうにか冷静な声を保った。「井戸小屋には魔女のしるしがあったろう――きみは〈ダンケルダー〉に追われているのか？」

彼女がためらいを見せる。「ハウスパーティーに〈ダンケルダー〉が入り込んでいるという警告は受けていたわ。でも魔女のしるしを除けば、その誰かがいる証拠は見ていない」狂信者に追われているかもしれないのが世界で一番平凡なことであるかのように、フレイヤはあっさりと言った。「でも、いま話した内容はすべて秘密にしておいてほしいの。それが重要よ」

「もちろん秘密は守る」彼はいらだって返した。「ただ、きみはラブジョイ邸を出なくてはならない。ぼくと一緒に来てくれ。きみを安全な――」

「だめよ」

フレイヤの目を見つめたクリストファーは、そこに彼の反応への失望が宿っているのを見た。いったいどういうことだ？

深呼吸をして、フレイヤは自分で決断を下すのが好きなのだと自分に言い聞かせてから、ふたたび深呼吸を繰り返す。「なぜだ？」

「〈ワイズ・ウーマン〉で、ある地位についているからよ」彼女が淡々と告げる。「わたしはマッハなの。つまり……密偵みたいなもの。そう説明するのが一番簡単だと思うわ。〈ワイズ・ウーマン〉のために情報を集めるのが、わたしの仕事なの。いまでは残ったワイズ・ウーマンもだいぶ少なくなってしまった。指導者たちとワイズ・ウーマンの多くは、スコットランドのずっと北の土地に撤退したの。広い世界からどんな危険がやってくるか、わたしがみんなに警告しないといけない理由はわかるでしょう？　あなたが気づいているかどうかは知らないけれど、いま、そうした危険が議会で生まれつつあるのよ。ふたたび拷問と魔女裁判を認める法案という形でね。そんな法案を通させるわけにはいかないわ」

「どうやって止めるつもりだ？」クリストファーはなんとか冷静であろうとしながら尋ねた。最初に思ったとおり、彼女は頭がどうかしているのだろうか？　本気で議会の法案が通過するのを阻止できると思っているのか？

「法案の成立を主導しているのがエリオット・ランドルフ卿、ラブジョイ家の隣人よ。彼は妻を監禁しているの。もし妻を自由にできれば、彼女への仕打ちを材料にして、彼に法案の提出をやめさせられるかもしれない」

クリストファーは彼女を見つめた。激しく、勇敢で、気の触れた女性を。「フレイヤ……」

彼女の眉があがる。「何？」

彼は頭を振り、もっとも簡単な反論にすがりついた。「レディ・ランドルフは一年前に亡くなったはずだ」

「生きているという情報があるわ」

「もし生きていたとして、なぜランドルフ卿がそんなひどいことをしたと思うんだ？」静かに尋ねる。「ひょっとしたらレディ・ランドルフは正気を失ってしまい、彼は妻のためにあえて閉じ込めているのかもしれない」

「地下室に？」フレイヤが鋭い声で返す。

彼は眉をひそめた。「いいだろう。きみの話に信ぴょう性があることは認める――」

「ありがとう」そう応えた声には皮肉がにじんでいる。

クリストファーはため息をつき、身を乗り出してフレイヤと額を合わせた。ゆうべの彼女はとてもやさしかった。だが、この恐れることなく戦場に飛び込んでいく戦士である彼女もまた、彼のフレイヤの別の一面なのだ。「きみが危険に身をさらさなくてはならないのか？どうしてもひとりでやらなくてはならないことなのか？」

「味方ならいるわ」フレイヤが彼の頬に手を当て、やさしく答える。「危険については、残念ながらやむをえないわね。これが〈ワイズ・ウーマン〉での、わたしの任務だから」

早くも〈ワイズ・ウーマン〉が嫌いになりそうだ。「わかった。きみは〈ワイズ・ウーマン〉の一員だ。ぼくが頼んだところで、危険を避けたりもしないだろう。それは受け入れる。その代わりきみも、妻になってほしいというぼくの頼みを受け入れてくれるか？　閉じ込められるわけでも、半身にされるわけでもない。ぼくの隣で一緒に歩んでくれないか？　きみを抱きしめて大切にするために？」

すでに一度拒絶されている。そしてクリストファーは――そのあとで愛を交わしたにもかかわらず――こんなにも早くフレイヤが結婚に同意すると思うほど、うぬぼれの強い男ではなかった。失敗だ。このゲームはもっと腰を据えて、長い勝負をしていく必要があった。

フレイヤが首を横に振った。「わたしの家族の問題もあるわ。ランだけじゃない。ラクランにカトリーナ、それにエルスペスのこともある。わたしが過去にうまく折りあいをつけられても、ほかの家族が同じようにできるとは――」

「それについては、いま考える必要はない」クリストファーはさえぎった。「過去も、きみの家族も、ランにしてもそうだ。すべてはあとで考えればいい。いまぼくが知りたいのはひとつだけだ。きみに努力するつもりはあるか？」

彼女が疑わしげな表情でクリストファーを見つめる。フレイヤのよこした警戒すべき情報にもかかわらず、彼は少しばかりの楽しさを感じながら答えを待った。

ふたりの過去という不安材料にもかかわらず。

唐突にフレイヤがうなずいた。妙に誇らしげに。「わたしはずっと警告してきたわ、ケスター。結局わたしがあなたの思っているわたしではないとわかったら、わたしに失望したら――」

クリストファーはキスで警告の言葉を止めた。腕の中のフレイヤはあたたかく、唇は熱くほてっている。キスを返しながらも、彼女はまだ抵抗していた。

この女性だ。この怒れる、議論好きな女性がいい。クリストファーはフレイヤを欲していた。それはすでにわかっていたことだが、彼女の下唇をやさしく噛んだとき、予想していなかったことに改めて気づかされた。自分はフレイヤを必要としているのかもしれない。体も、心も、そして魂も。

頭をあげ、彼女のうつろな目がはっきりしていくのを見つめる。

自分が困惑していないことを願いながら。

欲しているのと必要としているのは、まったくの別物だ。

クリストファーは体の向きを変え、フレイヤを馬のほうへと引っ張っていった。「戻ろう。そろそろ夕食のための着替えの時間だ」

口笛を吹き、木の下で丸くなっているテスを呼ぶ。犬は立ちあがって伸びをし、それから急ぎ足でふたりのほうへとやってきた。

フレイヤの踏み台にしようと両手を組みあわせているあいだ、クリストファーは彼女の視線を感じていた。

彼女が赤ん坊のような信頼を見せてクリストファーの肩に手を置き、手のひらをブーツで踏む。〈ワイズ・ウーマン〉でのフレイヤの役割を知って不安を募らせているにもかかわらず、彼は自尊心がわき起こるのを感じた。

まずはフレイヤを勝ち取り、それからつねに彼女の安全を守る。

なぜなら、フレイヤは彼のものだからだ。

ふたりで丘の斜面を下っていくあいだはまずクリストファーが先導し、ふたたび田舎の道に戻るとうしろにさがって、フレイヤが隣に並べるようにした。

彼女のほうを向き、声を――。

やぶの下に隠れていたウサギが飛び出し、フレイヤの馬の正面に向かってまっすぐ駆けていった。

驚いた去勢馬がいきなり走りだした。


フレイヤは八歳のときに、部屋の外で母親とほかの女性たちが隣人の死について小声で話しあっていたのを記憶していた。その隣人は馬に引きずられて死んだのだ。

自分の下で体を揺らして飛び跳ねる去勢馬に、フレイヤは必死でしがみついた。

もしこれで落ちようものなら、即死してしまうかもしれない。

あるいは乗馬服があぶみに引っかかるかもしれず、そうなったら彼女も引きずられて死んでしまうかもしれなかった。

馬が急に方向を変える。フレイヤは滑り落ちないよう、決死の思いで鞍の遠い側に体重をかけた。もはや手綱を引いて止めることもできない。馬は完全に暴走していた。

なんとかして自分を救う手立てを考えなくては、このまま命を落としてしまうだろう。

心臓が胸の中で暴れまわり、息は喉でつかえている。そして彼女は前方で道が曲がっているのを見た。

はみが馬の口にどんな作用をもたらすかを無視して、全力で手綱を引く。とにかく曲がり角の前で馬を止めなくてはならない。

それができないとなると、もう飛びおりるしかなくなってしまう。

そうするにしても、ただ馬に振り落とされるより、何かしら制御したうえで飛びおりるほうがましだろう。

「ぼくの馬に飛び移れ！」

左を見ると、厳しく断固とした表情のハーロウがすぐ隣を走っていた。

フレイヤと目を合わせた彼が叫ぶ。「ぼくが受け止める」

無理だ。馬と馬のあいだに落ちて、踏まれてしまうに違いない。彼女は激しく首を横に振った。「鞍から地面に飛びおりるしかないわ」

「フレイヤ、いいからぼくを信じろ」

彼女はもう一度横に目をやった。

ハーロウは険しい表情のまま、馬の首にのしかかるように体を倒している。「足であぶみを蹴るんだ！」

「落ちてしまうわ！」フレイヤは叫び返した。

「いいや」ハーロウが彼女のほうに顔を向ける。死に向かう最悪の競争をしている中、フレイヤは一瞬彼の顔を見た。その表情は深刻で、決意のこもった目が彼女を見つめている。

「ぼくが受け止める。信じてくれ」

フレイヤはあぶみを蹴った。

去勢馬が急に体を傾け、ハーロウの黒い馬から離れはじめる。

フレイヤの体が宙に浮き――。

ハーロウが受け止めた。

彼の片方の腕がフレイヤのウエストにきつく巻きつき、体はハーロウの馬の横にぶらさがっていた。

去勢馬がどんどんと離れていく。

彼女はどうにか息をつなごうとあえいだ。

これではハーロウもフレイヤを抱えていられまい。まったく動けない彼女の体は重たいうえに、彼のもう片方の腕は馬を操るので精一杯なのだ。

ハーロウがうなり声をあげ、腕一本でフレイヤの体を持ちあげて鞍の上に、自分の体の前に引っ張りあげた。

彼女は恐怖におののきながらハーロウにつかまり、手綱を操る邪魔をしないよう気を配りつつ、彼の前腕を握りしめた。

ハーロウが腿に力をこめ、馬の速度を落としていく。

フレイヤが彼の胸に体をぶつけている数秒のあいだに、幸い馬は歩きはじめていた。用心深く馬と距離を取っているテスがふたりの横で飛び跳ねているのを、彼女は横目で見た。

ハーロウの腕は鉄の帯さながらに、まだウエストに巻きついている。おかげで彼女のコルセットが皮膚に食い込んでいた。

でも、フレイヤを抱きかかえるその腕は間違いなく安全をもたらしている。

このうえない安全を。

彼女は目を閉じ、落ち着こうと息を吸い込んだ。

「大丈夫か？」ハーロウがかすれた声できく。

「ええ」フレイヤはうなずいた。「無事よ。ありがとう」

彼は息を切らして笑った。「どういたしまして。本当に地面に飛びおりるつもりだったのか？」

わずかに身をよじり、彼女はハーロウの顔を見た。彼は奇妙な表情を浮かべている。まるでフレイヤが予想外の芸当を見せたと思っているかのように。「ええ。もしあなたが同じ状況になったら、どうしていたというの？」

「馬を操れるようになるまで、膝を締めてつかまっているだろうね」

彼女は眉をあげた。「横乗り用の鞍に乗っているせいで両方の膝が馬の体の片方にあって、落ちそうになったら？」

ハーロウが眉間にしわを寄せる。「飛びおりるかな」

「そうでしょう」

「きみの卓越した意見には脱帽だよ」彼はゆっくりと言った。「おいで」フレイヤの体を引っ張り、自分の前でより安定するように座らせる。「馬にまたがれるかい？」

「スカートを持ちあげなくてはならないわ」フレイヤは淡々と答えた。スカートは彼女の下で生地のたまりを作っている。「このまま身なりをきちんとしていたほうがいいのかどうか――」

「身なりなんてどうでもいい」ハーロウが過激なことを言い、彼女を驚かせた。「ぼくはきみに二度と落ちてほしくないだけだ」

フレイヤにしても、もう落ちたくはない。そして考えた結果、利己主義は慎み深さのよき一面であると判断した。

ぎこちない動きでわずかに身をよじり、フレイヤは左脚を自由にした。その脚をあげ、馬の上をまたぐ。

ハーロウは彼女を胸に引き寄せると、ラブジョイ邸のある方角へ馬を向けた。

まだ息を切らしているフレイヤは身を震わせた。

「なんともないか？」彼が深みのある声で上から尋ねた。「怪我はないかい？」

「大丈夫よ」声を安定させようとしながら答えた。ハーロウの唇が耳に触れるのを感じる。

「ラブジョイ邸に戻れば気分もよくなるわ」

「わかった」

二〇分後、ふたりは厩舎の庭へと入った。

馬番が駆け寄ってきて、馬の頭部の馬具をつかんだ。「閣下！　ご無事で何よりでした。ひどく汗をかいた去勢馬が戻ってきたので、捜索隊を出そうとしていたところです」

ハーロウがうなずく。「ありがとう。だが、ぼくたちは無事だ」

「神のご加護ですね」馬番が大きな声で応じた。

馬からおりたハーロウが振り返り、フレイヤに向かって腕を伸ばす。

彼女は脚を動かして馬の首をまたぐと、そのままハーロウの腕の中へ滑りおりた。

彼がフレイヤを抱き寄せる。「行こう」

ハーロウにいざなわれ、テスを従えて屋敷に入るあいだ、フレイヤは彼の腕の中にいることにどれだけ安心を覚えるか実感せざるをえなかった。いままで誰かに対してこんな気持ち――何があっても自分を危険から遠ざけてくれるという感覚――を抱いたことはない。

この安心感、気遣われているという感じは魅惑的だった。あまりにも。これは自分の弱点だ。誰かの心遣い――ハーロウの心遣いは。

これからは、自分のあらゆる決断が冷静な判断のもとになされたものであることを確実にしなければならない。弱点に影響されることなく、下されたものであることを。

15

アッシュは動きませんでしたが、ローワンはまるで警告のように彼女の腕を握る彼の指に力がこもっているのを感じました。

妖精の王がにやりとして、口いっぱいに生えそろった鋭い歯をむき出しにしました。

「よかろう。わたしの家来たちのうち、どれが彼女かを当てられたら、かわいいマリーゴールドを返してやる。当てられなかったら、おまえも彼女も永遠にわたしのもとにとどまるのだぞ。わかったな？」

「はい」

ローワンは家来たちに顔を向け……全員がマリーゴールドと同じ顔をしているのに気づきました……。

『グレイコートの取り替えっ子』

その日の夜、クリストファーはブリーチズにシャツ、ゆったりしたローブという姿で窓のそばに立っていた。従者のガーディナーが忙しく立ちまわり、部屋の中を整理している。

「これでよろしいですか、閣下？」ガーディナーが言った。

クリストファーは窓から顔をそむけてうなずいた。「さがっていいぞ、ガーディナー。もう遅い時間だ」

「はい、閣下」従者はお辞儀をして部屋を出ると、うしろ手に扉を閉めた。

クリストファーはろうそくの火を吹き消した。真っ暗な窓の近くへと向かい、夜の暗闇を見つめて待つ。

動くものは何もない。

やがて、暖炉の上に置かれた陶製の時計が、午前零時を三〇分過ぎたことを告げた。

彼は体の向きを変え、火のそばに寝そべるテスを見た。「待て」テスは一度尻尾を大理石のタイルに打ちつけただけで、頭をあげようともしない。

クリストファーは扉に歩み寄って聞き耳を立て、それから静かに部屋を出た。

廊下には誰もいない。

あの危険だった乗馬のあと、フレイヤは残りの一日をパーティーに参加しているレディたちとともに過ごした。クリストファーが見かけたのは夕食のときだけで、むろんそのとき、彼女はテーブルの一番離れた端に座っていた。

頭のどうかした狂信者につけ狙われているのを知った以上、彼はフレイヤの身の安全を偶然にゆだねるつもりはなかった。彼女自身は間違いなくクリストファーの保護など必要ないと主張するだろう――そして実際、必要ないかもしれない。前日の午後だって、手に負えない馬から自分の命を救う手立てを考えていたに違いないのだ。

しかし、いかにフレイヤが優秀な戦士だとしても、クリストファーは彼女のもとへ行くつもりだった。フレイヤを守らねばならないという感情は、彼の中に原始的な力を呼び起こしている。

クリストファーは角を曲がり、彼の部屋がある廊下よりも照明が暗い、狭い通路に入った。一番奥の扉を小さくノックする。

フレイヤがわずかに開けた扉の隙間からのぞき、それから扉を大きく開いて彼を中に入れた。

彼女はシュミーズ一枚きりという姿だ。

触れることなくフレイヤを守ろうという、自らに立てた誓いが消し飛んだ。

押さえるもののない彼女の胸は丸みを帯び、豊かだった。ウエストのくびれの曲線は、男の荒々しい感情を刺激する。

汚したいという劣情をかきたてるのだ。

クリストファーはフレイヤを見つめた。彼の中にある論理的な思考力は、すでに下半身に脳の支配をゆだねている。彼女に触れ、抱きしめたい。

フレイヤをむさぼりたくてたまらなかった。

彼女は女神だ。

じっと立ちつづけるフレイヤはクリストファーを見つめている。その瞳は謎めいていて、鋭い輝きを放っていた。

「それを脱いでくれ」しわがれた声で告げる。

彼女がシュミーズをあげると、裾がすらりとしたふくらはぎとえくぼのある膝、なめらかな腿をなぞっていった。両脚の付け根は赤みがかったオレンジ色に光り輝き、繊細な部分を隠している。腹部はなめらかな白で、へそのくぼみはクリストファーがいままでに見た何よりも官能的だった。

彼は自分の額に汗が流れていくのを感じた。

シュミーズがさらに持ちあげられ、先端が薄いピンク色の丸みを帯びた美しい胸があらわになる。

フレイヤがシュミーズを脱ぎ、かたわらに投げ捨てた。

クリストファーの前に誇らしげに立った彼女は、まるでレンブラントが描いた裸の女性が命を得たかのようだった。ピンク色と白、そして赤みがかったオレンジ色。肩に落ちかかる燃えるような赤い巻き毛はいかにも野性的で、自由奔放だ。

まるで彼女自身のように。

フレイヤそのもののように。

クリストファーは彼女に歩み寄って両腕をまわし、手をなめらかな肌に走らせてから唇を重ねた。

ふたりの距離が縮まるとフレイヤの口から吐息がもれ、胸と胸がぶつかった。クリストファーは彼のために開かれた唇をなめ、舌で口の中をまさぐった。

下腹部がこわばり、ブリーチズの前を押しあげる。彼の存在のすべてがフレイヤのために脈打つまで、ひとつひとつの脈動が積み重なっていった。

体も、魂も、そして男性の象徴も脈を刻んでいる。

クリストファーは彼女を抱きあげると、二歩でベッドまで運んだ。いったんあとずさりして、すばやく服を脱いでいく。ようやく裸になって顔をあげると、フレイヤがこちらを見つめていた。

欲望の高ぶりを自制しながら、動きを止めて彼女に心ゆくまで鑑賞させる。

やがてフレイヤが彼に手を差し伸べ、かかっていた魔法を解いた。


自分自身を男性にさらけ出すことは、どこか開放的だ。

ハーロウにさらけ出すことは。

フレイヤはベッドに近づいてくる彼を見つめた。下腹部はかたく張りつめ、ある種の脅威のようにそそり立っている。

だが、フレイヤは恐れてはいなかった。

それどころか、彼女の腿は秘所からあふれる蜜で濡れ、胸の先端は痛いほどにうずいている。

ハーロウがベッドにあがって覆いかぶさってきた。肩は筋肉が盛りあがり、目には切迫した光を宿している。彼はそのまま身をかがめ、フレイヤの胸の先端を口に含んだ。

突然の行為に驚き、彼女は思わずのけぞった。

自分を支配しそうな欲望の大きさもまた、驚くほどだ。

両腕を伸ばしてハーロウをもっと引き寄せようとしたが、彼は動こうとしない。

胸のつぼみから口を離してなめ、ふうっと息を吹きかける。

フレイヤは大きなあえぎ声をもらし、その声が部屋の中に響き渡った。体のほんの小さな一部をハーロウに触れられただけで、こんなふうになってしまうなんて信じられない。

「ぼくはこれを夢見ていたんだ」彼が低い声でささやいた。

フレイヤはハーロウを見つめ、その切望に満ちた表情に目が釘づけになった。ゆうべはほとんど服を脱がなかったので、彼は胸を見ていなかったのだ。

ハーロウが口を震わせて言う。「きみの胸、豊かな美しいふくらみ。きみはずっといまいましいフィシューで隠していた。おかげで首から下の素肌はわずかなりとも見えなかったんだ。あのフィシューのせいで、ぼくは想像するしかなかった」

彼は指をフレイヤの胸の下に滑らせた。繊細で、興奮を誘う感覚。胸の先がかたくとがると、そこには直接触れずに、周囲を指でなぞっていく。

「この白い肌を思い描いた」ハーロウが胸を凝視したまま言う。「やわらかな感触も。この両手にきみの胸がどう感じられるのか、考えていた」視線が合い、フレイヤは彼の張りつめた青い瞳を見て、息を吸い込んだ。「だが、ぼくの想像力はじゅうぶんではなかったようだ。

こっちへおいで」

ハーロウは体勢を変え、彫刻を施したベッドのヘッドボードにもたれて座った。フレイヤを引き寄せて腿の上にのせる。彼女はハーロウに身をゆだね、両足をそろえて彼の横に置き、肩に頭をもたせかけた。

「きみを探求させてくれ」そのささやきを聞いて、フレイヤは欲求に身がこわばるのを感じた。

彼が両手で胸のふくらみをつかみ、頭をさげてそこに舌を這わせる。それから片方の先端を唇ではさみ、反対側も同じようにして、強く吸いたてた。

まるで何かに取りつかれたみたいに、フレイヤの両脚は絶え間なく動いた。焼きごてのように熱い彼のものがヒップに触れているのも感じられる。いますぐにハーロウが欲しい。もう準備はできているというのに、彼はどうしてひとつになろうとしないの？

彼女を苦しめるのが目的なのだろうか？

ハーロウは自分と向きあうように彼女を腿にまたがらせた。このほうがずっといい。かたくそそり立ったものに、フレイヤは両脚のあいだをこすりつけた。もっとも敏感な突起がふくらんで快感を切望している。彼女が動いているあいだ、ハーロウは胸のつぼみを引っ張って刺激した。左右両方を同時に指で愛撫し、彼女の体の中心に渇望のうずきを送り込んでいく。

ああ、なんてこと。

フレイヤは両膝をつき、両手を彼の胸に置いて、さらに強く下腹部をこすりつけた。熱くかたいものが滑って横にずれ、喪失感に切ない声をあげる。

「さあ、ダーリン」ハーロウが荒い声で言った。「もう……」

彼女はハーロウの手が両脚のあいだに触れるのを感じた。指の背が濡れそぼった入り口をなぞる。続けて、もっと太い何かがそこに触れた。

彼がフレイヤと目を合わせた。「ぼくの上に自分で腰をおろしてごらん」

ただうなずいたのは、もはや言葉を理解するのも難しかったからだ。このままこの渇きを癒さなければ、本当に死んでしまうかもしれない。

大きな先端が入り込んでくるのを感じながら、彼女は斜めに身を沈めていった。なんてすばらしい感触なのだろう！

わずかに腰をあげて首をそらし、もう一度深くおろしてハーロウの分身をおさめる。圧倒的な存在感を放つものが、奥まで押し入ってきた。

ふいにハーロウが座り直し、指の力を抜いた。フレイヤは彼を見つめ、切望に泣き声をあげた。「お願いよ。お願いだからわたしに触れて」

彼は鼻孔をふくらませて応えた。「こうか？」荒々しいと同時にやさしい声で言うと、胸の先端をひねりあげる——強く。

痛みとまじりあった快感に、彼女は身をよじった。「もう一度」

危険な笑みを浮かべたハーロウが、とがったつぼみをひねった。

彼女はあえぎ声とともに上体を倒した。

「しいっ」彼が低い声でたしなめる。

ハーロウはフレイヤの後頭部に手を当てて引き寄せ、キスをしながら彼女を突きあげた。

フレイヤはすすり泣き、口に差し入れられたハーロウの舌のせいでくぐもった泣き声をあげた。上にいるのは彼女だが、突き入れているのは彼のほうだ。

またしても突きあげる。

もう一度。

骨盤を通じて歓びが熱のたまりみたいに広がっていくのを感じながら、フレイヤは彼の上で身を震わせた。ハーロウは彼女のヒップを両手でつかみ、しっかりと押さえつけて力強いリズムを刻んでいる。

快感の最初の波が押し寄せ、フレイヤの喉に悲鳴がこみあげてきた。自分では抑えきれそうにない。

ハーロウが重ねていた口を引き離し、親指を彼女の唇のあいだに入れる。「我慢できないなら嚙むんだ」

結局フレイヤは言われたとおりにし、彼が繰り返し腰を突きあげるあいだ、塩と男性の味を味わった。

彼女の顔を見つめるハーロウの視線が感じられる。彼はフレイヤが自らのうわべを一枚ずつ引きはがしていき、心の奥のもろい芯を見せてしまうのをずっと見つづけていた。

できるなら、彼女は自分自身を隠していただろう。

だが、できなかった。

ハーロウの動きが急に止まり、フレイヤは目を開けて彼自身のもろさを見た。

彼は目を細めて唇を開き、まるでフレイヤのために死んでいくかのような表情をしている。

彼女はハーロウの上で背中をそらし、彼の熱い精を受け止めた。


翌日、クリストファーは朝早く目を覚ました。部屋の明かりは暖炉の残り火だけだったが、すぐにひとりではないことに気がついた。

フレイヤが隣で穏やかな寝息を立てている。腕はクリストファーの胸の上に置かれていた。まるで、眠っているあいだ彼をつかまえておこうとしているみたいに。

起きているときの彼女の所有欲がこれほど強くないのは残念だ。

フレイヤは横向きになっており、豊かな胸が重なって魅力的な谷間を作っていた。その谷間には銀のチェーンにつながったランの指輪がのぞいている。クリストファーは、若い頃の自分がすべてに失敗した象徴であるその指輪を見つめた。

その失敗で彼はすべてを失った。名誉も、イングランドも、そして家族も。

イングランドは取り戻した。名誉はもう完全には取り戻せないだろう。では家族は？

ふたたび家族を見つけられる日はやってくるのだろうか？

クリストファーはフレイヤの寝顔を見つめた。自分の胸を切り裂いて、心臓を取り出すことができればいいのに。フレイヤが彼にとってどれほど意味のある存在か、説明する言葉が見つからないからだ。

ため息をついて銀のチェーンに触れ、指輪が手の上にのるように指のあいだを走らせていく。コチョウゲンポウの図柄は謎めいていて、奇妙でもあった。一五年ものあいだはめていた指輪だが、じっくりと見たことがあったかどうかは定かではない。

何しろこの指輪は、彼の最大の恥を思い出させるものなのだから。

いまこうして見ると、黒い石は何世紀もの時間を経てすり減っており、光を反射することもなく、図柄の下の銘を読み取ることもできなくなっている。だが、何が記されていたのかクリストファーは知っていた。Ｐａｒｖｕｓ　ｓｅｄ　ｆｅｒｏｘ――〝小さくとも狂暴〟という意味だ。

クリストファーが指輪を落とすと、フレイヤが目を覚ました。

「おはよう」彼は言った。

彼女が少女のように目をしばたたく。当惑した少女の顔だ。

クリストファーは微笑んだ。

もちろんフレイヤはたちまち覚醒し、恐るべき早さで表情もすっきりとしていった。まったく、一族の象徴にぴったりのすばやく、命知らずの、いつだって用心深い女性だ。

〝小さくとも狂暴〟

「まだいたのね」彼女が冷静そのもので言う。

クリストファーは眉をあげた。「いたよ、ダーリン。だが、心配することはない。使用人がまわってくる前に出ていくから」

フレイヤの眉間にしわが寄った。あるいは、彼女に同情し——どれだけ用心深く見えても起きたばかりなのだ——気の毒に思うべきなのかもしれない。彼女がやさしく、もろいあいだに引きさがるのだ。しかしフレイヤに関していえば、弱みはぜひとも利用したほうがいいような気もする。

どのみち、弱みが極端に少ない女性なのだから。

クリストファーは指をフレイヤの頬に走らせ、肌のやわらかさに驚嘆したが、彼女はすぐに身を引いてしまった。

彼の手がベッドの上に落ちる。「きみはいつも鎧《よろい》を身にまとっているね。気づいているかい？」

フレイヤが奇妙な、ほとんど弱々しいと言ってもいい視線を彼に向け、すぐに平静な表情を取り戻した。「どういう意味だか、よくわからないわ」

「そうか？」クリストファーは身を起こし、両腕を膝の上に置いた。もちろん、フレイヤが彼の裸体から目をそらしたのを見逃すはずもない。「たまに、きみの尊敬を勝ち取るために闘っているような気がすることがあるよ。負けるとわかっている闘いだ」

「そうなのかもしれないわね」彼女が静かに言う。

彼は胸が詰まったが、感じた痛みにもかかわらずやさしく応えた。「ああ」

フレイヤが頭を振り、顔をそむけた。「わたしに何をさせるつもり？　わたしは自分を変えられないわ」ちらりとクリストファーを見る。「あなただって、わたしのために自分を変えたりしない」

クリストファーは息を吸った。「なぜそう思う？」

フレイヤはただ彼を見つめるだけだった。

彼はため息をつき、ベッドから出た。「きみはいままで、ぼくに変われるかときいたこともない。変わってほしいと望んでいないのかもしれないな」

床から下着を拾いあげ、彼女の沈黙に耳を傾けながら身につける。

ようやくフレイヤのほうをうかがうと、彼女は身を守るように両腕を胸の前で組んでベッドに座り、わずかに眉をひそめて反抗的な表情を浮かべていた。こんな気まずいやりとりを最後に、彼女のもとを去りたくはない。フレイヤにキスをして、どれだけ美しいかを伝え、それから議論が始まる前に扉から出ていくべきだ。

だがそうしたところで、彼女との距離は縮まらないだろう。「フレイヤ、きみは恋をしたことがあるか？　恋人を持ったことは？」

彼女が横目でクリストファーを見る。「あなただけよ。それは知っているでしょう」

「いいや」彼はシャツを着た。「なぜぼくがそんなことを知っていると思うんだ？」

「男の人にはわかるものだと思っていたわ」フレイヤの頰がピンク色に染まる。

彼の獰猛《どうもう》なコチョウゲンボウは照れているようだ。

クリストファーは危うく、ベッドに駆け戻りそうになった。

そうする代わりに言う。「わからないよ。経験が浅いかもしれないというのはわかったが、はじめてかどうかはわからなかった。それから、ぼくについてひとつ言っておく。きみにきかれないうちにね。ぼくもきみの前に恋人がいたことはない」

フレイヤが眉をひそめる。「でも――」

彼は手をあげてさえぎった。「ベッドをともにする相手ならいた。ひとりかふたり。だが、恋人はいなかった。それは違うものだろう？　そうじゃないか？」

フレイヤが無言で彼を見つめる。

クリストファーはそっと扉を閉め、部屋をあとにした。

16

アッシュが身をかがめ、ローワンの耳にささやきます。「マリーゴールドへの愛を両手でしっかり握っているんだ。そうすれば必ず見つけられるから」

ローワンは顔をしかめました。だって、彼女はマリーゴールドを愛していないのです。好きですらありません。

立ちあがったローワンは同じ顔の少女たちのまわりをゆっくりと歩き、マリーゴールドが隣にいた年月を思い出そうとしながら、ひとりひとりの顔をのぞき込んでいきました。

少女たちはみんな同じにしか見えません。ローワンはすっかり怖くなってしまいました。この先ずっと、ここグレイランドで暮らしていかなくてはならないかもしれないのです……。

『グレイコートの取り替えっ子』

同じ朝の少し時間が経った頃、メッサリナは庭園のベンチで横になって腕を目の上にかざし、どうしたらエレノアを救出できるか必死で考えていた。ハウスパーティーに参加している紳士たちはライチョウやキジ、あるいはうまくすればクジャクを撃ちに行っている。残ったレディたちはほとんどが屋敷の正面に出て芝の上でするゲームに興じているが、メッサリナは浮ついたゲームよりもエレノアが心配でたまらなかった。

「もし――」ルクレティアがメッサリナの横から間の抜けた調子で言った。「お屋敷に火をつけたらどうなるかしら？」

メッサリナは少しばかり腕をあげ、その下から妹を見た。ルクレティアはどうやったのかレモンカードのタルトを六つばかり手に入れてきて、三歳児のような食欲に任せてむさぼり食べている。「エレノアを生きたまま焼いてしまったら、助けにならないんじゃない？」

「それまでに、わたしたちがエレノアを焼き殺してしまうわ」

ルクレティアが肩をすくめる。「みんなが出てきたら、中に入ればいいかと思ったのよ」

ルクレティアがなめらかな額にしわを寄せた。「そうかしら？」

「そうよ」メッサリナは必要以上に語気を強めたが、すぐに声を落とした。「彼女は地下室にいるの。みんなで閉じ込められてしまうわ」眉をひそめ、深刻な表情を妹に向ける。「話のついでに言うけれど、あなた、いつからそんなに冷酷な性格になったの？」

タルトのレモンカードをなめ、ルクレティアが悪魔じみた笑みを浮かべる。「わたしだってグレイコート家の一員よ。忘れたの？」

「的を射た答えだこと」メッサリナは腕を耳の上におろした。「まずはランドルフ卿を誘い出すべきね。主がそこにいないときのほうが、使用人は動かしやすいものよ」

「策略家ね」ルクレティアが満足げに言う。

「わたしもグレイコートの人間だもの」

「そうね」妹は大きなため息をついた。「最後のタルトを食べちゃった」

「どうしてあなたが風船みたいになってしまわないのか、不思議でならないわ」

「ええ、本当に。そうなっていてもおかしくないわよね？」ルクレティアがいかにも満足そうに言う。「でも、喉が渇いたわ。お茶を取ってくる」

「そう」メッサリナはもう顔をあげもしなかった。横になったまま、遠ざかっていく妹の足音に耳を澄ませる。

できるだけ早く、エレノアをひどい地下室から連れ出さなくてはならない。一年も監禁されたあとでは、いまの状況がどうなっているかは神のみぞ知るところだろう。ランドルフ卿は本当に悪魔のような男性だ。

メッサリナはベンチから飛び起きた。フレイヤと相談しなくては。当然ながら、フレイヤは監禁されたレディの救出に関して、メッサリナよりも経験があるに違いないのだから。

彼女は庭園の外周に沿った道のひとつを歩き、通り過ぎていく満開のバラをうっとりと眺めた。

角を曲がったところで足を止める。前方の道端にベンチがあり、そこに男性が座っていた。男性は黒ずくめのきちんとした格好をしており、鋭い頬骨の上の目は眠たそうだ。左目の下に白い傷跡が残っているにもかかわらず、眉を除けば整った顔立ちをしている。眉は鋭くとがっていて、どこか悪魔を思わせた。

「ここで何をしているの、ミスター・ホーソーン？」メッサリナは厳しい口調で尋ねた。

彼は豊かでいたずらっぽい口を曲げ、優雅な動きで立ちあがった。

まるで彼女を笑っているかのようだ。

それでも、答えるギデオン・ホーソーンの声は真剣だった。「ここにいてはいけませんか、ミス・グレイコート？」

彼の発音は完璧で、富も地位もある環境で育ったことをうかがわせるが、メッサリナは違うと踏んでいた。

「わたしを調べていたのね」なんとか声に恐怖がにじまないように言う。

「そうかもしれない」

「おじさまに伝えて。手下に四六時中、監視されるのはうんざりだと」彼女は吐き捨てた。

一瞬、彼の顔から表情が消えたが、すぐにそれまでの穏やかな表情が戻ってきた。頭を横に傾けた彼は、好奇心旺盛なカラスのように見える。「おじさまはあなたに安全でいてほしいだけですよ」

「それが嘘なのは、わたしたちのどちらも知っているはずよ」メッサリナは語気を強めた。

「おじさまは自分のことにしか関心のない方だわ。どこかへ行ってちょうだい」

彼女は相手の返答を待たずに向きを変え、屋敷に向かって歩きだした。心臓が激しく打っているのが感じられる——実際あまりに激しく速すぎて、うまく呼吸もできなかった。まったく、ギデオン・ホーソーンもおじもいまいましいかぎりだ。

メッサリナはテラスにたどり着き、振り返りたいという衝動を抑え込んだ。あの男は子ども時代に恐れた怪物のように、うしろにいるのだろうか？

屋敷の扉を開けて中に入り、しっかりと閉める。沈み込むように椅子に座り、手で頭を抱えた。

彼がここまであとを追ってきた？　いったいどうして？

「メッサリナ？」

彼女ははっとして顔をあげた。

目の前にはフレイヤが立っていて、心配そうな表情を浮かべている。

メッサリナは咳払いをした。「何？」

フレイヤが真剣なまなざしを向けてくる。「大丈夫なの？」

「ええ、もちろんよ」メッサリナは立ちあがり、そそくさとスカートのしわを伸ばした。「あなたに会えてちょうどよかったわ。エレノアの件で話したかったの」目を大きく開いて尋ねる。「あなた、庭でのゲームに参加しなくていいの？」

フレイヤが微笑んだ。「レディ・ホランドにショールを取ってくるよう言いつかったの」

「それならわたしも一緒に行くわ」

ふたりで階段に向かって歩く。

「ルクレティアはどこ?」フレイヤがきいた。

「ベッドに戻ったんじゃないかしら。妹はこの世の誰よりも怠け者だから」

フレイヤが唇をぴくぴくと震わせた。こんな雰囲気になったのは、ふたりが一一歳のとき以来だ。「クインタスよりも怠け者なの?」

メッサリナは鼻で笑った。礼節からはかなりはずれている笑い方だ。「兄の部屋に忍び込んで、羽根で鼻をくすぐったのを覚えている?」その夏はみな退屈していて、短気なクインタスは格好の的に見えたのだ。

フレイヤもにやりとする。「飛び起きて怒鳴り散らしながら、わたしたちを家じゅう追いかけたわね。あんなに怖かったことはないわ」

「あなたはずっと笑っていたじゃない!」

「ええ、そうね」フレイヤが下を向く。階段をのぼりはじめたときには、彼女の笑顔も消えていた。「クインタスはどうしているの?」

「元気よ」メッサリナはフレイヤを見て、それから顔をそむけた。クインタスはオーレリアが亡くなったあと、一年ほど人を殺しかねない勢いで怒りつづけ、そのあとはすっかりおとなしくなってしまった。実際のところ、彼女は兄がどうしているかを知らない。いまではもうわからなくなってしまったのだ。「兄にとっては——わたしたち全員にとってもだけど、オーレリアの死はつらい出来事だったのよ」

「ごめんなさい」フレイヤはメッサリナの腕を取り、親しげに肩をぶつけてきた。「大変だったでしょうね」

メッサリナの目から涙がこぼれ落ちた。「ありがとう」

フレイヤがうなずき、階段に視線を戻す。「ずっと考えていたの」

ハンカチで涙をぬぐい、メッサリナはきいた。「何を？」

「ジェーンは明日の夕食にランドルフ卿を招待できないかしら？」フレイヤがゆっくりと言った。

「わたしの知るかぎり、あのふたりは友好的な関係よ」メッサリナはとっさに気を引きしめて答えた。

「よかった」フレイヤが厳しい表情で告げる。「それなら、わたしとあなたで明日の晩、エレノアを救出しましょう」

その夜、フレイヤは夕食の前に居間へ向かった。紳士たちがそろって一日いなかったあとでハーロウにまた会うのだと思うと、胸の中で何かがはじけるような感じがした。自分は彼に会いたがっているのだ。

いったいいつからハーロウの不在に気づくようになったのだろう？

もっと言えば、いつから精神的に彼の存在に頼るようになったの？　むろん、こんな状態は健康的でも理想的でもない。情熱的な感情が音をたてて血管を流れているようなとき、ハーロウとの結婚について冷静な判断を下せるはずがないではないか。

それはブランデーを飲みすぎたときの感覚に近かった。そんなことをしているあいだに重要な決断をすることなど、あるはずもない。

けれどもフレイヤは、自分がハーロウとの結婚について真剣に考えはじめていることに気づいてしまった。彼女自身と自らの権利が失われてしまうのを恐れているにもかかわらず。家族や〈ワイズ・ウーマン〉のことがあるにもかかわらず。もしかすると、欲望に酔ってしまっているのかもしれない。

居間の扉の前で立ち止まるまでには、フレイヤは自分にすっかり腹を立てていた。

室内の様子をうかがい、レディ・ホランドの隣に腰をおろす。「奥さま」

「ああ、ミス・スチュワート」雇い主はどこかうわの空だった。

フレイヤはレディ・ホランドの視線を追い、ルークウッド伯爵の隣に座るアラベラの姿を認めた。ふたりは顔を寄せあっている。アラベラがくすくす笑う一方で、伯爵は明らかに楽しげな表情を浮かべ、まつげのあいだから彼女を見つめている。

フレイヤは眉をあげた。「うまくいっているみたいですね」

「ええ、まあ」レディ・ホランドがあいまいにささやく。

フレイヤはちらりと雇い主のほうを見た。「だめですか?」

「えっ?」レディ・ホランドがフレイヤを見返す。その目は内心の思いを振り払ったかのように見えた。「いいのよ、わたしのことは気にしないで。子どものための計画なんて、立てるべきではないのよね」どこかはっきりしない言い方だ。「思ったとおりには絶対にならないんだから」

フレイヤがその言葉について考えていると、目の端に人影が見えた。スタンホープ子爵が悪意のこもった視線でこちらを見つめている。

顔をそらし、フレイヤはきいた。「レジーナはどこですか？」

レディ・ホランドがため息をつく。「ベッドよ。あの子はミスター・トレントワースが恋しいみたい」彼女の視線は、伯爵の言葉に上品に笑うアラベラのほうへと戻っていった。

フレイヤは少しのあいだ雇い主を観察し、不本意ながら言った。「奥さまは母親です。もしルークウッド伯爵にご不満なら、お会いになるのを禁じればよいのではないですか？」

レディ・ホランドが皮肉のこもった笑みを浮かべた。「どんな理由で？　彼は裕福すぎるから？　生まれも見栄えもよすぎて、魅力もありすぎるから？」深刻な表情で首を横に振る。「だめよ。そんなふうに言ったら、あの子にとって彼はますます魅力的に映ってしまう。それにわたしが本心を――彼はあなたにふさわしくないと言ったら、アラベラは傷つくでしょう。あの子にそんなことはしたくないの」

フレイヤは眉根を寄せた。「ルークウッド伯爵について、受け入れられない部分は何もおっしゃらないのですね。それどころか、挙げられたのはいいところばかりです。差し出がましいようですが、わたしにはこの組みあわせのどこが悪いのかわかりません」

「そう？」レディ・ホランドが少しばかり悲しそうに笑う。「わたしはありもしない未来の不幸を見ているのかもしれないわね。でも、教えてちょうだい。あなたは伯爵がアラベラを愛していると思う?」

フレイヤは目をしばたたいた。長年イングランドの社交界とその中での結婚を見てきたけれど、愛という言葉は聞いたことがない。

彼女は視線をふたりに向けた。ルークウッド伯爵はとても優雅で、最新流行の服を着こなし、手首と喉元にレースを配している。笑顔は少しばかり冷笑的だ。人によっては、いくらか魅力的すぎると言うかもしれない。でも彼のアラベラを見る表情はやさしく、彼女の話を聞くために身を寄せてもいる。

「伯爵が彼女の意見を尊重しているのは明らかです」フレイヤは返した。「あの親密な様子をご覧になってください。こんなに離れたところから愛情の有無を判断できるのかどうかはわかりませんが、伯爵が好意を持っているのは明らかです」

レディ・ホランドがうなずく。「彼はアラベラに好意を持っている。でも、あの子は彼を愛しているのだと思うわ」

「それは好ましいことでは?」フレイヤは困惑した。「アラベラがルークウッド伯爵を愛しているのなら、彼との結婚を喜ぶはずですわ」

「だけど結婚というのは、一日の出来事ではないのよ——一週間でもないわ」レディ・ホランドが言う。「何年も何年も同じ人と生活をともにして、互いの癖を見つけあうの。あるいは、より人間的な短所に失望することだってあるかもしれない。結婚を通じて相手を見るには深くて不変の愛がないと、徐々に配偶者をさげすむようになる危険があるのではないかしら」

「そんなことはないと思います」

レディ・ホランドがフレイヤに向き直り、悲しい笑みを浮かべる。「あなたはロマンティストなのね、ミス・スチュワート。わたしは年月が経って壊れてしまった結婚をたくさん見てきたわ。それはたしかよ。配偶者が相手に対して、だんだんと冷たくなっていくの。もっと悪いと、互いにまるで無視しあうようになる」

「ですが」フレイヤは反論した。「先ほど、アラベラは伯爵を愛しているとおっしゃったではありませんか」

「言ったわ。それに伯爵はあの子に好意を持っていると」レディ・ホランドがフレイヤを見る。「好意と愛は違うのよ」

レディ・ホランドは、娘とルークウッド伯爵の結婚がだめになっていくのは避けられないと思っている――伯爵がアラベラを愛していないから。フレイヤは眉をひそめてふたりのほうを見た。でも、レディ・ホランドが間違っている可能性だってあるだろう。あるいはルークウッド伯爵がアラベラの機知とやさしさに気づくかもしれない。結婚生活のあいだに、好意が愛に変わるかも。そうなったらこれはもう、すばらしいおとぎばなしだ。

ただし、フレイヤはおとぎばなしを信じていない。

アラベラはとても繊細な女性だ。喜びや悲しみ、怒りといったすべてを人よりも深く経験してきた。レディ・ホランドが正しいのであれば、それこそが何かひどいことにつながってしまうのかもしれない。

フレイヤの隣で、レディ・ホランドがはっと息をついた。

アラベラを見ているのだろうと思い、フレイヤは顔をあげて目線を追った。

けれどもふたりに近づいてきたのはスタンホープ子爵で、奇妙なことに勝ち誇った表情を浮かべている。

彼はフレイヤの目の前で立ち止まり、満足げに言った。「魔女め」

クリストファーはスタンホープ子爵がフレイヤに対して吐いた暴言に驚き、居間の入り口で足を止めた。

〝魔女め〟

なんということだ。スタンホープは〈ダンケルダー〉――フレイヤを火あぶりにしたがっている人物――に違いない。

彼女を見ると、完全に呆然としていた。

いまいましいやつめ。よくも彼女を魔女だなどと非難してくれたな。

「何をくだらないことを話しているんだ、スタンホープ？」クリストファーは居間を歩きながら問いつめた。

スタンホープは目を見開き、不気味な笑みを浮かべてフレイヤをまっすぐに見据えている。

「魔女について話しているんですよ、閣下。悪魔と話ができる連中だ。やつらは女性たち

——そして男性たちに対する権力を得ようと、汚らわしい儀式を行う。魔女は尋問を受け、裁かれ、焼かれなくてはならない」彼は唇をなめた。「この魔女も焼かれなくてはならないんだ」

「ばかばかしい」クリストファーは怒りの声をあげた。

「そうかな？」スタンホープはクリストファーに目を向け、嘲りの色を浮かべた。「だが、惑わされている男は正常な判断ができないものだ」

退屈な議論で時間を無駄にされたと言わんばかりに、レディ・ホランドがため息をついた。「いったい何を根拠にわたしのコンパニオンが——」唇にかすかな笑みを浮かべる。「魔女だというの？」

「ぼくは彼女の過去を知っている」スタンホープが叫んだ。そのあまりの大声にレディ・ホランドがあとずさりする。「その女は魔女として知られる一族の出身だ。彼女のおばは魔女だと宣告された。火あぶりから逃げられたのは、卑しい魔法のおかげでしかない。彼女の髪を見てみろ」彼はフレイヤに駆け寄り、頭からキャップをはぎ取って赤い髪をあらわにした。「やつらの一族の中には、こうした汚れた色の髪の者が必ずいる」

「狂気の沙汰ね！」レディ・ホランドが顔を赤くして憤慨の声をあげる。「あなたはわたしのコンパニオンの髪の色が赤いから、魔女だと告発すると言っているの？」

フレイヤは骨のように真っ白になっていた。落ち着いた表情で椅子から立ちあがり、スタンホープと向かいあう。「わたしは魔女ではないわ」

「もちろん、あなたは魔女なんかじゃありませんとも」レディ・ホランドが叫ぶように言い、声を落として続けた。「こんなばかげた話、聞いたこともないわ」

「きみはレディに謝罪すべきだ」クリストファーはそう言うと室内を見まわした。ほとんどの客は好奇心に駆られたか、驚いたか、あるいは見世物に飢えているかのいずれかだった。だが、ラブジョイ男爵は警戒に近い表情を浮かべてフレイヤを見つめている。クリストファーはさらに声を張りあげた。「常識のある人間なら、魔女だの魔法だのは信じない。きみは酔っているんだ、スタンホープ。でなければ、今日の午後の太陽に頭をやられてしまったんだろう」

スタンホープが唇を噛んだ。「この女の味方をするということは、悪魔の側に与《くみ》していると認めるのと同じですよ。気をつけたほうがいい、閣下。富も地位も、天使とその正義の復讐からは身を守ってはくれません。あなたもまた、地獄の業火に肉を焼かれる感触を味わうことになる」

「いいかげんにしろ」クリストファーは一歩踏み出し、子爵にぐいと身を寄せた。「この部屋から出ていけ、スタンホープ。ぼくがつまみ出す前に」

スタンホープはせせら笑ったが、目は警戒するように見開いている。彼は向きを変え、早足で居間から出ていった。

「なんてひどい人でしょう」レディ・ラブジョイが声をあげる。

「まったくだ。だが、なぜ彼はミス・スチュワートが魔女だなどと考えたのだろう？」ラブジョイ男爵が、目にかすかな疑いをこめてフレイヤを見ながらきいた。

クリストファーは顔をしかめて口を開いたが、ルークウッド伯爵に先を越された。

「それは、あの男の頭が明らかにどうかしているからでしょう」伯爵がゆっくりと言う。「この現代の世に魔女を信じるとは、想像しただけでお笑い草だ」

ラブジョイが顔をしかめた。「しかし、新しい魔女法の件はどうなる？　議会で魔女を深刻にとらえている者たちがいるということじゃないか」

伯爵は大きくため息をついた。「貴族院でのぼくの尊敬すべき同僚たちのことは置いておくとして、われわれは理性の時代に生きているのです。原始的な迷信に食いつくのは、よほど無邪気な者たちだけですよ」

ルークウッドがクリストファーと目を合わせ、小さくうなずく。

ふいに感謝の念を感じて、クリストファーは伯爵にうなずき返した。

「あんな法案が通過しないことを祈るわ」レディ・ラブジョイが小さな声で言う。夫を見て、さらに続けた。「過去の魔女狩りで、あまりに多くの人が傷ついたのだから」

男爵は妻ほど確信が持てないようだ。

「まあまあ」アロイシウス・ラブジョイが明るい声で言う。「ぼくはもう腹ぺこだ。夕食の時間ですよ」

「だからぼくはきみが好きなんだ、アロイシウス」ルークウッドが物憂げに言った。「きみときみの胃袋のあいだをさえぎるものは何もない」

クリストファーはわずかに肩の力が抜けるのを感じた。スタンホープは間違いなくフレイヤにとって脅威だ――正気を失った人間が何をするかなど、誰にわかるというのだろう？ただし、ほかの客たちの中であの男の側に立つ者はいないようだ。

レディ・ホランドにお辞儀をして、クリストファーは言った。「あなたのコンパニオンを食堂までエスコートする許可をいただけますか？」

「お願いしますわ」レディ・ホランドが返す。

クリストファーは部屋を横切ってフレイヤに近づき、腕を差し出して彼女をじっと見つめた。その顔は白く、唇は緊張で引き結ばれている。しかし先ほどと比べると、血色は戻りはじめているようだ。

フレイヤはかすかに微笑み、彼の腕に手を置いた。

こんなささいな仕草で全身がぬくもりに包まれるなど、ありえない。だが、それは事実だった。

彼はフレイヤを食堂へいざない、あらゆる作法を破って彼女を右隣に座らせた。スタンホープをどうするか決めるまで、彼女を視界の外に出すつもりはいっさいない。

夕食は焼いたライチョウ――その日の紳士たちの狩りの獲物――で、たいそう美味だった。居間での騒動のあと、この食事はみんなを落ち着かせる長い道のりの第一歩となってくれたようだ。

クリストファーはワインをひと口飲み、声を落としてフレイヤに言った。「スタンホープがきみの話してくれた魔女狩りの人物だろう」

それはほとんど疑う余地もなかったが、彼女がうなずくのを見て、クリストファーは警戒を新たにした。

「きみを傷つける行動に出るだろうか？」

「それが〈ダンケルダー〉のすることよ」フレイヤの口ぶりはあまりに冷静だった。クリストファーの怒りを感じたのだろう、彼女は続けた。フレイヤは続けた。「わたしなら心配はいらないわ。〈ダンケルダー〉と対峙《たいじ》したのもこれがはじめてではないから」

「前にもあったのか」暴力的な衝動を覚えつつ、声を荒らげる。

フレイヤが眉根を寄せ、用心深く彼のほうを見た。「ええ、あったわ。それにスタンホープ卿ならわたしでも対処できる」

「なぜきみがひとりで対処しなくてはいけないんだ？」どういうわけか、クリストファーの胸がずきりと痛んだ。「この件でぼくに助けを求めようとは、一瞬たりとも思わなかったのか？」

「ええ」フレイヤがワインを口にする。

自分は彼女にとって無意味な存在なのだろうか？

彼は息を大きく吸い込み、冷静な表情を保とうとした。「少なくとも、もし助けが必要になったらぼくに手伝わせてくれるね？」

フレイヤがためらいを見せる。

彼女の答えはわかっていた。「なぜだ？」

「なぜって、何が？」いらだちがこもりはじめた声で、フレイヤがきく。

「なぜきみは、ぼくに助けを求められないんだ？」どうにか声音を抑えようとしながらきき返す。ふたりがいるのは夕食の席で、ほかの招待客たちに囲まれているのだ。それでもクリストファーは、この議論を先延ばしにする気はなかった。

「わたしには必要ない——」

「くそっ」クリストファーは小声で言った。「ぼくが必要ないなんて言わせないぞ」

フレイヤが振り返り、彼と目を合わせる。表情は冷静だが、紅潮した頰と警戒するように細めた目がそれを台なしにしていた。「どうしてあなたはそんなにも気にするの？　なぜわたしがあなたを必要とすべきなの？」

「それは」どうにか言葉をひねり出そうとしたものの最後にはあきらめ、彼はむき出しの言葉をぶちまけることにした。「それはぼくがきみを必要としているからだ。きみがぼくを必要としていないのなら、いままでぼくたちのあいだで起こったことはすべて無駄になってしまうから。相手を必要とする気持ちは愛の基本的な部分だから。それがなかったら、何もないのと同じなんだよ」

フレイヤが目をしばたたいた。愛という言葉に心が揺れているようだ。

それから彼女はつんと顎をあげた。「わたしがあなたの助けを必要としていないのは、わたしにはどうにもできないわ」

「ああ、そうだ、できない」こんなにもまわりに人がいて、しかも心が沈んだ状況だというのにまだ話ができるなんて、奇妙としか言いようがない。クリストファーは声からあらゆる感情を排除しようとした。「つらかったろう。きみは何年も家族のもとから離れて、自分自身だけを頼りにやってきたんだ。何があろうと、ぼくの申し出は撤回しない。もしきみが必要とするなら、ぼくはきみのもとに駆けつける」

クリストファーは左を向き、レディ・ホランドが語るファッションの話を、内容もわからないまま聞きつづけた。

何か重要なものを失った気がする。なぜなら、自分はわかっているからだ。

フレイヤは絶対に、彼に助けを求めたりしないと。

17

ローワンは輪の中にいた最後の少女のところまでやってきて、絶望的な気持ちになりました。彼女もまた、ほかの少女たちとまったく同じに見えたからです。

でも、この少女はいままでのたくさんの少女たちとは違って、ローワンの目を見て微笑みました。

ローワンの胸がいっぱいになり、そして、彼女にはわかりました。

手を少女の肩に置いて妖精の王のほうを向き、ローワンは言いました。「これが彼女です。これがわたしの友だち、マリーゴールドです」……。


『グレイコートの取り替えっ子』


「わたしが彼と会うのを禁じるというの?」

その夜、レディ・ホランドの部屋から声が聞こえてきて、フレイヤは部屋の外で立ち止まった。

いまのはアラベラの声だ。

フレイヤはうしろを振り返ったが、廊下には誰もいなかった。客たちの大半はもう床についている。彼女が起きているのも、なぜか部屋にあったレディ・ホランドのショールを返すのだけが理由だった。

「アラベラ」レディ・ホランドが痛々しい声で言う。

フレイヤは体の向きを変えようとした――どう考えても、この会話は立ち聞きしていい内容ではない。

扉が開き、部屋からアラベラが急いで出てきて、危うくフレイヤとぶつかりそうになった。フレイヤは口を開いたが、アラベラは泣きそうな顔でちらりとこちらを見ただけで、そのまま廊下の奥へと姿を消してしまった。

「かまわないわよ、どうぞ入って」レディ・ホランドの疲れた声がする。

見ると、彼女は扉のそばに立っていた。

悲しげな笑みを浮かべたレディ・ホランドが言う。「若い娘に、本人が愛だと思い込んでいるものをあきらめさせようとしても無駄ね」

振り返ったレディ・ホランドは部屋の中へと戻っていった。

フレイヤも咳払いをして室内に入り、うしろ手に扉を閉めた。「伯爵の件ですか？」

レディ・ホランドがうなずき、最後に残ったブランデーをふたつのグラスに注ぐ。「求婚の許しを得たいと言ってきたわ」

勧められたグラスを取り、フレイヤはゆっくりと座った。「本当ですか？　あのふたりは知りあって、まだ二週間も経っていないのに」

「あなたと公爵閣下だってそうでしょう」レディ・ホランドがグラスの縁の向こうから冷笑的な視線を送ってくる。

夕食でのハーロウとの口論を思い出して、フレイヤの胸が痛んだ。あのときは彼の助けが必要になるかもしれないとほのめかされ、腹を立ててしまったのだ。実際、マッハの仕事をしてきた五年間、男性の助けが必要になったことなど一度もなかった。

一方で、そのあいだに恋人を持ったこともない。男性からの手助けの申し出は、彼女の側の譲歩がないかぎりは得られない。そして手助けを受け入れたら最後、自分のことを自分で決める権利は失われてしまう。ずっとそう思ってやってきた。

けれどハーロウの申し出には、なんの束縛も警告もなかった。

それこそ、贈り物みたいなものだ。

フレイヤは小さくため息をついた。「いまは公爵閣下も、わたしのことをそれほど好きではないと思います」

「そんなことはないわよ」レディ・ホランドが言う。「スタンホープ卿があなたにばかげた非難を浴びせているあいだ、わたしは閣下の顔を見ていたもの。彼はあなたを気にかけているわ。言っておくけれど、それは好きではないというのとは正反対よ。あなただって閣下を見るたびに、何かしらの感情を投げかけているでしょう。彼に心を動かされていないわけではないと思うわ」

フレイヤは不本意ながらも顔を赤らめた。

「あなたたちはいい組みあわせよ」レディ・ホランドがやさしく言う。

「彼が公爵だからですか？」皮肉をこめてきいた。

「公爵はあざ笑う対象ではないわ」レディ・ホランドが親しげな笑みを浮かべる。「お金と土地、それに爵位を拒絶できるのは、もうそれらを持っている人たちだけよ。だけど、もし彼がそれらを何ひとつ持っていなかったとしても、あなたたちのあいだには絆があるとわたしは主張するけれどね」

「なぜですか？」フレイヤはしぶしぶ尋ねた。

「あなたたちは知性と機知、それに感情の面で対等だからよ。それは珍しいことなの」レディ・ホランドは頭を振り、化粧台に置かれた化粧道具を眺めに歩いていった。「アラベラとルークウッド伯爵には、そういうものはないわね。間違いなく」

フレイヤはためらいがちに言った。「気性と精神という点でなら、あのふたりも対等な組みあわせだと思います」

「けれど感情は違う」レディ・ホランドが彼女を見る。「彼はわたしの娘を愛していないのよ」

眉をひそめ、フレイヤは反論した。「でも、少なくとも惹かれてはいるはずです。愛していないのだとすれば、それ以外に求婚する理由なんてないでしょう？　彼はすでに爵位があるし、おそらくは裕福なのでしょうから」

「ええ、彼はかなりのお金持ちよ。お母さまは女性の相続人で、結婚のときの持参金は伝説的な金額だった」レディ・ホランドが自分のグラスをのぞき込んだ。「正直に言うと、彼がなぜアラベラに求婚するつもりなのか、わたしにもよくわからないの――それがわたしを不安にさせているのね」

フレイヤはうなずいた。「伯爵に許可を与えるおつもりですか？」

「ええ」レディ・ホランドが残ったブランデーをひと息に飲み干す。

フレイヤは雇い主を見つめた。

「わたしに選択の余地はないわ。ルークウッド伯爵を拒絶したところで、アラベラが彼を好きな気持ちは止まらないでしょうし」

「ふたりのあいだに距離を作ることにはなります」フレイヤは指摘した。「そうすればルークウッド卿はいずれほかの誰かと結婚するでしょうし、アラベラだって、彼のことを忘れるかもしれません」

レディ・ホランドがうなずく。「そうかもしれない。でも、わたしはそうは思わないわ。あの子は二カ月ごとに恋に落ちたと空想をめぐらせる少女とは違う。あの子は彼を欲して――愛していて、わたしは娘を傷つけるわけにはいかないの」

フレイヤはブランデーを口にした。何か言えることがあればいいのに。母親がこうまで娘を愛していないほうが、アラベラにとってはよかったのではないかと思ってしまう。冷淡な母親なら、ただ伯爵にノーと言うかもしれない。あるいはもっと冷淡な母親なら、娘の感情など考えもせず、伯爵が義理の息子になることに舞いあがってしまうかも。

「残念です」フレイヤは言った。

「わたしもよ」レディ・ホランドが返す。「さあ、教えてちょうだい。夕食の席で何を言いあっていたの？」

フレイヤは唇を結んだ。「公爵閣下に、わたしは彼を必要とすべきだと言われました。わたしが必要ないと言ったら、気を悪くしたようです」

実際には気を悪くしたどころではない。フレイヤはハーロウの顔に浮かんだ痛みを思い出し——その記憶を押しやった。彼を傷つけるつもりはなかったのだ。

「彼を責める気にはなれないわね」レディ・ホランドが言う。

「そうですか？」フレイヤは雇い主を見て続けた。「どうしてわたしがほかの人を頼らなくてはならないんです？　なぜ彼を幸せにするために、わたしが彼を必要としなくてはならないのですか？」

「彼があなたを必要としていなかったら、あなたはどう感じるかしら？」レディ・ホランドがきいた。

フレイヤはあざ笑うように答えた。「わたしは気にしません」

「彼がほかに必要とする女性を見つけてしまったとしても？」

「〝必要〟という言葉には、わたしが理解していないほかの意味があるのでしょうか？」疑わしげに尋ねる。「彼がほかの女性を見つけたら、うれしくはないでしょう。でも正直な話、自分が自主性を手放すことを望んでいるのか、わたしにはよくわからないんです」

「ばかを言わないで」レディ・ホランドがすっと目を細めた。「あの人はあなたの知性を尊重しているわ。そんな男性がどれだけ貴重かわかっている？　イングランドの男性のほとんどは、妻の知性を飼っている犬よりもいくらかまし程度にしか思っていないのよ」

「それはそんなに重要なことでしょうか？」

「ほとんどの女性にとってはそうでもないかもしれない。だけど、あなたにとっては重要よ」レディ・ホランドが表情を険しくしてフレイヤを見つめた。「ハーロウ公爵はあなたの話に耳を傾けてくれるのよ、ミス・スチュワート。ほとんどのレディは、夫が自分の知性をどう思っているかなんて気にもしていないでしょう。でもあなたにとって、それは重要な問題のはず。ハーロウ公爵のような紳士をまた見つけようと思ったら、どれだけ必死になって探しても何年もかかるわ。ばかなまねはおやめなさい。できるうちに、彼を自分のものにするのよ」


その夜遅く、クリストファーはテスを隣に従えて廊下を歩いていた。フレイヤの寝室に着いたとき、どんなふうに迎えられるかわからない。だが彼女のそばにいて守りつづけるためなら、なんでもする覚悟はあった。

たとえフレイヤが彼を必要としていなくても、それは変わらない。

スタンホープは夕食のあと、すぐにラブジョイ家の従僕たちのエスコートで屋敷から出された。この措置にクリストファーは心から賛同した。おそらくスタンホープを追放したのはレディ・ラブジョイであって、夫は妻の説得を受け入れた格好だが、あの男がいなくなりさえすればそれはどうでもいい。

問題は、スタンホープがこのまま黙っているかどうかだ。

クリストファーの見たかぎり、スタンホープは熱烈な狂信者だった。とても理性的な行動を期待できる相手ではない。この屋敷にこっそり戻ってきて、眠っているフレイヤを殺そうとすることもじゅうぶんに考えられる。

彼女の部屋の前に来たクリストファーは扉をノックした。

フレイヤが扉を開ける。あのいまいましいシュミーズ一枚きりという姿だった。

どうにか視線を彼女の顔にとどめておこうと試みたが、実際かなり難しかった。フレイヤのことになると、クリストファーの自制心は完全に消えてなくなってしまう。

視線が惜しみなくさらけ出された彼女の体の曲線をたどっていき、クリストファーの愚かな下腹部はすぐに反応した。

今夜はだめだ。

クリストファーはテスとともにフレイヤを押しのけるようにして部屋に入り、扉を閉めた。

「毎晩ここに来る必要はないのよ」彼女が痛烈な口調で言う。

「必要はないかもしれない。だが、望んでいることはたくさんある」クリストファーはベッドの脇にあった椅子を持ちあげ、暖炉の前に置いた。テスが駆け寄ってきて火の前でくるくるとまわり、伏せの姿勢になってふうっと息をつく。

「何をしているの？」フレイヤがきいた。

クリストファーは椅子に座り、彼女のしかめっ面を見あげた。「わかりきったことだ。今夜はここで寝る」

「でも――」

フレイヤの顔に奇妙な表情が浮かぶ。彼は興味をそそられた。「なんだ？」

「その……」続く言葉を説明するかのように、彼女が片手を振る。

クリストファーは首をかしげ、両腕を広げて問いかける仕草をした。

「もう！」フレイヤの顔はピンク色に染まり、表情は険しくなりはじめている。彼はその表情がむしろ好きになりはじめていた。「あなただって、よくわかっているでしょう？」

「残念ながら、女性の心のうちを読むのは苦手なんだ。きみのはとくに複雑だしね」クリストファーは返した。

「その椅子でひと晩過ごすことはないと言っているの！」彼女が身構えるかのように歯を食いしばる。「わたしと一緒にベッドへ来て」

「断る」クリストファーは顔を暖炉の炎に向けた。

「断るですって？」フレイヤが当惑した――少しばかり痛みもまじった声をあげた。彼にしてみれば、それも贅沢《ぜいたく》な響きに聞こえる。「わたしに飽きたのね」

こんな状況でなければ笑っていたかもしれない。「逆だよ。きみとベッドに入ったら、何もしないで眠れる自信がないんだ」

「まあ」

クリストファーは議論になるのを待ったが、彼女は黙ったままだ。そのあとはもちろん、自分の傷ついた感情と向きあうはめになった。なぜ説得してベッドに誘おうとするほどにフレイヤが自分を欲していると思ったのかはわからない。彼女がそう思っていないのは明らかだ。

それはそれでかまわない。ただ——。

フレイヤが彼をまわり込んで歩いてきた。

裸で。

シュミーズを脱いだ彼女が目の前に立っている。身につけているのは、指輪をぶらさげている銀のチェーンだけだった。

一瞬、クリストファーはその指輪をもぎ取って炎の中に投げ入れてしまいたいという衝動に駆られた。今夜一番考えたくないことは、ふたりの過去だからだ。

続けてフレイヤが椅子にのぼり、彼にまたがった。

「ベッドに来て、ケスター」かすれた声でささやき、彼にキスをする。

クリストファーの決意はすべて窓から飛び去っていった。彼は身を起こしてフレイヤのウエストを抱き、甘い口に舌を差し入れるために頭を傾けた。彼女はセイレーン（ギリシア神話の海の精。歌声で船を難破させる）であり、悪魔であり、彼の唯一の弱点だった。

フレイヤのためなら、どこまでものぼっていこう。そして彼女のためなら、どこまでも落ちていこう。

クリストファーはフレイヤを抱え、魂を打ち砕くようなキスを続けたまま立ちあがった。彼にとってはこの女性こそがすべてだ。家族という希望であり、孤独という絶望でもある。彼女を望む気持ちは、自分の心臓の次の鼓動を望む気持ちよりも強かった。

だからこそ、フレイヤを失うのがとても恐ろしい。明日起きて彼女がいなかったらと思うと、怖くてしかたがない。

だが今夜のところは、フレイヤはこの腕の中にいる。

クリストファーがベッドまで歩くあいだ、フレイヤはみだらな女性のように身もだえして、彼にすがりついていた。

「フレイヤ」彼女に覆いかぶさりながら息をつなぐ。クリストファーの手は、荘厳とも言える赤い髪をつかんでいた。「フレイヤ、フレイヤ、フレイヤ」

自分の耳にも、その声はうわごとのように聞こえる。

フレイヤがいたずらっぽく笑い、体を弓なりにしてクリストファーにすりつけてきた。スタンホープと彼の同志たちは正しいのかもしれない。もしかしたら、彼女は本当に魔女なのではないだろうか。愛らしくて無慈悲で、彼に魔法をかける魔女だ。

もっとも、その必要はない。クリストファーはすでに魔法をかけられた状態なのだから。心も、頭も、体も、フレイヤと彼女の意思につながっている。

フレイヤのためなら死んでもいい。

彼女がそうさせてくれさえすれば。

クリストファーは胸のふくらみを手のひらで包んで甘美なやわらかさを感じ、先端をそっとつまんだ。彼の下腹部はすでにこれ以上ないほど張りつめていて、すぐに行動に移らないと青二才のようにそのまま果ててしまいそうだった。

彼の下でフレイヤがあえぎ声をもらし、両腿を大きく開いている。彼女のふくらはぎはクリストファーの両脚にしっかりと巻きついていた。

手をふたりのあいだに入れ、彼はブリーチズの前を開いた。生地が裂ける音もまるで気にならない。押さえつけられていた怒りでこわばりはずきずきと脈打ち、彼は指をフレイヤのなめらかな腹部に走らせた。両脚の付け根は熱く濡れそぼっていて、クリストファーに大いなる喜びをもたらしてくれた。

腰をあげ、そそり立ったものの先端で彼女の腿をなぞっていく。その感触だけで、クリストファーはもう爆発寸前になった。そして先端が秘めやかな場所の入り口に到達した。

とても濡れている。

それにすごい熱さだ。

彼は腰に力をこめて一気に貫いた。

なめらかに滑り込んでいく。

クリストファーは首をそらし、目をきつく閉じて歯を食いしばった。フレイヤが生きたシルクさながらに彼を締めつけ、ほとんど苦しみと言っていいほどの快感をもたらす。

彼は大きく息をついて自制し、果ててしまわずに動けると確信できるまで待った。しかしフレイヤが彼の唇に噛みつき、身をこすりつけてくる。クリストファーはあと少しでくじけそうなところまで追いつめられた。

うなり声をあげて目を開く。「じっとしてくれ」

彼女の緑色と金色のまじった瞳が妖しい輝きを放った。「いやよ」そう言うと、フレイヤは波打つように体を動かした。

クリストファーは彼女から離れそうになるほど大きく腰を引き、すぐにまた突き入れた。

荒っぽく、優雅さも巧みさもない動きだ。

フレイヤが首をそらし、このうえない歓びの吐息をもらす。

なんという女だろう。

彼は頭をさげてフレイヤの首に舌を這わせ、さらに激しく突いた。もう長くはもたないだろう。だがそれまでは、彼女をマットレスに沈ませるつもりで動く。

何しろ、相手は彼のかわいい雌ギツネだ。

しかし絶頂はそのすぐあとに思いがけなくやってきて、クリストファーは彼女の上で激しく身震いした。彼女の中で精を放ち、全身をわななかせる。

クリストファーの手足から力が抜け、同時にフレイヤが彼の下であえぎ声をあげた。だが、彼女が絶頂に達していないのはわかっている。クリストファーは身を離し、引き止めようとする手を逃れて彼女の体から滑るようにおりた。

そのままフレイヤの両脚のあいだに顔を寄せ、もっとも大切なところにキスをする。そこに残る自分の味が、クリストファーに喜びをもたらした。

フレイヤは彼のもの、彼だけのものだ。

両手で脚を押さえ、麝香《じゃこう》を思わせる目のくらむような野性的なにおいを吸い込む。濡れそぼった秘所はやわらかく、そして震えていた。クリストファーはそのまま舌を走らせて口で愛撫し、徐々にかすれていくフレイヤの声を堪能した。敏感なつぼみを吸いたてると、彼の耳をはさむ腿に力がこもり、彼女が息をのんで全身を震わせた。

クリストファーは喜びに包まれた。不道徳な勝利の喜びだ。

自分はこの至福の苦悶《くもん》のひとときをフレイヤに与えられる。たとえこのいまいましい世界に何もなくとも、これを与えることはできるのだ。

だが疲れた体を引きあげて彼女を抱きしめながらも、クリストファーにはわかっていた。フレイヤをつなぎ止めるには、これだけではじゅうぶんではないと。


〝メッサリナ〟

そのささやきは、メッサリナが見ている夢とうまくつながっていた。夢の中の彼女は暗い森にいて、どこかうしろのほうには信頼できない男性と怪物がいる。彼女は振り返り、眠たげな黒い目が笑いかけているのを見て、喉から心臓が飛び出そうなほど驚いた。魅惑的であり、恐ろしくもある目だ。

「メッサリナ、ねえ」

今度の声はさっきとは違い、夢とまったくそぐわなかった。

彼女は目を開けたが、部屋の中がほぼ真っ暗だったので、さして助けにはならなかった。暖炉の燃えさしだけが、かすかな光を発している。

「ジェーンなの？」低くしわがれた声になってしまったので、咳払いをしてから続けた。「いま何時？」

「わからないわ。あと少しで夜が明けると思うけれど」

メッサリナはまばたきをして、ゆっくりと身を起こした。「何があったの？　どうしてあなたがここに？」

「従僕のジェームズに起こされたの」ジェーンが心配そうに答える。「ランドルフ邸で何かが起きていると言っていたわ。明かりが灯されて、馬番たちが動きまわっているんですって。ああ、メッサリナ、ジェームズはエレノアが移されるかもしれないと考えているのよ」

それを聞いたとたん、メッサリナは完全に覚醒した。コルセットとベッドの正面にかけてあった簡素なドレスを身につける。「それはたしかなの？」

「わたしが知るわけないでしょう」ジェーンの言葉は辛辣だったが、声には不安がにじんでいた。「まったく、ランドルフ卿はなぜ明日まで待てなかったのかしら？　今夜の夕食の招待を受けているのに。もうすべて整っているのよ」

「だからこそ、待てなかったのかもしれないわ。何かを疑っているのかも」

ジェーンがメッサリナを見つめる。「どうしてそんなことになったのかしら?」

とにかく意識をすっきりさせて考えなくては。メッサリナは頭を勢いよく振った。どうしてランドルフ卿がいま動いたのかは大きな問題ではない。重要なのは、もし彼がエレノアを移動させたら、またしても彼女が消えてしまうということだ。

そんなことを許すわけにはいかない。

「彼が何をしているのかをたしかめないと」メッサリナは決心した。

「どうやって?」ジェーンが心配そうにきく。

「わからない」メッサリナは頑丈なブーツを履きながら答えた。「フレイヤに相談するわ」

五分後、ふたりは忍び足で廊下を進み、フレイヤの部屋の前までやってきた。メッサリナは扉を引っかき、それからノックをして、ほかの人を起こしてしまう危険を冒すべきかどうかを考えた。

ところが幸いにも実行に移す必要はなかった。部屋の扉が開いたからだ。

フレイヤがふたりのほうを見つめている。

「ランドルフ卿が何かをたくらんでいるわ」メッサリナはできるだけ簡潔に状況を説明した。

「ここで待っていて」フレイヤはそう言うと寝室の扉を閉めた。

部屋に入れてもらえなかったことに好奇心をそそられ、メッサリナは眉をあげた。

一分後、着替えをすませたフレイヤが扉を開け、部屋から出てきた。メッサリナとジェーンについてくるよう身ぶりで示し、階段へと向かう途中で口を開く。「こうしましょう。わたしとメッサリナはジェームズと一緒にランドルフ邸に向かう。もしランドルフ卿が本当にエレノアを移動させるつもりなら、ジェームズをジェーンのところにやるから、そうしたらジェーンは援軍を送ってちょうだい。その中にはハーロウ公爵も入ってもらうのよ。彼はエレノアとランドルフ卿のことを知っているから。もしこれがただの勘違いだったとしても、わたしたちは無事に帰ってこられるわ」

メッサリナはジェーンのほうを見た。

ジェーンがうなずく。「わかったわ。うまくいきそうな気がする」

突然、フレイヤが目を見開いた。「それからね、ジェーン……その……もし公爵を探さなくてはいけなくなったら、まずわたしの寝室に行ってみて」

メッサリナは眉をあげた。

ジェーンが咳払いをする。「当然ね」

メッサリナとフレイヤは階下で火を入れたランタンを持って待っていたジェームズと合流し、出発した。

その夜は冷たくて暗く、月は雲の陰に隠れていた。森は不気味なほど静かで、フクロウの奇妙な鳴き声しかしない。

不吉な前兆だ。メッサリナはいつも乳母からそう聞かされていた。

三人の小さな集団は静かに森の中を進んでいった。

大きな木々がそろそろとぎれようかという頃になって、ようやくフレイヤがジェームズに声をかけた。「ランタンの火を消して」

ジェームズがランタンのパネルを閉じると、瞬時に明かりが消えた。

しばらくその場にとどまり、できるかぎり暗がりに目を慣らす。

下に見えるランドルフ邸の窓には、いくつかの光がまたたいていた。メッサリナの耳が、夜風に乗って届いたかすかな声をとらえる。

「行きましょう」フレイヤがささやき、三人は音を殺して進みはじめた。

メッサリナは屋敷と厩舎でのどんな動きも見逃すまいと目を凝らした。遅かったのだろうか？　エレノアはもう移されてしまった？

あるいはもっと悪いことに、すでに殺されている？

あと少しで厩舎にたどり着くというところで、いきなり明かりが三人を照らし出した。

背後からの明かりだ。

メッサリナが振り返るのと同時に、ジェームズが頭を殴られて昏倒《こんとう》した。

またたく光の中で、ランドルフ卿がにやりとする。「ミス・グレイコート、こんなところでお会いするとは驚きましたよ」

18

さて、妖精の王は大喜びというわけでもないようです。「きょうだいよ」王が歯のあいだから声をもらすように言いました。「その娘、マリーゴールドを連れていくがいい。そして余の王国から出ていけ」

アッシュの紫色の目が曇りました。「ローワンは？」

「その者はここに残る」

「わたしも行けるって言ったじゃない！」ローワンは叫びました。

妖精の王はアッシュを見つめたまま、ローワンに答えました。「ああ、だが、おまえはグレイランドのしずくを口にしただろう。つまりおまえは余のものだ」

「たったの一滴よ」ローワンはささやきました。

妖精の王はとがった歯をむき出しにして笑いました。「一滴でじゅうぶんだ」……。

『グレイコートの取り替えっ子』

クリストファーは朝早く、ひとりきりのベッドで目を覚ました。しばらく暗闇の中で横たわり、まどろみの中を走る曲がりくねった道を進んでいく。ベッドの自分のかたわらを叩き、続けて寝返りを打って手探りで感触を確かめていくと、じきにベッドの端に手が届いたのが感じられた。

誰もいない。

ため息をつき、暗い眠りの中へと戻っていきそうになる。次の瞬間、意識が彼を揺さぶって、何かがおかしいという認識とともに覚醒させた。

フレイヤがいない。

クリストファーは勢いよく身を起こした。

彼が寝ていた隣のあたりのシーツは冷たい。

テスは暖炉の前にいて、ボールみたいに丸くなって眠っている。暖炉の火は燃えさしが光っている程度のもので、いまが夜明け近くであることを物語っていた。

フレイヤは部屋の中にいない。

恐怖に襲われ、クリストファーは悪態をついてベッドから出た。フレイヤはいったいどうやって、彼を起こさずに部屋を出ていったのだろう?

シャツとブリーチズは身につけたままだったし、ベストと上着を着るのはわずかな時間で事足りた。これで単にフレイヤが食べ物を探しに厨房へおりていっただけだったら、あのかわいい首に手をかけて締めあげてやる。

安堵のキスをしたあとで。

靴に足を入れたのと同時に、扉を引っかく音が聞こえてきた。

急いで部屋を横切り、勢いよく扉を開ける。

そこには青ざめた顔のレディ・ラブジョイが立っていた。

なんてことだ。

レディ・ラブジョイが口を開くよりも前に、クリストファーにはこれがきわめてまずい状況だとわかっていた。

大きく見開いた目に恐怖を浮かべたレディ・ラブジョイが、彼を見て言う。「ミス・スチュワートとミス・グレイコートが一時間前にランドルフ邸へ行ったきり、まだ戻ってこないの」


ランドルフ卿は大柄な男性だった。赤いあばた顔をしていて、額は突き出ており、大きなジャガイモみたいな鼻をしている。首から続く肩はとても分厚い。胸と腹のあたりはベストがぴんと張っていて、腿は両方とも丸太のようだ。舞踊室で会ったなら、誰よりも威圧感のある男性だと感じるだろう。

薄暗い地下室の中では、ひどく短気な気性もあいまって、彼はただただ恐ろしく見えた。

フレイヤは歩きまわるランドルフを見ながら、恐怖感を抑えようとした。脱出のきっかけを見逃さないよう、意識を集中しておく必要がある。みんなでここから出る道を探すのだ。

脱出できる可能性がゼロに近いのは彼女にもわかっていた。でも、あきらめるのは戦わずして死ぬことに等しい。

それだけはごめんだ。

一瞬、フレイヤの頭にハーロウの不満げな顔がよぎった。彼がこの状況を知ったら、じっとしてはいられまい。彼女を救って、あらゆる危険を取り除こうとするだろう。それこそ――いつだって救世主になることこそ――自分がこの地上に生まれてきた理由だと、彼は思っているからだ。

フレイヤがランドルフに殺されたりしたら、ハーロウはきっと自分自身を責める。

彼女にとって、それは一番いやだった。

ランドルフがハムみたいな拳を空のワインラックに叩きつけて打ち壊した。その恐ろしい音が、フレイヤを現実に引き戻した。

「邪魔な女どもめ」彼が叫び、ラックの破片を蹴り飛ばす。「スタンホープからこのあたりの魔女に関する話を聞いた。最初は用心深いにもほどがあると思ったよ」

「がっかりさせて申し訳ないわね」メッサリナが言う。理性的というより、虚勢を張っていると言ったほうがいい声音だ。

ランドルフが彼女のほうに振り向いた。「おまえは何をしていた、魔女め。わたしの土地に呪いをかけるつもりか？　それとも汚らわしい儀式をするのか？」

彼の関心がすべてメッサリナに向かっているのが、フレイヤは気に入らなかった。「わたしたちは魔女ではないわ、本当よ」

ランドルフがあざ笑う。「そうだろうとも。おまえのことはスタンホープから聞いているぞ、レディ・フレイヤ。おまえの呪わしい名前は〈ダンケルダー〉の中でもよく知られている。おまえが死ぬ前に罪の告白と懺悔《ざんげ》をさせられたら、わたしとしては大いに満足だ。ただ、おまえの存在でわが家が汚されることがなければよかったとは思うがな。まあ、それもわたしの妻のせいなのだろう」

彼は顔の向きを変え、くぐもった声でむせび泣いている哀れなエレノアをにらんだ。

フレイヤとメッサリナ、そしてエレノアはランドルフ邸のワインを貯蔵する地下室の湿った床に座らされている。ジェームズの姿はなく、フレイヤはただあの従僕が生きていることを願うしかなかった。れんが造りで二本の円筒を交差させた形の古い天井からして、この地下室はいま上に立っている屋敷が建てられる以前からあったものだろう。れんが自体がぼろぼろで、低い天井はあまりにも圧迫感がありすぎるように感じられた。

フレイヤの全身が震える。

いまにも天井と地面、そして建物が崩れてくるのではないかという気がしたからだ。そうなったら彼女にできることは何もない。両腕はうしろにまわされ、しっかりと縛られている。メッサリナとエレノアも同じような状態だ。ろうそくの光に照らされたエレノアの顔は真っ白で、何週間も太陽の光を浴びていないように見えた。

実際にそうなのだから当然だろう。ランドルフ卿は、もう一年にわたってエレノアをこのひどい、狭苦しい場所に閉じ込めているのだ。彼女がまだ正気を保っているのは驚くべきことだった。

フレイヤは、小さな地下室の中をひたすら歩きまわっているランドルフをちらりと見た。彼が大声でわめき散らすのをやめたらどうなるだろう？

いいことは何もないに違いない。

「どうしてエレノアを閉じ込めたの？」彼の気を散らして、話を続けさせようと声をかける。話すことをやめたら最後、この男が三人を殺す可能性はきわめて高いだろう。それがわかっていて無力な状態で拘束されているのは、拷問にも等しかった。

その問いを耳にしたランドルフがくるりと振り返った。「頭がどうかしているからだ、わからないのか？　その女は口答えをして、わたしのもとを去りたいとほざきつづけた。わたしと結婚しているのにだぞ？　女が夫のもとを去るなど許されることではない。わたしが妻をここに入れたのは、彼女自身とわたしに恥をかかせないようにするためだ」監禁しなくてはならなくなったのはおまえの責任だとばかりに、エレノアをにらみつける。「本当は殺してしまうべきだったのに、心やさしいわたしにはできなかった」

エレノアの隣にいるメッサリナが咳払いをする。「そろそろわたしたちを解放するべきよ。わたしが戻らなければ、おじが探しはじめるわ」

「黙れ」ランドルフはエレノアに意識を向けたままぴしゃりと告げ、さらに続けた。「なぜおまえなんかと結婚してしまったのだろうな。おまえは結婚したその日から、わたしに厄介事を押しつけてばかりだった」

エレノアが疲れきった表情で目を閉じる。フレイヤたちが発見してから、彼女はほとんど口をきいていない。もしかして、過去にしゃべったことで罰せられた経験があるのかもしれない。ひどい話だ。

「わたしたちを解放してちょうだい」フレイヤは静かに言った。「エレノアを遠くへ連れていくわ。誰にも彼女が生きていることは知られないし、あなたも二度と彼女に悩まされることはなくなるのよ」

ランドルフがフレイヤを見据えながらかがみ込み、いきなり頬を平手打ちした。

頭が背後の壁に強くぶつかる。

「おまえの言葉など信じるものか、この魔女め」耳鳴りの向こうから、ランドルフの声が聞こえてきた。「おまえはすでに妻を汚した。これ以上は許さんぞ」そう言い残し、彼は向きを変えて去っていった。

地下室にあった唯一の明かりも一緒に。

メッサリナが驚くほどさまざまな悪態をつき、エレノアがさめざめと泣きつづける。

どう見てもいい状況とは言えない中、フレイヤの脳裏にゆうべ寝室に現れたハーロウの姿が浮かんだ。穏やかで、思いやりのある、自信ありげな姿。

その態度はすべて彼女だけに向けられていた。

フレイヤの身に何かあれば、ランドルフが脅しを実行に移して彼女とほかのふたりを殺せば、ハーロウは嘆き悲しむだろう。

それは間違いない。そう思ったとき、フレイヤの胸の中で何かがゆるんだ。最後の防壁──プライド、頑固さ、冷笑的な態度──が崩れ、彼女は悟った。自分がハーロウを愛していることを。心から、永遠に。

彼に会いたい。なんとしても、もう一度。

そのためには、ランドルフが戻ってくる前に三人で脱出しなくてはならない。

「手を動かせる？」彼がまだ近くにいる場合に備えて、フレイヤは小声でメッサリナに尋ねた。

ランドルフの従僕たちにここまで引きずられてきたときのことを思い返してみると、この地下室は長い廊下のような造りになっていて、壁の両側にはさらに部屋があり、支柱のあいだの空間もあった。三人がいるのはその一番奥の空間で、廊下で言えば突き当たりだ。そこでフレイヤたちは従僕たちに縛られ、壁に埋め込まれた鉄の輪につながれたのだった。

フレイヤとメッサリナがやってきたとき、エレノアはすでに壁につながれていた。足首のあざを見るかぎり、彼女は長期にわたってこの状態で拘束されていたのだろう。

「無理よ」メッサリナが厳しい口調で答える。「縄の結びがきつすぎるわ。指の感覚もないくらい」

その答えにフレイヤは顔をしかめたが、あきらめずにエレノアへ顔を向けた。「エレノア、メッサリナにまで手は届く？」

「いいえ」暗闇の中、レディ・ランドルフの呼吸の音が響く。「無理だわ。ごめんなさい」

「あなたのせいではないわ」メッサリナがささやいた。「あなたは何も悪くない」

その言葉に対するエレノアの返答は再開した泣き声だった。

「この鉄の輪を引っ張れば、どうにかなるんじゃないかしら？」圧倒的に不利な状況にあらがって気持ちを鼓舞しようと、フレイヤは言った。

つながれている鉄の輪をぐいと引いてみる。甲高い音が響いたものの、輪はびくともしなかった。かえって、縛られた結び目がきつくなってしまった気がする。

彼女は頭を冷たく湿った壁にもたせかけた。

エレノアのまるで眠ってしまったかのような息遣いが聞こえる。とはいえ、彼女がいびきをかいているのか、単に荒い息をつないでいるのかはわからなかった。

「わたしの母は〈ワイズ・ウーマン〉のことを知っていたのだと思うわ」ふいにメッサリナがささやいた。

暗闇の中、フレイヤは目をしばたたいた。「どうしてそう思うの？」

慎重に手首をひねり、縄がどう結ばれているのかを確かめようとする。少しばかり縄がゆるんだ気がした。

「わからないわ。いいえ、そうではないわね」メッサリナが言い直す。「あの夜のあと、ルクレティアとわたしは遠くへやられた。正確に言うと翌日の朝に。わたしたちは、母の遠縁のいとこの家で暮らすことになったの」

フレイヤは眉をひそめた。「とくに不思議はないと思うけれど」親指をどうにかして結び目のひとつの下に入れられれば……。

「そうね」メッサリナが同意する。「ただ、母がわたしたちの付き添いに選んだ女性がいたのよ。背が高い、見たこともないほど痩せた人だった。彼女はいとこの家に着くまでほとんど口をきかなかったけれど、とても奇妙な名前だったのを覚えているの。クロウという名よ」

フレイヤは全身が震えるのを感じた。マッハと同じように、クロウという名もその地位についた女性に代々受け継がれている。メッサリナとルクレティアは安全な土地に移動するまで、当時の〈ワイズ・ウーマン〉のクロウに護衛されていたのだ。

「お母さまは〈ワイズ・ウーマン〉について何か言っていた？」フレイヤはきいた。

「何も」メッサリナが答え、よく聞き取れないほど小さな声で続ける。「母はわたしたちが家を出てすぐに亡くなってしまったから。たぶん一日か二日あとだったと思うわ。病気だったのよ。覚えているでしょう？」

「ええ」フレイヤはつばをのみ込んだ。いま思い出した――どうして忘れていたのだろう？ミセス・グレイコートはやつれて黄ばんだ顔で、手を震わせながら椅子かベッドの上でほとんどの時間を過ごしていた。それでもフレイヤと会うときはいつだって笑って――美しい満面の笑みだった――くれたのだ。「あなたの言うとおりだと思うわ。〈ワイズ・ウーマン〉はあなたの家族を助けていたのよ」

暗闇の中、メッサリナがため息をつく。「あなたはどうやって〈ワイズ・ウーマン〉の一員になったの？」

フレイヤはわずかのあいだ力を抜き、肩のこわばりをほぐそうとした。「自分の娘を〈ワイズ・ウーマン〉に入れようとする母親は、ふつう娘たちが最初に月のものを迎えて一年くらい経った頃に入会させるのよ。そのときに娘たちは〈ワイズ・ウーマン〉の秘密を学ぶの。たぶん、あなたはその教えを受けるにはまだ若すぎたのね」

「それなら、あなたはどうやって〈ワイズ・ウーマン〉に入ったの？」メッサリナがまたしても尋ねる。「あなたのお母さまだって……」

フレイヤの母親はエルスペスを産んだときに命を落としている。「母が亡くなったとき、わたしはまだ若すぎたわ。でもあの悲劇のあと、おばのヒルダがわたしたち姉妹の面倒を見てくれたの。わたしたちに〈ワイズ・ウーマン〉について教えてくれたのはおばよ」彼女はため息をつき、その不屈の女性を――姉妹の前に現れたすべての不屈の女性たちを――思い出した。「あなたのお母さまのことは残念に思うわ。ミセス・グレイコートがいつ亡くなったのか、わたしは知らなかった。もちろん葬儀には行かなかったし、教えてくれる人もいなかったから。できることなら……」

できることなら、何？　自分の母を亡くしたときにやさしくしてくれた女性の死を悼むのを手伝う？　こちらの家族を壊した向こうの家族にお悔やみを伝える？

すべてがあまりにも――ひどい状態で――複雑に絡みあっていて、うんざりする。

「わかっているわ」メッサリナの静かな声がフレイヤの物思いをさえぎった。「わたしもあなたのお父さまが亡くなったとき、あなたのそばにいたかった。ずっと一緒にね。友人のままでいられたら、どれだけよかったか。わたしは……」

「わたしたちには選びようもなかったのよ、そうでしょう？」フレイヤはささやいた。「わたしたちはすべてを奪われてしまった」

「でも、いまなら選べるわ」メッサリナが言う。フレイヤの耳に彼女の笑う声が聞こえてきた。「あなたと再会して仲直りできて本当によかった。あなたの友だちでいられて、とてもうれしいわ、フレイヤ」

フレイヤは口を開いて応えようとしたが、近づいてくる足音を耳にして言葉をのみ込んだ。従僕を連れたランドルフが姿を現した。「さて、すべてを終わらせる時間だ」

クリストファーは拳銃の撃鉄を起こし、銃口をスタンホープ子爵の後頭部に当てた。「女性たちはどこだ？」

ふたりは不気味なほどに人の気配がないランドルフ邸の厨房に立っていた。クリストファーの背後にはラブジョイ家の筋骨たくましい従僕ふたり――屋敷に入り込むのに手を貸してくれた善良な男たち――が控えている。幸運なことに、彼らは厨房をひとりでうろついている子爵に遭遇したのだった。

「遅すぎましたね」スタンホープが言った。

クリストファーはあざ笑い、銃身を相手の頭に叩きつけた。「言え」

子爵が悪意に満ちた目でにらみつけてくる。「地下室です」

クリストファーはスタンホープを見据えた。こんなに簡単に白状するのは怪しい。

従僕たちに顔を向け、クリストファーは言った。「地下室以外の屋敷の中を探してくれ」

「はい、閣下」ふたりのうち年長のほうが応え、従僕たちは厨房から走り出ていった。

視線を子爵に戻す。「案内しろ」

スタンホープは肩をすくめ、厨房の奥にある低い扉へと進んだ。開いた扉の向こうは暗い地下室へと続いている。

「ろうそくが必要だ」スタンホープが言う。

クリストファーは背中を汗が伝うのを感じた。まったくもって気に入らない。フレイヤがこの暗闇にいるなど許しがたい状況だ。それに漆黒の闇の中におりていくなど、考えたくもない。

だがフレイヤが地下にいるというなら、行くしかない。

彼女のために。

「ろうそくに火を」クリストファーは低い声で命じた。

子爵がろうそくを一本手に取って暖炉の火を移し、問いかけるような目を向けてくる。

いらだちもあらわに、クリストファーは身ぶりで地下室を示した。

スタンホープが顔をしかめてらせん状の階段をおりていき、クリストファーはそのあとに続いた。

「あの女は魔女ですよ」スタンホープの声が響く。「先祖代々そういう一族なんです」

「黙れ」

スタンホープの笑い声が階段の下のほうから聞こえてきた。彼は中央の柱の向こう側へと姿を消していて、壁をちらちらと照らすろうそくの明かりだけが見えた。

クリストファーの背中から腰へと汗が流れ落ちていく。自分のろうそくも持ってくるべきだったのだ。柱をまわり込んだ彼は、危うく階段の一番下で立っていたスタンホープとぶつかりそうになった。子爵の顔はろうそくの光で下から照らされている。

その顔は子どもが悪夢で見る悪魔のように見えた。「やつらは悪魔と交わるんです。それが魔女ですよ」

「おまえは頭がどうかしている」クリストファーはうんざりして言った。どんよりとした空気に息が詰まりそうだ。「ミス・スチュワートはどこだ？」

それには答えずにスタンホープが続けた。「やつらは真夜中に集まり、生まれたばかりの赤ん坊を生贄《いけにえ》にする」目をぎらつかせて言う。「乙女の血をすするんです」

クリストファーは眉をあげた。「それを自分の目で見たのか？」

子爵の背後に目をやると、小さな部屋とつながっている長い部屋が見えた。あれが地下室だろう。

その奥は暗闇の中へと消えている。

彼はスタンホープに視線を戻した。熱でもあるかのように、子爵の頬は赤くまだらになっている。「レディ・ランドルフはどこにいる?」

スタンホープが目をしばたたいた。「レディ・ランドルフ? レディ・ランドルフに会いたいんですか?」

「そうだ」クリストファーは答えた。

無言のまま、スタンホープが向きを変えて暗闇の中へと歩きだす。

クリストファーも慎重にあとを追った。

地下室の一番奥まで到達すると、スタンホープは小さな部屋のひとつへと入っていった。

クリストファーは足を止めた。

「来ないんですか?」スタンホープの尋ねる声が、がらんとした地下室に響く。

「その中に何があるんだ?」クリストファーは大きな声で返した。

「来ればわかります」

クリストファーは冷たい笑みを浮かべた。「ばかな、ぼくはおまえを信用していない」

「あなたがぼくを信用していない?」スタンホープがはじけるように笑う。「魔女とよろしくやっているのはあなたのほうですよ」

「ミス・スチュワートは魔女ではない」クリストファーは言った。頭上の天井がいまいましいほど低い。腕をいっぱいに伸ばさなくとも届いてしまうほどだ。そう思うと、彼の呼吸が速くなっていった。「そこに入る理由がない。もしおまえがゲームをしているつもりなら――」

何かを打ちつける音と、くぐもった声が聞こえてきた。

クリストファーは角をまわり込んだ。

曲がりきったところで、ランドルフが決闘用の拳銃をこちらに向けているのが見えた。

反射的に身をかがめる。

だが、ランドルフは発砲しなかった。「この臆病者め。いまの自分の顔を見るがいい」

「ミス・スチュワートはどこだ？」クリストファーはきいた。メッサリナとレディ・ランドルフは縛られ、猿ぐつわをされた状態でランドルフの足元に転がされている。

スタンホープは用心深い表情を浮かべて隅に立っていた。

メッサリナは誰かを——おそらくランドルフを——殺したいと思っているような顔をしている。

クリストファーは視線を女性たちから引きはがした。いまはランドルフの拳銃に意識を集中させておくべきだ。「撃てばこちらも撃つ」

その言葉はランドルフを喜ばせたらしい。「おやおや。あなたの魔女好きについてはスタンホープからすべて聞いているよ。ふたりとも死ぬ前に会う権利くらいはあるだろう。実際あなたを撃つ前に、あなたの眼前で魔女を殺すつもりだったんだ」

体がこわばったが、クリストファーは無表情を保ちつづけた。まずはフレイヤをどこに隠したか、ランドルフから聞き出さなくてはならない。

「そっちだ」ランドルフが銃を振り、クリストファーの背後の扉を示す。

「どちらだ？」銃をランドルフに向けたままでいられるよう体の向きを変えながら、クリストファーは来た方向へと戻っていった。

「右だよ」ランドルフが返す。

クリストファーは眉をあげた。右の通路の先は廊下の行き止まりだ。自分にも銃が向けられているのを意識しつつ、ランドルフの言うとおりに廊下を横向きに進んでいく。こちらの銃はランドルフに向けたままだ。

その先は完全な行き止まりではなかった。ランドルフの持つ一本のろうそくが通路を照らす中、クリストファーが近づいていくと、もうひとつの部屋が見えてきた。とはいえ、そこは部屋と呼べるほどのものではない。

小さな物置のような空間だ。

くそっ。近づいていきながら、クリストファーは額に汗がにじむのを感じた。胸の中で恐慌が頭をもたげ、羽ばたきを始める。

ろうそくの揺れる炎が床の近くにある顔を照らし出した。

フレイヤだ。

彼女の顔は真っ白で、猿ぐつわをされて縛られていた。

なんてことだ。

クリストファーは咳払いをして言った。「何も見えないぞ」

「そうか？」ランドルフがあざ笑う。彼は前に進み出ると、クリストファーに向けていた銃口を物置とフレイヤに向け直した。「これならよく見えるだろう」
次の瞬間、クリストファーはランドルフの頭を撃ち抜いた。
ろうそくが音をたてて床に落ち、地下室は完全な闇に包まれた。

19

妖精の王はローワンに手を伸ばしましたが、そのときアッシュがふたりのあいだに体を入れ、優雅な仕草でふたたびひざまずきました。「お願いです、陛下。ぼくはこの人間の姫に好意を抱くようになりました。どうか彼女を友人と一緒に帰らせてやってください。このぼくに免じて」

妖精の王は灰色の手をひらひら振りました。「では、きょうだいよ、そなたのためにこの人間を帰らせてやるとしよう。だが、忘れてはならない。いつもどおり、願いには対価が必要だ」

アッシュは王と目を合わせました。「何をお望みでしょう?」

妖精の王は笑みを浮かべました。「そなたの目だ」

『グレイコートの取り替えっ子』

銃が発射された轟音《ごうおん》にびくりとしたフレイヤは、石壁に頭をぶつけた。ふたりは同時に撃ったのだろうか? ああ、ハーロウが見えない。ランドルフの撃った弾が彼に当たったなんてことがあるだろうか？

まさか、彼が死んでしまったなんてことが？

フレイヤは必死に手をねじり、体を揺さぶって、縄をほどこうとした。

そのときハーロウの声が聞こえた。「フレイヤ、フレイヤ」

あたたかい手につかまれたのと同時に、頬に顔が押し当てられるのを感じる。フレイヤの目から涙があふれ、横向きになっている頬を床に向かって流れ落ちた。こんな思いをさせるなんてひどい。もう永遠に会えなくなってしまったかと思って、どれほど恐ろしかったことか。

ハーロウは震えているが、恐慌をきたさずになんとか自分を保っている。

泣いている場合ではない。彼に言ってあげなくては。もう大丈夫だと。

ふたりとも生きているのだと。

「きみは生きている。もう大丈夫だ。怖がらなくていい。ああ、フレイヤ、本当によかった」ハーロウがつぶやきながら両手で彼女を探り、ペンナイフで縄を切る。

手が自由になるとフレイヤは急いで猿ぐつわをはずし、両手で彼の顔を引き寄せて唇を押し当てた。

自分の涙の塩辛さを感じながら、彼が生きていることを何度も確かめる。

「ケスター、ああ、ケスター」彼女はささやいた。

震えている彼女をハーロウが抱きしめる。「もう大丈夫だ、フレイヤ。心配しなくていい」

彼女が死の恐怖におびえていたのだと、ハーロウは思っているのだ。自らの身を案じていたのだと。でも、それは違う。とらえられたあと、フレイヤの頭に浮かぶのは彼のことばかりだった。

だが言葉がつかえて何も言えずにいるうちに、ハーロウが力強い腕で彼女を抱きあげた。暗闇の中で彼が向きを変えると、らせん階段のほうから光が近づいてくるのが見えた。

「公爵閣下！　何があったんですか？」ラブジョイ男爵の従僕が呼びかける。

「ランドルフ卿がミス・スチュワートを殺そうとしたから、ぼくが撃った」ハーロウは足を止めずに従僕の横を通り過ぎた。ろうそくの光に浮かびあがった彼の顔は灰色だ。

誰かが悪態をつく声が聞こえる。

フレイヤは懸命に訴えた。「まだメッサリナとレディ・ランドルフがいるわ！」

ハーロウが彼女の目を見つめて足を止める。「ミス・グレイコートとレディ・ランドルフは隣の部屋にいる。レディ・ランドルフには医師が必要だ」彼は従僕に目を向けた。「スタンホープ子爵に邪魔されないように気をつけてくれ」

従僕が言われたとおりメッサリナとエレノアがいるほうへと急ぐのを、フレイヤは目で追った。

「自分で歩けるわ」そう言ったものの、その声にいつもの勢いはなかった。

「だめだ」ハーロウが彼女を抱いたまま、ふたたび歩きだす。

ランドルフ邸の厨房は人でいっぱいだった。ハーロウが彼女の重さをものともせずに階段をあがっていく。

「ハーロウ公爵、加勢が必要だと妻に言われて来たんだよ」ラブジョイ男爵が上気した顔で呼びかけた。そのうしろにはアロイシウス・ラブジョイとルークウッド伯爵もいる。

ハーロウはうなずいた。「従僕たちが階下《した》にいるが、レディ・ランドルフを運びあげるのにさらに人手がいるかもしれない。レディ・ランドルフは夫にひどい扱いを受けていたんだ」

「まさか、生きているのか？」ラブジョイ男爵が口をあんぐりと開ける。

ハーロウは黙ってうなずき、フレイヤを椅子の上におろした。

「本当に歩けるから」すりむけた手首を調べている彼に、フレイヤはそっと言った。「ハーロウ？」

「きみを失ってしまったと思った」ふいにハーロウはそう言って、彼女の手の上に頭を垂れた。「くそっ、フレイヤ。ぼくを起こしてここに来ると知らせなかったのはなぜだ？　レディ・ラブジョイに起こされて、きみが恐ろしい事態に巻き込まれているといきなり言われたぼくの気持ちがわかるか？　ぼくが眠っているあいだに、きみは殺されていたかもしれないんだ」彼が顔をあげると、鮮やかな青い目が苦しみに曇っていた。

「これがわたしの仕事なの」言い訳にならないとわかっていたが、フレイヤは言った。「ごめんなさい」

ハーロウはただ頭を振った。手首は大丈夫だと判断したらしく、ふたたび彼女を抱いて立ちあがる。

「ハーロウ？」

彼はその呼びかけを無視してランドルフ邸を出た。

地平線からわずかに顔をのぞかせた太陽が、あたりを照らし出している。

ハーロウは厩舎の前につながれている馬たちのところに行き、そのうちの一頭の背にフレイヤを乗せて、自分もうしろにまたがった。

ラブジョイ邸まで戻るあいだ、彼はひと言もしゃべらなかった。

口を開けば何を言ってしまうかわからないから、あえて黙っているのだろうか？

フレイヤは目を閉じた。本当はランドルフ邸に残ってレディ・ランドルフの救出に立ち会い、自分は守ってもらうほど弱くないとハーロウに主張すべきなのだろう。けれどこうして力強い彼の体に包まれ、かすかな風を顔に感じながら馬に揺られているのはあまりにも心地よく、そんな気になれなかった。

生きているのだ。

ふたりとも。

ラブジョイ邸に着いてからもハーロウはフレイヤを放そうとせず、寝起きの顔に驚いた表情を浮かべた執事の横を彼女を抱いたまますり抜けると、階段をのぼった。

部屋に入り、足で蹴って扉を閉める。

すぐにテスが寄ってきて、尻尾を振りながらふたりを見あげた。

ハーロウはまるで彼女が卵の殻でできているかのようにそっとベッドにおろし、すぐに服を脱がせはじめた。

フレイヤは黙って彼を見つめていた。真剣な表情のハンサムな男性を。ハーロウは彼女のために人を殺したのだ。

ついさっきまで、もう二度と彼に会えないと思っていた。

ハーロウはとんでもなく重要な任務をこなしてでもいるように、眉間に深いしわを刻んでいる。

首のうしろで束ねた髪から幾筋かほつれ毛が垂れているのが見え、フレイヤは手を伸ばして彼の耳にかけた。

「ランドルフがもうきみを殺してしまったと思った」ハーロウが低い声で言う。「スタンホープに連れられて地下室へおりたとき、やつは殺されたきみの姿を見せてから、ランドルフにぼくを殺させるつもりだと思ったんだ」

フレイヤは一瞬手を止めたあと、彼の頬にそっと触れた。「でも、殺されていなかった。わたしは生きているわ」ハーロウの青い目を見つめて続ける。「あなたはあの真っ暗な恐ろしい地下室におりてきてくれた。あれほど暗闇をいやがっていたのに、わたしを助けるために」

勇敢さを称《たた》えるフレイヤの言葉を拒否するように彼は首を横に振り、胴着《ボディス》とコルセットを脱がせた。それらをそっと床に落とし、スカートとストッキングを取り去る。

「ランドルフがきみを殺していたら、どうしていたかわからない」ハーロウは立ちあがって靴を蹴り捨てた。「抵抗せずにやつの弾を受け、死のうとも思った」

心臓が締めつけられ、フレイヤは声を絞り出した。「そんなことにならなくてよかったわ」

ハーロウは上着、ベスト、シャツ、ブリーチズ、下着を次々に脱ぎ、彼女を引っ張って立たせた。

それから何も言わずにシュミーズの裾を持ちあげる。

フレイヤは抗議しようとしたが、決然とした彼の顔を見て、黙って両腕をあげた。

彼女もハーロウと同じく一糸まとわぬ姿になる。

そこで彼がようやく手を止めた。フレイヤに触れるのが怖いとでもいうように、両手を空中で静止させている。

フレイヤが視線をあげると、彼の顔には取りつかれたような表情が浮かんでいた。

これではいけない。

彼女は手を伸ばして、ハーロウの左胸の上に置いた。

心臓の真上に。

手のひらと指先に、どくどくという動きが伝わってくる。

力強く頼もしいその鼓動は、彼という人間そのものだ。

「フレイヤ」ハーロウがささやき、彼女を抱きしめた。

胸も腿もぴたりと合わさった彼はあたたかかった。腹部にはかたいものが当たっている。

彼が顔をさげてキスをした。唇をそっとこすりつけるようにやさしく。

けれどもそのやさしさは、長くは続かなかった。縛っていた鎖が切れたかのように、ハーロウは突然口を開けてむしゃぶりついてきた。彼の圧力にフレイヤは口を開き、顔を上に向けた。部屋がぐらりと傾いたかと思うと、ベッドに横たえられる。

「フレイヤ」ハーロウが顔をあげ、彼女の顎の隅に唇をつけたままささやく。それから唇を首筋から鎖骨へと滑らせると、そこをついばんだ。そのあいだも、手は彼女のウエストや腹部や胸を撫でつづけている。

彼女はあえぎ、なんとか気持ちを静めようとしたものの、性急な愛撫に押し流されてまともに頭が働かなかった。

ハーロウが引き起こす感情のうねりに、どうしても踏みとどまれない。

彼を永遠に失ってしまったと思ったのだ。

あんな思いは二度としたくないと、ハーロウに伝えたい。心臓がこんなにも激しく打っているのは彼のせいなのだと、いまにもばらばらになりそうな彼女をつなぎ止められるのはハーロウだけなのだと説明したい。

いまも、この先も、彼以外の男性なんて欲しくないのだと言いたい。

それなのに言葉は喉の奥でつかえ、ふたりのあいだに吹き荒れる感情の嵐に押し戻されてしまった。

胸の先端を強く吸われてフレイヤは叫び、体をそらした。

思わず脚が開いて、熱くてかたい彼のものが内腿を滑るのを感じる。

それに手を添えて入り口に導くと、ハーロウは顔をあげて目を合わせながら彼女を貫いた。少しの躊躇も見せず、一気に奥深くまで。

まるで、そこが当然自分のいるべき場所だとでもいうように。

フレイヤが彼と結びつき、ひとつの存在となれるこのときをずっと待ちつづけていたとでもいうように。

彼女は脚をハーロウに巻きつけて、体をさらに密着させた。

完璧だった。

こうして互いに腕をまわし、胸と胸を、腹部と腹部を、かたい部分とやわらかい部分を合わせているのは。ハーロウとフレイヤはふたりでひとりなのだ。口と口を合わせ、腰と腰を合わせて揺れていると、ひしひしとそう感じる。

動きはわずかなものだった。小石が投げ込まれた水面に広がる波紋のような、ほとんどわからないくらいの静かでかすかな動き。

でも、それでじゅうぶんだった。

ハーロウが作り出す波紋を、フレイヤは自らの存在すべてで受け止めた。

なんて美しいのだろう、この行為は。

広い肩をぎゅっとつかみ、黙ったまま伝える。このまま続けてほしいと。彼が欲しいと。

フレイヤの人生は、いまこの瞬間のためにあったのだ。これまで生きてきて、失敗も成功もあった。ばかなまねもしてきたし、自慢できるようなこともあった。それらすべてをひっくるめて、彼女のしてきたすべてはこの瞬間に到達するためのものだった。静かな寝室でハーロウと体を合わせて揺れている、この瞬間に。

ふたりでひとつの永遠の存在となるために、いままで生きてきた。

フレイヤの中に大きな波が寄せてきた。体のあちこちに明かりが灯り、それらが合わさってどんどん大きな波になる。あともう少し。もう少しで手が届く。

彼女の中心が、ぎりぎりのところで震えている。

フレイヤはハーロウから口を離して、もどかしさにあえいだ。彼のものがその部分にもっとこすれるよう、懸命に体をくねらせる。

それなのにハーロウはちっとも動きを速めてくれなかった。強く突き入れてくれなかった。もう少しなのに。すぐそこなのに。必死に体を押しつけているのに。

これ以上、我慢できない。

フレイヤは目を開けた。ハーロウの目に、彼女を楽にしてくれそうな気配はない。見えるのは決意だけ。永遠に結びつこうという非情なまでの強い意志だけだ。

彼女は口を開け、静かにうめいて落ちていった。どんどん加速して、がくがくと体が揺れる。目はハーロウと合わせたまま離さなかった。

だから彼がフレイヤのあとを追って達した瞬間が、彼女にはわかった。苦痛とも言えるほどの歓びにハーロウの唇がねじれ、顔がゆがむ。

彼と見つめあいながら、フレイヤはさらに落ちていった。とうとう水面にぶつかったときも、まだ彼を見つめていた。

波紋は未来永劫《えいごう》、広がっていくのだ。

クリストファーは仰向けになって天井を見あげていた。腕の中には、彼にとってこの世で一番大切な女性がいる。ほんの何週間か前までフレイヤを思い出しもしなかったなんて、信じられない。しかし二回目に出会うまで、彼女は過去のほんの小さなかけらで、忘却の彼方にいたのだ。

ところがクリストファーの人生に華々しく舞い戻ったとたん、フレイヤは彼の心をとらえてしまった。

未来とは予想がつかないものだ。そう考えて、彼は唇をゆがめた。「きみを愛している」

かたわらでフレイヤが体をこわばらせる。「なんですって?」

クリストファーは片肘をついて上半身を起こし、彼女を見おろした。フレイヤは枕の上に炎のような色の巻き毛をくしゃくしゃに広げ、緑色と金色のまじった目を驚きに見開いて、ふっくらしたピンク色の唇をわずかに開いている。

この顔をいつまでも記憶にとどめておきたい。

「愛しているんだ。結婚してほしい」

眉根を寄せたフレイヤの表情を見て、彼には返事を聞く前からその内容がわかった。

「なんて言ったらいいのかしら……」彼女が唇を噛む。

言葉を探しあぐねて苦しそうなフレイヤの様子に、少しは心を慰められていいはずだった。だが、慰めになどならない。心臓を槍《やり》で突き刺されたような鋭い痛みが胸に広がり、クリストファーはゆっくりと息を吸った。「なぜ結婚できないんだ？　理由を聞かせてくれ」

フレイヤが彼の顔を探るように見る。「あなたを愛していないというわけではないの。お願い、そんなふうに思わないで。あなたのことは愛しているのよ、ケスター。全身全霊で」

「わかっている」クリストファーは彼女の顔にかかっている髪をうしろに撫でつけた。「だからなおさらつらいし、納得できない」

フレイヤがうなずく。「あなたにつらい思いをさせたくないわ」

彼の唇が思わずゆがんだ。「そう思ってくれているのもわかっているよ」それでもやはりつらいのだとは口にしなかった。そんなことはふたりともじゅうぶん承知していると、わかっていたからだ。

彼女が目を閉じた。「つまり……このハウスパーティーに来るまで、結婚なんてまったく考えていなかったのよ。わたしはデ・モレイ家の人間で、ワイズ・ウーマンでありマッハ。それでじゅうぶんだった」目を開いて続ける。「それなのにほんの何日かで、いままで考えてきたことや信じてきたことがひっくり返ってしまった。いま、わたしはあなたと結婚したいと思っているわ。だけど、それが本当の自分の気持ちなのか自信が持てないの。こうしてあなたと同じ空間で過ごしている毎日は、日常とは違ういわば別世界での出来事よ。だから、あなたと離れたら気持ちが変わるのではないかと不安なの。ここを離れてもとの世界に戻ったとき、あなたと結婚したいと思った気持ちが間違いだったとわかったら、どうすればいいの？」

「本当はぼくを愛していないと気づく可能性があるということか？」慎重に確認する。

「いいえ」フレイヤが彼の顎に指先で触れた。「それは絶対にないわ。つまり問題の核心はそこなのよ。あなたを愛していることには自信がある。でも、結婚が自分にとって正しいものなのかがわからないの。あなたはわたしに大きな影響を及ぼすわ。あなたのそばにいると、一緒にいたいという気持ちでいっぱいになってしまう。理性的に考えることができないくらいに」

彼女の眉間のしわが深くなる。

なおも続けようとするフレイヤの唇に、クリストファーは指を当てた。「もう言わなくていい」深呼吸をして続ける。「それがきみの決めたことなら、ぼくはどんなにそうしたくても、無理やり気持ちを変えさせるつもりはないよ。愛しているから、きみが必要だと考えたことは尊重する。だが、誤解しないでほしい。何もしないなんて、本当はいやでたまらないんだ。できればきみを説得し、懇願して、なんとしてでも気持ちを変えさせたい。ぼくに対するきみの愛を盾に取り、なりふりかまわず言い負かしたいよ。しかし、きみはひとりになって気持ちを確かめたいという意思をはっきりと示した。どうしてもそうしなければならないのだと」彼は言葉を切って、つばをのみ込んだ。「そうするのが自分にとって一番いいと判断したら、ぼくを永遠に締め出すという選択をする権利を確保したいのだと」

その言葉を聞く彼女の顔を涙が伝い落ち、髪の中へと消えていく。

クリストファーはフレイヤの胸にさがっているぬくもりを帯びたランの指輪に触れ、彼女と目を合わせた。「ぼくはかつてこの指輪に、正しいと思うことから二度と逃げないと誓った。ぼくにとっては、きみのそばにいて守り、慰めを与えるのは正しいことだ。だが、きみはそれを望んでいない」心の痛みをこらえて微笑む。「必要ともしていないのかもしれない」

「ケスター」フレイヤがささやく。

「大事なのはきみの気持ちだ。きみの望むとおりにするよ。きみに決定をゆだねる。けれどきみはぼくのものではないと知りながら、ここに残るのは無理だ。きみが心を決めるまで、黙って見守っていなければならないなんて」クリストファーは身を乗り出して、彼女にそっとキスをした。「それだけはできない。フレイヤ、きみを愛している。この世の何よりも。だからぼくはここを出ていく」

フレイヤが目を開けると、そこはラブジョイ邸の彼女の部屋だった。傾いた日の光が窓から差し込んでいるのを見て目を見張る。一日じゅう眠ってしまうつもりなどなかったのに。今朝ハーロウの寝室から戻ったあと、身支度を整えていつもどおり忙しく一日を過ごそうと、入浴のための湯を部屋まで運んでくれるよう頼んだのだ。

それなのに、ほんの少しのつもりでベッドに横になり、そのまま午後じゅう寝てしまったらしい。

「気分はどう？」

ベッドの横から響いたのは、残念ながらハーロウの声ではなかった。

当然だ。彼はフレイヤが求婚を受けるかどうか心を決めるあいだ、ここを出ていくと言っていたのだから。そのことを思い出すと、なぜか胸が痛んだ。

ひとりで考えて結論を出したいという彼女の意思を、ハーロウは尊重してくれたのだ。こんなふうに感じるなんておかしい。

顔を横に向けたフレイヤは、寝起きの目をしばたたいてメッサリナを見た。「ずいぶんゆっくり休んでしまったわ。おかげですっきりよ。でも、あなただって疲れていたでしょう？ どうしてわたしの面倒なんか見ているの？」

メッサリナは肩をすくめたが、その仕草は彼女のように洗練された優雅な女性にしてはぎこちなかった。「だって、それが友だちというものじゃない？ 互いの面倒を見あうのが」

フレイヤは笑みを浮かべた。「ええ、たしかにそうね」

メッサリナがうれしそうに笑い返す。

安らぎが体に満ちるのを感じる。こんなふうにメッサリナがそばにいてくれるのはいい気分だ。つかのまとはいえ、ほっとできるのは。

でも、ずっとベッドで休んでいるわけにはいかない。「起きて、夕食のために着替えないと」

「着替えたいならそうしてもいいけれど、そんなにきちんとした夕食にはならないと思うわよ。ジェーンはエレノアをここへ連れてきたの。まだお医者さまがいらっしゃるんじゃないかしら」

「レディ・ランドルフの具合はどうなの？」

メッサリナが表情を曇らせる。「彼女がどんなにひどい扱いを受けてきたかを考えると、それほど悪くはないわ。ジェーンはエレノアに、好きなだけここで静養していいと言ったの。ランドルフ卿が死んでしまったいま、相続権のない彼女がランドルフ邸に戻ることはできないから。でも、それで彼女がつらい思いをするとは思えないわね」

「わたしとしては、あの屋敷には二度と足を踏み入れたくないわ」フレイヤは言った。

「わたしもよ」メッサリナは身震いしたあと、フレイヤに視線を向けた。「今回のことは、〈ワイズ・ウーマン〉にとってはどうなの？」

「わたしのことを冷たい人間だと思わないでほしいんだけど、ランドルフ卿の死はわたしたちにとって朗報よ」フレイヤは率直に言った。「彼という中心人物を失って、魔女法を成立させようという動きはしぼむでしょうね。法案を作成したのも、提出しようとしていたのも彼だから。もう秋の議会に法案が提出されることはないと思うわ」

「じゃあ、任務は成功というわけね」

「ええ」少なくともその点については、フレイヤは満足していた。彼女の働きで〈ワイズ・ウーマン〉の安全が守られたのだ。とりあえずしばらくのあいだは。

「エレノアにとっても、彼が死んでくれてよかったと思うわ」メッサリナが険しい表情を浮かべる。

「彼女はこれからどうやって暮らしていくのかしら？」フレイヤは懸念を口にした。彼女とランドルフのあいだに子どもはいなかったので、世襲財産である領地はおそらく遠い親戚が受け継ぐだろう。

「それが意外なのよ。どうやらランドルフ卿は、結婚するときに作成した遺言を変えていなかったみたいなの。エレノアにはかなりな額の年金が出るうえ、ロンドンに未亡人用の住居まで用意されていたわ。だから彼女は、社交界に戻る気になったらいつでも戻れるのよ。でも彼女が生きているという噂が広まったら、大変な醜聞になるんじゃないかしら」

「そうでしょうね」フレイヤは同意した。エレノアに落ち度はないというのに、なんて気の毒なのだろう。彼女はメッサリナの目を見てさらに尋ねた。「ランドルフ卿の死はどう処理されるのかしらね？」まさか公爵であるハーロウが殺人罪で起訴されることはないだろうけれど、それでもランドルフを殺したという噂が広まれば、彼がいたたまれない状況に追い込まれるのは過去の経験からも明らかだ。

「ラブジョイ卿がここの治安判事で幸運だったわ。ランドルフ卿が死んだのは銃の手入れをしている最中の暴発事故だったということで処理してくださったのよ」

フレイヤは思わず眉をあげた。「でも、事情を知っている人は何人もいるわ。みんな、その説明で納得したの？」

メッサリナがにやりとする。「ランドルフ卿は、このあたりではまったく人気がなかったみたいね」

「それはそうかもしれないけれど、スタンホープ卿は？」

メッサリナは鼻を鳴らし、満足げに言った。「彼には首がまわらないほどの借金があったの。そしてその噂を聞いていたミスター・ラブジョイが父親に話し、ラブジョイ卿はクリストファーに話して、クリストファーは子爵が手枷《てかせ》をかけられてロンドンの債務者監獄に送り込まれるよう手配したというわけ。クリストファーはランドルフ卿の従僕と家政婦も逮捕させたのよ。レディ・ランドルフの監禁に関わっていた罪でね。出発するまでの短い時間で、よくこれだけのことができたと思うわ」

涙がこみあげるのを感じて、フレイヤは目をそらした。「じゃあ、彼はもう行ってしまったのね」

メッサリナが自信なさげに返す。「そうだと思うわ。自分の領地に戻ったのではないかしら。サセックスだったか、エセックスだったか忘れたけれど」

フレイヤは黙ったまま友人を見つめ、まばたきを繰り返すことしかできなかった。ハーロウは出ていくと言っていたのだし、いろいろな状況から考えてそうするのが当然だとわかっていたが、なぜかもう一度話せる機会があると思っていたのだ。

別れる前に、最後に顔を見てさよならを告げる機会が。

20

「だめよ！」ローワンはぞっとして叫びました。「どうしてアッシュの目なんか欲しがるの？」

妖精の王は両腕を広げました。「珍しい色で、ここでは人気がある。だからわたしがそのきれいな紫色の目が欲しいと思っても、悪くはあるまい」

ローワンアッシュはアッシュに言いました。「渡してはだめ」

ですがはアッシュはローワンの言葉を無視して、妖精の王に言いました。「目を渡したら、必ず彼女を帰らせると約束してくださいますか？」

妖精の王はうなずきました……。


『グレイコートの取り替えっ子』

一週間後、メッサリナは遠ざかっていくラブジョイ邸を馬車の窓から見つめていた。彼女はジェーンと回復著しいエレノアに涙を流しながら別れを告げてきたところで、目が腫れぼったかった。スコットランドに向かうフレイヤとは二日前に別れをすませたが、ホランド家の女性たちはミス・スチュワートが辞めることをひどく残念がっていた。フレイヤは手紙を書くとメッサリナに約束し、スコットランドの僻地《へきち》の住所を教えてくれた。

　メッサリナはすでに頭の中で、親友への手紙を書きはじめている。

「この先、二度とハウスパーティーには参加しないと思うわ」向かい側に座っているルクレティアが考え込みながら言った。その隣では、ふたりの侍女であるバートレットが舟をこいでいて、自然と姉妹は声をひそめている。

　メッサリナは肩をすくめた。「もっとひどいハウスパーティーもあったわよ」

　ルクレティアが興味を引かれたような表情で姉を見る。「本当に？　死んだと思われていた隣人の妻がじつは幽閉されていて、夫の死で事件が解決した。そんな出来事よりひどいパーティーがあったのなら、ぜひ聞かせて」

　メッサリナはたじろいだ。「まあ、それよりひどかったとは言えないけれど、それに迫るくらいはひどかったわ」

　ルクレティアは疑わしげな顔をしている。

「なんていうか、すごく居心地が悪くて」メッサリナは続けてみたが、すぐにあきらめて手を振った。「もういいわ。あなたの言うとおりよ。今回のハウスパーティーは最悪だった。でも、エレノアが無事だったのが救いね。今朝お別れを言いに行ったときは、もうほとんど回復していたわ」

「よかった」ルクレティアがまじめな表情で言う。「あんな怪物が夫だなんて、ぞっとする生活だったでしょうね。結婚するときはああいう男だと気づかなかったんだわ、きっと」

「でしょうね。はっきり言って、あの男が死んでくれてよかったわ」

「みんな喜んでいるわよ。エレノアを監禁する前に死んでくれていたら、もっとよかったのに」血に飢えた獣のように、ルクレティアが熱心に言う。

「本当にね」メッサリナは頭を振って同意した。「だけど、すべては終わったことよ。だからもう、そんな気の滅入る話はやめましょう。ロンドンに戻ったら何をする？」

「そうね、じつは新しいドレスが欲しくてしょうがないの。それで頼みたい仕立屋が――」

そのとき突然、馬車が止まった。

バートレットが小さく声をあげて目を覚まし、メッサリナも驚いて妹に目を向けたとたん、馬車の扉が開いた。

ギデオン・ホーソーンは今日も黒ずくめの格好だった。癖のある黒髪はひと筋の乱れもなくきっちりまとめられ、高い頬骨と陰鬱にひそめられた眉が際立っている。

「なんの用なの？」メッサリナは嚙みつくように言って、すぐに後悔した。こんなふうに感情をあらわにしたら、怖がっていることを悟られてしまう。

彼は優雅にお辞儀をした。「おじさまがお呼びです、ミス・グレイコート」

「無理やり連れていくことはできないわよ」ルクレティアが若さゆえの無謀さで抵抗する。

ホーソーンはメッサリナを見つめたまま口の端をぴくりと動かし、静かに言った。「そう思いますか？」

ここにいる全員が、彼にはたやすくそうできるとわかっていた。メッサリナの心臓は胸から飛び出しそうな勢いで激しく打っている。怖くてたまらないが、それをこの男に知られるくらいなら死んだほうがましだ。

そこで彼女は息を吸って気持ちを静め、そっけなく返した。「わかったわ」

さらに抗議しようとする妹を、メッサリナは目で制した。「悪いけれどひとりでロンドンに戻ってね、ルクレティア。クインタスとジュリアンにはよろしく言っておいて」

「ええ、もちろんよ」ルクレティアが小さくうなずく。

妹が無言のメッセージを理解したのがわかって、メッサリナはほっとした。

がっちりした体格をした四〇歳過ぎのバートレットがはじめて口を開く。「わたしも一緒にまいります」

メッサリナは感謝をこめて、侍女にうなずいた。ホーソーンとふたりだけで馬車に乗らずにすむなら本当にありがたい。

彼女は立ちあがると、なんとか平静を装っていやな男が伸ばした手を取り、馬車をおりた。

「では行きましょう、ミスター・ホーソーン」

二週間後、フレイヤは吹き渡る風に髪を頬に張りつかせて丘の上に立ち、風化した石の台座の上の古代の彫刻をなぞっていた。彫刻は下向きの三日月の両端を折れた矢が貫いている形のもので、スコットランドにあるドーノックの町から八キロほど離れた丘の上に、この世の始まりから立っている。

少なくとも、〈ワイズ・ウーマン〉の歴史が始まったときから。

名前を呼ばれて顔をあげると、妹のカトリーナが紺色のスカートを風にはためかせながら丘をのぼってくるのが見えた。

「フレイヤ！」

「昼食をとりに来ないの？　エルスペスの作った羊の脚の料理はひどいものだけど」カトリーナがどんどん近づきながら尋ねる。

フレイヤは顔をしかめた。「それを聞いてしまうと、行きたい気持ちが減退するわ」

カトリーナが姉の横まで来て息をついた。痩せているが力強いところがおばのヒルダにそっくりな彼女は三人姉妹で一番背が高く、赤い髪を頭の上で無造作にまとめている。「そうね。でも、味見くらいはしてあげるべきじゃないかしら。午前中いっぱいかけて、一生懸命作っていたから」

フレイヤは妹を横目でちらりと見た。「先週食べた魚のシチューほどひどくはないでしょうね」

「羊の肉なら、魚とは違って骨が口の中に刺さることはないと思うわ」カトリーナが冷静に分析する。エルスペスはシチューを作るときに、なぜか魚の骨を取るのを忘れてしまったのだ。「ここからの景色は、見ていると時間が経つのを忘れちゃうわね」

「ええ、いつまでだって見ていられるわ」

ふたりは目の前の風景を見つめた。遠くには海が広がり、小高い場所にあるドーノックまで曲がりくねった道が続いている。左にある塀に囲まれた建物は、〈ワイズ・ウーマン〉が住んでいる中世に造られた修道院だった。ふたりのいる場所からは、修道院本体のまわりにあるいくつもの建物や庭、果樹園までよく見える。そして背後には、昔から変わらない山々が連なっていた。

イングランドにいるあいだ、フレイヤが恋しくてたまらなかったものがここにはある。スコットランドの丘陵地帯、妹たち、甘い香りのする風、〈ワイズ・ウーマン〉の営み。それなのに、いまはハーロウが恋しくてならない。

恋しくて恋しくて、胸が痛い。

姉の心を読んだように、カトリーナが体を寄せてきた。「帰ってきてくれてうれしい」

フレイヤは妹に小さく微笑んだ。「わたしも帰ってこられてうれしいわ」

「でも、お姉さまはずっとはいないという気がするの」カトリーナがささやく。

帰ってきてほんの二日で、フレイヤは妹たちにハーロウのことをしゃべってしまっていた。夜にワインを飲みすぎて。彼女は首を横に振った。「いるわよ。わたしの居場所はここですもの」

「そうかしら」カトリーナが顔にかかる髪をうしろに払う。「ここにはクリストファーがいないわ。それにお姉さまが熱意を傾けられる仕事もない——エルスペスにとっての図書室や、わたしにとっての庭仕事みたいな」

「仕事はこれから見つけるわよ。ここでちゃんと暮らしていける。わたしはワイズ・ウーマンだもの」

「できるかできないかなら、もちろんできるでしょうね」カトリーナの声には面白がっているような響きがある。「ねえ、お姉さま、一度ワイズ・ウーマンになった人間はずっとワイズ・ウーマンなのよ。結婚していようがいまいが、好きな人がいようがいまいが、お姉さまがワイズ・ウーマンであるという事実に変わりはない。どんな男性も、どんな結婚も、お姉さまの中にあるその部分を奪うことはできないわ。クリストファーを愛しているんでしょう？　彼のところに行きなさいよ」

「問題は、彼を愛しているかどうかじゃないの。結婚なのよ」フレイヤは返した。彼女は正しい選択をするためにハーロウが好きだという気持ちと闘いつづけて、疲れきっていた。もう剣を置き、彼のところに行きたい。

カトリーナがため息をつく。「どうしてそんなに自信が持てないの？　自分の信頼を裏切るような男性を愛してしまったのかもしれないと、本気で思っているの？」

フレイヤは驚いて妹を見た。「そんな単純なことではないわ！」

「そうかしら。どうしてそう言いきれるの？　お姉さまは彼を求め、愛している。彼のほうもお姉さまを愛してくれているのなら、素直に一緒になればいいじゃない。臆病に尻込みしていないで、さっさと結婚するべきよ」カトリーナはそう言うと、頭を振りながら丘をおりはじめた。「言っておくけれど、エルスペスの料理が冷めておいしくなることはないわよ。

早く来て、食べてしまって」

フレイヤはむっとしながら妹のあとを追った。臆病ですって？　自分は断じて臆病ではない。

急に心が軽くなった。このまま胸から飛び出して、一直線に空へと浮きあがっていきそうな感じがする。

つがいの相手を求めて大空に飛び立つ、コチョウゲンポウのように。


「ほかにご用はありませんか？」

クリストファーはうわの空なままガーディナーに向かって首を横に振ると、午後に届いた手紙の束を横に放った。その中に彼の興味を引くものはない。

いままで一度でもあったためしはないのだ。

彼が領地にある屋敷へ戻って、一カ月近くが経っていた。それ以来、ずっと同じような毎日が過ぎていく。朝起きて着替えをし、家令が小作地の状況を報告するのを聞きながら朝食をとる。そのあとは必要に応じて弁護士との面会――クリストファーが受け継いだとき、公爵領は本当にひどい状態だったのだ。午後はふたりいる秘書と書斎で郵便物を処理する。訪問者と会うこともあった。苦情を申し立てに来た小作人、教会の屋根を葺《ふ》き替えるために寄付を求めに来た教区牧師、中等学校への資金援助を求めに来た町長といった人々と。

いつだって、何かしらやることがある。

だから午後も遅くなった夕食前のほんのひとときだけが、ぼんやりと物思いにふけることのできる時間だった。誰にも邪魔されずに。

ガーディナーが何か言いたいことでもあるように咳払いをしたので、クリストファーは驚いて顔をあげた。

従者がそこにいることをすでに忘れていたのだ。「もういいぞ、ガーディナー。さがっていい」

ガーディナーは迷っている様子でぐずぐずしていたが、結局お辞儀をして出ていった。

クリストファーは暖炉の前に寝そべっているテスに向かって指を鳴らした。「じゃあ、行くか」

テスがうれしそうに立ちあがり、尻尾を振る。

少なくともテスは夜の散歩が楽しみなようだ。

イタリア産の大理石で造られた大階段をおりて、玄関まで行った。

クリストファーを見た執事がお辞儀をして、従僕ふたりが扉を開ける。どうやら扉を開けるという大仕事には、従僕ひとりでは足りないらしい。

三人にうなずきながら、クリストファーは心の中で自分を叱った。この屋敷では一〇〇人を超える人間に仕事を与えている。そして、それは公爵としての責任の一部なのだ。

山ほどある責任の。

彼は屋敷の前から続いている道を進んだ。よく晴れた気持ちのいい日で、午後も遅い時間だというのに夏の太陽はまだ明るく輝いている。屋敷を取り囲む庭は美しく手入れされていて、まるで公園のようだった。

ここは本当にすばらしい。

だから山ほどの仕事と責任があっても、ここでなら幸せに暮らせるだろう。フレイヤさえそばにいてくれれば……。

だが、高望みをしてはいけない。

クリストファーは裕福になった。並はずれて裕福に。それでよしとしなければ。

しかし、どうしてもそう思えない。

彼は道の真ん中で立ち止まり、空を見あげた。胸が痛くて息をするのも苦しい。もしかしたら、フレイヤのところに行くべきなのかもしれない。なんの連絡もないまま、すでに一カ月が経つ。会いに行って、もう一度説得すれば……。

だめだ。

クリストファーは息を吐き出して目を閉じた。そんなことをしてはいけない。フレイヤは彼の気持ちをよくわかっている。それだけではじゅうぶんではないと彼女が判断するのなら、自分は受け入れなければならないのだ――。

突然、テスが大きな声で吠えた。

どうしたのだろう？　クリストファーは目を開けた。

すると、こちらに向かって歩いてくる人の姿が見えた。

テスがはずむように駆けだす。彼女は、まさに彼女そのものといったドレスに身を包んでいる。

クリストファーは歩きだした。

彼女のところに着いたテスはまわりをぐるぐるまわりながら吠え、それから一直線にクリストファーの前まで戻ってきた。

ああ、本当に彼女なのだろうか？

テスがふたたび彼女のそばに駆けていく。太陽を背にしている彼女の姿は黒っぽく影になっていて、顔が見えない。だが、あの肩の線や頭の角度は……。

クリストファーは足を速めた。

炎のような色のドレスに、キャップではなくつばの広い帽子。でも、あれはたしかにフレイヤだ。彼女はかばんを地面に落として身をかがめ、犬を撫ではじめた。彼女の足元でうれしそうに身をくねらせているテスを見て、クリストファーは走りだした。

フレイヤが顔をあげて体を起こしたが、その表情からは何を考えているのかわからない。けれどもそのとき、彼女が微笑んだ。

フレイヤ、彼のフレイヤ。

クリストファーは彼女のウエストをつかみ、持ちあげてくるくるとまわった。フレイヤが驚いて悲鳴をあげる。

唇を重ねると、すべてがおさまるところにおさまった。

あるべき場所に、しっくりと。

彼女を抱きしめたとたん、胸の痛みが消えていく。喪失感や寂しさでうつろだった胸に何かが満ちていく。

フレイヤを取り戻して、彼の世界はふたたび輝きだした。

「クリストファー」彼女が苦しそうに言って、体を引こうとする。

彼は放したくなかった。なぜここまで来たのか、そのわけを聞くのが怖い。

クリストファーから離れたいともう一度フレイヤに言われたら、また耐えられるとは思えない。がくりと膝を突き、彼女にすがりついてしまいそうだ。

とはいえこのままずっと、彼女を抱いてキスしているわけにはいかない。

「どうしてここに？　どうやって来たんだ？」クリストファーはきいた。

「エディンバラから駅馬車に乗ってきたの。あなたの小さな町からは歩いてきたわ」

「歩いて？」眉間にしわを寄せる。「なぜ知らせなかった？　馬車をやるか、ぼくが迎えに行くかしたのに」

「でも、たいして遠くなかったから」

「歩く必要などなかったんだ。きみはぼくの客で、ぼくは――」

「あなたに渡したいものがあるの」フレイヤが彼の言葉をさえぎり、首にかけている細い銀のチェーンを引き出した。クリストファーの予想に反して、ランのものだった古びた印章付きの指輪ではなく、金の指輪が現れる。

彼女はその指輪をチェーンから抜いて差し出した。指輪には首を絡めた雄ライオンと雌ライオンが彫られている。彼は頭を振って顔をあげた。「これはいったい――」

フレイヤが彼の口に指先を当て、声を封じる。

「わたしはあなたを愛しているし、心から信頼しているわ」彼女は静かに言った。「本当は、ずいぶん前からそうだったのだと思う。でも、きちんと意識できていなかったの。わたしたちのあいだには――わたしたちの家族のあいだには、いろんなことがあったから。反感や恨みや心の痛みに邪魔されて、いまのあなたがわたしにとってどういう存在なのか見抜けなかった」息を吸い込んでつけ加える。「あなたにとって、わたしがどういう存在なのかも」

「フレイヤ」クリストファーはささやいた。

「まだ終わってないわ。あなたにききたいことがあるのよ」フレイヤの声は少し震えている。

「ええと……その……よかったら……ううん、こんなのではだめ」彼女は大きく息を吸うと、クリストファーと目を合わせた。「ハーロウ公爵クリストファー・レンショウ、わたしと結婚してくれますか？」

彼は首をのけぞらせて笑った。フレイヤをもう一度持ちあげ、くるくるとまわる。それを見てテスが吠え、近くの木から鳥たちが飛び立った。

彼女が今度も悲鳴をあげた。

けれども彼が地面の上におろしたとき、フレイヤはうれしそうに笑っていた。なんて美しいのだろう。なんて生き生きしているのだろう。

「答えはイエスだ。きみと結婚するよ、レディ・フレイヤ・デ・モレイ。きみを愛しているから。きみなしでは、ぼくの人生は空っぽだから。きみがそばにいてくれないと、ぼくの世界は耐えられないくらい退屈だから」

「ああ」彼女の目が涙でいっぱいになる。「わたしもあなたを愛しているわ、クリストファー。自分がときどき感じのよくない態度を取ってしまうのはわかっているの。だけど、これからはなるべく――」

クリストファーはキスで言葉をさえぎり、唇を合わせながらささやいた。「そのままでいてくれ。ずっと変わらないでほしい。とげとげしい態度も、しかめっ面も、全力でぼくに逆らってくるところも、全部好きなんだ。ぼくは雌ライオンが欲しい。子羊ではなく」

「まあ。そんなにすてきなことを言われたのははじめてよ」フレイヤの頬がピンク色に染まる。

彼は口の端をあげた。「では、これから毎日すてきな言葉をきみに贈ろう。だが、前もって言っておくよ。ぼくは口のうまい男ではない」

フレイヤが首を横に振って微笑む。「しゃれた褒め言葉なんて、わたしが欲しがっていると思うの？　そんなものはいらないわ。欲しいのはあなたよ。そのままのあなただけ。偉そうで、頭の回転が速くて、それなのに犬にはめろめろなあなたが欲しい。変わらないでね、ケスター。そのままのあなたを愛しているわ」

クリストファーは彼女にキスせずにはいられなくなった。ゆっくりとキスを楽しんだあと顔をあげ、ぼうっとしている彼女を見て満足する。「フレイヤ・デ・モレイ、ぼくの妻になって、毎日朝食のときにしかめっ面を見せてくれるかい？」

「ええ、そうするように努力するわ」フレイヤはつんとして答えたが、彼女が唇を噛んだ様子から笑みを抑えているのがわかった。「さあ、手を出して」

フレイヤが指輪を取ってクリストファーの中指にはめると、ぴったりはまった。

彼はそれを見つめた。「これと対の指輪を作らなくてはいけないな、マイ・ラブ？」

「そうね」彼女はそれだけ返すと、クリストファーの手に手を重ねた。

ふたりは屋敷に向かって歩きだした。うれしそうなテスを横に従えて。

エピローグ

妖精の王がアッシュの顔に向かって伸ばした手をつかんだローワンは、凍りつくような肌の冷たさにたじろぎました。「代わりにわたしの髪では？」

王が迷うような表情になりました。

アッシュが目をしばたたきます。「本気かい、お姫さま？」

ローワンは彼をにらみました。「何も見えなくなってもいいの？」

アッシュが口の端をあげて、ちらりと笑いました。「いいや、正直に言うと、それはいやだな」

「それならこうするしかないわ」ローワンは大きく息を吸い、妖精の王と目を合わせました。「この炎のような色の髪を代わりに受け取ってもらえる？」

妖精の王は肩をすくめました。「いいだろう」王はローワンの髪に向かって手を伸ばしました。

けれども今度はアッシュが止めました。「陛下、お待ちを」

振り向いた妖精の王の銀色の目には、むっとしたような表情が浮かんでいます。「なんだ？」

アッシュは立ちあがりました。「マリーゴールドを人間の世界に戻らせてくださるのですね？」

「そうだ」

「ローワン姫も戻らせてくださるのですね？」

「そうだ」

「ぼくも一緒に行きます」アッシュは皮肉めかした笑みを浮かべました。「ローワン姫の髪と引き換えに、ほかにどんな条件も異議も策略もなく、三人とも行かせてもらえるのですね？」

「そうだ！」妖精の王は叫び、しかめっ面で言いました。「約束を守ると誓おう」

アッシュはお辞儀をしました。「では、どうぞ」

空き地を吹き抜ける突風に髪を巻きあげられて、ローワンは目をつぶりました。そして目を開けると世界は豊かな色を取り戻していて、彼女とアッシュとマリーゴールドは城の庭に立っていました。

ただし彼女の頭には、もう髪は一本もありませんでした。けれど、つるつるになった頭を隠す間もなく、マリーゴールドが彼女を抱きしめました。

「ありがとう、ローワン姫！　わたしをグレイランドから救い出してくれて、本当にありがとう」

「いいのよ、友だちのためですもの」なぜか胸にじんときて、ローワンは言いました。するとマリーゴールドが一歩さがり、驚いたようにローワンを見つめました。「わたしたちは友だちなの？」

「もちろんよ。あなたは大切な友だちだわ。これからもずっと」

「これからもずっと」マリーゴールドはささやき、地平線から顔をのぞかせた朝日のように微笑みました。「お母さまとお父さまのところに行かなくちゃ。あなたがいいって言ってくれたらだけど」

ローワンはつるつるの頭を気にしないように努力しながらうなずき、マリーゴールドを見送ったあと振り返りました。するとアッシュが笑みを浮かべて見つめていて、ローワンは思わず両手で頭を隠しました。「わたしを見ないで」

アッシュは彼女に歩み寄り、両手を取って頭からおろさせました。「どうして見てはいけない？　きみのおかげで、ぼくはいまでも目が見えるというのに」

「でも……いまのわたしは醜いから」ローワンは驚いて彼を見つめました。

「そんなことはない」アッシュは首を横に振りました。「髪がなくなっても、きみは前と変わらず美しいよ」

そんなはずはないと言おうとするローワンに、アッシュはキスをしました。

そして顔をあげると、こう言ったのです。「結婚してくれないか、お姫さま？　ぼくは目を失わずにすんだけれど、心をきみに奪われてしまったんだ」
「ええ、喜んで」ローワンはささやきました。
ふたりは結婚して、それからずっと幸せに暮らしました。

『グレイコートの取り替えっ子』

訳者あとがき

《メイデン通り》シリーズなどが日本でも人気のエリザベス・ホイト。彼女の新しいシリーズ《グレイコート》の一作目をお届けします。

フレイヤは赤ん坊を抱いたメイドを連れて、ロンドンのとある地区の路地を急いでいました。父親の急死により爵位を継いだ赤ん坊を財産狙いのおじの手から救い出し、母親である伯爵未亡人のところへ送り届けるという極秘の任務を遂行中だったのです。ところがおじが差し向けた男たちに追われ、フレイヤたちは通りすがりの馬車に飛び込みます。幸い、馬車の主は見ず知らずの女たちを助けてくれたのですが、じつはその男はフレイヤにとって仇《かたき》とも言うべき人物で……。

新しいシリーズの開幕とあって、本書にはシリーズを通しての背景となる押さえておくべき事柄があります。

まずひとつ目は、一五年前に起きた〝グレイコートの悲劇〟。一八歳のランと一六歳のオーレリアが駆け落ちをしようとしてオーレリアが不慮の死を遂げ、ランは彼女のおじの部下たちに殴打されて片手を失ったという事件です。駆け落ちにはランの親友クリストファーとジュリアンも関わっており、この事件は三人の運命をその家族もろとも決定的に変えてしまいました。ちなみにフレイヤはランの妹（デ・モレイ家）、オーレリアはジュリアンの妹かつフレイヤのかつての親友メッサリナの姉（グレイコート家）です。オーレリアを誰が殺したのかは当事者であるクリストファーすら知らず、本書でもその部分は語られません。今後シリーズが進んでいく中で明らかになっていくものと思われます。

ふたつ目は〝ワイズ・ウーマン〟です。大昔からスコットランド北部に存在する、女性だけの秘密結社〈ワイズ・ウーマン〉。綿々と受け継がれてきた知識をもとに銀細工、養蜂、機織りといった伝統的な職業で身を立てているワイズ・ウーマンたちは、男性中心の社会で自立した女性の生き方を追求しているからか魔女と同一視され、かつては激しい迫害を受けていました。本書では詳細は不明ですが、〈ダンケルダー〉という敵対している組織があります。シリーズの二作目はワイズ・ウーマンではないメッサリナがヒロインなので、今後この〈ワイズ・ウーマン〉がどのくらいシリーズに関わってくるのかわからないものの、おそらく今回だけで終わりということはないでしょう。

さて、本書に話を戻します。この時代には違法となっている魔女狩りを復活させる法案の提出を画策する動きがあり、フレイヤはそれを主導しているランドルフ卿の弱みをつかもうと、公爵家に生まれたことを隠して地味なコンパニオンに身をやつしながら活動しています。そんな中で再会したのがハーロウ公爵クリストファー・レンショウです。少女だった頃にあこがれていた相手ですが、兄の親友でありながらグレイコート事件の際に暴行されている兄を見捨てたことから、フレイヤはずっと恨みを抱いてきました。けれどもハーロウが過去を深く悔いていると知り、そのあとに遭遇した別の悲劇によるトラウマに苦しんでいるさまを目にするにつれ、どんどん彼に惹かれていきます。

フレイヤは自立した強い女性です。ハーロウと結ばれるのをためらうのも、自立を脅かされるのではないかという恐れのためで、現代の女性に通じる部分も多いのではないでしょうか。守られたいけれども守られたくないという葛藤は、多かれ少なかれすべての女性が感じるものなのかもしれません。頼りない男性はいやだけど、強さを押しつけられるのもいや。男性側からしてみたら何を勝手なことをという感じでしょうが、そんなヒロインと真摯に向きあう本書のヒーローはまさに〝けなげ〟。彼のような男性が現代にも転がっていればと思いますが、そうそう出会えるものではないのが悩ましいところです……。

本書はシリーズ一作目とあって背景説明に費やされている部分もあり、濃厚なラブシーンはやや少なめかもしれません。それは次作以降の楽しみということで、みなさまにはこのシリーズと末永くおつきあい願えればと思います。

二〇一九年六月

ライムブックス

愛《あい》の炎《ほのお》を瞳《ひとみ》にたたえて

著 者　エリザベス・ホイト
訳 者　緒川久美子《おがわくみこ》

2019年7月20日　初版第一刷発行

発行人　成瀬雅人
発行所　株式会社原書房
〒160-0022東京都新宿区新宿1-25-13
電話・代表03-3354-0685　http://www.harashobo.co.jp
振替・00150-6-151594
カバーデザイン　松山はるみ
印刷所　図書印刷株式会社

落丁・乱丁本はお取替えいたします。
定価は、カバーに表示してあります。
 ISBN978-4-562-06525-7 Printed in Japan